FILIPE MASETTI LEITE
CAVALEIRO DAS ★AMÉRICAS

Rio de Janeiro, 2024

Copyright © 2017 por Filipe Masetti Leite
Todos os direitos desta publicação são reservados por Casa dos Livros Editora LTDA.

Diretor editorial *Raquel Cozer*
Gerente editorial *Malu Poleti*
Edição de texto *Diana Szylit e Chiara Provenza*
Assistente editorial *Camila Gonçalves e Mariana Gomes*
Tradução *Isis De Vitta e Daniella Rocha*
Copidesque *Juliana Albuquerque*
Revisão *Marcio Coelho e Juliana Albuquerque*
Projeto gráfico de capa e miolo *Maquinaria Studio*
Diagramação *Abreu's System*

Os pontos de vista desta obra são de responsabilidade de seus autores, não refletindo necessariamente a posição da HarperCollins Brasil, da HarperCollins Publishers ou de sua equipe editorial.

CIP-Brasil. Catalogação na Publicação
Sindicato Nacional dos Editores de Livros, RJ

L547c

Leite, Filipe Masetti
 Cavaleiro das Américas : a incrível e inspiradora jornada de um brasileiro e seus cavalos do Canadá até Barretos / Filipe Masetti Leite ; tradução Isis de Vitta , Daniella Rocha. - 1. ed. - Rio de Janeiro : HarperCollins, 2017.
 il.

 Tradução de: Long ride home
 ISBN 9788595081505

 1. Leite, Filipe Masetti. 2. Jornalistas - Brasil - Biografia. I. Vitta, Isis de. II. Rocha, Daniella. III. Título.

17-43268

CDD: 920.5
CDU: 929:070

HarperCollins Brasil é uma marca licenciada à Casa dos Livros Editora LTDA.
Todos os direitos reservados à Casa dos Livros Editora LTDA.
Rua da Quitanda, 86, sala 601A — Centro
Rio de Janeiro, RJ — CEP 20091-005
Tel.: (21) 3175-1030
www.harpercollins.com.br

Para Bruiser, Frenchie e Dude, meus filhos, meus heróis. Para Emma, que sempre me apoiou e me ajudou, desde o primeiro dia. Para o meu pai e minha mãe, que me deram asas para sonhar. E para todos aqueles que me ajudaram pelo caminho: vocês me mostraram o verdadeiro espirito da humanidade.

SUMÁRIO

CAPÍTULO 1 ★ **O sonho da minha vida** 11
CAPÍTULO 2 ★ **Os cavalos** 15
CAPÍTULO 3 ★ **Cavalgando para o sul** 21
CAPÍTULO 4 ★ **Sul de Alberta** 25
CAPÍTULO 5 ★ **Primeira Linha Imaginária** 30
CAPÍTULO 6 ★ **Montana** 33
CAPÍTULO 7 ★ **Yellowstone** 37
CAPÍTULO 8 ★ **Capital Mundial do Rodeio** 43
CAPÍTULO 9 ★ **Bem-vindo ao Wyoming** 46
CAPÍTULO 10 ★ **Água água água** 56
CAPÍTULO 11 ★ **A vida é para ser compartilhada** 64
CAPÍTULO 12 ★ **Eu sou um explorador** 69
CAPÍTULO 13 ★ **Colorado** 75
CAPÍTULO 14 ★ **A Estrada de um milhão de dólares** 81
CAPÍTULO 15 ★ **Terra Encantada (Bem-vindo e Adeus)** 86
CAPÍTULO 16 ★ **Frenchie, Bruiser & Texas** 89
CAPÍTULO 17 ★ **Sul do Novo México** 96
CAPÍTULO 18 ★ **O estado da estrela solitária** 99
CAPÍTULO 19 ★ **Cem quilômetros para o México** 108
CAPÍTULO 20 ★ **Sete dias no coração do deserto** 120
CAPÍTULO 21 ★ **Puro caballo** 128
CAPÍTULO 22 ★ **A estrada para Torreón** 133
CAPÍTULO 23 ★ **General Cuencamé** 142

CAPÍTULO 24 ★ **A estrada para Zacatecas** 149

CAPÍTULO 25 ★ **Um mar de cavalos** 156

CAPÍTULO 26 ★ **Carla** 159

CAPÍTULO 27 ★ **Cidade do México** 162

CAPÍTULO 28 ★ **Sozinho de novo** 165

CAPÍTULO 29 ★ **Bem-vindo à selva** 171

CAPÍTULO 30 ★ **Adotado pelo México** 179

CAPÍTULO 31 ★ **Frenchman's Tru Angel** 187

CAPÍTULO 32 ★ **A estrada para La Libertad** 199

CAPÍTULO 33 ★ **Em direção ao sul da Guatemala** 208

CAPÍTULO 34 ★ **Escalada até Honduras** 217

CAPÍTULO 35 ★ **A tristeza de deixar Bruiser** 225

CAPÍTULO 36 ★ **Querida Dona Maria** 232

CAPÍTULO 37 ★ **Adeus Tegucigalpa** 240

CAPÍTULO 38 ★ **Nicarágua** 246

CAPÍTULO 39 ★ **Claudia** 250

CAPÍTULO 40 ★ **Dude sucumbe** 256

CAPÍTULO 41 ★ **Liberia** 263

CAPÍTULO 42 ★ **A Bela Costa Rica** 267

CAPÍTULO 43 ★ **A fronteira Panamenha** 270

CAPÍTULO 44 ★ **San José** 275

CAPÍTULO 45 ★ **São Robin** 280

CAPÍTULO 46 ★ **Peru** 285

CAPÍTULO 47 ★ **Bolívia** 288

CAPÍTULO 48 ★ **Uma desolada volta para casa** 294

CAPÍTULO 49 ★ **Entramos no Brasil** 298

CAPÍTULO 50 ★ **Bem-vindo ao Estado de São Paulo** 304

CAPÍTULO 51 ★ **Barretos** 307

CAPÍTULO 52 ★ **Em casa** 314

AGRADECIMENTOS 319

PRÓLOGO

Estávamos no meio da travessia de um rio turbulento quando o cabo do cabresto de Frenchie escapou da minha mão e, com água até o nariz, vi os olhos cheios de medo do meu robusto palomino. Trocamos um rápido olhar de pânico antes de sermos tragados pela fúria da água marrom. Lutei para alcançá-lo, a água me sacodia como se eu fosse um boneco, até que não consegui mais. Afastei-me e nadei para a margem com medo de nunca mais ver meu cavalo de novo. Minhas botas desgastadas finalmente encontraram as rochas, mas minhas roupas encharcadas continuavam me afundando, fiquei descontrolado. Mesmo com os diferentes e muitos sons da selva, ouvi Bruiser e Dude relinchando aflitos pelo amigo. Conseguira transportar os dois pelo rio minutos antes – um de cada vez – mas na terceira e última vez não tive sorte.

Frenchie, com medo da água, entrou em pânico no meio do rio. Em vez de nadar como os outros cavalos, deu uma guinada para voltar à margem, mas em um instante foi arrastado pela correnteza furiosa. Agora nem sequer dava para vê-lo. Meu menino dourado se foi. E se ele se afogar? E se quebrar uma pata nas pedras? E se um crocodilo o pegar? Saí do rio e corri pela margem. Estava quase perdendo a esperança, quando o encontrei, de pé, com a água na altura da barriga, tentando chegar no chão seco. Gritei seu nome e ele imediatamente virou a cabeça para mim. Caminhei pela água até alcançá-lo. "Calma, filho. Peguei você", falei e agarrei o cabo do cabresto dele. Encostou o focinho no meu estômago como se dissesse "obrigado". Fomos para a terra seca. Ele ficou parado, encharcado e ofegante, enquanto eu verificava se havia ferimentos em seu corpo. Para meu grande alívio, ele estava bem. Voltamos, amarrei Frenchie com seus irmãos e então me sentei na sombra, tentando recuperar meu fôlego e me acalmar. Estávamos no sul do México, sozinhos, no meio da nossa longa jornada para casa e, como em muitas outras vezes, tínhamos acabado de escapar da morte. Mas por quanto tempo? Todos os dias eu selava meus cavalos, pedia ao universo para nos manter seguros. A simples travessia de um rio se tornava mortal em segundos. E havia ainda muitos rios a atravessar. "Como chegaremos vivos ao Brasil?", perguntei aos meninos. "Não tenho certeza", respondi a minha própria pergunta, algo em que me tornei especialista, já que os cavalos sempre me davam um tratamento silencioso. Eu me controlei, montei na sela e fiz a única coisa possível – cavalguei. Sou um caubói. Levarei meus cavalos em segurança para casa, não importa o quão difícil ou perigoso isso possa ser. Quando começo alguma coisa, vou até o fim.

CAPÍTULO 1
O sonho da minha vida

Lição do dia: *"O medo é uma coisa que criamos na nossa cabeça. É um monstro que não existe e você precisa se lembrar disso."*

Não fosse por meu pai, eu nunca teria feito essa viagem.

"Você é um homem ou um saco de batatas?", perguntou meu pai ao pé da minha cama, me encarando com seus olhos cansados.

"Sou um homem", sussurrei de volta, puxando as cobertas até o meio do meu rosto. Eu tinha três anos e estava muito assustado para dormir. Como em muitas outras noites, quando as luzes se apagavam eu chamava meu pai, um caubói barbudo de 23 anos, com cara de criança. Ele era meu super-herói. Todos o chamavam de Iso.

"Não tem nada aqui. Você está seguro", disse se inclinando para beijar minha testa. "O medo é uma coisa que criamos na nossa cabeça. É um monstro que não existe e você precisa se lembrar disso", disse parando para brincar com meus cabelos escuros. "Vou falar sobre o gaúcho mais corajoso que já existiu". Já havia ouvido essa história muitas vezes, era a favorita do meu pai. Eu com meu pijama todo estampado com cavalos em miniatura e ele me contando essa história pra me fazer dormir. Rolei para o lado com um sorriso largo no rosto e meu pai olhou para as estrelas que brilhavam no escuro sobre nossas cabeças e começou.

"Em uma noite de muito frio em julho de 1925. No pampa argentino, quatro gaúchos dividiam bebidas, histórias e bravatas. A fumaça do tabaco e o falatório alto e embriagado impregnavam o salão de teto baixo. O cheiro azedo de estrume grudado nas botas de montaria dos homens, misturado com o aroma de suor de cavalo que saía das bombachas de lã, fazia que o lugar cheirasse mais como um celeiro do que como um bar. De repente, um dos homens bateu o copo na mesa. "Quanto tempo levaria para cavalgar daqui para Buenos Aires em um cavalo crioulo?"

Um silêncio tomou a sala. Um dos homens gritou, "no mínimo oito meses". Outro interrompeu "Não! O mais provável é dois anos. Daqui para a capital é um longo caminho". Enquanto a gritaria aumentava, outro homem se levantou e berrou: "Em dois anos eu cavalgo até a cidade de Nova Iorque"! Suas palavras roubaram o ar da sala.

"Então prove! Eu lhe darei dois dos meus melhores cavalos para a jornada", um criador de crioulo gritou de um canto do bar.

E ao raiar do dia o vaqueiro deixou seu rancho montando um cavalo dourado chamado Gato e conduzindo um grande oveiro chamado Mancha, para carregar o cargueiro. Eles atravessaram desertos arenosos, vastas cadeias de montanhas e pontes suspensas. Enfrentaram morcegos vampiros, temperaturas extremas e bandidos. Depois de mais de dois anos, o vaqueiro chegou à cidade de Nova Iorque para um desfile digno de um herói."

Essa é a história da minha vida. O conto que aprendera com o pai quando criança teve um impacto profundo nele. Seu tio, um caubói ferrenho, botou Iso em um cavalo quando ele era muito pequeno e o garoto viciou. Passou a maior parte da vida com esses animais majestosos, laçava, participava de rodeios e montava todos os dias. Nasci em 1º de novembro de 1986 em Espírito Santo do Pinhal, interior de São Paulo. Durante uma festa de aniversário, a bolsa da minha mãe se rompeu, enchendo suas botas brancas de caubói antes mesmo que ela percebesse o que estava acontecendo. Todos que estavam na festa lotaram o hospital da cidade onde, às 23h41, minha mãe falou pela primeira vez o nome que previu meu destino. "Filipe", disse olhando nos olhos do seu pequeno e enrolado bebê. O nome, escolhido por meu pai, significa "amante dos cavalos".

Antes que pudesse dar meus primeiros passos, eu já estava na sela com meu pai. Desfiles de cavalos, rodeios e torneios de laço, íamos a todo lugar juntos. Sempre que chegava perto de um cavalo meu coração batia mais forte. Minha primeira lembrança de estar em um cavalo foi uma quase tragédia. Era uma égua baia, e eu estava galopando em um pasto. Puxei as rédeas com toda a minha força de cinco anos de idade, mas meus braços eram tão pequenos, que não surtiu nenhum efeito. Meu instrutor de equitação me alcançou, agarrou minhas rédeas, virando o pescoço da égua com força e parou o animal fora de controle. Fiquei apavorado, mas essa memória sempre representou a liberdade para mim. Por mais assustado que estivesse em cima daquela sela barulhenta, uma parte de mim queria que a égua continuasse correndo para sempre.

Vamos para 21 de maio de 1996, quando eu tinha nove anos de idade e, com minha mãe, meu pai e minha irmã Paolla, embarquei em um jato da Canadian

Airlines para Toronto. Não entendia muito bem o que estava acontecendo nem mesmo sabia onde ficava esse "Canadá" de que todos falavam. Quando pousamos, tudo era diferente. O cheiro. Os doces. Até a cor do asfalto das estradas era diferente, mais clara que a do Brasil. No meu primeiro dia de escola chorei como um cordeiro indo para o sacrifício. Não falava nem uma palavra em inglês nem tinha um amigo dentro dos muros de tijolos avermelhados daquela escola primária. Eu não era o cara novo de outra cidade, era o garoto vindo de um lugar abaixo da linha do Equador, uma terra completamente estranha que não se parecia em nada com o Canadá.

Quando entrei na sala de aula, muito pequena, tudo era diferente. As meninas louras com olhos claros. As cadeiras de plástico laranja com bolas de tênis cortadas embaixo de cada perna de metal. Os meninos usando camisas de hóquei e cabelo espetado. Eu tinha cabelos compridos até os ombros e usava roupas em que poderiam estar escrito em letras garrafais, ALIEN. Sozinho naquela sala cheia de crianças me encarando, e sussurrando com as outras, enfrentei o desafio de fazer meu primeiro amigo.

Porém, quando o sinal tocou depois do primeiro intervalo, eu estava correndo em um campo de futebol podado com perfeição, sentindo-me famoso. O que nunca havia passado pela minha cabeça até aquele dia era que aqueles canadenses, assim como meus amigos brasileiros, amavam jogar futebol. E ter nascido no Brasil me dera habilidades que eles ainda tinham que aprender.

Enquanto a bola quicava de um lado para o outro, eu me fazia entender com meus pés ligeiros e linguagem de sinais. Quando o sinal anunciou o fim do jogo, voltei para a aula com Mark Maw – um canadense de olhos azuis com corte de cabelo de cuia e sorriso brilhante. De repente, eu havia feito meu primeiro amigo: bondoso, altruísta, com quem eu tinha muita afinidade e que se tornaria meu melhor amigo e me acompanharia para o resto da vida.

Com a idade muitas coisas mudaram. Aprendi a jogar hóquei, fiz amigos e comecei a laçar bezerros em Ontário. Mas a história que meu pai me contara sobre o Gaúcho que foi a cavalo da Argentina a Nova Iorque, nunca saiu da minha cabeça. Volta e meia, alguma coisa trazia a história à tona na minha imaginação. Até que um dia, meu pai encontrou o site *Long Riders Guild* (Associação dos cavaleiros de longa distância) e descobrimos quem era o homem por trás dessa odisseia. Durante anos imaginei aquele homem sem rosto subindo pelas Américas em seus dois cavalos crioulos, Mancha e Gato: curiosamente, meu pai sabia os nomes e as características dos cavalos, mas não do cavaleiro. Agora o herói da minha infância havia ganhado um nome e, acima de tudo, um rosto:

Aime Tschiffely, um professor suíço, muito mais magro do que eu imaginava. Lendo sua história, descobri que ele havia partido da Argentina para provar que o crioulo era o cavalo mais resistente do planeta. Ele havia sido boxeador durante alguns anos, antes de se mudar para a Argentina para ensinar inglês em uma escola particular. Observando seus olhos doces, Aime Tschiffely não era mais o vaqueiro sobre-humano que cavalgou da Argentina até Nova Iorque, mas o cavaleiro de longa distância de quem riram quando ele contou à imprensa sua ideia "insana" antes de partir. Encomendamos o livro dele *Tschiffely's Ride* e nos anos que se seguiram ele se tornou minha bíblia, minha profecia.

CAPÍTULO 2

Os cavalos

Lição do dia: *nem sempre o sonho é realizado como planejamos.*

★ CANADÁ ★

O cabo do cabresto apertou minha mão direita. Montei Bruiser e na outra ponta do cabo estava Frenchie, um quarto de milha de 726 quilos e olhos arregalados, carregando um cargueiro no lombo com duas caixas de plástico laranja e uma bolsa de brim azul-escuro cheia de roupas, equipamento e comida. Bruiser deu um grande passo adiante e Frenchie seguiu relutante. E então, mais dois. No que deveria ser o quarto passo, ele enfiou a cabeça entre as pernas e explodiu, empinando e dando coices, arrancando o cabo do cabresto da minha mão, que queimou deixando uma fina linha branca na palma. Saiu pulando como um cavalo de rodeio, relinchando e bufando, piorando cada vez mais. Sem saber o que fazer, tomei a decisão errada de galopar em direção a ele montado no Bruiser. As orelhas de Frenchie se abaixaram para trás, ele virou seu corpo robusto na nossa direção e nos atropelou como um trem descarrilado. Bruiser girou na mesma direção. Frenchie continuou pulando e de repente meu calmo alazão castrado disparou como um foguete, corcoveando atrás do seu amigo palomino. Aguentei durante alguns pulos até ser lançado da sela para o chão duro na arena coberta.

Apenas seis dias para a minha partida e eu deitado no chão da arena com o fedor de estrume de cavalo no nariz, minha calça jeans rasgada, um dedo quebrado e um ego profundamente ferido. Não era esse o começo que eu havia previsto para meu sonho. Às vezes quando sonhamos, é fácil fantasiar as coisas: cavalos pastando em prados verdes, límpidos riachos correndo de colinas onduladas; pássaros cantando belas canções enquanto seguimos o vento em direção a algum campo desconhecido. Se tivesse imaginado o lado negro da minha Longa Jornada, eu nunca, jamais, em tempo algum teria lutado tanto para começar minha viagem.

Dois anos antes de encontrar meus cavalos, limpei mesas em Toronto durante o dia, enquanto planejava minha "Viagem pela América" e sonhava com ela. Estava preparando o plano de uma vida. Com a ajuda de aventureiros como o brasileiro Pedro Luis de Aguiar e a americana Bernice Ende, tracei minha rota para o sul. Meus mentores explicaram que era provável que cavalgasse bem pouco na rota que tracei antes, já que, durante minha viagem, os citadinos iriam me guiar para as melhores estradas para viajar a cavalo – cheias de capim, água, fazendas e menos tráfego de carros – mas esse exercício foi importante para me preparar mentalmente para o trajeto. Eu tinha um QG em um quarto vazio no meu apartamento, coberto do chão ao teto com listas de tarefas da minha viagem, incertezas e metas. Depois do meu expediente de oito horas no trabalho, ficava mais oito horas planejando e revisando. No alto de um enorme quadro branco lia-se: Processo, Ação, Incertezas, Financiamento e Equipamento, e abaixo havia longas linhas de notas adesivas coloridas com a tarefa específica a ser executada. Quanto mais itens eu ticava no quadro, mais notas adesivas voltavam! Minha namorada, Emma, que esteve do meu lado durante o desenho da estratégia e planejamento dos meus sonhos pelos últimos três anos, foi essencial. Foi uma excelente organizadora e ótima preparadora de listas. Meu grande amigo Eric, fotógrafo profissional e designer gráfico, me ajudou a criar toda a mídia usada para os patrocínios. Amigos e familiares doaram dinheiro por um site de financiamento coletivo para cobrir os custos de impressão e do próprio site, além dos amigos que doaram seu tempo. Em meio a essa guerra psicológica para fazer toda a logística funcionar também precisava focar na minha saúde física. Fui à academia vários dias por semana para treinar o core e perder peso. Conversando com meus mentores sobre a Longa Jornada, entendi que meu corpo naturalmente se adaptaria às muitas horas na sela porque eu montava desde criança, mas que, para o bem-estar dos meus cavalos, eu precisava ficar o mais leve possível.

Agora, dois anos depois, quase no dia em que colocaria meus cavalos na direção sul e finalmente começaria a desenhar pontos pretos na cópia de um mapa das Américas, os animais, que havia conhecido um dia antes, não estavam nem perto de estarem preparados. Ao me levantar do chão, peguei meu chapéu empoeirado, engoli minhas lágrimas, medos e frustração e fui em direção ao Bruiser. Consegui acabar com o surto dele rapidamente e o amarrei. Estava nervoso e com a respiração pesada, mas era Frenchie que precisava ser controlado de imediato.

O palomino, agora em sua terceira volta na arena, havia jogado a bolsa azul grande de cima do cargueiro e, para piorar, estava ganhando fôlego. Para pegá-lo, o fiz correr e corcovear pela arena por cinco minutos sem parar. Perseguido com um chicote preto, ele correu em círculos. Quando gritei "eia!", ele parou e me encarou ofegante. Queria mostrar que se ele trabalhasse comigo, em vez de contra mim, a vida seria bem mais fácil para todo mundo.

Fui até ele devagar enquanto observava cada movimento meu com olhos arregalados. Assim que o alcancei, ele deu um passo para o lado, mas eu agarrei o cabo do cabresto dele. Fiz com que desse alguns passos para trás e sussurrei suavemente em seu ouvido, "Calma, filho. Não vou machucar você. Você vai ver".

*

Assim que cheguei ao rancho Mane Attraction, em Olds, Alberta, comecei a correr contra o relógio. Conhecer meus cavalos apenas sete dias antes da minha partida parecia uma insensatez, mas minha falta de grana me impediu de transportar os cavalos antes para o Canadá. A primeira coisa que fiz foi falar em particular com cada cavalo em seu estábulo. O primeiro foi Bruiser, de cinco anos, descrito como um Quarto de Milha "alto e dócil" e doado por Brian Anderson, o santo que abriu as portas do universo para mim. Antes dele me avisar que seu rancho, o Copper Spring, iria me doar o Bruiser para a viagem, eu não tinha nada de concreto para fazer essa jornada acontecer. Bruiser estava de pé com seus monumentais 1,60m, uma listra branca interrompida na cara, e a graça e o corpo esguio de um cavalo de raça. Dei um tapinha em seu pescoço e expliquei a viagem que teríamos pela frente. Prometi que, se me ajudasse a viver esse sonho, daria a ele a melhor aposentadoria que um cavalo pode desejar. Antes de deixar que terminasse seu feno, levantei sua cabeça e soprei em sua narina direita, uma maneira educada de se apresentar a um cavalo, de acordo com um veterano que conheci.

Então fui até o estábulo de Frenchie, outro cavalo que consegui com Brian: além de me doar Bruiser, ele conseguiu falar com Stan Weaver, presidente da Associação de quarto de milha de Montana, para doar Frenchie também. Observei o palomino de pouco mais de sete anos antes de entrar. Estava imóvel com os olhos arregalados e muito assustado com qualquer coisa que se movesse. Sobretudo pessoas. Tinha uma listra branca de frente aberta em sua cara dourada, uma pata esquerda calçada e linhas negras em torno dos olhos, como os olhos delineados de kajal de um faraó egípcio. Era um pouco mais baixo que

Bruiser, com 1,50m, porém mais largo, como tanque de guerra, com a beleza de Brad Pitt e o corpo de Dwayne Johnson. Garanti a ele que resolveríamos nossos problemas e teríamos uma incrível aventura juntos. Ele se moveu nervoso quando cocei sua cara, como se quisesse aproveitar, mas não pudesse se permitir. Frenchie foi deixado em um pasto por vários anos com pouco ou nenhum contato com humanos. Soprei suavemente em sua narina direita, como havia feito com Bruiser. Ele levantou suas orelhas para frente e me olhou nos olhos. Precisava que confiasse em mim acima de tudo.

Na mesma noite em que fui lançado da sela, falei com meu pai por telefone que não sabia se seria capaz de amansar Frenchie a tempo para minha partida. Não estava saindo de um pasto de vacas vazio em Alberta. Estava partindo do maior rodeio do Canadá que celebrava cem anos de história. Todos os meios de comunicação do país estariam lá, alguns vindos do Brasil apenas para filmar esse "maluco brasileiro" partir a cavalo. Todos esperavam que eu falhasse. Meu pai me perguntou: "Você é um homem ou um saco de batatas?" Ri pela primeira vez em dias. Ele continuou, "Você chegou tão longe, meu filho. Não tinha nada para fazer que essa viagem acontecesse e agora está pronto para cavalgar até em casa com tudo do que precisa. Trabalhe com Frenchie o dia inteiro todos os dias. Ele se sairá bem". Meu pai tinha razão. Tinha chegado muito longe para sequer pensar em desistir.

Quando imigramos para o Canadá, tudo o que tínhamos no Brasil foi vendido para custear nossa nova vida no "Grande Norte Branco". O dinheiro era pouco, logo não haveria cavalgadas e aventuras de caubói, como eu tive em casa. Então conheci Jason Thomson, um campeão do laço, que aceitou me ensinar a laçar novilhos em troca dos meus serviços de limpar estábulos, exercitar cavalos e alimentar o gado. Durante o ensino médio passei cada segundo com Jason, que me ensinou todos os seus truques, até mesmo como treinar meu próprio cavalo para o laço. Graças a Jason, fui classificado para a final do *high school rodeo* por dois anos seguidos na final, pelo time Wrangler All-Star. Ele sabia como me pressionar bastante para tirar o melhor de mim e eu sabia que precisava disso, então o chamei.

"Filipe, você precisa fazer aquele cavalo te respeitar. Treinou um cavalo para o laço quando tinha quinze anos. Você consegue, cara." Ele estava certo. Eu precisa dar a volta por cima.

No dia seguinte, Emma veio de Toronto até Alberta para me ajudar com os preparativos finais. O dono do haras tinha uma bicicleta infantil que emprestou a ela para me seguir nas estradas de cascalho enquanto eu trabalhava com os dois cavalos. Tudo ia bem até eu decidir praticar montando o Bruiser e apeando, enquanto o palomino ficava por perto. Quando desci de Bruiser, Frenchie foi para trás um pouco nervoso, com medo do movimento do meu pé direito, mas ficou firme. Porém, quando fui subir de novo, ele surtou e arrancou o cabo do cabresto da minha mão. Em pânico, e só com metade do corpo na sela, tentei descer depressa para pegá-lo, mas acabei soltando as rédeas de Bruiser. Em fração de segundos, ambos os cavalos escaparam galopando pela Estrada de cascalho em direção à rodovia movimentada no final da estrada, me deixando na poeira deles.

"Pegue a bicicleta", Emma gritou sacudindo a pequena mountain bike amarela. Peguei a bicicleta e pedalei com todas as minhas forças atrás dos cavalos fujões. Minhas pernas formavam um ângulo de noventa graus enquanto eu tentava dobrar meu corpo comprido para caber na pequena bicicleta. Pedalei muito rápido, mas aqueles cavalos eram ainda mais ligeiros, se afastando cada vez mais a cada segundo.

Por sorte, uma mulher em uma pequena van verde-escuro que dirigia na direção dos cavalos os viu de longe, parou seu carro e desceu com os braços abertos. Como um milagre, os dois animais reduziram a velocidade e foram até os braços dela.

"Você está bem?" ela perguntou quando finalmente cheguei em minha pequena bicicleta.

"Estou bem, muito obrigado por parar", eu disse, tremendo como um cachorrinho com frio. Era um começo muito negativo para a minha Longa Jornada. Quando Adrian Neufeld, dono do haras e cavaleiro experiente, ficou sabendo do incidente, me implorou para não sair de Calgary por pelo menos um mês.

"Fique aqui e treine com esses cavalos. Você vai morrer nas estradas", disse o velho cavaleiro quando voltamos do celeiro. Compreendi o receio de Adrian, mas aquele primeiro passo é o que impede muitos sonhadores de cumprir seu destino. Começar uma aventura tão colossal é um ato de fé. Quanto mais demorar para sair da zona de conforto, maior se tornará o desafio. Alguns passam a vida se preparando, mas nunca realizam. No pouco tempo que passei no haras de Adrian, ele me orientou todos os dias com suas palavras e sabedoria, além da extraordinária ajuda com os cavalos. Todavia, como em muitos momentos na vida de um jovem, é preciso seguir a bravura em seu coração. Era agora ou nunca.

Depois de sete dias que passaram voando, trabalhando com os cavalos e de uma tempestade se armando para o norte, botamos Frenchie e Bruiser em um trailer branco e, com Emma, Adrian e o pastor da igreja dele, fizemos uma viagem de quarenta minutos para Calgary. Numa quinta-feira, 5 de julho, logo após as 19h, chegamos à área do Stampede e descarregamos os cavalos na baia dos competidores. Adrian, o pastor, Emma e eu demos as mãos e rezamos. As palavras poderosas deles e a energia positiva me tocaram e, enquanto me despedia de Adrian com um abraço, derramamos lágrimas tristes como as de um homem mandando seu filho para a guerra.

CAPÍTULO 3

Cavalgando para o sul

Lição do dia: o amor é importante quando se quer percorrer uma longa jornada.

Dia 1: Na manhã do domingo de 8 de julho de 2012, acordei para a revelação de que aquele era o dia. Os últimos dias passaram em um turbilhão de eventos. Fui entrevistado por repórteres, treinei com os cavalos durante as manhãs e as tardes, tentei participar do extraordinário rodeio e fui ao café da manhã de abertura do Stampede de Calgary, em que conheci o primeiro ministro Stephen Harper e sua mulher.

"Você é um homem corajoso", sorriu o político grisalho, com os olhos azul-acinzentados bem abertos e interessados sob a aba do chapéu de caubói de feltro preto. "Boa sorte!" Agradeci a ele e apertamos as mãos. Hoje era o dia. Joguei tudo na minha mochila, devorei um pedaço de pão com pasta de amendoim e fui com Emma até os cavalos. Às 7h da manhã, com umidade suficiente para nos fazer suar, os animais estavam nervosos. Imaginei Aime Tschiffely ansioso ao arrear Mancha e Gato, enquanto eles abaixavam suas orelhas para trás, inquietos ao sentir a energia da jornada que estavam prestes a fazer. Cavalos são extremamente intuitivos e podem captar a energia do cavaleiro. Naquela manhã de verão muito intensa, agitada e quente, eles observavam Emma e eu perto deles apressados, tentando reunir todas as coisas a tempo. Havia muitas bolsas e equipamentos de montaria, e ainda mais entrevistas para dar. Éramos um time de duas pessoas tentando fazer os papéis de produtor, diretor, gerente, publicitário, viajante aventureiro, trabalhador do haras, caubói, fotógrafo e videomaker.

Com Frenchie e Bruiser, fui encontrar minha escolta da Real Polícia Montada do Canadá. Depois de muitos e-mails, a tropa que faz a exibição musicada de montaria concordou em nos acompanhar até a saída do Stampede Park, uma grande honra de umas das mais importantes cavalarias do mundo.

"Como alguém que já passou incontáveis horas em uma sela, sei o que está prestes a enfrentar, filho... Desejo muita sorte na sua viagem", disse o capitão antes de me saudar. Com quatro policiais montados ao nosso lado, Frenchie, Bruiser e eu cavalgamos pela multidão. Dei um enorme sorriso enquanto as lágrimas desciam pelo meu rosto. Estava prestes a começar minha Longa Jornada. Não tinha ideia de até onde iria, mas isso não importava. Nada mais importava. Aqui estava eu no maior rodeio do Canadá, cercado pela mídia e acompanhado por policiais montados em seus uniformes escarlates, dando o primeiro passo – o salto. Eu já era um vencedor.

Depois de dar um beijo e um abraço apertado em Emma, aspirando forte seu doce perfume para guardar na memória, era hora de partir rumo ao desconhecido. A quatro quilômetros por hora. Após quatro minutos de cavalgada, olhei e ainda pude vê-la chorando. Ela ficou ao meu lado quando muitos me chamavam de louco. Desde o primeiro dia me ajudou com esse projeto e agora eu a deixava para trás. Quem sabe o que faz alguém apoiar você e fazer de tudo para ajudar a realizar um sonho que o levará para milhares de quilômetros, por meses ou até anos? Ela tinha uma fé incrível em mim. E fé em nós dois. Em poucos minutos eu já estava questionando o que estava deixando para trás, mas alguma coisa lá dentro de mim dizia que no final tudo daria certo.

Quando cruzei os limites da cidade, o sol estava tão forte que fomos forçados a fazer uma parada embaixo de um viaduto. Não foi uma ideia muito brilhante começar minha Longa Jornada no mês mais quente na América do Norte, mas partir do Stampede parecia tão importante. Agora, no meu primeiro dia fora, suando em bicas com meus cavalos, com o calor de 40 graus, vi que a ideia era idiota. Para piorar ainda mais, esqueci de separar meu almoço. Tinha arroz, macarrão instantâneo e barras de cereal dentro das caixas no cargueiro, mas não iria de forma alguma abri-las antes do final do dia. Em meu primeiro dia fora, a apenas dez quilômetros do Calgary Stampede, eu estava morrendo de calor e faminto. Como sonhei em comer alguma coisa, qualquer coisa, à beira da Highway 2. Meu amigo DJ Dave Hall ligou: "Como está, cara? Está tão quente! Até onde você foi?" perguntou. Dave e seus pais, que patrocinaram minha viagem pela empresa deles, Oriana Financial, foram a Calgary para me ver partir. Meu amigo desde o ensino fundamental, era um daqueles caras que o tempo só aproximou mais. No ensino médio, com nossos amigos Mark Maw, Derrick e Tullo, andávamos de bicicleta, sem camisa nas noites quentes de verão, causando um tumulto divertido na cidadezinha de Bolton. Durante a faculdade,

Terry Indellicato, DJ Dave e eu apresentávamos um programa de rádio, *The B Boys*, todo domingo à noite, por três anos. Éramos inseparáveis.

"Cara, vou pegar um táxi para te levar um sanduíche e água", disse Dave. O último a dormir em todas as festas, Dave verificava se havia lençóis e travesseiros para todos. Ele era o DJ! Trabalhava duro para garantir que todos se divertissem. Uma hora depois, um táxi amarelo parou atrás da gente e dele saiu Dave, com sua cabeça cheia de dreadlocks. O baixinho e branquelo de 24 anos tinha as mãos cheias de águas, um sanduíche de peru de 30 cm e dois sacos de batata chips. Disse-me "boa sorte, cara, te amo" e deu um aceno de adeus de cavaleiro, pulou no táxi amarelo e desapareceu na estrada.

Devorei meu suculento sanduíche e meus cavalos fizeram o mesmo com o pasto verde. Então, seguimos cavalgando. Às 16h meus olhos buscavam um rancho ou uma fazenda para passar a noite e vi cavalos em um pasto à direita. Bom sinal, mas era hora de encarar um momento que eu temia: bater à porta de um estranho e pedir para passar a noite era uma coisa que eu dificilmente faria. Porém, se eu pretendia ir a algum lugar com aqueles cavalos, teria que aprender a fazer isso. Cheguei até um portão fechado, não havia carros na garagem. Gritei, mas não havia nem sinal de alguém por perto. Com a cabeça baixa, toquei Bruiser para andar e continuamos pela rodovia. Minha primeira incursão para pedir abrigo foi um fracasso.

Uns cem metros depois, vi outro grupo de cavalos em um pasto. Lá fui eu de novo tentar minha sorte. Cavalguei por um jardim mal-cuidado e berrei: "oi, tem alguém em casa?" Uma mulher veio até a porta, bastante surpresa com a cena diante dela. Não é todo dia em pleno século XXI que se vê um viajante com um cavalo carregado no seu gramado. Devia ter uns 60 anos e tinha um cigarro pendurado nos lábios. O marido apareceu atrás dela com o mesmo olhar de surpresa.

"Desculpe incomodá-los, mas estou cavalgando com esses cavalos do Calgary Stampede até minha casa no Brasil e preciso de um lugar para passar a noite", disse tentando parecer um jovem inocente que não pretendia fazer nenhum mal, bem envergonhado de ainda estar tão próximo do ponto de partida e do quão distante estávamos da linha de chegada. Estava a apenas 20 quilômetros da área de Stampede. Quinze minutos de carro.

"Brasil, o país?" disparou ela com os olhos arregalados.

"Sim, senhora." Como encarar alguém e dizer que seu destino está a 15.980 quilômetros distante? Esperei pelo "Uau, você é louco", mas felizmente, após alguns segundos explicando meu sonho, tive meu primeiro lugar para passar a noite. Estava feliz, mas exausto. Com os ombros caídos, descarreguei os cavalos

FILIPE MASETTI LEITE no Canadá **23**

e os levei para fora. Cada músculo do meu corpo latejava de dor quando comecei a armar minha barraca.

"Não, não, você pode dormir na casa conosco. Nossos filhos se mudaram há muito tempo e moramos sozinhos nessa casa grande." E assim foi. Como um bom verão canadense, às 22h, com o sol ainda brilhando lá fora, dei boa noite. Em uma cama infantil, cheio de animais de pelúcia a minha volta, senti uma pontada de dúvida de novo. Mas antes de adormecer não conseguia parar de imaginar o que o amanhã me traria.

CAPÍTULO 4

Sul de Alberta

Lição do dia: acreditar na boa vontade
das pessoas é um passo importante.

Quando acordei numa comunidade Hutterite, uma parada no sul de Alberta, uma terrível descoberta quase fez meu coração parar. Bruiser brigou com Frenchie durante a noite e mordeu seu lombo, que ficou com uma pequena ferida bem no lugar onde se coloca o cargueiro. Apesar de o corte não ter mais do que 20 cm, sabia exatamente o que significava para nós e o fato de ter acontecido em nossa segunda semana era frustrante.

Antes de conhecer meus cavalos em Olds, Alberta, peguei um ônibus para McBride, British Columbia, para encontrar um dos aventureiros mais importantes do século XX: Stan Walchuk, que administra o Blue Creek Wilderness Riding Clinic, a única escola desse tipo no mundo. Todo verão, Walchuk ensina aqueles que buscam aventura e a arte de viajar a cavalo pelas Montanhas Rochosas. Exibindo boa forma em seus 50 anos, Walchuk trabalhou a maior parte da vida como vendedor e guia e, no início dos anos 1980, fez uma das viagens mais longas em região selvagem de todos os tempos: 1900 quilômetros por 11 cordilheiras e 22 rios das Planícies do Norte da América do Norte para Wrangell, no Alaska. Durante a semana de treinamento, ele me agraciou com um arsenal de conhecimentos na arte da viagem equestre, dando-me a confiança de que precisava. Um dia durante uma aula, Walchuk deu atenção especial a uma questão assustadora: pisaduras no lombo do animal. Passar de 8 a 10 horas selado, um cavalo está sujeito a desenvolver feridas no lombo. Para um aventureiro, a saúde do seu animal é a coisa mais importante do mundo, mais do que seu próprio bem-estar. É por isso que tudo deve ser feito para assegurar que seus cavalos não tenham pisaduras. Mas às vezes não há nada que se possa fazer, como Bruiser morder Frenchie, por exemplo. Nesse caso, Walchuk havia prescrito todos os medicamentos disponíveis para proteger o cavalo e continuar a cavalgar. Agora, há apenas duas semanas na estrada, sabia o quão importante era continuar, e não parar. Precisava que a força ficasse do meu lado se realmente tinha esperança de chegar em solo brasileiro. Sem falar no inverno que se aproximava rapidamente e, se eu não atravessasse o norte do Novo México até a primeira nevada, ficaria preso na América do Norte até o primeiro degelo.

"Se, por qualquer motivo, notar uma ferida no lombo do cavalo, pode cortar um buraco na sua manta no local que ficaria em cima da ferida…. isso permitirá que a ferida se cure e que você continue a cavalgar, mas precisa cuidar constantemente para que a manta da sela não se mova para frente ou para trás", Walchuk me alertou. Então medi a manta da sela e fiz o que meu professor ensinou: cortar um buraco redondo no local da ferida. Teria que vigiar a manta sempre para garantir que a ferida de Frenchie não piorasse. Agradeci a família que me recebeu pela gentileza e parti para o sul.

*

Seguimos os campos verdes de cevada até Cardston, Alberta, lar da maior reserva indígena – a "Blood Tribe", com uma população de dez mil pessoas. Depois de desarrear os cavalos, Sharlee Weasel Head, filha do cacique, me levou para um tour na reserva. Jogando seu carro de um lado para o outro para fugir dos buracos gigantescos da estrada, ela me mostrou as casas decadentes, com janelas cobertas, portas quebradas e as pichações que estavam por todo lado. Vi muita pobreza na minha vida, mas não consegui não me impressionar pelo fato de estar em um dos países mais ricos do mundo. Uma policial assistente, Sharlee, cuida dos problemas da reserva em primeira mão, mas a experiência dela era diferente.

"Tive uma vida muito protegida. Meus pais viviam para os filhos e sempre nos deram uma ótima vida. Uma das primeiras vezes que entrei nessas casas foi como policial. Não pude acreditar nas condições em que meu povo vive, casas imundas cheias de vômito e urina", me disse virando a cabeça com nojo. Sharlee acredita que muitos na reserva usam drogas e álcool hoje em dia devido à ausência dos pais nas terríveis escolas-residência. Bernice Red Crow, neta do último cacique hereditário da reserva concorda com ela.

"Frequentei a escola-residência dos 6 aos 15 anos. As freiras eram muito severas. Não podíamos nos abraçar, o que era muito ruim… e se falássemos durante o jantar eles levavam nossa comida e nos botavam de pé no canto. Íamos dormir com fome." Foi duro ouvir tudo isso. Sabia que essas coisas aconteciam há muito tempo e muitos canadenses acham que o povo aborígene precisa seguir em frente, mas a verdade é que as escolas-residências criaram um ciclo terrível nas comunidades nativas. As crianças eram forçadas a usar fraldas sujas na cabeça como castigo por falar sua língua de origem. Muitas eram espancadas, abusadas ou pior. Essas escolas tentaram apagar a cultura aborígene e assimilar seus descendentes. As casas deterioradas que vi são o resultado direto dessas crianças que se tornaram pais sem a menor ideia de como criar filhos em um ambiente amoroso.

"Levar embora crianças tão pequenas fez com que elas crescessem sem saber como ser pais", disse Sharlee. Mas essa não era a única história. Alguns, como Sharlee, se formaram na universidade e voltaram para retribuir à sua comunidade. "Quero ser policial na minha própria comunidade e fazer tudo o que puder para ajudar meu povo. Muitos pensam que somos todos bêbados sem instrução, mas na verdade temos médicos, advogados, atletas profissionais e outros aqui na reserva. Somos como qualquer outra sociedade e estamos dando duro para resolver nossos problemas." Rezei para que ela tivesse sucesso.

*

Em minha viagem pelo sul de Alberta havia muitos campos amarelos brilhantes de canola que iam até onde a vista alcançava, com grandes e redondos fardos de feno em rolos bem ao lado da rodovia, em pastos verdes que me davam muito espaço para cavalgar. Ao longe, à minha direita, os picos recortados das Montanhas Rochosas com seu tom castanho de verão encontravam o profundo azul do céu, o que era tranquilizador, pois um caubói me disse mais cedo que enquanto a cadeia de montanhas estivesse daquele lado da rodovia eu estaria indo em direção ao sul.

No caminho para a cidade de Okotoks, a sorte não estava do meu lado. Durante uma das minhas muitas paradas para ver se a manta da sela de Frenchie havia se movido, descobri que o buraco havia subido no lombo e que o peso da cangalha e o calor tinham deixado em carne viva o ferimento, que cresceu e virou um nódulo protuberante. Ao lado da estrada movimentada, descarreguei imediatamente meu forte palomino. O lombo dele precisava de tempo para descansar e cicatrizar. Porém, quando procurei por uma fazenda, casa, posto de gasolina, qualquer coisa por perto, como muitas outras vezes antes, estava no meio do nada. Sozinho, ansioso, suado, cansado, frustrado. Olhei para o universo acima e com suor escorrendo nos olhos, pedi ajuda.

Na beira da estrada, com meus pés tocando a faixa branca, comecei a acenar pedindo ajuda. Um carro, dois carros, três carros passaram correndo sem sequer reduzir a velocidade. Parecia que eu era invisível para eles naquela escaldante tarde em Alberta. Quando me perguntava se alguém pararia em algum momento, uma mulher corpulenta em uma picape azul parou na minha frente. Ela desceu do carro desesperada e me perguntou se um cavalo tinha sido atropelado.

"Não, senhora, estou levando meus cavalos para o Brasil e um deles está com uma ferida no lombo. Estou indo para Okotoks e queria saber se a senhora pode me fazer um enorme favor e levar a bagagem na frente para mim. Quando chegar lá pensarei em uma maneira de mandá-la para o sul", disse enquanto ela se aproximava dos cavalos.

"Claro, esse cavalo precisa de um tempo sem nada no lombo, mas não se preocupe que ele vai se curar. Você e seus cavalos podem ficar no meu rancho, eu moro bem perto de Okotoks", ofereceu enquanto alisava o pescoço de Frenchie. "Só não quero confusão na minha casa. Estou passando por um divórcio complicado e não preciso de mais problemas. Você é um bom garoto, não é?" Ela me fuzilou com seu olhar, que combinava com seus ombros largos de vaqueira.

"Sim, senhora, eu sou um bom garoto", respondi com o melhor olhar de cachorrinho que consegui fazer. Colocamos a bagagem e a cangalha na picape. Depois de trocarmos números de telefone, ela partiu com a promessa de me encontrar depois de algumas horas para me guiar até seu rancho. Agradeci umas vinte vezes antes de ela sair e continuei rumo ao sul. Cavalgando sob o sol escaldante me perguntei se havia feito a coisa certa confiando em uma estranha para levar todo meu equipamento. Tudo o que eu tinha estava naquela cangalha: câmeras, roupas, comida, mapas, diários, ferramentas, purificador de água e barraca. Aquelas caixas laranjas e a bolsa de viagem de lona guardavam a minha vida e agora uma estranha partiu com tudo. Mas minha intuição sempre me disse para confiar em vez de julgar ou duvidar. Meus instintos não falharam. Logo depois das 16h, Jennifer White voltou com sua grande picape e me levou ao seu rancho, pouco antes da cidade de Okotoks. Era uma propriedade incrível em um exuberante vale verde, com um grande celeiro, estábulos e a sua pitoresca casa, rancho Oxley.

"Temos 2.500 acres e criamos algo entre 125 e 150 cabeças de gado", se gabou durante o churrasco de linguiça naquela noite. "Não é fácil administrar um rancho. Tem que querer mais do que qualquer coisa, eu amo e não trocaria por nada nesse mundo."

Na manhã seguinte, um domingo claro e quente, me juntei à família de Jennifer no rancho do pai dela, que ficava a vinte minutos dali, para participar de uma marcação de gado tradicional. No curral grande de madeira, separamos os bezerros das mães. As vacas preocupadas começaram a mugir em um coro que só terminou quando seus filhotes voltaram para elas. Começamos laçando os novilhos, marcando, vacinando e castrando. Havia em torno de 75 animais e, com a ajuda da equipe de caubóis e *cowgirls*, e também das cervejas geladas, o dia passou tranquilo. Mantendo a tradição, o dono do gado marcou cada animal com a marca do seu rancho. As longas hastes de metal ficavam na fogueira feita no meio do curral, até que ficassem no tom vermelho-brasa necessário para fazer uma marca nítida no couro do bezerro. Ao lado do bezerro deitado, ajudando a segurá-lo, o velho homem – curvado com quase um século de trabalho pesado, mas ainda bem vestido com luvas de caubói amarelas, um chapéu de caubói e uma blusa xadrez com botões de madreperola – mirou a marca no meio da anca do animal e, com seu pé no flanco dele, pressionou o metal quente no couro, mantendo a pressão até que uma nuvem de fumaça branca subisse. Espessa e densa, cheirava como cabelo e carne queimados. Sua calma ao marcar o bezerro que berrava era um atestado do número de vezes que havia feito isso ao longo da vida.

Depois que o último bezerro foi devolvido a sua mãe e que a gritaria diminuiu, todos nos reunimos na casa da fazenda para um banquete. Os testículos cortados durante o dia foram fritos e se tornaram "ostras da pradaria", servidos com purê de batatas, frango, carne bovina, legumes, pão de alho e salada. Comemos, rimos e descansamos depois do longo dia. Nunca havia comido "ostras da pradaria" antes, mas devo dizer que, para um testículo cheio de veias, era bem gostoso. Os caubóis os fritaram e me disseram para espremer limão antes de morder. A consistência era meio estranha, muito borrachuda para o meu gosto, mas era saboroso e surpreendentemente apetitoso. Esses fazendeiros tinham o conhecimento secreto de como trabalhar com a terra e não contra ela. Jennifer, uma poderosa fazendeira da quarta geração, detém a essência da vida, uma harmonia com o universo e a natureza.

CAPÍTULO 5

Primeira Linha Imaginária

Lição do dia: nunca se deixe amedrontar se você estiver certo do que está fazendo.

★ **FRONTEIRA ENTRE CANADÁ E ESTADOS UNIDOS** ★

Dia 21: Meu alarme tocou às 6h. Esse era o dia mais importante da nossa Longa Jornada até agora e o nervosismo e a apreensão fizeram com que eu me revirasse a noite inteira. Naquela terça-feira, 1º de agosto de 2012, eu tentaria cruzar a primeira de muitas fronteiras que estavam por vir e uma das mais intimidantes: a dos Estados Unidos da América. Levando as coisas essenciais em uma mochila doada, azul-bebê, fui até o estábulo.

Rhonda Weasel Head já havia levado minha bagagem até a fronteira enquanto a ferida de Frenchie cicatrizava. Eu decidira dormir longe dos cavalos porque estavam seguros na hípica da cidade e precisava de uma boa noite de descanso. Depois de enfrentar semanas de calor e exaustão, dormir em mantas de sela e usar um velho moletom como travesseiro, meu corpo precisava de um colchão macio. Quando cheguei ao Agrodome, minhas costas estavam encharcadas de suor. Alimentei os cavalos, carreguei os dois e enchi minhas garrafas de água. Mal passara das 7h30 e já estava quente e úmido. Com os dois animais prontos para partir, tirei um segundo para pedir proteção. No dia anterior, na visita ao Serviço de Proteção à Criança na reserva Blood, ganhei duas tranças de erva doce. Na cultura aborígine a planta sagrada é usada para paz e proteção. "Queime a ponta e use as mãos para cobrir a cabeça com a fumaça cinco vezes. Então, peça pela proteção do seu deus", Rhonda me explicou e disse para fazer isso toda vez que sentir medo para manter os maus espíritos afastados. Menos de 24 horas depois, lá estava eu tremendo de medo de entrar nos Estados Unidos com dois cavalos. Era o destino. Com eles atrás de mim, ajoelhei na grama macia e me cobri com a fumaça da erva doce que queimava. Rezei para o universo.

Brasileiros tem muita dificuldade de obter o visto de turista para visitar os Estados Unidos porque todos os anos muitos conterrâneos acabam ficando ilegalmente por anos, trabalhando sem pagar impostos. E lá estava eu, um brasileiro que vivia no Canadá, tentando entrar nos Estados Unidos a cavalo. Fedendo a erva doce, pedi que tudo corresse bem, montei em Bruiser e cavalguei para o sul conduzindo Frenchie. Quatro horas depois, com a imensa e quadrada "Chief Mountain" a minha frente e exuberantes campos verdes por todo o lado, cheguei à fronteira. Cinco carros me separavam da pequena janela – parecida com um drive through – em que os passaportes eram apresentados para os carimbos de entrada. Meu coração estava acelerado.

"Não são criminosos e ursos a maior ameaça ao seu sonho de cavalgar do Canadá até o Brasil, mas sim a hostilidade dos burocratas da fronteira", me alertou CuChullaine O'Reilly, fundador da Associação dos cavaleiros de longa distância. Agora a distância de uma minivan, com as palavras de CuChullaine ecoando na minha cabeça, percebi o quanto eu era inadequado. Estava tentando entrar na fortaleza chamada Estados Unidos a cavalo no século XXI. Diferente de quando Tschiffely cruzou o mesmo país em 1927, o mundo não era mais feito para os cavaleiros viajantes.

Pessoas tiraram fotos até chegar a nossa vez de passar pela pequena janela, depois de vinte minutos na fila. Desci do cavalo e conduzi os dois até a janela. Sentia como se fosse desmaiar a qualquer minuto, como se estivesse tentando entrar no país com muitos quilos de cocaína em vez de dois cavalos. O oficial da imigração me olhou e disse: "Por favor, me diga que tem os documentos dos seus cavalos, filho". Nervoso, respondi: "Sim, senhor", entregando os documentos. Ele pareceu aliviado. Outro oficial saiu com seu iPhone para registrar o momento.

"Cara, ninguém nunca cruzou essa fronteira cavalgando antes", disse apontando o celular para nós. Era como se o iPhone tivesse algum poder mágico, porque depois daquela foto, consegui relaxar. Os oficiais eram todos sorrisos, estavam adorando a experiência. Quase esqueci que estava prestes a entrar em Montana, o coração da América. O oficial pegou meu passaporte e os documentos dos cavalos e me pediu para prendê-los no estacionamento e entrar no escritório. Achei um lugar à sombra e amarrei os meninos. Depois de 30 minutos preenchendo um formulário para os cavalos, meu passaporte foi carimbado e estávamos prontos para seguir. O momento que eu temia desde que saí de Calgary não poderia ter sido mais tranquilo. Com um país a menos na lista, cavalguei pela fronteira para o Blackfeet Nation and Glacier National Park. "Bom dia, América", gritei o mais alto que pude no cume achatado da montanha "Chief Mountain" que agora parecia mais impressionante que nunca.

Infelizmente, meu entusiasmo desapareceu rapidamente quando o calor se intensificou. Caminhando para dar um descanso a Bruiser, sentia-me como se fosse desmaiar ali mesmo naquela estrada. Segui adiante cambaleando. Cada passo mais pesado que o anterior. Às 17h encontrei a primeira sombra do dia. Parei imediatamente e deixei os cavalos descansarem, fechando meus olhos e focando em respirar. Nada mais. Bebi um pouco de água, quente da alta temperatura do dia. Consegui pegar minha câmera e falar com ela. Assistindo àquele vídeo meses depois, fiquei espantado com minha péssima aparência. Meu rosto estava abatido, minha pele queimada e eu mal conseguia manter os olhos abertos enquanto explicava para a câmera como havia sido caminhar o dia inteiro sob o sol quente. "Estou morrendo... Estou morrendo", disse enquanto meu braço perdia a força e a câmera despencou. Lembro de como o simples ato de manter a câmera levantada era muito para meus membros enfraquecidos. O que deveria ter sido o maior dia da minha Longa Jornada logo se tornaria o pior.

CAPÍTULO 6

Montana

Lição do dia: confie nos instintos
dos seus animais.

Entrei em Montana pelo estonteante Glacier National Park, com seu terreno verde, lagos gelados e picos de montanhas nevados, mas logo ficou claro que era um ano terrível para cruzar os Estados Unidos. Em mais de cinquenta por cento do país havia secas, com temperaturas que há muito não se viam. Carregava uma mochila pesada, pois o lombo de Frenchie ainda não estava em condições de carregar a cangalha, e as duas últimas horas de cada dia eram as piores. O calor era insuportável, eu tinha uma dor aguda nos ombros e quanto mais para o sul íamos nos "campos dos grandes céus", o calor e a seca só pioravam. Cavalgando pela estrada de asfalto, poças ilusórias apareciam ao longe, saídas do asfalto quente e desapareciam no ar espesso e turvo. No caminho para Dupuyer, passamos por um pequeno trecho de capim verde e riachos fluindo com água fresca da montanha, mas, após isso, vimos apenas pasto queimado e leitos de riachos secos. Passei por um córrego onde havia sete peixes mortos presos na areia seca, se decompondo lentamente sob o sol quente.

Falei com muitos agricultores e pecuaristas que não sabiam o que fazer. "Se essa seca continuar, terei que vender meu gado... Não posso arcar com a compra de feno e mesmo que pudesse não se encontra", um velho criador de gado me disse. Fui solidário a ele. Sem água, pastos verdes e feno, minha viagem seria impossível. Meus cavalos dependiam desses gêneros de primeira necessidade para sobreviver e cada dia trazia uma nova preocupação. Apesar das dificuldades, aquele estado glorioso era também o lar de pessoas extraordinárias: pecuaristas e caubóis de rodeio que hospedaram os cavalos e arranjaram minhas próximas paradas com outras almas igualmente generosas pela estrada. Cada família me revelou um pouco de sua história. No "Wirth Ranch", em Wolf Creek, de propriedade da família por mais de 120 anos, Robert Wirth me mostrou uma relíquia de família.

"Era do meu avô", disse todo orgulhoso segurando o pito de uma sela gasta, "Acho que é de 1870 ou 1880". Deu alguns tapas, levantando uma nuvem de poeira. Cheirou um pouco e seus óculos de fundo de garrafa ampliaram seus olhos tristes. "A pecuária mudou noventa e nove por cento desde que eu era garoto. Veículos de quatro rodas podem mover o gado em uma hora agora. Isso levaria um dia inteiro." Após um delicioso jantar em família, ele me mostrou fotos antigas de condução de gado e dele criança montando cavalos enormes. Com cada imagem vinha uma história para dar vida à foto desbotada. Amei cada segundo e, antes de irmos dormir, ele me deu um apelido.

"Sabe o que você é? Um vagabundo de sela. Como aqueles velhos caubóis que cavalgavam de rancho em rancho trabalhando para viver", disse com um sorriso acolhedor estampado em seu rosto flácido.

*

Em uma manhã pegajosa, saí de Augusta, onde havia descansado por dois dias na casa de Kathy Murphy e Patrick Greany. Augusta é uma pitoresca cidadezinha de caubóis, com um *saloon* perfeito para um filme de bang-bang. Em minha primeira noite lá, um caubói bruto me pagou uma cerveja. "Qualquer caubói que chegue na minha cidade a cavalo, vindo lá do Canadá, merece meu respeito", disse antes de bater a garrafa de cerveja e sair. Eu tinha um sorriso grande e bobo na cara quando um dos jovens ao meu lado, um dos muitos bombeiros que trabalhavam nos incêndios florestais, me deu um aviso: "Esse é um ano recorde de incêndios aqui em Montana por causa da seca. Tenha cuidado com o lugar que vai acampar". Estava remoendo suas palavras há algumas horas fora da cidade, no meio do nada, algo normal em Montana, já que o estado tem mais cabeças de gado do que pessoas. Logo após as 9h, com o sol castigando meu chapéu branco de caubói, Bruiser e Frenchie empacaram de repente. Frenchie começou a bufar e Bruiser relinchava nervoso. Olhei em volta e não vi nada. Tentei tocar Bruiser para frente, mas ele não me atendeu, olhou para trás como se tentasse me dizer algo. Gritei: "Vamos, meninos, vamos! Vai ficar cada vez mais quente!".

Não me obedeceram e ambos viraram para a direção de onde acabáramos de vir, tentando fugir. Lutei com eles por alguns instantes e consegui virá-los para o sul de novo. Eu estava com calor e frustrado, tentando controlá-los e ao mesmo tempo entender porque estavam agindo de maneira estranha. Então a resposta de 900 quilos pulou na estrada. Estávamos cara a cara com um urso pardo! O urso, grande e mal, atravessou a estrada na nossa frente! Ele passou voando na vida real, mas na minha visão distorcida, se movia em câmera lenta. Quando tentei impedir Bruiser e Frenchie de galopar para o outro lado, mantive meus olhos na fera e tentei não borrar as calças. Seus olhos eram pequenos como os olhos de ursinhos de pelúcia, mas seus dentes grandes e pontudos e suas garras afiadas eram ferozes. O animal gigante lançou um olhar em nossa direção, mas não interrompeu sua corrida.

Como brasileiro, para mim é impossível carregar uma arma pelos Estados Unidos, mas um fazendeiro me deu um spray de pimenta. Ele disse que se um urso viesse para cima de mim, eu deveria apontar a lata para a cabeça dele e apertar o botão mirando nos olhos, sempre tomando cuidado com a direção do vento para que o spray ardido não atingisse os olhos dos cavalos ou os meus. Agora, vendo o tamanho desse animal, percebi que aquela porcariazinha não teria nenhuma utilidade. Como eu poderia esperar ele chegar perto o suficiente para apertar o spray? Teria me borrado todo, com certeza!

Seguimos em frente, mas passei o dia inteiro olhando pelo ombro para ver se o urso estava nos seguindo. Ouvi dizer que quando o urso pardo te encontra, ele fica por perto. Depois daquele incidente com o senhor Pardo, aprendi a confiar nos instintos dos meus cavalos acima de tudo. Eles sentiram o cheiro daquele urso bem antes que eu percebesse que ele estava vindo. Se tivéssemos continuado andando, ele teria nos apanhado ao tentar atravessar aquela estrada.

*

Alguns amigos de Wolf Creek me ajudaram a achar um ótimo rancho para deixar os cavalos e arrumei um quarto em um hotel barato. Nunca esquecerei a sensação daquela água fria batendo no meu corpo queimado e empoeirado. A água marrom que escorria das minhas pernas para o ralo me deixou com nojo de mim mesmo, mas renovado.

Comprei um short e usei as máquinas do hotel para lavar meu jeans imundo. Lavei duas vezes antes de botar na secadora. Não me lembro de vê-lo tão azul. Voltei então para o meu quarto com ar condicionado com uma cerveja gelada na mão e um saco de batata, entrei no wi-fi e abri meu Facebook.

As redes sociais eram uma das razões para o meu projeto haver decolado e, durante a viagem, era como eu mantinha contato com Emma, minha família e meus amigos. Às vezes minha mãe só ficava sabendo que eu estava bem por uma foto postada no Instagram depois de vários dias sem internet. Também me permitia ser um dos primeiros aventureiros a compartilhar minha viagem em tempo real. Pelo Twitter, Instagram e Facebook, pessoas do mundo todo podiam acompanhar minha jornada para casa, pegada por pegada. Seus comentários e mensagens faziam com que eu me sentisse conectado mesmo quando estava completamente só. Porém a verdade é que eu estava sozinho.

CAPÍTULO 7

Yellowstone

Lição do dia: companheirismo
é fundamental.

Em uma parada no rancho Copper Spring, o lar de Bruiser, conversei sobre mapas com Brian, nascido e criado em Montana, e falei sobre meus planos de entrar em Wyoming pelo Parque Nacional de Yellowstone. "Yellowstone tem a maior população de ursos pardos do mundo. Não acho que deva cavalgar por lá com sua latinha de spray de pimenta. Aquelas coisas podem comer você, a lata e arrotar a pimenta", riu.

Uma noite após o jantar, a mulher de Brian, Lisa, cansada de ouvir piadas sobre ursos, disse algo que mudou tudo: "Brian, se está tão preocupado com a sobrevivência do Filipe no parque, por que não vai com ele?" Os ouvidos de Brian se empolgaram: "Eu posso ir?" Então respondeu à própria pergunta: "Eu posso ir, eu posso ir... vai ser incrível, parceiro!" E de repente eu tinha meu segurança particular parrudo contra ursos, além de comediante e caubói, para encarar o Parque Nacional de Yellowstone. Após obter todas as permissões, mantimentos e um telefone via satélite, Brian e eu estávamos prontos para começar nossa viagem, mas houve um contratempo quando Bruiser deu um coice em uma estaca de cerca de metal e ficou mancando. Não era muito grave, porém ele não aguentaria mais a difícil viagem pelo interior do parque. O rancho me emprestou Daredevil, um quarto de milha alazão de três anos que nunca havia saído da estância na vida. Desejei que não fosse uma pegadinha. Montei o jovem cavalo e Frenchie, enfim recuperado da ferida, carregou a cangalha.

Como um prenúncio, o começo da nossa viagem foi uma pedreira. Literalmente. Com apenas uma hora de trilha, o cavalo de Brian, Lucky, pisou em falso no estreito caminho e quase caiu da montanha íngreme, à nossa direita. Brian, com reflexos de um gato, pulou do seu cavalo, enquanto a parte traseira de Lucky ficou pendurada à beira do penhasco, com pedras caindo no precipício.

Decidimos andar e conduzir nossos cavalos seguindo a trilha acidentada que beirava o abismo profundo à nossa direita. Do caminho para o cume víamos o rio Yellowstone azul turquesa brilhando sob nós, pedras amarelas banhadas pelo rio que corria reluzindo aos raios do sol. O cânion coberto com uma floresta alpina verde deslumbrante de um lado e falésias marrons acidentadas do outro, parecia magnífico demais para ser real. Seguimos em frente em um silêncio deslumbrado.

Alguns quilômetros depois, passamos por uma ponte sobre o rio, com altura equivalente a um prédio de cinco andares. Fui levado para quase um século atrás, na "Tschiffely's Ride", em que há uma foto fabulosa em preto e branco do viajante conduzindo seu cavalo de carga, Mancha, por uma longa ponte suspensa, igual a que eu fitava agora. Os pelos dos meus braços se arrepiaram quando desci do meu cavalo e entrei nervoso na ponte. A fria água glacial com sua fúria estava muito abaixo de nós, enquanto a ponte oscilava para cima e para baixo a cada passo dos cavalos. Um vento suave soprava quando estávamos no meio da ponte, fazendo-a balançar de leve de um lado para o outro. Estava impressionado com a calma dos cavalos. Cabeças baixas, dando um passo de cada vez, mas eu diria que estavam prontos para sair da estrutura que se movia. Depois do que pareceu ser uma eternidade, pisamos em solo firme de novo. Fui montar em Daredevil ao mesmo tempo em que ele resolveu que seria uma boa ideia começar a escalar a montanha íngreme à nossa esquerda. Quando tentava passar minha perna direita por cima da sela, perdi meu equilíbrio e dei uma boa olhada no precipício que ia direto para o rochoso leito do rio lá embaixo.

"Pula! Pula!" Quando vi, estava deitado na trilha de terra, com meu cavalo perto de mim.

"Cara! Você ia cair por uma semana até bater naquele rio. Você sabe o quão perto estava de cair?" Brian estava branco. Ainda deitado olhando para o focinho do Daredevil, engatinhei para olhar a beirada a apenas poucos centímetros da minha cabeça. Foi por pouco!

*

Após um longo dia na sela, chegamos ao nosso acampamento. A autorização para acampar em Yellowstone tinha regras rígidas e os visitantes tinham que assistir a um vídeo sobre ursos pardos. Ambos são um saco! O vídeo faz você acreditar que será devorado por um urso e as instruções rigorosas o impedem de parar em qualquer lugar que acredite ser bom para passar a noite. Depois de tirar as selas dos cavalos, começou o trabalho de verdade: alimentá-los, montar a barraca, preparar o jantar. Em uma Longa Jornada o trabalho pesado vem sempre depois que você desce da sela. Enquanto comia uma farta refeição de feijão, purê de batatas e carne moída, Brian me contou histórias da época em que viaja a cavalo para caçar.

"Uma vez fiquei no topo de uma árvore assistindo a um urso pardo comer meu café da manhã", riu. "Sério, ele me perseguiu até a árvore e então comeu o bacon, os ovos... comeu tudo!"

Lavamos os pratos em um riacho próximo, depois era hora de pendurar nossa comida para evitar que acontecesse conosco o que Brian contou sobre o urso. Ursos têm um faro extraordinário. Então, para aumentar nossas chances de não sermos atacados por um, tivemos que acampar a uns noventa metros da nossa comida e pendurá-la a, no mínimo, três metros. Com todo peso que estávamos carregando, nós dois tivemos que suspender as caixas com comida e equipamento. Checamos os cavalos e nos acomodamos da melhor maneira possível na pequena barraca.

"Estou me sentindo tão seguro agora", disse Brian ao se virar para encerrar o assunto. "Pois botei mel nas suas botas e então, se um urso vier, eu poderei fugir", rimos até dormir um sono profundo. Na manhã seguinte acordamos com uma camada leve de gelo cobrindo tudo. Doloridos da viagem árdua do dia anterior, descemos nossas coisas para preparar o café da manhã e estudar o mapa. Esse seria nosso dia mais duro. Não apenas teríamos que atravessar o cume de três mil metros de altura do Specimen Ridge, lar da maior concentração de ursos pardos no parque, mas também teríamos que cavalgar por mais de cinquenta quilômetros antes de alcançar o acampamento designado para nós. Chegamos à trilha com o sol já subindo no céu azul brilhante, com búfalos, alces e veados pontuando as paisagens impressionantes ao nosso redor.

"Que dia incrível para estar vivo", Brian cantou montado em Lucky, mas quando deu 18h, Brian olhou o mapa do topo de uma outra montanha e percebeu que ainda havia mais de 25 quilômetros de trilhas rochosas pela frente. Algumas eram tão íngremes que deixamos nossos cavalos nos guiarem pelo caminho. Todos os riachos estavam secos. Nossos cavalos trabalharam muito pesado e não tínhamos água para dar a eles. Porém, como bons e velhos caubóis, nunca demonstramos o medo que sentíamos lá no fundo. Acabamos andando na maior parte dos últimos vinte quilômetros. Durante uma dessas subidas extenuantes, nossa carga começou a escorregar do cavalo de Brian, que agora a carregava. Ao lado da face íngreme e rochosa, tentamos arrumar o cargueiro de novo, tarefa que parecia impossível. Quando tirei a lona azul da bagagem, o saco de dormir de Brian caiu e despencou pela encosta a uns 50km/h. Quando parou, e olhamos de longe, parecia que havia voltado para Bozeman.

Sorrimos encabulados, mas aconteceu a mesma coisa com nossa barraca. Por sorte, um arbusto de sálvia a amparou, a meio caminho abaixo da montanha. Corri lá embaixo e a agarrei enquanto Brian segurava os cavalos, mas decidimos que o saco de dormir dele estava longe demais. Isso nos custou uma meia hora, que não poderíamos ter desperdiçado, antes de conseguir ajustar o cargueiro de volta em Lucky e continuar. As montanhas brilhavam com um tom dourado enquanto o sol abaixo de nós beijava o horizonte. Logo após as 20h finalmente alcançamos o cume roxo da Amethyst Mountain, o pico mais alto no Specimen Ridge Range. Estávamos exaustos, sedentos e doloridos e, como recompensa por nosso trabalho duro, fomos agraciados com a espetacular visão de um rebanho de carneiros selvagens e um por do sol maravilhoso, 360 graus de cordilheiras ao nosso redor, que corriam como veias azuis no chão da Terra, enquanto vastos vales reluziam a volta delas.

"Filipe, aquele é o maior que já vi", disse Brian apontando para o macho do rebanho, cujos chifres arqueavam em um círculo perfeito. Era majestoso. Apenas dois homens, seus cavalos e um rebanho de carneiros selvagens, no topo do mundo. Aquela montanha havia feito tudo para impedir que alcançássemos esse misterioso cume. Um lugar em que poucas pessoas apenas irão botar os pés, com uma vista que vale cada gota de suor. O silêncio aqui era tão intenso que eu podia senti-lo pressionando minha pele.

Logo a brisa fria da noite nos forçou a botar nossas jaquetas e, depois de tirar algumas fotos, começamos nossa tensa descida. Vestígios de ursos pardos e esterco fresco marcavam a trilha enquanto Brian guiava o caminho com seu rifle na mão, o "carne velha na panela", apelido da Marlen 444. Mantive minha mão perto do revólver que ele havia me emprestado e que estava pendurada no meu cinto, municiada. A cada passo abaixo daquela montanha o sol corria à nossa frente, nos deixando, por fim, no escuro da noite. Estar em uma floresta escura que você sabe ser cheia de ursos pardos e leões da montanha dá à palavra 'assustador' um significado totalmente novo. A noite encoberta, sem lua tornou a escuridão mais intensa e caí de joelhos várias vezes depois de tropeçar em galhos pelo chão. A toda hora pequenos arrepios subiam dos meus pés à raiz dos cabelos com qualquer barulhinho que ouvia.

Às 23h ouvimos a correnteza de um rio. Música para os nossos ouvidos, sem falar nos cavalos sedentos. A lanterna de cabeça de Brian guiou o caminho quando aceleramos o ritmo, mas ele teve dificuldade para ficar na trilha quando ela sumiu na grama alta. Cruzamos densas florestas que se abriam em prados e viravam mata cerrada de novo e várias vezes ouvimos animais passando apressados à nossa volta, mas não havia como saber se era um urso pardo, um leão da montanha, búfalo, veado ou alce. Continuamos obstinadamente. À meia-noite, enfim demos de cara com a margem do rio Lamar, mortos de cansados, mas felizes por estarmos vivos. A noite fria não nos impediu de andar na água congelante para dar água aos cavalos. Brian jogou nosso filtro na água e bombeou como um louco. Por vários minutos tudo o que se ouvia era o barulho alto que nós e os cavalos fazíamos bebendo água.

Levamos os meninos para fora do rio, os descarregamos e só então descobrimos que havíamos perdido nossa bolsa de comida. Fazia um frio cortante naquele longo dia. Olhei para Brian e disse: "O que a gente faz agora?" Ele estava tão cansado que simplesmente olhou para trás, sem esboçar qualquer reação e disse, "pensaremos nisso amanhã de manhã, parceiro, vamos montar esse acampamento". Quando terminamos de montar nossa barraca já era 1h da manhã e estava frio. Com seu saco de dormir lá em Montana, Brian encarnou o Joey, da série de TV *Friends*, e vestiu todas as suas roupas. Senti muita pena dele. Estava tão frio que no meio da noite pegamos nosso fogareiro para aquecer um pouco. Acampar perto do rio era uma grande roubada em matéria de ataque de ursos, já que eles usam o rio para beber água, caçar peixes, mas estávamos tão exaustos de nossa viagem de dezesseis horas que não pensamos duas vezes. Amarramos os cavalos em uma linha alta esticada entre duas árvores e montamos nossa barraca perto deles para ouvi-los relinchar, caso um urso se aproximasse. Brian dormiu abraçado ao "carne velha na panela" e eu segurei a glock perto de mim com a trava de segurança ativada.

Às 3h acordei com o barulho alto dos cavalos e fui até lá fora com um medo que nem imaginei que pudesse sentir. Segurando o revólver na mão direita à minha frente e uma lanterna na mão esquerda. Andei lentamente até os cavalos, que se mexiam sem parar. Quando cheguei perto, percebi que Frenchie havia pisado no cabo do seu cabresto e estava simplesmente tentando se soltar: típico de Frenchie, sempre se metendo em encrenca.

Na manhã seguinte, com as caras amassadas e arrasados, Brian e eu aquecemos nossas botas congeladas usando o fogareiro de uma boca. Depois de alimentar e dar água aos cavalos, Brian montou em Lucky para subir a montanha por alguns quilômetros para ver se encontrava a bolsa com toda a nossa comida. Uma hora depois, ele voltou galopando. Não havia achado nossa comida. Tinha descoberto um urso!

*

As bolsas térmicas com a comida tinham se perdido para sempre. Por sorte, Brian havia guardado duas varas de pescar e tentamos pescar no rio Lamar. Peguei um peixe bem pequeno, mas Brian tinha as habilidades de pesca de Jesus e pegou oito trutas! Ficamos apenas com os dois maiores e fizemos um café da manhã delicioso. Peixe com amendoim amassado. Sem sal, sem manteiga, sem óleo. Não sei se ele é o melhor cozinheiro do mundo ou se eu estava faminto demais, mas o peixe ficou uma delícia. Nos dois dias seguintes fomos forçados a parar em todos os rios e pegar nossa próxima refeição. Ainda bem que havia bastante peixe no parque.

Cruzamos outras três pontes suspensas, sete rios e tantos picos de montanha, que nem contamos. Brian olhou para mim e disse: "Sabe que somos irmãos agora, não sabe?" Eu sabia o que ele queria dizer. Enfrentamos montanhas maiores do que poderíamos sonhar e sobrevivemos para contar. Estava com uma sensação de dever cumprido. Estava em uma onda de entusiasmo, sentindo que finalmente poderia relaxar e respirar, já quase fora do parque, e então aconteceu a tragédia. Cavalgando em Daredevil pelo último rio que precisávamos atravessar, puxei o cabo do cabresto de Frenchie para que ele seguisse o mesmo caminho abaixo pela margem íngreme, mas em vez disso ele pulou dentro do rio. No começo eu e Brian rimos quando ele enfiou a dianteira na água e deixou a traseira em solo seco. Daredevil continuou para o outro lado do rio e Frenchie arrastou a parte traseira do corpo para dentro da água. Na hora não pensei em nada, mas meio quilômetro depois, quando finalmente alcançamos a estrada principal em que iriam buscar Brian, meu cavalo de carga não aguentaria mais peso algum em sua pata esquerda traseira. Depois de tudo o que havíamos passado naquele parque, não podia acreditar que isso estava acontecendo agora. Meu coração ficou apertado de ver meu cavalo com tanta dor. "Acho que é a articulação do joelho, parceiro. Vamos levá-lo de volta no trailer e veremos o que dá para fazer", disse Brian tentando me acalmar. Quando a caminhonete e o trailer chegaram, carregamos os cavalos e nosso equipamento. Aventura era o que queríamos, mas havia um preço alto a pagar.

CAPÍTULO 8

Capital Mundial do Rodeio

Lição do dia: *sempre nos surpreenderemos com as pessoas.*

Doído e cansado, pulei da cama atormentado pelas dúvidas. Como continuaríamos nossa Jornada? Bruiser ainda estava ferido pelo coice na cerca e agora Frenchie estava contundido do pulo no rio. Que catástrofe! Depois de passar por tanto chão desde a partida em Calgary, eu era agora um caubói sem cavalo. Justo quando pensava que esse dia cinzento não poderia piorar ainda mais, notei um buraco na sola de couro laranja desbotada da minha bota. Aaahh!

Abri a porta do quarto e fui atingido por uma rajada de frio, uma brusca lembrança do quão depressa o inverno chega ao norte dos Estados Unidos. O clima era algo que preocupava sempre porque a primeira nevasca poderia me deixar empacado até a primavera, não poderíamos cavalgar na neve espessa e em temperaturas congelantes. Com a cabeça fervendo, me arrastei até a arena de equitação. Brian e Lisa já estavam cavalgando sorridentes e gritaram "Bom dia, Filipe". Acenei de volta e fui ver Frenchie. Não estava bem. Logo vi que estava com a pata traseira esquerda levantada, para não colocar peso sobre ela. Ao me aproximar dele dei uns tapinhas no pescoço, cocei sua cara e me dirigi ao seu quadril. Toquei seu jarrete, canela e boleto para ver se estavam quentes, estava levando minha mão até sua perna e quando cheguei em sua soldra, percebi que ali estava a dor. Quando pressionei a parte superior da sua perna, abaixo da anca, ele mostrou desconforto.

"Uma lesão muscular como essa é demorada", comentou Brian quando chegou à cerca e olhou para o meu palomino. Suas palavras viraram um mantra deprimente ecoando sem parar na minha cabeça. "Lesão... demorada... lesão... demorada." Quebrando o silêncio, Brian disse: "Olha, eu queria que você pudesse ficar aqui com a gente no rancho para esperar até que Frenchie e Bruiser melhorassem, mas precisa sair do Colorado antes da

FILIPE MASETTI LEITE em Cody **43**

primeira nevasca ou vai ficar preso. Você ainda tem um longo caminho a percorrer antes de chegar, e nesse momento é difícil saber se Frenchie terá condições de continuar".

Meus pensamentos rodopiavam como um furacão. Como poderia deixar meus dois cavalos aqui e continuar sem eles? Quanto tempo levaria para achar novos cavalos? Quando era uma criança deitada em minha cama lá em Espírito Santo do Pinhal, sonhando com "Tschiffely's Ride", o que me deixava com um largo sorriso não eram os países que ele havia cruzado ou as pessoas que conhecera, eram suas histórias sobre Mancha e Gato. Aqueles dois cavalos foram os heróis da viagem e o fato de terem percorrido todo o caminho da Argentina até os Estados Unidos foi o que estimulou esse sonho. Desde que deixamos Calgary, nós três viramos um rebanho. Três energias de lugares completamente diferentes que aprenderam a confiar uns nos outros e a trabalhar em harmonia. Homem e animais se movendo em uma pulsação, orquestrados pelo som dos cascos batendo no chão duro.

"Não sei o que fazer, cara", respondi.

"Vamos fazer o seguinte: eu empresto dois dos nossos cavalos. Encontraremos alguém para transportar você até Cody, onde saímos do parque, e você continua em direção ao sul. Em um mês mais ou menos, quando seus cavalos se recuperarem, eu os levarei de trailer até você e trocarei pelos outros dois", disse me dando tapinhas nas costas. Não existem muitas pessoas como Brian. Como se já não tivesse feito o bastante por mim, ele transportou Frenchie e Bruiser até Alberta para mim, me recebeu em Copper Spring por uma semana, quase morreu atravessando Yellowstone a meu lado e agora estava prestes a me emprestar dois cavalos e a cuidar dos meus. Não sabia nem o que dizer.

"Você não tem escolha, Filipe. Não estava perguntando se concorda ou não, estava apenas te contando o plano", me disse com um sorriso no rosto. "Quero que chegue ao Brasil. Acredito em você e no seu sonho." Se havia algum lugar adequado para eles descansarem e se recuperarem era ali. Eles tinham uma clínica veterinária, alimentavam seus cavalos com a melhor alfafa e feno e tinham alguns dos mais talentosos especialistas em equinos do país trabalhando com eles. Estava triste de deixar os meninos para trás, mas aliviado por estarem em um rancho tão espetacular.

E, em um instante, eu estava sentado em uma caminhonete do rancho Copper Spring rebocando Daredevil, o cavalo que havia montado em Yellowstone, e Clyde, um parrudo e pequeno quarto de milha que levaria a carga até o Colorado. Em Cody fomos aos famosos campos de rodeio, onde encontrei dois estábulos vazios para os cavalos. Comprei um pouco de feno e logo comecei a fazer amizade com os caubóis e vaqueiras. Comemorando seu 74º aniversário, o rodeio acontecia todas as noites, de junho até agosto, o que dava a Cody o título "Capital Mundial do Rodeio".

CAPÍTULO 9

Bem-vindo a Wyoming

Lição do dia: nunca queira ser aquilo para o que você não está preparado.

Antes de pegar a trilha empoeirada de novo, me despedi dos outros caubóis em Cody, surpreso com o quão triste estava de deixar meus novos amigos, uma prova de como pode ser solitária essa viagem. Porém, graças a um caubói de Chicago, que se mudou para Wyoming depois de enriquecer no ramo de limpeza de piscina, eu não ficaria tão sozinho nos próximos dias. "Kenny, o garoto da piscina", um fã de esportes ao ar livre, se juntou a mim pelas trilhas do interior que ele conhecia tão bem. Ele era um homem forte com uma camiseta branca, calças jeans e um chapéu velho de palha que parecia ter sido pisoteado por uma manada de cavalos. Seus olhos brilhavam com a juventude que faltava à sua cabeça careca. Ele era ao mesmo tempo bruto e cavalheiro, com uma inteligência para apoiar seu corpo musculoso. Gostei dele de imediato. Como havia se apaixonado pelos espaços abertos de Wyoming alguns anos atrás, Kenny aprendeu a arte de viajar a cavalo pelas montanhas que cercam Cody, mas eu sabia que isso não seria fácil, sobretudo porque estava viajando em novas montarias. No rodeio de Cody passei horas treinando com Daredevil e Clyde, acostumando-os a seguirem um ao outro e a levar a carga. Cavalguei com eles pelos campos do rodeio, na cidade e até mesmo por um drive through em Arby. Algo que fez todo mundo à volta tirar fotos. Quando partimos, eles estavam trabalhando muito bem juntos, mas estavam longe de parecer cavalos de montanha.

Juntos, Kenny e eu subimos e descemos, então subimos de novo, apenas para descer outra encosta irregular e insegura. Passamos o primeiro dia presos a penhascos íngremes que desabavam em um rio que corria lá embaixo. Alguns lugares eram tão irregulares e estreitos que eu prendia a respiração a cada queda de cascalho que batia em pedrinhas soltas e rochas no caminho estalando pelo penhasco. Kenny disse que havia perdido um cavalo de carga alguns meses antes. Qualquer pequeno deslize poderia nos fazer despencar no abismo.

Paramos para almoçar perto de um ameaçador sinal marrom com aviso de urso pardo. Kenny tirou uma foto minha rindo como um idiota, mas logo depois que ele tirou a foto, eu me arrependi. Serei o cara no noticiário, encontrado estraçalhado por um urso e com uma última foto no iPhone perto desse maldito sinal. Quase deletei a foto, mas consegui deixar minha superstição de lado. No final do nosso primeiro dia, nossos corpos doíam do balanço na sela em circunstâncias tão estressantes. Enquanto esticávamos uma lona azul embaixo de umas árvores, Kenny me contou sobre seu negócio de piscina em Chicago. Prendemos os cavalos com cordas longas para que pudessem comer enquanto montávamos acampamento próximo a um magnífico pasto com um rio sinuoso ao lado. Levando apenas um feixe extra de corda, fui forçado a usar a corda presa à correia (usada para prender a cangalha) para amarrar Daredevil. Embora o jovem cavalo estivesse lentamente se acostumando à vida fora da segurança que ele conhecia no rancho, ainda se assustava com facilidade.

Quando fervia água no meu fogareiro de uma boca, ouvi o galope dos meus cavalos, assustados com alguma coisa. Olhei para trás e vi que a corda amarrada à árvore havia segurado Clyde, mas para meu desespero Daredevil continuava a galopar arrastando sua corda atrás dele. Por fim, parou e olhou o rio como se verificasse se o que o havia assustado ainda estava lá. Pode ter sido um galho se mexendo com o vento, um veado ou um urso pardo. Quando alcancei o cavalo assustado, dei uns tapinhas em seu pescoço e garanti a ele que estava tudo bem. Com as orelhas apontadas para frente, como duas flechas, ele abaixou a cabeça e começou a comer. Agarrei o cabo do cabresto e passei a mão pelo nó que o ligava à corda da cangalha e continuei passando a mão pela corda até alcançar a correia. Percebi que o gancho que usava para passar a corda e amarrar corretamente a carga havia rasgado a barrigueira, essa corda era o que eu usava para prender todos os meus pertences juntos, embaixo da lona azul que havia conseguido com Stan Walchuk meses atrás. Como iria evitar que as minhas coisas caíssem enquanto subíssemos e descêssemos milhares de vezes nos próximos dias? Eu estava ferrado. Eu estava ferrado. E pior, estava exausto. Agarrei a corda e o levei de volta ao acampamento comigo.

"O que aconteceu?" Kenny perguntou ao ver a corda na minha mão. Mostrei a ele o problema e ele riu. "Malditos cavalos! Sempre achando que o mundo está prestes a engoli-los", debochou. "Não se preocupe, vou ligar para minha namorada e ela vai comprar e trazer uma barrigueira nova para você quando vier me buscar com o trailer."

Estava agradecido, mas ainda inseguro com o que fazer nos próximos dias na trilha. Comi alguma coisa fria e tremi quando anoitecia. Depois de lavar a panela no rio, demos um último gole de água aos cavalos e amarramos uma linha alta usando minha corda extra. Procuramos abrigo, amarramos nossa comida para o caso de surgirem ursos e estendemos nossos sacos de dormir em cima da lona. Juntos, fizemos alguns polichinelos, como estudantes na aula de educação física, e corremos para dentro dos nossos sacos. Fechando meu saco de dormir até em cima, me acomodei enquanto Kenny pegou seu telefone por satélite e ligou para sua linda namorada. Eu a conhecera antes da nossa partida. Bonita, charmosa, engraçada e inteligente, apenas alguns anos mais velha que eu e muitos anos mais nova do que o Kenny. Minha cara ficou vermelha quando ela me disse: "Acho muito legal o que está fazendo", e desejei que Kenny não visse que fiquei enrubescido como um menino e me desse uma porrada. Enquanto eles conversavam, pensei em Emma. Sentia falta dos seus lábios, do cheiro dela – o cabelo dourado tinha o perfume das flores havaianas. Mas sentia mais saudade ainda da confiança que ela me dava nos piores momentos. Mesmo quando o mundo desabava ao meu redor, bastava apenas um abraço, um beijo, um toque dela para que eu soubesse que tudo acabaria bem.

"Ok, te amo", Kenny sussurrou no telefone ultrapassado antes de desligar. Sussurrei o mesmo para o céu estrelado acima, desejando que minhas palavras de alguma maneira encontrassem os ouvidos de Emma. Fechei bem os olhos e desejei que as estrelas brilhantes e cintilantes fizessem seu trabalho.

"Ela vai comprar uma correia nova e trazer em alguns dias", ele disse enquanto a imagem de Emma se partia em milhões de pedaços como um vidro caído, com o som da voz dele. "No mês passado, eu e minha namorada fizemos uma viagem de três dias e foi um horror. Tudo o que poderia ter dado errado deu. Quando me desculpei pela experiência, ela disse 'não se desculpe, você não pode controlar o que acontece lá". Olhei para ela e disse: "tem razão, não posso, e é por isso que amo tanto viajar por essas montanhas. Nunca se sabe o que vai acontecer."

"É verdade", respondi antes de o silêncio se instalar e de cair em um sono profundo.

Quando acordamos, ainda estava escuro, a grama estava congelada, assim como meus membros. Lentamente me levantei, músculos e costas doloridos. Soltei os cavalos e levei os quatro para o pasto. Desmontamos o acampamento, comemos um pouco de carne desidratada e barras de cereal de café da manhã. Depois de selar Daredevil e botar a carga em Clyde, tinha apenas minha barrigueira rasgada para segurar tudo embaixo da lona azul. Olhei a corda e a fivela partida frustrado. Como eu pude ter sido tão estúpido de usar essa corda para prender Daredevil? E ainda mais estúpido por não carregar outra correia para o caso de isso acontecer. Como um presente de Natal mal-embrulhado, consegui dar um nó que se parecia um pouco com o nó duplo diamante que eu dava todos os dias, só que não.

Apesar da minha ansiedade, pelo menos dessa vez tudo deu certo. A trilha não era recortada ou perigosa como as do primeiro dia, mas passamos por muito mais encostas acentuadas e longos trechos arenosos. Depois de parar para amarrar minha carga tantas vezes que perdi a conta, finalmente chegamos no campo do rodeio Dubois. Fomos a uma pequena lanchonete para tomar o café da manhã. Depois de dias comendo macarrão instantâneo e carne desidratada, estava com desejo de comer gordura. Café, dois ovos, bacon, batatas fritas caseiras, torrada. Minha boca se encheu de água enquanto esperava impacientemente que a garçonete trouxesse meu pedido. Essa viagem faz você ansiar pelas comidas mais simples.

"E aqui está seu café da manhã de homem faminto", sorriu a garçonete. Tentei ser educado, mas não consegui. Eu era um viciado saído da reabilitação e cada mordida era um golpe de satisfação. Não pude parar até passar o último pedaço de torrada na gordura e na gema limpando o prato. Poderia ter lambido o prato. Por fim, sorvi meu café enquanto todos ainda comiam, mas fiquei de olho nas sobras.

*

"Tenha cuidado, Filipe, se precisar de alguma coisa, não hesite em me chamar", disse Kenny ao me passar minha nova barrigueira.

"Nem sei como agradecer por me acompanhar nesses últimos dias, irmão", respondi dando um forte aperto de mão.

"Merda, queria poder fazer isso todo dia como você, eu amo isso. Talvez encontre você na América Central para passar alguns dias", ele disse antes de os três carregarem a caminhonete e, com um aceno e uma buzinada, partir nos deixando sozinhos mais uma vez. Após um dia de descanso, equipei os cavalos e fomos para Daniel, em Wyoming passando por mais paisagens de tirar o fôlego e pelo rico patrimônio natural do oeste. Os tons de verde e dourado da vegetação fizeram a transição para os campos semiáridos assolados por arbustos de sálvia. Deixáramos as montanhas pelas planícies. E o deserto.

*

Dois meses antes de partir para minha Longa Jornada rumo ao sul, ainda tive que garantir recursos necessárias para pagar por toda a viagem. Enviei vídeos promocionais e pacotes de patrocínio para umas cem produtoras diferentes no Canadá, Estados Unidos e Brasil, tentando vender a viagem como documentário ou reality show em troca da verba tão necessária. Entretanto, ninguém se interessou por meu projeto. Ouvi o mesmo refrão várias vezes: "É muito longo para uma aventura. Estamos trabalhando em muitos projetos no momento. Não é para nós, mas boa sorte". Uma porta atrás da outra se fechava na minha cara. Então aconteceu algo incrível e inesperado. Tuitei para um homem chamado Michael Rosenblum, o "pai do videojornalismo", que eu já seguia. Em 140 caracteres, falei sobre meu plano de ir a cavalo do Canadá para o Brasil, registrando toda a aventura em vídeo. Para minha surpresa, ele respondeu de imediato: "Manda o seu e-mail para mim por DM, estou abrindo um canal de aventura. Quero conversar com você". Achei que a tela do meu iPhone fosse explodir em êxtase. Ele não havia me dado um cheque, nem mesmo dito que estava interessado em comprar meu projeto. Mas depois de dois anos de nada, o tuíte dele soou como uma declaração de amor da Rihanna. Mandei meu material de apresentação para ele e a resposta foi: "vamos fazer um Skype".

Meu coração pulou de alegria! Depois, como de costume, comecei a surtar. O que ele vai perguntar? Ligamos a câmera ou conversamos só por voz? Se usarmos a câmera, será que devo usar um terno? Quando o icônico toque do Skype quebrou o silêncio, respirei fundo e atendi a chamada.

"Bom dia, Michael", eu disse. A câmera dele estava desligada. Alívio imediato!

"Bom dia, Filipe, obrigado por arrumar um tempo para falar com a gente nessa manhã. Lisa e Daniel participarão da nossa reunião hoje de Nashville, eu estou em Nova Iorque", disse.

"Oi, Filipe, sou a Lisa", disparou uma mulher em um sotaque britânico da BBC.

"Oi, Filipe, aqui é Daniel", anunciou a voz de um menino de dez anos.

"Oi, pessoal", respondi, nervoso.

"Ok, Filipe, estamos muito interessados na sua viagem do Canadá para o Brasil e queria saber o que inspirou você a fazer uma expedição tão longa como essa", começou Michael. Expliquei que meu pai costumava ler *Tschiffely's Ride* para mim e como isso se transformou no sonho de fazer minha própria jornada e blá, blá, blá. Depois do que pareceu ser uma hora, encerrei com "Desculpe, eu falo demais".

"Não, não, foi ótimo, Filipe. Lisa e eu somos jornalistas e valorizamos um bom contador de histórias", rebateu Michael me fazendo sorrir e dar um soquinho no ar.

As perguntas continuaram à medida em que fomos esmiuçando os detalhes dos meus planos. Conversamos por uma hora e, no final, Michael me agradeceu novamente e disse que Lisa entraria em contato comigo logo com uma resposta sobre a participação deles no projeto.

Depois de semanas de vácuo e ansiedade, recebi uma ligação de Lisa, do nada.

"Oi, Filipe", assim que ouvi seu sotaque Inglês-BBC meu coração pulou.

"Lisa, tudo bem com você"? Respondi já me levantando do meu assento e indo para um canto vazio.

"Filipe, decidimos ir adiante e patrocinar sua expedição como a primeira aventura do nosso novo canal, se você aceitar nossa oferta, é claro." Quando ela terminou a frase houve uma longa pausa.

"Ai, meu Deus, sério?", respondi em completo estado de choque, tentando me assegurar de que havia entendido direito.

"Sim, Filipe, é sério", ela disse com uma risada bonitinha, "Se aceitar, faremos a minuta do contrato e levaremos você a Nashville para conhecer todos e treinar com Michael a maneira de filmar sua viagem".

"Ok, parece ótimo, obrigado Lisa." Depois de tantos 'nãos', da risada dos opositores, de ser tachado como o lunático que nunca sairia do lugar, eu tinha o apoio que precisava para fazer a minha Longa Jornada acontecer! Um canal de aventura novo está se oferecendo para patrocinar meu projeto! Era bom demais para ser verdade. Liguei para Emma e contei a novidade. Não podia guardar, precisava soltar isso no universo antes que a novidade explodisse dentro de mim.

*

Semanas depois, quando finalmente pousei em Nashville, todos se pareciam exatamente com os sons das suas vozes. Daniel era um garoto de apenas 22 anos e o chefe desse novo canal. Lisa era uma doce e elegante rosa inglesa. E Michael, bem, ele era o 'Poderoso Chefão', com olhos caídos, baixinho e um forte sotaque nova-iorquino, que terminava todas as frases com "baby". Ele chamou sua mulher, Lisa, de 'baby'. Chamou Daniel de 'baby'. E até a mim ele chamava de 'babe'. Gostei dos três de imediato. Meu primeiro dia em Nashville não foi fácil. As primeiras palavras que saíram da boca de Michael quando nos sentamos em seu escritório em um belo edifício de 1929 chamado 'The Factory', na antiga fábrica de fogões 'Dortch Stove Works', foram: "olha, garoto, assisti seus vídeos online e eles são uma porcaria". Percebendo meu pânico, Michael sorriu. "Não se preocupe, eu treino pessoas para filmar vídeos profissionalmente e depois desse treinamento, você nunca mais vai fazer como antes. Precisa gravar as cenas como escreve. Li seus textos e você é um grande escritor porque cria cenas com suas palavras", o elogio dele me deu um novo ânimo.

"Venha assistir esses vídeos comigo e eu vou comentar porque são bons." Durante os três dias seguintes assistimos a filmes online, então saímos para gravar vídeos em salões, bares e quartéis dos bombeiros e, quando terminamos, voltamos para o The Factory, onde ele criticava a filmagem. Desde então, toda vez que abrisse a câmera para filmar eu ouviria sua voz de nova-iorquino dizendo: "Segure, conte até dez antes de passar para a próxima filmagem em sequência". Em poucos dias o Poderoso Chefão revolucionou meu método de filmar como havia feito com o New York Times e a BBC.

Embora eu tivesse conhecido a maioria das pessoas que trabalhariam comigo pelos próximos dois anos no meu primeiro dia lá, só conheci a pessoa mais importante no meu último dia no Tennessee. Brad Kelley era um homem intimidador de se conhecer antes mesmo dele passar pela porta. Automaticamente você é surpreendido por seu grande tamanho. Ele é colossal. De origem escocesa, esse homem tronco tem a pele muito vermelha, combinando com o cabelo. Ele é o quarto maior proprietário de terra dos Estados Unidos. Com um patrimônio líquido de aproximadamente dois bilhões de dólares americanos, estava bem claro que ele era o dinheiro. E também um homem intelectual, gentil, de fala suave, que parecia saber tudo o que deveria saber. Nunca me senti totalmente à vontade perto dele porque tinha medo de dizer algo estúpido, mas ele era um homem extraordinário que trabalhava muito duro para o império que havia erguido.

"Envie sua rota exata para mim depois porque eu tenho ranchos em Wyoming, no Novo México e no Texas onde você pode deixar seus cavalos descansando", disse o Sr. Kelley em um jantar tradicional do Tennessee, com milho, purê de batatas e frango frito durante a minha última noite.

*

Avance cinco meses, e lá estava eu prestes a chegar a um dos ranchos do senhor Kelley em Daniel, Wyoming. Meu contato era um homem chamado Merrel, um amigo próximo do senhor Kelley, que, com sua mulher Maureen, administrava uma fazenda de gado de quase dez mil cabeças. O sonho de todo caubói de um dia trabalhar nas montanhas de Wyoming. Transportando gado a cavalo pelas curvas das colinas. Laçando e cuidando de bezerros em prados abertos. Passando o dia inteiro com o seu corcel de confiança e cercado pelo gado enquanto a poeira sobe atrás de você.

Merrel me pegou com sua caminhonete e o trailer. O rancho estava a vários dias fora da minha rota, então ele me transportou até lá. Ao ver Merrel pela primeira vez, senti o mesmo que havia sentido quando conheci o Sr. Kelley – medo. Usando um velho e empoeirado chapéu Stetson de feltro, manchado com suor, Merrel tinha um vasto bigode cinza que cobria seus lábios como um tapete grosso. Ele falou com um forte sotaque de Wyoming, acentuado pelo lábio inferior cheio de tabaco. Ao se aproximar tirou seu chapéu, cuspiu e estendeu sua bruta mão direita. Apertei a mão dele com força. Parecia um couro grosso. ISSO era um caubói.

"Prazer em te conhecer, Filipay", falou meu nome como um caubói dos velhos tempos. Seguimos pela estrada sinuosa e estava escuro quando chegamos à sua casa. Ele me mostrou o estábulo, a ração e o lugar aonde eu deveria levar os meninos. Em seguida me apresentou sua mulher, Maureen, uma simpática e amável fazendeira que nascera para se casar com Merrel. Ela era alta e forte, cada parte do seu corpo combinava com o do seu marido, da cabeça aos pés.

Fomos dormir tarde e, poucas horas depois, pude ouvir que todos já estavam de pé enquanto a casa ganhava vida. Fui até a cozinha para ver o que estavam fazendo. Eram 6h e ainda estava escuro lá fora.

"Bom dia", disse a Merrel.

"Dia", ele devolveu estendendo uma xícara cheia de café para mim. "Você vem com a gente tocar o gado?", perguntou em um tom que mais parecia uma ordem.

"Não perderia isso por nada no mundo." Tomamos nosso café e fomos para o estábulo selar nossos cavalos.

"Pode montar esse castanho aqui, o nome dele é Texas", e me passou o cabo do cabresto preso a um cavalo arredio que parecia ter as orelhas apontadas em uma só direção: para trás. Depois de escová-lo e equipá-lo, carregamos nossos cavalos em um velho trailer marrom de metal e dirigimos pela mesma estrada do dia anterior ou, para ser mais exato, de algumas horas atrás. Fiquei calado lá atrás, desejando não ser jogado do cavalo na frente desses caubóis de verdade.

Perto desses caras do rancho de Wyoming, eu parecia um aprendiz com meu diploma de jornalista e o chapéu de palha branco que comprei no Stampede. Por aqui os chapéus eram tão rústicos quanto os caubóis que os usavam, domando cavalos xucros e fincando morões de cerca no solo rochoso. Para eles eu era verde, não importava de onde havia vindo a cavalo, e antes de merecer o respeito, deveria provar que podia cavalgar ao lado deles. Eu sabia o que os caubóis gostavam de fazer para testar outros homens que se dizem caubóis.

"Muito bem, esse cavalo não é montado há algum tempo, então ele pode ficar agressivo quando você montar. Segure bem firme uma rédea e faça ele virar a cabeça para não começar a corcovear", disse Merrel quando apertei a barrigueira para desgosto de Texas. Tudo o que registrei de verdade do bigode de Merrel se movendo foi *agressivo* e *começar a corcovear*. Não gostei nada disso.

Prendi minha rédea direita à ponteira da sela e segurei a esquerda com minha mão esquerda, fazendo Texas se virar em círculos à minha volta. Quando o coloquei para trotar, ele começou a saltar aqui e ali até trotar à minha volta com as orelhas ainda viradas para trás como um coelho. Fiz o cavalo parar e depois virar para o outro lado, mais uma vez ele saltou e jogou um pouco sua parte traseira, sem dar grandes coices ainda. Meu coração subiu pela boca enquanto Merrel e quatro de seus homens estavam sentados em suas selas, se divertindo com a atração da manhã, parando de sorrir só de vez em quando para cuspir o tabaco líquido preto no chão.

Botei meu pé esquerdo no estribo, Texas virou seu pescoço e eu apertei a rédea esquerda. Em um rápido movimento, joguei minha perna direita por cima da sela e me lancei! Dei um puxão na rédea esquerda, forçando-o a andar em um círculo fechado. Ele girou e girou, como se tentasse pegar seu traseiro, reagindo com raiva algumas vezes, até finalmente parar e dar um profundo suspiro, como se dissesse: "ok, você venceu".

Merrel abriu um sorriso largo. Um sorriso de verdade. O primeiro que vi desde a minha chegada, e disse: "ok, meninos, vamos nos mexer porque temos muito trabalho hoje". E simplesmente saímos por entre os salgueiros em busca de bois para levar a outro pasto. Senti que havia passado no meu teste e cavalguei com esses verdadeiros caubóis de Wyoming, com o céu azul acima dos nossos chapéus como nunca havia visto antes. Depois de cavalgar pesado nas últimas semanas, era o descanso de que eu precisava. Só que acabou não sendo nem de longe um descanso. Durante a semana inteira cavalgamos entre oito e dez horas por dia, procurando vacas em salgueiros, separando bois e levando grandes rebanhos de um pasto para o outro. Era inacreditável. Os caubóis me acolheram e ensinaram os segredos do negócio. Eu estava mais cansado quando parti do que quando cheguei, mas valeu cada segundo.

Antes que eu deixasse seu rancho, no final da minha semana de 'descanso', Merrel olhou para mim e disse: "Sabe, andei pensando e acho que uma viagem como a sua deve ser feita com três cavalos. Eu vou dar o Texas para você". Outro cavalo? Olhei para o por do sol em frente à casa de Merrel, dando ao céu vários tons de laranja.

"Fará uma enorme diferença para você ter sempre um cavalo sem nada no lombo", ele disse também olhando o por do sol. Ter três cavalos seria mais trabalhoso e estressante para cavalgar perto de estradas, mas o que ele dizia fazia sentido. Depois de alguns instantes pensando em silêncio disparei: "então é oficial, Texas vai para o Brasil". Rimos e apertamos as mãos. O sol finalmente mergulhou atrás das montanhas no horizonte, selando o acordo com um céu dourado estonteante.

CAPÍTULO 10

Água água água

Lição do dia: *água é vida.*

★ WYOMING ★

Wyoming é o velho oeste. É perigoso e seco. Extremamente frio à noite e com um calor inclemente durante o dia. Moitas do tipo açoita-cavalo voavam em grandes ramos de tempos em tempos, quase matando os cavalos do coração. Porém, tão depressa quanto me apaixonei por esse ambiente bruto e áspero, aprendi a abominá-lo. O vento absurdo que soprava queimando meus lábios com feridas e rachaduras, amaldiçoei cada arbusto de sálvia em minha agora implacável busca por água ou pasto para meus cavalos. Minha última semana no Wyoming foi seguir uma trilha selvagem sem ver outro ser humano por cinco dias. Montando Daredevil, cargando Texas e conduzindo Clyde sem sela, cavalguei de Rawlins até a fronteira do Colorado. Escalamos o dia inteiro por uma trilha sem carros voando pelo meu ombro esquerdo a cada instante, era um alívio. Estava relaxado enquanto segurava o cabo do cabresto de Texas e deixava Clyde seguir com sua corda amarrada em torno do pescoço, livre para pastar logo atrás. Nosso recém-formado rebanho ficava sempre junto, o que parecia dar a eles uma sensação de segurança, sobretudo porque toda noite estavam em um rancho ou curral diferente.

Por volta das quatro da tarde, achei um açude cercado por montanhas que oferecia o cenário perfeito para passar a noite. Descarreguei os cavalos e montei minha barraca em um lugar plano na praia, então liguei meu fogareiro para preparar jantar: espaguete enlatado. Delícia. Depois de dar água aos cavalos pela última vez, os amarrei a uma cerca de madeira gasta e aproveitei meu jantar. Lavei minha panela na água congelante e notei que um *motorhome* havia parado no lado próximo do açude. Quem estava no veículo branco? De onde vinham? Para onde estavam indo? Devia ser muito bom para eles ter cozinha, geladeira e uma cama quente para dormir. Olhei para minha pequena barraca, agora se mexendo sem controle com o vento batendo nela, e não pude evitar a inveja. Dei boa noite aos cavalos e às 20h estava apagado. Como sempre, quando amarrava os cavalos à noite, dormi com minhas botas e minha lanterna de cabeça presa na mão para o caso de um deles ficar preso em sua corda e eu ter que correr para ajudá-los.

É claro que, às 1h23, fui acordado pelo barulho ensurdecedor de madeira quebrando, seguido pelo tremor no chão com cascos retumbantes. Tirei o saco de dormir, abri o zíper da barraca e me espremi para fora. De pé com uma camiseta, cueca boxer preta e botas de caubói, mirei a lâmpada de cabeça para a estaca em que os cavalos estavam amarrados e só vi Texas dando pinotes desconfortável, o cabo do cabresto ainda preso à metade da estaca quebrada. A outra metade da madeira redonda se fora junto com meus dois outros cavalos. Soltei Texas da estaca quebrada com medo de que ele se machucasse e o amarrei em outra grade da cerca alguns metros à direita. Apontei minha lanterna de cabeça para o chão, como um mineiro chileno, e comecei a procurar por pegadas de ferradura. Andei examinando o chão e depois o horizonte. Achei Clyde a alguns metros, pastando em um cume. Subi devagar, desliguei a lanterna para não o assustar e dei um tapinha de leve no pescoço dele. Examinei seu corpo para ver se havia cortes ou feridas e ele estava bem. Amarrei Clyde perto de Texas, que ficou aliviado em ver ao menos um de seus amigos, e voltei para procurar Daredevil. Ligando novamente a lanterna de cabeça, segui as pegadas pela praia arenosa e finalmente localizei meu terceiro cavalo. Ele estava com o traseiro na água, mexendo como tivesse visto um fantasma, com a outra parte da estaca ainda presa ao cabo do cabresto na frente dele. Suas patas dianteiras estavam bem abertas, as narinas cheirando a estaca como se fosse uma cascavel que o perseguia e agora o encarava em um duelo mortal. Desliguei minha lanterna de cabeça e fui até ele devagar sussurrando: "Calma, filho, é só um pedaço de madeira, não vai machucar você".

Cheguei ao pescoço dele e dei uns tapinhas enquanto passava minha mão esquerda do cabresto até o cabo, que segurei firme. Então usei a mão esquerda e puxei para mim a outra ponta da corda ainda amarrada à madeira quebrada. Ele tentou fugir ao ver a madeira se aproximar, mas mudei de lugar com ele, virando sua cabeça para evitar que fugisse. Quando se acalmou um pouco, desamarrei depressa o cabo do cabresto da madeira e ele estava livre. Ainda tremendo e de olhos arregalados, examinei seu corpo, como havia feito com Clyde, para ver se havia arranhões e cortes. Estava tudo bem.

De volta à minha barraca, cochilei, mas abria os olhos ao menor barulho, esperando pelo terrível e revelador som de rachadura que havia escutado horas antes. Assim que o dia clareou, cansado de ficar me revirando, me levantei, desmontei a barraca, escovei os cavalos, arrumei a bagagem e me preparei para selar os cavalos e partir para outros trinta quilômetros de terreno acidentado. Deixei os cavalos pastando por mais um tempo enquanto aquecia no fogareiro de uma boca uma fatia de pão e passava manteiga de amendoim nela, usando a faca do meu canivete. Com as mãos sobre a chama, tentei me aquecer em outra manhã congelante em Wyoming, até o pão ficar torradinho. Estava cansado da noite mal dormida, mas não podia fazer nada além de selar os cavalos e seguir em frente. Pegando nosso caminho para o sul pelo açude, olhei para o *motorhome* ainda fechado sem sinal de vida humana e sussurrei "adeus...

O dia passou mais lento do que nosso ritmo de quatro quilômetros por hora. Nenhum veículo a vista. Eu agora usava um gorro na maior parte do dia e uma jaqueta grossa à noite e no início da manhã. As palavras de Brian Anderson sobre a rápida aproximação do inverno agora soavam bem reais e assustadoras. No final da tarde estava procurando por um curral ou algum lugar cercado para soltar os cavalos durante a noite. Depois do infortúnio da noite anterior, amarrá-los era a última coisa que eu queria fazer. Por sorte, às 17h, um velho curral surgiu do nada à nossa esquerda. O único problema era que não havia água por perto, apenas um pequeno estábulo com balança para gado, que achei ótimo para dormir. Percorri uma trilha com os cavalos, passando uns duzentos metros do curral que surpreendentemente levou a um riacho resplandecente, cercado pela capim mais verde que havia visto em semanas. Abri um sorriso largo, apertei minhas pernas e Texas pegou o caminho do capim verde. Deixei os cavalos se enchendo de capim e água por mais ou menos duas horas, montei de novo e voltei para o curral. Lá, eles puderam pastar com conforto e segurança.

Com os cavalos pastando em seu lar temporário por aquela noite, fui explorar o lugar que se tornaria minha humilde morada. Girei a maçaneta e fique em êxtase que estava destrancado. Esse dia difícil ia acabar bem. Com um lugar para os meus cavalos descansarem e um teto sobre a minha cabeça, me preparei para dormir animado com a ideia de entrar no Colorado e completar meus primeiros 1.600 quilômetros consecutivos na sela, me tornando, portanto, um membro oficial da Associação dos cavaleiros de longa distância. Como um presente do Universo eu veria minha linda namorada Emma depois de longos três meses separados.

Mas ainda tinha muito com o que me preocupar. Vários fazendeiros me alertaram que quando eu chegasse ao sul do Colorado e no Novo México, viajaria por centenas de quilômetros sem passar por uma cidade ou até mesmo uma casa. Em anos normais já havia escassez de água naquelas áreas, mas com a seca que estava ocorrendo, não haveria água alguma. Como percorríamos apenas trinta quilômetros por dia, meus cavalos poderiam ficar dias sem água. Sem água significava sem pastos. Teria que carregar centenas de quilos de feno e ração para os cavalos naqueles longos trechos de nada. Felizmente, os tios de Emma moravam na Carolina do Norte e, quando souberam do meu problema, nos emprestaram um jipe para que carregássemos água e feno pelo sul dos Estados Unidos. Era a única maneira. Em duas semanas eu estaria feliz nos braços do meu amor mais uma vez.

*

Teríamos que encontrar água até o final da tarde do dia seguinte. Já havíamos atravessado dois leitos de rio secos. Levei um pouco de água comigo, mas contei com os riachos em que usei o filtro para bombear água e encher as garrafas. Os dias frios me permitiram dar apenas pequenos goles, mas se não achássemos água até a noite, a coisa ia ficar feia. Comecei a pensar na minha vida, sem ter dito uma palavra em voz alta desde que sussurrei 'adeus' para o *motorhome* misterioso dias antes.

"Você está feliz, Filipe?", perguntou uma versão mais velha da minha voz. Fitei o horizonte, a vida passando como um filme na minha cabeça. Meus amigos, ex-namoradas, família. Cenas de festas de aniversário em minha primeira casa no Canadá, enquanto meu cachorro Buddy, um husky com frios olhos azuis, latia no quintal assustando meu amigo Rocco. Mark e eu jogando mini hockey no porão durante horas. Meu pai gritando dentro do meu capacete de moto: "Você é um homem ou saco de batatas?", veias grossas saltando do pescoço dele, lágrimas rolando pelo meu rosto, chorando tanto que soluçava. Ele não pararia enquanto eu não resmungasse finalmente "um homem". Por que ele tinha que ser tão duro comigo? O que estava tentando provar?

Sabia que meu pai tivera uma criação terrível. Quando era mais novo, sempre que reclamava de fazer dever de casa, ele me dizia que eu tinha sorte de ter pais que me amavam e se preocupavam com o meu futuro. Depois de casar com minha mãe e de ter dois filhos, eu e minha irmã, ele fez o oposto do que seus pais haviam feito e vivia para nós. Queria que tivéssemos uma criação totalmente diferente.

Uma vida cheia de amor, carinho e cuidado. *Então por que era tão duro comigo?* Refleti, vasculhando a área em desespero para achar água. Descendo uma trilha arenosa, uma nuvem de poeira se levantava atrás de nós. Precisava encontrar água urgentemente. E com o anoitecer se aproximando depressa, precisava encontrar logo. E então minhas preces foram ouvidas. Achei um curral como o da noite passada e, para minha grande surpresa, havia um bebedouro cheio de água nele.

"Graças a Deus", minha voz saiu crepitante, como se tivesse me esquecido como falar. Estava há mais de quarenta horas sem dizer uma palavra sequer em voz alta. Deixei os meninos bebendo água, tirei as selas deles antes de aquecer uma lata de feijões cozidos e armar minha barraca do lado de fora do curral. Quando tentei dormir, percebi o quanto eu cheirava mal. Quatro dias desde o meu último banho em Rawlins e ficou difícil respirar com o fedor. Era um cheiro ácido, azedo que subia em ondas. Não tinha certeza se vinha das minhas axilas ou dos meus pés… Acho que estava com muito medo para checar, mas o fedor me expulsou da barraca arfando por ar puro. Fiz uma fogueira por perto e me sentei no chão próximo às chamas que oscilavam, comendo um saco de salgadinhos sortidos. Com os estalos da fogueira dando vida à noite silenciosa, imaginei o que minha família e amigos estariam fazendo naquele exato momento – sexta-feira à noite – a milhares de quilômetros longe de mim. Rindo e bebendo em um bar. Jantando em alguma sala de jantar aquecida. Assistindo a um show ao vivo. Cheirando a perfume e gel. Na companhia das pessoas que amam. Uma lua cheia iluminava o céu e formava sombras com as estacas da cerca próxima. Mandei meu amor para todos que eram importantes para mim. Desejando que de alguma forma o luar iluminasse suas noites e espíritos, onde quer que estivessem, como suas imagens iluminaram a minha.

*

Em nosso quarto dia de trilha iniciamos uma subida íngreme, subindo, subindo, subindo por horas a fio. E, como no dia anterior, não havia água. Só depois do meio dia cruzamos outro preocupante riacho seco. Não apenas os cavalos estavam sem ter o que beber desde o nascer do sol, eu tinha apenas meia garrafa de água. Não bombeei água do bebedouro no curral porque parecia suja. Boa para os cavalos beberem, mas mesmo com o filtro achei muito perigoso para mim. Não podia arriscar ter uma infecção intestinal aqui. Precisava de pastilhas de iodo, que infelizmente não tinha. Quando o sol começava a se pôr, estávamos na encosta de uma imensa montanha com uma vista maravilhosa do vale abaixo. A estrada serpenteava abaixo para as planícies e a distância vi um lago brilhando com o sol poente. Não sabia o quão longe estava, ou se a estrada em que eu viajava me levaria para perto dele. Era muito arriscado ir até lá depois do pôr do sol.

Cavalgamos por outro quilômetro contornando a montanha e então vi alguns pontos negros se movendo ao fundo. Vacas! "Onde há vacas, há água", cantarolei mentalmente várias vezes, tirando a imagem dos meus cavalos com cólica da minha cabeça. Chegamos a um portão desgastado de um velho rancho.

Cavalgamos pelo pasto passando por uma antiga casa de madeira desmoronando e um curral despencando próximo a ela. Parecia um lar para mim. Fui em direção ao gado black angus e procurei a fonte de água deles. Quando finalmente encontrei, meu estômago deu um nó. Era uma grande poça, escura do lodo, mais lama do que lago, e a seca o reduziu a nada além de um pântano fedendo a enxofre. Cheguei com Daredevil o mais perto possível, desci da sela e levei os três cavalos para a poça. Afundando na lama, eles a cheiravam em desespero. Texas bebeu um pouco, Clyde botou um pouco na boca, mas o jovem Daredevil nem quis saber dela.

"Beba, por favor", as palavras desesperançadas saíram da minha boca seca enquanto eu engolia as lágrimas. Empurrei o focinho de Daredevil para cima da água. Mas nada. Botei a palma da mão com um pouco de água perto dos lábios dele e ele botou a língua para fora como um cão e lambeu três vezes. E foi só, era toda a água que ele beberia. Quando se exige tanto dos seus animais como eu, o mínimo que eu poderia dar a eles é o básico, comida e água. Tirei as selas dos meninos e deixei que pastassem, mas só por pouco tempo. Precisavam de água.

*

Antes de partir para minha viagem, conheci a lendária viajante Bernice Ende, que cavalgou mais de vinte mil quilômetros em sete viagens diferentes nos últimos dez anos. Os conselhos mais importantes que ela me dera eram justamente sobre a situação que estava enfrentando, falta de água.

"Se você cavalgou o dia inteiro e não tem água para dar a seus cavalos, só deixe que pastem por meia hora, prenda-os e, com uma seringa, dê a cada um todo o óleo de cozinha que tiver para ajudar a evitar que tenham cólica." Eu tinha um litro de óleo de cozinha enfiado no fundo da minha caixa e, usando a seringa do kit de primeiros socorros dos cavalos, injetei 20ml de óleo na garganta de cada cavalo. Até aquele momento, 18h, não haviam bebido água por onze horas. Com outras doze, antes de o sol nascer de novo, estávamos com um problema grave. Sem água por tanto tempo, a comida nos longos intestinos dos meus cavalos ficaria presa, impedindo que os animais expelissem os gases ou eliminassem as fezes. Se o cavalo não defecar dentro de algumas horas, a única maneira de salvá-lo é uma grande cirurgia no abdome. No meio do mato em Wyoming, sem sinal de celular e sem apoio, se um dos meus cavalos tivesse uma cólica, seria quase impossível salvar a vida dele.

Sem conseguir dormir de preocupação, atento aos sinais dos cavalos deitando ou rolando – sintomas de cólica – me levantei às 5h e comecei a desmontar o acampamento. Felizmente eles ainda estavam bem, mas eu sabia que para sairmos vivos dessa montanha precisava achar água de imediato. Se meus cálculos estivessem corretos, seria nesse nosso quinto dia fora que encontraríamos a civilização outra vez. Sem água para mim, examinei a garrafa vazia de perto para ter certeza de que não havia restado nem uma gota antes de jogá-la na bolsa direita da minha sela. Eu estava seco.

Sob a luz de um belo nascer do sol, começamos a descer a montanha. Raios laranja e rosa dançavam acima de nós, enquanto os cascos dos cavalos pisavam o caminho pedregoso fazendo barulho como se andassem sobre centenas de salgadinhos. Logo após as 9h30, ouvi um barulho que quase não reconheci. Um motor! Meu coração quase explodiu no meu peito de alegria. Pratiquei meu "bom-dia", para não passar vergonha quando finalmente falasse com esse humano, após cinco dias dizendo um punhado de palavras (e a maioria foi 'porra!'). Uma velha caminhonete cinza vinha balançando por uma pequena colina e eu logo levantei a mão direita, fazendo sinal para ela parar. Um senhor usando um grande chapéu de caubói preto de feltro abriu a janela e disse: "Como vai, filho, o que está fazendo aqui?" Que maravilha ouvir outra voz humana. Sobretudo a voz rouca e suave de um senhor. Expliquei o mais rápido que pude meu dilema de estar há 26 horas sem dar água direito aos meus animais.

"Jesus, melhor correr, tem uma fonte natural à sua esquerda daqui a uns três quilômetros. Você vai ver um grande pneu de trator, a fonte de água fica dentro dele", suas palavras me animaram e antes que eu pudesse me despedir, estávamos em movimento de novo.

Repeti sem parar em voz alta: "três quilômetros, três quilômetros, três quilômetros, três quilômetros". Gostaria que meus cavalos pudessem me entender.

A ideia de uma fonte natural me deu vontade de dançar. Imaginei a água limpa saindo do chão. Fria e bela. Mas depois de quarenta minutos comecei a procurar desesperadamente pelo pneu preto no meio de salgueiros altos. Olhei para cima e para baixo e para cima de novo. Sem piscar. Sem perder o foco. Rezando para o Universo fazer aquela fonte aparecer. Implorando.

"Água adiante", gritei quando finalmente vislumbrei o pneu do trator, maior do que havia imaginado. Podia ouvir a água borbulhando quando caminhei até o pneu. Eles quase me pisotearam, farejando o líquido antes mesmo de ver o pneu. A água estava limpa como um cristal e os cavalos mergulharam os focinhos inteiros, engolindo forte. Era uma visão maravilhosa. Um som fabuloso. Ver a água descer por seus pescoços em grandes ondas, coloquei um dos lados do meu filtro na água e outra pequena mangueira direto na minha boca seca. Cada bombeada mandava o delicioso líquido frio por minha garganta abaixo e ondas de prazer para o meu cérebro. Bebemos e bebemos até não poder mais. Com a sensação de estar mais vivo do que nunca, mas ligeiramente pesado pela grande quantidade de água que agora enchia minha barriga, deixei os cavalos pastando enquanto mascava uma barra de cereal.

CAPÍTULO 11
A vida é para ser compartilhada

Lição do dia: parar, no momento certo,
não é o mesmo que falhar.

★ WYOMING ★

Minha interação mais próxima com outro ser humano nas últimas 120 horas se limitara a encarar aquele *motorhome* pelas águas cintilantes do açude e depois trocar uma dúzia de frases de agradecimento com o senhor que me indicou a direção para achar a fonte natural. Eu estava sozinho. Cavalgando agora pelas ruas vazias de Savery, Wyoming (pop. 25), tive a impressão de que uma explosão nuclear havia eliminado a raça humana e eu era a última pessoa na Terra. O único som vinha dos cascos dos cavalos batendo no asfalto e, enquanto passava pela placa de "Bem-vindo a Savery", me perguntei onde estariam as 25 pessoas que viviam aqui.

Em uma estrada secundária de cascalho, que ia em direção a uma pequena casa de fazenda em um terreno de um acre, vi uma pista de laço abandonada, com capim alto. Uma grande picape Dodge estava estacionada perto de um estábulo vazio. Ao passar por uma ponte de madeira, com os cascos dos cavalos fazendo muito barulho nas tábuas, vi um homem idoso em um Segway*. A imagem era muito bizarra. Com 25 pessoas morando em uma cidade, as chances de ver um Segway deviam ser de 0,00000001. Talvez eu estivesse em um filme de ficção científica!

"Eu sei o que você está aprontando", disse rodando em seu Segway em minha direção com uma calma incrível, antes mesmo que eu tivesse chance de dizer meu "bom-dia" ensaiado. *O que eu estava aprontando?* Sem me dar chance de responder, continuou: "Li no jornal Rawlins uns dias atrás sobre sua viagem". Finalmente entendi. A caminho de Rawlins, uma mulher em frente à biblioteca da cidade me parou com uma câmera na mão e perguntou o que eu estava

---

* N.E.: Veículo usado por seguranças de shopping.

64 CAVALEIRO DAS AMÉRICAS

fazendo. Expliquei minha Longa Jornada para ela, que perguntou se poderia botar uma foto minha no jornal local com uma pequena nota sobre minha viagem. Eu estava com pressa para sair da cidade, mas disse "claro, sem problema", antes de posar para a foto. Agora, para meu espanto, a foto daquela manhã chuvosa havia se tornado extremamente útil.

"Quer descansar seus cavalos aqui por um dia?", me perguntou com um sorriso, "Estou esperando você passar cavalgando desde que vi sua foto no jornal". Virou seu Segway para o estábulo como se montasse um jovem potro, chapéu de caubói inclinado para frente. "Venha comigo!" Ele me levou a um mourão de amarrar cavalos e disse que poderia botar minhas coisas lá dentro.

"Sabe, quando tinha 16 anos comecei a montar cavalos xucros", disse contando seu rico passado enquanto eu desarreava Clyde. "Fui ao Rodeio de Dixon e minha mãe me fez prometer que não montaria aquela noite. Mas eu peguei um cavalo bravo, filho da mãe, que pisou na minha cabeça e arrancou minha camisa limpa. Quando cheguei em casa, minha mãe me olhou e disse, 'você montou, não montou?' Eu disse: 'Não, eu não montei' e eu não estava mentindo, não cheguei a montar de verdade aquele cavalo", relembrou e nós dois rimos muito.

Eu me apaixonei por Sam na hora. Nascido em 16 de outubro de 1934, Sam Morgan usava uma camiseta branca velha e esfarrapada enfiada em um jeans de cintura alta, uma grande fivela de cinto reluzindo em sua cintura. Talvez fosse o fato de que o único avô que eu conhecera tenha falecido quando eu tinha oito anos, mas em minutos senti vontade de desistir da minha viagem e morar com ele. Sam preparou o almoço e me contou sobre seus dias de glória nos rodeios. Sobre como havia montado cavalos xucros até os 53 anos e agora passava seus invernos no Arizona treinando laço em dupla com outros caubóis do norte.

"Odeio frio. Em breve irei para o sul com meus cavalos", disse sorrindo como se imaginasse o calor do deserto aquecendo seus membros frágeis. Sam apontou para o seu Segway, agora estacionado perto da porta da frente. "Aquela coisa é a única maneira que tenho para andar por aí agora." Recentemente havia colocado uma prótese de quadril, apenas uma das muitas cirurgias pelas quais seu corpo desgastado e maltratado pelo rodeio havia passado nos últimos anos. Depois do almoço, pegou uma pilha de fotografias antigas de rodeios pelo país e passamos horas rindo e falando, enquanto uma garoa suave batia na janela e nossas xícaras quentes de café aqueciam a sala com seu aroma inebriante. Lá fora podia ver os cavalos mascando com força no capim que cobria a arena de laço. Olhando pela janela, o céu que escurecia. Sam falou com o mesmo tom com que disse "sei o que você está aprontando": "é melhor montar sua barraca antes que a chuva fique mais forte".

Quando voltei para seu jardim, segurando minha barraca, ele apontou para um lugar que julgou apropriado para minha casa portátil. Comecei a montar a precária estrutura em cima da grama, quando ele entrou para telefonar. Com a barraca de pé, me juntei a Sam dentro da casa, ouvindo-o falar com quem parecia ser uma amiga. Falava em um tom mais suave do que o que usava comigo e ficava vermelho de vez em quando. Eu me sentei à mesa silenciosamente olhando as velhas fotos. Depois de alguns minutos ele se despediu e desligou.

"É uma senhora que fica comigo às vezes, ela mora uma hora ao norte daqui", disse relutante, como se eu tivesse pedido uma explicação. "Sabe, ela me fez ver que fui mal-educado em não convidar você para dormir dentro da casa. Tenho um quarto que nem uso", Sam disse envergonhado antes de continuar, "É que não recebo mais pessoas aqui, não sei direito como agir".

"Uau, muito obrigado, Sam. Vai ser ótimo dormir em uma cama de verdade", disse tentando não transparecer minha reação muito empolgada. Para completar, Sam também me deixou usar sua máquina de lavar roupa. Foi como um sonho!

Na manhã seguinte, com a chuva ainda caindo lá fora, Sam me levou ao museu de Savery e me deixou lá para filmar um pouco e ver algumas relíquias da área. Para minha grande surpresa, o museu estava cheio de coisas extraordinárias e passei horas andando por cabines do século XIX, cheias de artefatos dos primeiros colonos da área e uma sala inteira cheia de antigas selas, arreios e carruagens. Enquanto examinava uma sela ornamentada, a diretora do museu se aproximou de mim com um belo sorriso e se apresentou como Lela.

"Se importa se eu entrevistá-lo para o nosso jornal local?" Seus olhos se fixaram no fundo dos meus enquanto ela apontava um velho chapéu de palha.

"Claro", respondi antes de subirmos para o escritório dela. Depois de uma hora me despedi de Lela e ela disse que iria me ver sair na manhã seguinte para tirar fotos. Agradeci a ela e voltei para a casa de Sam. Quando cheguei, ele estava me esperando impaciente no jardim da frente, se distraindo com uma mangueira verde.

"Demorou", disse com um ar de reprovação, "espero que esteja com fome porque a sopa está na mesa". Achei engraçado o fato de Sam haver se tornado meu avô no pouco tempo que passamos juntos. Feliz com outro almoço delicioso que ele havia preparado, e com a casa ainda cheirando a canja de galinha, estudamos um atlas dos Estados Unidos.

"Olha, não sei qual é a sua rota para o sul pelo Colorado, mas não aconselho você a cavalgar por aqui", e apontou para a rodovia Million Dollar, um terrível e perigoso trecho de asfalto estreito que serpenteia por mais de três quilômetros. "Não tem acostamento nem mureta e pode ser perigoso demais para atravessar a cavalo", disse com a voz esganiçada.

"Não se preocupe, Sam, não vou cavalgar por lá, encontrarei outra rota, prometo", disse a ele, embora tenha quebrado aquela promessa menos de um mês após perceber que qualquer outra rota me atrasaria por semanas e, com a água dos cavalos congelando todas as manhãs, eu precisava dar o fora do Colorado. Mas naquele momento eu prometera de todo o coração.

Enquanto arreava os cavalos naquela manhã fria de terça-feira, Sam me observava de perto, dando sugestões de vez em quando. "Você deveria afrouxar o peitoral um pouco", disparou antes que eu corresse para abaixá-lo um pouco perguntando "desse jeito?".

"Perfeito, perfeito", respondeu analisando as faixas de couro. Depois que subi na sela, ele perguntou se podia conduzir um dos cavalos pela ponte que ligava a entrada da sua casa à estrada principal. Entreguei o cabo do cabresto de Texas para ele e seguimos, passando juntos pelo portão da frente. Ele indicava o caminho rodando depressa em seu Segway, perto de Texas, enquanto eu seguia logo atrás montado em Daredevil e levando Clyde. Foi um momento mágico.

"Tenha cuidado lá fora, garoto. Vou procurar você em dois dias, quando deverá estar chegando em Craig, no Colorado", as palavras dele me fizeram sorrir muito quando ele me passou o cabo do cabresto de Texas e apertamos as mãos.

Antes de sair da cidade, vi Lela em sua velha caminhonete azul, tomando café em um copo de papel. Quando me viu, botou o copo no painel e saiu da caminhonete com uma câmera na mão. Caminhando em minha direção, ela aqueceu um pouco a fria manhã com seus olhos brilhantes. Tirou algumas fotos e rimos um pouco.

"Filipe, vou dar essa carta a você, mas, por favor, abra apenas quando montar acampamento hoje à noite", disse me passando uma capa de CD de papel com um círculo de plástico transparente no meio, pelo qual pude ver a carta escrita à mão.

"OK, combinado. Muito obrigado por tudo, Lela." Eu me inclinei e dei um abraço nela, antes que tirasse mais algumas fotos minhas e dos meninos. E com isso, partimos.

Por volta do meio-dia, o sol havia se perdido atrás das nuvens e senti seu toque de calor nas mãos e no rosto. Sem conseguir esperar até o acampamento para abrir a carta, puxei a capa de CD de papel da alforge da minha sela e retirei a carta. Para minha grande surpresa, havia uma nota verde de U$100 dobrada muitas vezes. Suspirei incrédulo. Enfiei a nota no fundo do meu bolso direito e li a carta em voz alta enquanto caminhávamos para o sul.

"Filipe, estou impressionada que tenha encarado tamanho desafio. Tantas pessoas nunca se arriscam ou fazem alguma coisa na vida. Boa sorte em suas viagens. Sei que encontrará pessoas formidáveis pelo caminho. Acompanharei suas viagens em seu site. Tenha cuidado e não seja teimoso demais: caso fique perigoso, pare. Ninguém pensará que você falhou. Atenciosamente, Lela."

CAPÍTULO 12
Eu sou um explorador

Lição do dia: o amor dá força
e renova.

Dia 98: A impressionantes 1.600 quilômetros de Calgary, Alberta, finalmente cheguei ao estado do Colorado, a casa da Rocky Mountain. Amarrei a bandeira da Associação dos cavaleiros de longa distância no topo da carga, antes de cavalgar em direção à cidade de Craig. Ao prender o pano azul claro sob a corda, não pude deixar de dizer algumas palavras de agradecimento a Aime Tschiffely, Mancha e Gato por terem me inspirado a sonhar e a começar minha própria Longa Jornada. Finalmente havia cavalgado longe o suficiente para escrever meu nome nos livros de história como um explorador oficial. Com Charles Darwin, Marco Polo, Oscar Wilde e meu querido Aime Tschiffely, meu nome agora figurava na Associação dos cavaleiros de longa distância, uma organização de homens e mulheres valentes, que ao longo da história, tiveram a coragem de cavalgar rumo ao desconhecido.

Minha alegria e entusiasmo duraram pouco quando voltei à realidade, cavalgar em uma estrada que não tinha sequer um centímetro de acostamento. Nos últimos 1.600 quilômetros eu me acostumei a isso, mas hoje meus três cavalos não estavam gostando nem um pouco. Foi difícil mantê-los próximos e unidos enquanto se mordiam e se davam coices. Eles odiaram o espaço apertado e todos nós odiamos o barulho dos motores dos caminhões por trás do meu ombro esquerdo. Houve muitas situações de risco em alguns momentos daquele empurra-empurra quase mortal, e depois de oito a dez horas na sela, duro com a tensão, meu corpo estava duas vezes mais dolorido do que costumava ficar.

*

Não é difícil um cavalo se sentir em perigo. Um simples saco plástico voando no acostamento ou uma lona na cerca sacudindo ao vento já bastam para fazer um cavalo disparar como um demônio na outra direção. Às vezes quando estava com a cabeça em outro lugar eu era pego de surpresa pelos reflexos felinos dos meus cavalos, que arrancavam de repente na direção oposta, deixando-me pendurado de lado na sela enquanto saltavam para evitar um assustador papel de chiclete dançando no vento. Para piorar o estresse, também descobri uma planta venenosa germinando em um pasto próximo à estrada que poderia ter dado fim aos meus cavalos. Um dia, parei para descansar e almoçar e os deixei pastando por meia hora em um capim alto. Enquanto comia uma maçã, notei uma planta com folhas murchas, parecidas com as da samambaia e cachos de flores brancas por todo lado. Como levava um livro sobre plantas venenosas para cavalos na bolsa da sela (uma aquisição por impulso de última hora), dei uma folheada nele e para minha surpresa encontrei a erva daninha em suas páginas: Cicuta Venenosa. Como as folhas, hastes e sementes da planta continham diversas neurotoxinas potentes que afetavam o sistema nervoso central e o periférico, algo em torno de cem gramas já seria uma dose letal para um cavalo de tamanho médio!

No mesmo instante peguei os cavalos e continuei a cavalgar, desejando desesperadamente que nenhum deles tivesse comido a cicuta venenosa, conferindo os sinais sobre os quais o livro alertava: nervosismo, tremores, falta de coordenação motora. Felizmente, eles não demonstravam os sintomas e mais tarde naquele dia chegamos ao arena de rodeio de Craig cheios de energia. Quando passei pela placa de "Bem-vindo a Craig", suspirei aliviado e então sorri porque na entrada da cidade fomos recebidos por Sam, que me surpreendeu com uma coca gelada.

"Você conseguiu, garoto", disse com um grande sorriso no rosto. Sam dirigiu por uma hora só para me trazer uma bebida e verificar que seu neto estava bem. Ele me mostrou como entrar na arena de rodeio em que os cavalos poderiam descansar. Estava tão feliz de ver seu sorriso forçado outra vez.

"Tenho que ir embora antes que escureça, não enxergo quase nada à noite", disse Sam antes de me dar um forte aperto de mão e partir.

Observei sua caminhonete desaparecer na distância antes de tocar Texas e cavalgar os últimos quilômetros até a arena de rodeio da cidade. Desarreando os meninos perto de um cercado vazio, próximo à arena, encontrei o administrador de arena, um amigo de Sam, que me ajudou a comprar feno. Depois de esconder minha bagagem embaixo de uma estrutura que parecia um palco, onde pretendia passar a noite, garanti que os cavalos tivessem água e comida suficientes antes de ir ao bar vizinho do campo para uma cerveja gelada e um prato de comida quente.

Mais tarde naquela noite, meio bêbado depois de muitas cervejas e cheio como um peru de Natal, deitei embaixo das tábuas do palco improvisado observando os cavalos bem à minha frente. Estavam cansados. Meu plano era descansar um dia em Craig antes de seguir para o sul, mas agora, vendo Daredevil e Texas deitados como cachorros enquanto Clyde estava de cabeça baixa, quase no chão, seu focinho a centímetros da terra marrom, percebi que precisávamos passar algum tempo aqui, no mínimo uma semana. A ideia me fez sorrir na noite escura e fria do Colorado, puxando meu saco de dormir para perto do meu rosto, como se estivesse deitado em uma cama confortável de um hotel.

Algumas horas depois, com os primeiros raios da luz do dia entrando pelas fendas entre as tábuas acima da minha cabeça, acordei. Espreguicei, estendendo meu corpo enrijecido, e fui até os cavalos para verificar a água deles e colocar o feno da manhã. Eles sempre comiam e bebiam água antes de mim. É uma regra básica que acredito que todo cavaleiro segue à risca ao ver o esforço tremendo das suas montarias para atingir o objetivo comum. Um pequeno círculo rosa apareceu perto do meu cotovelo. Soube na mesma hora do que se tratava: micose causada por fungo, contraída do Clyde, que havia desenvolvido uma no lombo alguns dias antes. Uma manhã, enquanto o escovava em nossa viagem saindo de Wyoming, reparei que os pelos da cernelha dele estavam caindo e que havia uma casca. No começo pensei ser uma pisadura, mas depois de examinar com cuidado, percebi que era um fungo e agora ele estava no meu braço. Uma amostra clara do quão próximo eu estava de desenvolver um rabo e pastar em um fardo de feno. Ri da ideia e continuei comendo minha barra de cereal.

Com o café da manhã já resolvido e o sol agora mais alto, tirei meu moletom, suando com o calor do meio da manhã, eu estava fedendo. Nada como a civilização para lembrá-lo de quão primitiva é a vida de caubói. Precisando escrever para os blogs, tomar um banho urgentemente e com meu corpo doído, o buraco onde dormi na noite passada não serviria para uma semana de descanso em Craig. Escondi minha bagagem, minha sela e levei meu MacBook, produtos de banho e algumas peças de roupa para o hotel barato do outro lado da rua que eu havia visto quando cheguei. Além de agora ser um explorador oficial, em poucos minutos eu seria também um explorador limpo. Nu e limpo fui até a cama de casal e, com o sol do meio-dia torrando lá fora, liguei a TV e vi a conhecida jogada da cabeleira de ébano da Kim Kardashian. Quantas vezes havia rido da minha namorada por ela assistir a esse programa inútil, e, no entanto, agora, enquanto assistia a Kim e suas irmãs comerem uma salada Caesar em algum restaurante chique de Los Angeles, sorri de uma maneira bem divertida. Nada como as Kardashians para trazê-lo de volta à realidade.

Depois de tirar uma soneca maravilhosa por algumas horas, abri meus e-mails e vi uma mensagem maravilhosa de Emma dizendo que chegaria em uma semana. Era perfeito, outro presente do universo. Enquanto os cavalos tinham o merecido descanso do trabalho pesado das últimas semanas, eu teria tempo para ficar com Emma e organizar as próximas semanas na estrada. Mal podia acreditar que, depois de três longos e difíceis meses na estrada, eu iria finalmente ver minha namorada de novo. Da última vez que a vi, ela estava chorando à beira da rodovia 2 de Calgary. Não conseguia conter minha empolgação!

Fiz uma lista e comecei a cumpri-la. Muito a fazer! Muito a fazer! Aquela semana parece ter passado voando. Conheci Craig e seus habitantes. Graças ao site couchsurfing.com, pude economizar meu dinheiro minguado e fazer um novo amigo, Peter Lisker, um fisioterapeuta de Nova Iorque. Peter era um cara alto e magro com olhos azuis penetrantes e orelhas grandes, e um guarda-roupa infinito de camisas havaianas. Na nossa primeira noite juntos, Peter me convidou para jantar em um restaurante italiano. Tomando uma taça de vinho tinto, me contou que sonhava em se mudar um dia para Costa Rica para trabalhar. No próximo dia, ele me levou até Maybell, uma cidade vizinha que era seu santuário.

"Venho muito aqui para relaxar e descontrair. A natureza nessa área é fenomenal." Peter era excêntrico, mas gostei muito da sua companhia. Em nossa última manhã juntos, percebi que Peter tinha algo a me dizer, mas não sabia como. Andava pelo seu pequeno apartamento, remexendo as coisas na bancada da cozinha e na mesa. Eu não sabia o que o incomodava, mas comecei a achar que havia dito ou feito algo de errado. Pegando uma cadeira da sala para me sentar, nossos olhares se cruzaram e sem saber o que dizer, me sentei e agradeci a ele por tudo mais uma vez.

"Tudo bem, Filipe! Foi um grande prazer fazer parte da sua viagem", ele abriu uma gaveta e pegou o que parecia ser um vidro laranja de comprimidos antes de completar: "Preciso te pedir algo muito estranho". Sem saber o que dizer, sem conseguir ver o que tinha naquele tubo laranja-claro, eu estava um pouco preocupado com o que ele tinha em mente.

"Sabe, minha irmã Naomi morreu de overdose há alguns meses e ela amava muito cavalos", disse suavemente com o olhar fixo no tubo. "Ela era uma aventureira como você e eu não sei por que o destino nos uniu aqui em Craig, mas sinto que ela deve ter algo a ver com isso." Eu me inclinei sobre a mesa, tentando ver melhor o tubo que ele segurava na mão direita. "Se não for pedir muito, Filipe, gostaria de saber se pode levar Naomi para uma última cavalgada", disse ele me passando o tubo com o que agora percebi serem as cinzas dela. Senti um arrepio na coluna enquanto segurava o tubo em minhas mãos, olhando os grãos de pó dentro dele.

"Uau, Peter, claro que posso", respondi olhando atentamente para as cinzas e imaginando como teria sido Naomi.

"Muito obrigado, você não imagina o quanto é importante para mim, não sei até aonde conseguirá levá-la, com fronteiras e tudo mais... então, sempre que vir um lugar e achar apropriado, por favor, espalhe as cinzas dela", Peter disse antes de me chamar para ver uma foto dela cavalgando em uma égua castanha sem sela, apenas com o cabo do cabresto na mão. O sol iluminava seus cabelos ruivos, que voavam com a brisa da tarde, e destacava suas sardas, enquanto uma árvore enorme brilhava ao fundo. Ela parecia tão feliz, tão livre sentada em cima daquela égua velha, enquanto eu segurava seus restos mortais. Era surreal. Eu me despedi de Peter e voltei para o cercado dos cavalos.

*

Hoje era o dia da chegada de Emma. Eu me perguntei se havia se perdido ou desistido, mudando de ideia sobre em que estava prestes a se meter. Tive medo de que ela não aparecesse. Então, logo após as 16h daquela tarde fria de setembro, um carro parou no estacionamento do campo do rodeio, disparando meu coração, que batia a mil por hora. Ela pulou em meus braços, eu me derreti feito manteiga. Nós nos beijamos e abraçamos e beijamos de novo. Olhamos nossos rostos para ver se aquilo estava realmente acontecendo e não era apenas um sonho. Ela parecia diferente e tão familiar ao mesmo tempo. Não podia acreditar que minha namorada estivesse aqui em carne e osso, perto de mim, pronta para se juntar à nossa aventura, que ajudou a criar com seu suor e esforço. Ela havia deixado tudo para trás em Toronto para se juntar a mim na trilha empoeirada. Minha boca ficou congelada em um sorriso largo. Pela primeira vez em meses eu voltei a ser o que Emma havia me tornado: feliz.

Depois de ver os cavalos, fomos para o hotel em que havia ficado no começo da semana no sofisticado carro preto. Pegamos as malas dela, fomos para o quarto e antes mesmo de fechar a porta direito peças de roupa voavam enquanto nos abraçávamos sentindo o calor dos nossos corpos. Caímos na cama, nos arrastando até os travesseiros. Depois ficamos deitados na cama, rindo ofegantes. Era tudo muito real, tudo muito maravilhoso. Minha namorada estava de volta. Eu tinha uma parceira de viagem. Eu tinha o mundo.

CAPÍTULO 13

Colorado

Lição do dia: *deseje o melhor, prepare-se para o pior, aceite o que vier.*

Descansado, feliz, com Emma cuidando de tudo e Naomi guardada em segurança em um cargueiro, saímos de Craig, no Colorado, rumo ao sul. O carro de Emma era uma benção depois dos meus meses de viagem sem apoio desde a partida em Calgary. Agora podíamos transportar três garrafões de vinte litros, que era água suficiente para três cavalos beberem um dia inteiro, sacos de ração e feno, o que nos permitia armar acampamento em qualquer lugar sempre que percebesse que os cavalos estivessem cansados. Emma e seu carro tiraram dos meus ombros e da minha cabeça tanto o peso real quanto o emocional. Ela iria na frente pela manhã e nos encontraríamos para almoçar e conversar sobre os próximos passos e onde poderíamos dormir aquela noite. Às vezes ela encontrava uma loja ou uma cidade para explorar, mas por muitos dias apenas ficava sentada no carro ao lado da estrada na companhia de um livro apenas.

Em meu primeiro dia fora, álamos altos e dourados contornavam a estrada anunciando a chegada oficial do outono. Uma visão adorável, mas preocupante. A beleza tinha vida curta, pois a mudança de estação trazia chuvas também. Cavalgando em uma manhã escura e fria, a chuva gelada me deixou com as mãos e os pés dormentes, e minha calça jeans grudada no meu corpo como uma roupa de mergulho fria. Ao passar por uma ponte sobre o rio Yampa, vi uma placa verde coberta com um pedaço quadrado de papelão. Consegui ler a palavra Brasil, e fui pego de surpresa.

"Brasil — 14.485Km"

Sorri para a placa feita à mão. Era um adeus do meu bom amigo e anfitrião Peter Lisker.

"Viu, Naomi? Seu irmão mandou você para uma viagem curta daqui até o Brasil", eu disse.

Na manhã seguinte, caiu uma garoa fina. Comemos uma maçã e uma barra de cereais no carro, observando os cavalos comerem ração pelo para-brisa dianteiro molhado. Emma, então, foi na frente para Meeker e encontrou um estacionamento para motorhomes que tinha um curral para os cavalos. Quando cheguei, tudo estava pronto. Havia até duchas para nos aquecermos.

Assim que entramos no estacionamento de cascalho, uma caminhonete parou perto dos cavalos. Eu estava ensopado na sela. O motorista hispânico me perguntou se eu queria botar minha sela no trailer de cavalos que ele estava rebocando. Aceitei sua oferta e uma nova amizade nascia. Mike Lopez achou que eu procurava emprego e ficou impressionado quando ouviu a minha história.

"Você e Emma podem dormir com minha família hoje e podemos deixar seus cavalos no rancho do meu amigo Benjamin Rogers, perto daqui", e antes mesmo que eu pudesse dizer sim, estávamos a caminho. A mulher de Mike, Sam, e seus dois meninos nos receberam em seu rancho, que ficava no aeroporto de Meeker. A casa de Mike é também o escritório do aeroporto local. A família de Sam administra o aeroporto por muitos anos e agora ela e Mike o controlam.

"Às vezes temos que acordar às 2h da manhã para receber um piloto que acabou de pousar, mas tirando isso, o trabalho não é tão ruim", nos contou Sam enquanto fazia um delicioso ensopado. Assim que Mike chegou trazendo dois estranhos encharcados e enlameados, Sam, uma loura bonita com olhos claros, não pareceu muito satisfeita com o gesto de generosidade do marido. Percebendo sua expressão de desagrado, quando ele disse que ela deveria botar mais dois pratos na mesa, fiquei mal, mas assim que ela viu Emma, sua expressão mudou.

Na manhã seguinte, outro dia frio e chuvoso, Mike nos convenceu a ficar em Meeker, com a promessa de nos mostrar os cavalos selvagens e os grandes rebanhos de alce reunidos no White River Valley. Com meus ossos ainda dormentes da terrível cavalgada dos dois últimos dias, aceitamos de bom grado. Mike nos levou para a agência de administração de território da Bacia de Piceance. Seguindo os estrumes, dirigimos para cima e para baixo na linda área montanhosa onde Mike nos disse que havia cerca de oitocentos cavalos selvagens vagando, com garanhões vivendo com seis a oito éguas em pequenos rebanhos enquanto garanhões adolescentes viviam juntos em grupos de dois ou três até que fossem fortes o suficiente para tomar um rebanho de éguas para si de outro garanhão mais velho. Fazendo uma curva grande na estrada de terra, achamos, por fim, dois garanhões selvagens. Um garanhão e um castanho atravessaram a estrada quando Mike parou o carro e o desligou para não assustá-los.

"Viram, dois jovens garanhões", disse sem tirar os olhos dos cavalos. Eles se moviam com graça e personalidade. Tinham crinas longas e grossas emaranhadas cobertas de lama que desciam por seus pescoços, seus grandes músculos se flexionavam a cada passo. Eram os donos da terra. Esses eram os primeiros mustangues selvagens que eu via na vida. Mal podia conter minha emoção ao ativar o zoom para filmar os cavalos.

Voltamos para a casa do Mike e descobrimos que Benjamin esperava para nos levar a outro incrível fenômeno da natureza: os maiores rebanhos de alce que se reuniam no White River Valley para a época de acasalamento. Dirigindo pelo rancho em que sua família vivia há cinco gerações, ele nos contou que alugava cabanas em sua propriedade para caçadores.

"Hoje em dia temos que ser criativos para fazer as contas fecharem. O rancho sozinho não paga as contas", repetiu um refrão muito comum. Depois de meia hora dirigindo em uma estrada de terra, chegamos ao coração do vale. Álamos e outros choupos reluziam em tons amarelos e laranjas nas subidas da montanha nos cercando, mas o verdadeiro show eram as centenas de alces reunidos para acasalar nos campos verdes. A gritaria, ou berro, dos machos com galhadas grandes, enquanto apontavam seus focinhos para o céu, atraíam as fêmeas para acasalar. Os rugidos altos podem ser ouvidos a quilômetros e é ao mesmo tempo assustador e glorioso, mas para as fêmeas, parece uma música do Jorge e Mateus. Os cervos se chifravam emitindo estalos estrondosos entre berros, com muitos feridos dos dois lados. Alguns machos cavavam grandes buracos com seus cascos, cobrindo-os com a própria urina e depois rolavam sobre ela. Enquanto isso, as fêmeas pastavam e ignoravam o show. Ficamos lá por mais de duas horas, em silêncio na maior parte do tempo, me fazendo perceber que os espaços abertos haviam se tornado a minha igreja. O Universo, minha religião. A Natureza, meu Deus.

No dia seguinte, eu e Emma saímos de Meeker para Rifle. Seguindo uma velha estrada do interior sugerida por Mike, viajamos por florestas douradas fechadas de álamos e choupos.

Na viagem pelo Colorado fomos acompanhados pelo meu treinador de laço, Jason Thomson, que me encontrou fora de Rifle e cavalgou ao meu lado por uma semana. Ele havia planejado essa viagem desde a primeira vez que contei a ele sobre minha ideia "louca" de cavalgar, prometendo me acompanhar durante a passagem pelos Estados Unidos. Quando a temporada de rodeios terminou em Ontário, combinamos os detalhes da nossa viagem juntos. Naquela semana atravessamos as florestas nacionais de High River e Grand Mesa, e passamos os dias mais bonitos da viagem até então. Subindo a montanha Grand Mesa no nosso segundo dia juntos, encontramos um grande lago cercado de pinheiros verdes. Com a água cintilando ao sol da tarde, Jason resolveu mergulhar. Nosso último banho havia sido há três dias. Jason é canadense. Eu sou brasileiro. A água fria me assusta tanto quanto os ursos. Depois de me convencer, estávamos às margens do açude tirando a roupa, ficando só de cueca. Assim que tirei minhas botas e senti a areia fria sob meus pés, percebi o erro que havia cometido concordando com a loucura dele. Decidi que era tarde demais para voltar atrás. Respirei fundo o ar revigorante do outono e corri para a água cortante gritando o mais alto que podia: AHHHHHHHHHHHHHHHH!

Com um sabonete pequeno de hotel, me lavei o mais rápido possível e corri para fora da água depois de alguns segundos. Jason riu se ensaboando como se estivesse em uma banheira de água quente. Juro que ele ficou dez minutos na água congelante lavando lentamente o corpo e os cabelos. Sentindo-me renovado e cheirando a flores do campo, continuamos a descer pela grande montanha. Após alguns dias de cavalgada intensa, os joelhos ruins do Jason começaram a incomodá-lo muito. À tarde eu podia perceber que o desconforto dele era excruciante. Jason participava de competições de laço desde garoto e ferrava cavalos desde o final da adolescência. Agora na casa dos quarenta, seu estilo de vida intenso cobrava o preço do seu corpo.

Pouco antes de escurecer encontramos um velho curral e decidimos terminar o dia ali. Cavalguei até um pasto e percebi rapidamente que havia algo estranho quando Texas recuou muito rápido. Refazendo nosso caminho, procurei em volta para ver o que havia de errado, quando ouvi o som de arame farpado arranhando o asfalto, meu coração parou. Um feixe de arame farpado estava enrolado na perna dianteira esquerda de Texas.

"Faz ele andar pra frente, pra frente", Jason gritou quando a calma se transformou em caos. Consegui pará-lo e desci para acalmar meu cavalo. Ele ficou parado e levantei sua pata desenrolando o arame farpado. Logo notei o sangue jorrando de uma ferida no interior da quartela. Jason me ajudou a cuidar do ferimento para não infeccionar. Não era muito profundo e não parecia afetar o andar dele. Alimentamos os meninos e fervemos água para nossa janta congelada e desidratada com gosto de papelão.

Enquanto tomávamos nosso caldo no jantar, Emma, Jason e eu falávamos sobre o que comeríamos no dia seguinte em Delta, nossa próxima parada. Concordamos todos que o jantar seria file com batatas assadas e cervejas geladas. Depois de uma semana na estrada comendo como um explorador, sonhava com uma refeição de verdade. Com Emma surpresa com meu cheiro bom depois do banho congelante daquele dia, acendemos uma fogueira e nos espremeos perto das chamas oscilantes. Jason tocou violão enquanto eu batia no djembê que comprara no Quênia anos atrás. Bebemos cervejas e cantamos músicas country a noite inteira, foi muito divertido.

Acordamos com uma descoberta sinistra. Uma grossa camada de gelo no topo do balde azul de plástico. Precisávamos sair do Colorado antes da primeira nevasca ou estaríamos em apuros. Tínhamos um longo dia pela frente e a maior parte dele seria na fria sombra das montanhas. Paramos para almoçar em um campo deserto para atirar com a Glock de Brian. Praticamos nossa mira por uma hora. Emma aproveitou ao máximo, usando uma arma pela primeira vez na vida.

"Sou foda", riu antes de puxar o gatilho da pistola, o braço dela dando um tranco com a explosão ensurdecedora, um sorriso malicioso no rosto.

Álamos e pinheiros se transformaram lentamente em campos de feno e então em construções, quando chegamos ao burburinho das ruas de Delta. Infelizmente, depois de viajar quase dois mil quilômetros, conheci o primeiro babaca oficial da viagem. Um adolescente em um carro branco reduziu e gritou "dá o fora da rua". Então, se aproximou de nós e cantou pneu antes de disparar como um louco. Acho que tivemos sorte de os cavalos estarem tão cansados que nem se mexeram. Minutos depois, enquanto passávamos em frente a um grande Walmart, o adolescente voltou buzinando e acenando para nós com o dedo médio pela janela. Por que ser tão imbecil?

Tudo melhorou quando Emma encontrou estábulos para os cavalos descansarem na cidade e nós os deixamos lá antes de partir para nosso tão esperado jantar. A ajuda dela para encontrar esses lugares antes que eu chegasse a uma cidade era fundamental. Tornava a minha vida um milhão de vezes melhor.

Ao entrar no restaurante, meu estômago dava cambalhotas com o cheiro de carne grelhada penetrando nas minhas narinas. A dona do lugar, Dianne Anderson, uma loura cheia de strass, montada como uma cantora country, nos levou aos nossos lugares e perguntou o que fazíamos na cidade. Jason contou a ela sobre a minha viagem e ela me olhou impressionada, e então saiu em disparada para pegar nossas cervejas para comemorar. Voltou com três Buds congeladas. Erguendo nossas garrafas marrons, Jason propôs um brinde.

"Estou orgulhoso de você, parceiro, por fazer o que está fazendo. Muitos sonham, mas nada fazem para realizar seus sonhos. Você está aqui vivendo o seu." O som das batidas das garrafas quebrou o silêncio que ficou após o discurso comovido. Depois de comer até não poder mais e beber muitas cervejas, tentei pagar a conta discretamente, mas Dianne se recusou a pegar meu dinheiro.

"Acho muito bom o que está fazendo, querido. Guarde seu dinheiro para quando precisar dele na estrada", e me deu um sorriso, aquecendo a minha alma. Outro coração generoso do centro da América.

Na manhã seguinte, levantamos cedo para que Jason pudesse ferrar meus cavalos antes de ir para o aeroporto. Ferramos os três e relembramos nossa semana incrível. Ajudando Jason a guardar suas ferramentas, agradeci a ele por tudo o que havia feito por mim nesses anos todos. Olhando bem nos meus olhos ele me deixou um conselho: "Deseje o melhor, prepare-se para o pior. Aceite o que vier".

CAPÍTULO 14

A Estrada de um milhão de dólares

Lição do dia: *é preciso saber o momento de ficar e o momento de partir.*

Em uma tarde dourada de outono cavalgamos para uma cidade perfeita para um conto de fadas: Ouray, Colorado, a Suíça americana, situada no pé da Red Mountain. Passamos por hotéis, boutiques e restaurantes chiques servindo turistas que vinham dirigir pela terrível Million Dollar Highway, a Estrada de um milhão de dólares. Uma das estradas mais perigosas do mundo, a rodovia sinuosa sobe por mais de três mil metros pela Red Mountain, com pistas estreitas que atravessam penhascos íngremes sem *guard rail*. Tive que tirar da cabeça o aviso de Sam Morgan. Sua voz rouca se repetindo sem parar na minha cabeça: "Muito perigosa para atravessar a cavalo".

Cavalguei até uma fonte natural quente no centro da cidade e por alguns instantes pensei em me jogar na água quente para relaxar meus músculos tensos junto com a multidão de turistas deitados nas piscinas termais, de olhos fechados, sorriso nos lábios. Mas em pouco tempo todos os turistas da cidade estavam na calçada tirando fotos nossas. E sempre a mesma pergunta: "Brasil? O país?"

Enquanto aguardava minha chegada, Emma foi ao centro de informações para saber qual o melhor horário para cruzar o trecho de três mil metros. As senhoras atrás do balcão entenderam que iríamos levar os três cavalos de trailer pela estrada e já pareciam bastante preocupadas. Depois que Emma explicou que eu iria cavalgando, uma delas ficou pálida. Elas já se preocupavam com ciclistas, imagina com cavalos. Mais tarde, do outro lado da cidade, montamos acampamento e Emma questionou minha decisão de cavalgar pela estrada. Na verdade eu estava apreensivo. Mas com a primeira nevada se aproximando rapidamente, não havia outra opção. Todas as outras rotas que havia estudado para sair do Colorado iriam nos atrasar por semanas, nos deixando atolados na neve. Além disso, estávamos lá. E a estrada estava bem diante de nós.

Prendemos os cavalos em três álamos diferentes, botamos uma montanha de feno embaixo deles e fizemos um jantar rápido. Depois de lavar a louça, usamos um marcador branco para escrever "Cuidado Cavalos à frente" em grandes letras maiúsculas no vidro traseiro do carro de Emma. Nosso plano era sair às 3h, para evitar o tráfego intenso e Emma nos seguiria com o pisca ligado por todo o caminho. Foi a maneira mais segura que conseguimos pensar para lidar com essa arriscada cavalgada pelos picos mais selvagens e assustadores das montanhas rochosas do Colorado.

Passei a noite toda me revirando até que finalmente o despertador tocou. O medo tomou conta do meu corpo e me encheu de adrenalina. Eram 3h15. As estrelas iluminavam o céu enquanto uma brisa gelada soprava e eu selava Daredevil, sem dúvida a melhor opção para a proeza que pretendíamos realizar.

Às 3h30, com algumas barras de cereal enfiadas no bolso, com bolsas quentes para aquecer mãos e pés dentro das minhas luvas e botas, e um nariz que não parava de escorrer, começamos a subir o gigantesco monstro adormecido. À minha direita havia um buraco negro sem fim, o nada. À minha frente estava a silhueta do alto pico da montanha, uma meia lua suspensa à direita dele. Na encosta recortada da rocha à minha esquerda as sombras grandes, minha e dos meus três cavalos, produzidas pelos faróis do carro atrás de nós, nos escoltando para cima, para cima, para cima.

"Está tudo bem?" Emma gritava de vez em quando, quebrando o silêncio, tentando tranquilizar a si mesma e a mim. O único barulho era o das ferraduras dos cavalos batendo no asfalto, como um coração pulsante da montanha pronta para acordar e nos devorar a qualquer momento, e o ronco monótono do motor do carro de Emma, nos empurrando para frente. Quanto mais alto subíamos, mais intenso o frio e mais insuportável ficava. Em alguns pontos, tinha medo de que o vento nos jogasse lá embaixo. Nesses momentos negros, seis caminhões de transporte nos ultrapassaram, cada um mais ameaçador que o outro. Se um desses cavalos se assustasse, eu estaria morto. Uma freada barulhenta, uma buzinada estúpida, qualquer coisa e nós três morreríamos. Cavalgava só com as pontas das botas nos estribos, pronto para saltar da sela a qualquer momento.

Enquanto a noite lentamente se transformava no alvorecer, estávamos a mais de vinte quilômetros acima na Red Mountain. As pontas dos meus dedos dos pés estavam dormentes há muito tempo. Passou pela minha cabeça por um instante que eu poderia sofrer algum dano com a queimadura do frio. O capim perto de nós estava estalando com gelo e todas as poças eram um pequeno lago congelado. O ar saía das narinas dos cavalos em movimentos sincronizado como uma locomotiva a vapor. No cume, no raiar do dia, Emma me deu seu gorro verde musgo para proteger minhas orelhas enquanto descansávamos por alguns minutos, trocando meu chapéu de caubói. Antes de montar de novo, fiz cinquenta polichinelos para me aquecer.

Às 8h, com cinco horas de cavalgada, o sol finalmente tocou minha pele, descongelando meu corpo aos poucos. Era gratificante finalmente poder apreciar a beleza à minha volta. O muro de pedra recortado com suas cores e formas complexas. Os pinheiros ao fundo do vale, suas copas balançando ao vento sob nós. O nome Estrada de um milhão de dólares veio do preço que custou cada milha para construí-la. Olhando as poderosas curvas descendo por esse monstro, tentei compreender como os humanos puderam realizar algo assim. Quantos morreram construindo essa estrada? A razão era simples e evidente: Dinheiro! Ela ligava, em 1880, Ouray a Silverton, duas cidades promissoras na mineração de ouro e prata.

Às 13h, os cavalos puseram os cascos no riacho Mineral, baixando suas cabeças para beber sua água congelada, assim que chegamos ao acesso à casa de Dennis Stinson. Era uma cabana de madeira com uma bandeira americana tremulando orgulhosa sobre o telhado, construída pelo próprio Dennis, situada no vale entre a Red Mountain e Molas Pass, com uma vista de 360 graus das montanhas de relevo irregular despontando no céu de um azul profundo com trechos de grandes florestas de pinheiros bem diante deles. Dennis trabalhou por anos como cameraman e fez sua Longa Jornada há alguns anos, filmando toda a experiência.

"Cavalgamos do Arizona a Utah", ele me disse com orgulho, dando um gole em sua bebida antes de continuar. "Minha parte favorita da viagem era conhecer os criadores de gado pelo caminho." Mais tarde, cheios de carne e cerveja, nos sentamos em seu estábulo rindo e contando causos de cavaleiros. Ele era um anfitrião incrível.

Na manhã seguinte, acordei com o som dos meus cavalos batendo seus baldes com água congelada. Eu estava cansado, mas sabia que estavam me chamando. "Ei, dá para acordar e me dar um pouco de feno?" Outra manhã fria. Então vi o pneu esquerdo traseiro do carro totalmente vazio. Como diabos isso foi acontecer? Examinei a roda e vi um longo corte na borracha, provavelmente causado pelas rochas pontudas da travessia do riacho Mineral. Depois de alimentar os meninos, troquei o pneu. Em uma hora, o trabalho estava feito e estava pronto para cavalgar os quarenta quilômetros do dia.

"Por que não passam o dia aqui e viajam amanhã?" Dennis sugeriu enquanto eu lavava minhas mãos cheias de graxa. Com a notícia de que a neve chegaria a Silverton e Ouray na manhã seguinte, não podia arriscar. Agradeci a Dennis por sua maravilhosa hospitalidade e partimos.

Depois de algumas horas, fazendo curvas fechadas com carros nos dois sentidos, uma viatura da polícia parou atrás de mim. Isso não era nada bom, pensei enquanto um policial alto, forte e com o cabelo raspado saía do veículo. Puxei os cavalos para o lado e parei. Ele veio em minha direção. "Recebemos uma chamada de um motorista preocupado com um caubói maluco andando com três cavalos por aqui."

"Sinto muito, mas temos o direito de estar nessa estrada tanto quanto os carros", respondi tentando soar confiante.

"Concordo, mas você não tem o direito de colocar as outras pessoas e você mesmo em risco nessas curvas fechadas", ele disparou com olhar sisudo. Expliquei a ele que esse era o caminho mais rápido para sair do Colorado antes da chegada da neve e que eu era sempre muito cuidadoso com os cavalos. Também contei que estava vindo do Canadá e indo para o Brasil.

"Uau, é um projeto e tanto... Acho que tudo o que posso fazer é falar para você ter cuidado", disse relaxando o corpo pela primeira vez. Ele apertou minha mão e foi embora. Enquanto ele desaparecia em uma curva, respirei fundo. Por um instante me imaginei tendo que descer a montanha quando ele chegou com sua fria e contundente abordagem de militar. Tivemos sorte hoje, pensei, tocando Texas, com Clyde e Daredevil seguindo logo atrás.

No cume do Molas Pass, uma placa verde nos informou que estávamos a 3.325 metros do nível do mar. Turistas admiravam a magnífica vista de um mirante enquanto eu passava despercebido. Lutei contra o impulso de parar para olhar, pois ainda havia muitos quilômetros à frente me fazendo seguir adiante. Dennis havia me dito que o único lugar apropriado para descansar meus cavalos seria um curral BLM no lado direito da estrada, a cerca de quarenta quilômetros da casa dele. Como havia cavalgado 21 até agora para alcançar o cume, sabia que teria ainda um longo dia pela frente. E com as subidas intensas dos últimos dois dias, meus cavalos estavam mais lentos do que nunca.

Às 16h finalmente alcançamos o sopé da montanha. Em uma reta plana, passamos pela entrada de um enorme resort de esqui, mas não havia sinal de curral. Sentia uma dor aguda em meus tendões e ligamentos dos dois joelhos a cada passo que Texas dava. Subir essas montanhas e descer delas em um clima tão frio pioraram demais minhas dores crônicas. Tentei bloquear o sofrimento. Somente após o sol se por as quatro criaturas exaustas, de cabeças baixas e espíritos entorpecidos, chegaram ao curral de madeira. Desci da sela e agradeci a cada cavalo individualmente pelo trabalho pesado dos últimos dois dias. Estava muito orgulhoso deles. Dei uma porção maior de comida para cada um. Amanhã chegaremos a Durango, onde poderiam descansar por três dias. Desejei que pudessem me entender ao fechar o portão do curral.

No dia seguinte saímos cedo e cavalgamos os vinte quilômetros finais em uma estrada plana e estreita que não poderia ter sido mais fácil, até começar a cair do céu granizos do tamanho de bolas de gude. A tempestade durou cerca de dez minutos e deixou o chão coberto com um tapete branco. Soube mais tarde que enquanto eu estava sendo atingido pelo granizo, as cidades acima foram cobertas com vários centímetros de neve, me deixando feliz por não ter aceitado a oferta de Dennis para ficar mais um dia. Chegamos à Durango pouco antes do almoço. Eu estava cansado e doído, mas ainda excitado com a travessia daquelas montanhas divinas. Depois de alojar os cavalos em um estábulo nos arredores da cidade, nos hospedamos em um motel barato com água quente e uma cama de verdade. Abri meus e-mails e vi uma mensagem maravilhosa de Brian Anderson, contando que Frenchie e Bruiser estavam cem por cento recuperados e que seriam transportados para o norte do Novo México em uma semana. Com todos os percalços que enfrentei desde que saí de Yellowstone, não havia parado para pensar na saudade que sentia dos meus meninos. A ideia de tê-los de volta me fez pensar que seríamos invencíveis de novo. Emma e eu tomamos o mais que necessário banho quente, botamos nossos sapatos de dança (bem, eu botei minhas botas surradas, os únicos sapatos que tinha) e fomos para a cidade comemorar. Sobrevivemos à Estrada de um milhão de dólares. Frenchie e Bruiser estavam voltando. A vida me sorria.

CAPÍTULO 15

Terra Encantada
(Bem-vindo e Adeus)

Lição do dia: *uma Longa Jornada é sempre um grande aprendizado para cavalo e cavaleiro.*

★ NOVO MÉXICO ★

Quando entramos no Novo México, eu não poderia estar melhor. Depois de quatro meses na estrada, viajamos mais de dois mil quilômetros com minhas botas podres carregando a terra de Alberta, Montana, Wyoming, Colorado e agora Novo México. As amizades que fizera demonstravam a generosidade dos americanos. A trilha de Durango, no Colorado, até Aztec, no Novo México, nos trouxe temperaturas mais amenas e uma nova topografia, vastas montanhas com picos nevados se transformaram em montanhas com topo plano e vegetação verde-escura de pinheiros e transformaram em desertos cor de rosa. Não a chamam de terra encantada à toa. Naquela primeira manhã, uma majestosa égua paint horse galopou perto de nós, dando coices e mexendo seu pescoço excitada. Ela relinchou alegre para os meninos enquanto eles relinchavam de volta. Era como se ela estivesse dando as boas-vindas ao Novo México e eles a convidassem para se juntar a nós. A quatro quilômetros por hora, no alto do lombo de um cavalo e em silêncio, é possível realmente sentir os lugares por onde passa. Nunca irei vivenciar o mundo de novo como fiz na sela. Quando chegamos em Aztec, era como se tivéssemos chegado ao México. Carros explodindo com o som de música *Ranchera* e *Banda*, autênticos ritmos mexicanos. Todos os restaurantes serviam *flautas* e *taquitos*. Em frente às casas de portas abertas, latinos idosos se sentavam para jogar cartas ou conversar. Era como se o sangue espanhol tivesse tomado de volta a terra que um dia fora deles. A mudança na cultura era radical, assim como na geografia.

Um dia depois de chegarmos à cidade, Justin Marquez, que trabalhava no racho Copper Spring e era do Novo México, me deu a fantástica notícia de que havia chegado com Bruiser e Frenchie. Justin vinha ao sul algumas vezes por ano para ferrar cavalos e visitar sua família em Bloomfield, NM. Dessa vez, Brian Anderson pediu que ele transportasse meus cavalos e levasse Clyde e Daredevil de volta para o rancho Copper Spring.

"Cara, não posso acreditar que tenha cavalgado pela Estrada de um milhão de dólares, eu estava assustado só de dirigir por ela com o trailer", disse Justin quando nos abraçamos. Quanto estive no rancho Copper Spring há alguns meses atrás, Justin eu nos tornamos bons amigos. Mesmo tendo vindo de lugares tão diferentes na vida, eu me sentia como se o conhecera desde sempre. Vê-lo de novo era maravilhoso e ele me apontou o curral onde havia soltado Frenchie e Bruiser. Será que irão me reconhecer? Frenchie voltou a ser arredio? Quando meus olhos finalmente encontraram os deles, as orelhas deles apontaram para frente e eu corri. Passei por baixo da cerca e fui direto para Bruiser, que ficou bem na minha frente, me olhando com seus olhos escuros e doces. Reduzi meu ritmo, ele observava cada movimento meu com seus olhos e narinas. Abri meus braços e os deslizei em seus ombros até encostar meu peito no dele. Com seu pescoço no meu ombro esquerdo, fiquei lá sentindo o coração dele bater contra o meu. Ele estava tão gordo, tão saudável, com o pelo tão macio.

"Senti tanto a sua falta, Bruiser", sussurrei suavemente. O cheiro doce dele impregnou minhas narinas e me aqueceu suavemente, como uma mistura de lascas de madeira, chuva e mel. Assim como uma personalidade forte, cada cavalo tem seu próprio cheiro. Recuando devagar, passei meus dedos por sua crina espessa, seus pelos grossos e longos passando entre meus dedos até que cheguei à sua cabeça. Ele me cheirava com força, como se tentasse se lembrar de onde me conhecia. Seu nariz passando pelo meu peito, suas fungadas sugando o ar em alta velocidade e soltando um jato morno em minha pele. Cocei embaixo do queixo dele como havia feito muitas vezes antes, e então fui até Frenchie. O palomino observava meus movimentos. Devagar, me aproximei de sua grande e corpulenta estrutura. Seu pelo estava diferente. Estava mais longo para o inverno, mais claro e havia círculos do tamanho de uma bola de tênis pintados em todo seu corpo, como se fosse um trabalho artístico. Passei minha mão direita por seu pescoço até atingir o ponto mágico bem atrás da orelha comecei a coçar com força. "Ele adora isso", me virei para falar com Emma que acariciava Bruiser. Minhas unhas coçavam para frente e para trás, para frente e para trás, para frente e para trás, enquanto ele inclinava a cabeça, apontando seu focinho para o lado oposto ao que eu estava se encaixando aos movimentos da minha mão com sua grande cabeça. Parei e o abracei como havia feito com Bruiser. No começo, ele recuou um pouco, desconfiado, mas eu o abracei mais forte até ele finalmente parar. Descansando meu rosto no pescoço dele, podia sentir o cheiro forte de terra molhada, aveia e capim fresco que me revigorou.

Quando chegou a hora de fazer a troca, passei alguns minutos agradecendo ao Daredevil e ao Clyde por todo o esforço deles. Imagens dos nossos momentos juntos passaram pela minha cabeça. Eu os vi deixar de serem jovens medrosos que davam pinotes e se transformarem em bravos guerreiros. Daredevil havia atravessado pontes suspensas sobre uma altura enorme, com estruturas e sons assustadores. Achei que ficaria triste ao ver meus novos amigos partirem, mas em vez disso, me senti orgulhoso. Minha experiência com esses cavalos – Daredevil, Clyde e Texas e, claro, Bruiser e Frenchie – me fizeram ver o quão natural e benéfico para esses animais uma Longa Jornada pode ser.

CAPÍTULO 16
Frenchie, Bruiser & Texas

Lição do dia: *ter o amor ao seu lado, literalmente, ajuda a continuar.*

★ NOVO MÉXICO ★

Levou um dia inteiro para Frenchie e Bruiser se acostumarem à vida na estrada mais uma vez, mas era difícil manter todos no mesmo ritmo. Bruiser e Frenchie eram muito mais altos do que Texas, então para cada passo que davam, Texas tinha que dar dois para acompanhá-los. Frenchie e Bruiser puxaram os cabos dos cabrestos três vezes pela manhã, deixando uma cicatriz branca de queimadura na palma da minha mão. Por fim, depois de alguns quilômetros, a harmonia surgiu e nos movíamos com graça. Bruiser liderava o rebanho como havia feito quando saímos de Calgary, Frenchie, palomino carro de combate, corria por todos os arbustos em seu caminho e Texas se empinava para acompanhar seus dois novos irmãos. O clima estava ameno, era a primeira vez durante toda a viagem em que não estava suando até a morte ou xingando até não poder mais enquanto meus ossos eram perfurados pelo vento frio. As manhãs ainda eram muito frias e arrear era um processo doloroso. Puxar a corda usada para dar o nó duplo diamante era lancinante para as pontas dos meus dedos congelados. Tentei usar luvas, mas elas tiravam a aderência e nunca funcionava. Desmontar a barraca também se tornou uma tarefa cada vez mais odiada mas, com Emma por perto, tinha muita ajuda.

Ela me ajudava em tudo. Encontrar água para os cavalos, achar um lugar para passar a noite e nas refeições. Ela era o jogador mais valioso da nossa Longa Jornada cortando o deserto. Era maravilhoso estarmos juntos, mas ainda passávamos horas e horas separados todos os dias, então não me surpreendeu quando, durante esse período, Emma ficou viciada em vasculhar brechós em busca de "tesouros" do interior da América. Fiquei feliz por ela ter encontrado algo para se ocupar enquanto eu passava horas na sela, mas quando o carro dela começou a explodir como um armário superlotado, tentei botar um fim nessa loucura. Devo admitir que ela achou algumas peças extraordinárias nessas lojinhas no meio do nada. Falei várias vezes para que ela fizesse um blog para postar seus achados.

De Aztec fomos para Cuba e depois San Ysidro. O carro de Emma provou seu valor no Novo México. Era raro encontrar um bom pasto ou água nos longos trechos entre as cidades. Toda noite tínhamos que usar o feno e a água que carregávamos para manter os cavalos vivos e saudáveis. Se não fosse por Emma, e o carro de apoio, não teríamos conseguido ultrapassar aqueles 120 quilômetros, com nada além de ramos de capins do deserto, mesquites e cactos por quatro dias consecutivos. Em Cuba, eu estava tão cansado e estava tão escuro, que decidi deixar o equipamento no curral, botando a lona azul que eu levava para cobrir tudo. Na manhã seguinte, acordei e vi que os cavalos haviam derrubado as selas e caixas durante a noite, derramando o tubo laranja em que eu levava as cinzas de Naomi. O tubo estava quebrado na terra congelada, uma pilha de cinzas. Frenchie, que comia de tudo, de amendoins a arroz com feijão e biscoitos, estava perto da pilha de cinzas esticando seus lábios suavemente sobre o montinho, comendo as cinzas. JESUS!! Pulei a cerca na velocidade da luz e o tirei de lá. Empurrei com a mão as cinzas que ele não havia conseguido comer de volta para o tubo quebrado com o resto que ainda estava lá. Enquanto eu pegava tudo e botava no carro, Emma encontrou um novo recipiente para as cinzas de Naomi.

"Não acredito que Frenchie comeu as cinzas", disse Emma, "Talvez Naomi quisesse viajar para a verdadeira Cuba e decidiu que queria ter um pouco de suas cinzas espalhadas aqui". E talvez Frenchie precisasse de alguma proteção na estrada para o sul, pensei enquanto olhava para o círculo de cinzas que havia ficado na terra preta.

Depois de limpar e alimentar os meninos, fomos ao supermercado renovar nosso estoque de comida e bebida e comprar mais feno para os cavalos. Nossos dias sem viajar estavam longe de serem dias de descanso. Comprávamos mantimentos, abastecíamos o carro e estudávamos nossa próxima rota. Escrevia nos blogs e filmava. Era uma correria. Sem falar que, quando alguém nos hospedava, tínhamos que ir a eventos, conhecer suas famílias e estar à disposição para qualquer programa que eles pensassem que fosse nos agradar. Nunca disse não para um convite, não importando o quão cansado estivesse porque sentia que isso era importante para todos nós. Estávamos fazendo uma conexão.

*

Ao cavalgar por trinta quilômetros, Frenchie e Bruiser pareciam ter condições de percorrer outros trinta, seguindo com suas cabeças erguidas, mas Texas andava de cabeça baixa, sem forças para dar mais um passo. Quando eu cavalgava nele, ele parava de repente, me fazendo tocá-lo pra frente várias vezes. Se estivesse o conduzindo, teria que amarrar o cabo do cabresto no pito e puxá-lo para que ele andasse. Observando os três comendo feno em um curral abandonado perto da estrada, em uma noite, notei como Texas era menor. Perto de Frenchie e Bruiser ele parecia um potro. Eu tinha que pensar nisso.

No dia do meu 26º aniversário, chegamos a San Ysidro. Um amigo que fizemos em Cuba nos indicou a loja de ração CWW, que pertencia a Connie Collis. Emma chegou antes à loja e Connie logo a deixou à vontade e disse que poderíamos ficar o tempo que quiséssemos. Quando cheguei horas depois naquela tarde, parecia que Emma e Connie eram melhores amigas. Connie era uma verdadeira vaqueira, com cabelos louros e olhos claros, gostei dela de cara. Seu olhar maternal, sua voz suave com um sotaque carregado do sul, seus incríveis conhecimentos sobre cavalos. Ela me apresentou a um caubói magrelo usando um chapéu de feltro negro Stetson e jeans rasgado, Charlie Greene, seu faz-tudo.

"Se precisar de qualquer coisa, pode me pedir, Filipe! Será um prazer ajudar você", disse Charlie passando duas cervejas geladas para mim e para Emma. Em seus cinquenta e poucos anos, Charlie havia montado touros e surfado por muitos anos. Suas aventuras ficaram registradas nas linhas grossas em seu rosto. Depois que os cavalos comeram seus cereais e nós bebemos os nossos, nós os alojamos e Charlie me convidou para laçar em equipe enquanto Emma e Connie foram para casa tomar um chá. Foi mais divertido do que parecia.

Na manhã seguinte, Connie me convidou para galopar com Jorasio, um mexicano de uns trinta anos que trabalhava no rancho. Ele me trouxe um paint vistoso chamado "Hollywood", enquanto ele estava com uma égua baia. Montamos e seguramos nossos animais enquanto eles trotavam, puxando seus freios, tentando correr. Nascido em Chihuahua, Jorasio morava no Novo México há mais de vinte anos. Os pais dele imigraram para o norte quando ele ainda era um garoto. Embora ele tenha seu green card, ao contrário de muitos conterrâneos que vivem nos Estados Unidos, ele prefere não voltar para sua terra natal.

"O México é muito perigoso, tenho medo de virar refém e ser morto", me disse com uma expressão sombria. "É muito perigoso, Filipe. Você viaja muito devagar a cavalo. Os cartéis vão matar você", já havia escutado essas palavras antes. Do momento em que comecei a planejar minha Longa Jornada, comecei a ouvir que seria morto no México. Comecei minha viagem e os avisos continuaram, cada um mais horripilante do que o outro. "Eles vão degolar você... Jogá-lo vivo em um barril de ácido... Roubar seus cavalos, atirar em você no deserto e deixá-lo lá para ter uma morte lenta e agonizante." Eu podia rir desses comentários porque eles vinham de pessoas que nunca estiveram no México. Mas quando os avisos de morte certa vieram dos próprios mexicanos, eu também comecei a acreditar que talvez estivesse cavalgando lentamente para o meu próprio funeral. Não consegui me livrar daquela sensação nos três meses seguintes. Seguimos o Rio Grande por alguns minutos antes de virar à esquerda em direção ao leito seco de um rio. A trilha arenosa que seguia até onde a vista alcança parecia o lugar perfeito para correr com os cavalos.

"Aqui podemos exercitar os cavalos", disse Jorasio sorrindo enquanto nós dois lutávamos para segurar os animais que já podiam sentir o que estava prestes a acontecer. Inclinei o corpo para frente e abaixei minhas rédeas, virando meu cavalo direto para o leito seco do rio. Hollywood decolou como um morcego saindo do inferno, a égua baia de Jorasio vinha logo atrás. O vento batia nas minhas bochechas vermelhas jogando meus cabelos para trás, em um movimento louco. A cada passo, meu sorriso ficava maior, meu vistoso paint pegando velocidade depressa. Sua crina vermelha saltava com graça com suas orelhas apontadas para frente em direção à montanha Sandia, com seu brilho rosa a distância. Eu me senti de novo como naquele dia quando era criança e a égua desgovernada disparou comigo. Fui longe naquela lembrança quando, sem nenhum aviso, o céu muito azul se tornou uma areia marrom clara, minha cara amassada com força nos grãos minúsculos. O pito da sela espetou minhas costelas, causando um choque forte e doloroso. Fui lançado pra frente, girando, enquanto as patas dianteiras do meu cavalo se afundaram na areia. Depois de um salto mortal completo, vi a traseira de Hollywood passar por cima da cabeça dele e pousar bem ao meu lado. Rolei sem saber onde estava e tive medo de ser atingido por meu cavalo que estava frenético. De repente, ouvi um baque forte atrás de mim. A égua de Jorasio havia caído também. Os poucos segundos de caos intenso se transformaram em um silêncio assustador, dava para ouvir os cavalos galopando ao longe. Jorasio e eu ficamos gemendo e resmungando.

"Você está bem?", perguntou entre dentes cerrados, sentindo muita dor ao falar. Respondi com a cabeça. Fomos atrás dos nossos animais assim que nossos corpos moídos permitiram, temendo que eles pudessem tentar atravessar o rio. Encontramos a égua baia do Jorasio um quilômetro adiante, mas meu cavalo não estava em lugar algum. Jorasio disse que Hollywood conhecia bem a área e que provavelmente havia voltado para o estábulo. Mancamos de volta, cheios de areia nos cabelos e no corpo, quando uma caminhonete do hotel em que Connie tinha seu negócio de passeios a cavalo veio em nossa direção.

"Estamos bem. Você viu um cavalo passar?", perguntou Jorasio em um tom preocupado.

"Nós o vimos passar sem cavaleiro, então ficamos preocupados. Ele está perto do estábulo dos cavalos", o homem respondeu. Ele me deu uma carona de volta e Jorasio cavalgou em sua égua. Quando chegamos ao estábulo, Connie segurava um suado Hollywood, com um olhar preocupado. Ela ficou aliviada em me ver sair da caminhonete. Naquela noite, tive que tomar analgésicos para minhas costelas machucadas. Sentia dor ao respirar.

*

Sair da loja de rações CWW foi triste, meus novos amigos tentavam me comover para ficar mais um pouco. Já era tarde quando enfim cheguei ao estábulo do Hyatt Regency Tamaya Resort & Spa, em que Connie havia arranjado um lugar para os cavalos descansarem. Enquanto equipávamos os meninos na manhã seguinte, ela fez uma oferta que não poderíamos recusar.

"Emma, por que você não cavalga com Filipe? Eu dirijo seu carro até Peralta em quatro dias quando vocês dois chegarem lá." Aceitamos de imediato e uma hora depois, Emma e eu cavalgávamos lado a lado pela primeira vez desde que ela havia se juntado a mim. Era uma sensação incrível que nos fez sorrir a manhã inteira. Cavalgando por uma estrada pequena, pegamos o caminho para uma trilha que seguia o Rio Grande em direção ao sul passando pelo centro de Albuquerque. Quando enfim chegamos à trilha, era difícil acreditar que estávamos na capital do Novo México. O lindo caminho seguia paralelo ao vasto rio e os choupos em um amarelo-vivo mostravam o caminho.

Emma definitivamente não era uma amazona. Havia montado umas três vezes na infância e depois nunca mais subiu em uma sela. Mas seu porte atlético e sua forte personalidade a faziam parecer uma amazona nata. A maioria das pessoas que não cavalga fica muito tensa, parecendo um robô quando monta um cavalo, esquecendo muitas vezes de respirar. Emma, não. Ela mostrava uma flexibilidade em cima de Texas, como se tivesse crescido tocando gado nas montanhas. Havia participado de competições de hóquei quando era mais nova e esse esporte duro a ensinou como enfrentar as situações mais difíceis com um ar de confiança e convicção que falta à maioria das pessoas.

"Estou começando a me apaixonar por cavalos", disse com um grande sorriso no rosto enquanto íamos para o sul.

"Sei que está e isso me faz amar você ainda mais", respondi me inclinando na sela para lhe dar um beijo enquanto Bruiser dava uma não tão amigável mordida em Texas. Era verdade. Durante o último mês na estrada, Emma foi afetada profundamente pelo tempo que passava com os cavalos. Ela os escovava, alimentava e passava horas fazendo tranças em suas crinas. Quando viu Bruiser e Frenchie em Bloomfield pela primeira vez desde Calgary, vi seus olhos brilharem de emoção. "Estava com tanta saudade de vocês", ouvi ela sussurrar para eles enquanto coçava seus pescoços.

A trilha, as árvores e os pássaros eram gloriosos. Era mais um dia incrível até chegarmos a um portão com um cadeado fechando a trilha, impedindo de seguirmos adiante. Todos haviam dito que poderíamos seguir a trilha até Peralta e a última saída ficara quatro quilômetros atrás, além disso, a ideia de cavalgar em ruas lotadas dentro da cidade nos deu arrepios. Procurando uma alternativa, havia um terreno com mato alto à nossa esquerda que nos levaria de volta ao caminho mais adiante. Não conseguia ver nada que fosse nos impedir de passar, então decidi arriscar. As plantas altas batiam em minhas botas e na barriga de Bruiser quando entramos no terreno. Com quatro passos apenas, adentrando os arbustos grossos e empoeirados, senti a dianteira de Bruiser afundando devagar. Ele lutou desesperado para voltar, mas era tarde demais. Estávamos afundando em um fosso profundo que cortava o campo ostensivamente. Era tarde demais para fazer qualquer coisa além de me segurar, estávamos caindo!

Por instinto, Bruiser tentou voltar, mas só piorou as coisas. Apeei depressa enquanto ele se se comportava como um cachorro naquele fosso, sentado em sua traseira com suas pernas dianteiras espremidas entre o muro de terra e seu peito. Ele olhou para mim em desespero, mas permaneceu sentado, totalmente parado esperando por alguma instrução. Gritei para Emma ligar e pedir ajuda, mas não sabíamos onde estávamos e mesmo que soubéssemos, levaria uma eternidade para alguém chegar. Liguei a câmera e passei para Emma, sentindo que esse momento devia ser registrado para o projeto. Escalei para fora do fosso e puxei o cabo do cabresto de Bruiser, chamando ele. O cavalo tentou se mexer, mas estava entalado. Desci de novo e vi que ele poderia ficar de pé no fosso se eu o tirasse daquela posição. Puxei o cabo do cabresto em minha direção e ele virou o pescoço. Então puxei mais forte pedindo que ele se levantasse. Seus cascos brigavam com a terra, levantando uma nuvem de poeira e, por fim, depois de algum esforço, ele conseguiu se virar e ficar de pé, virado para mim. Suas patas tremiam. Dei tapinhas no pescoço dele. Tirei a sela do lombo dele e a ergui para fora do fosso. Deixei que descansasse por alguns minutos, escavei a margem da vala e saí de novo. Ele observava meus movimentos atento. Assim que fiquei de pé no chão, acima dele, vi suas patas traseiras se dobrarem e ele pulou para fora em um salto. Ele tinha saído. Não pude acreditar que não estava mancando. Poderia ter quebrado uma pata ou se ferido seriamente. Duas semanas antes, ao atravessar o Dzilth-Na-O-Dith-Hle Navajo Pueblo, uma índia celebrou uma cerimônia para proteção dos cavalos. Ela perguntou qual deles era o líder da manada e cantou para Bruiser enquanto ele encostava a cabeça no peito dela, quase em transe. Ela esfregou uma pena de águia na cara dele enquanto suas palavras profundas e suaves o fizeram abaixar a cabeça cada vez mais.

"Essa pena protegerá seu cavalo... sabe, ele ficará bem", disse a mulher enquanto o marido dela usava um fio fino de couro para prender a pena na grossa crina de Bruiser. Passei meus dedos pela macia pena preta e branca agradecendo ao Universo e à nação Navajo por sua proteção. Ela tinha razão. Ele estava bem.

CAPÍTULO 17
Sul do Novo México

Lição do dia: quando menos se espera
a vida nos traz pessoas incríveis.

★ SUL DO NOVO MÉXICO ★

Sozinho novamente, com Emma dirigindo à frente, fomos de Peralta até San Acacia, onde descansamos alguns dias na Acacia Riding Adventures, uma agência de trilhas a cavalo. Quando chegou a hora de voltar para a estrada, tomei três decisões: a primeira era montar Frenchie. Karen Hardy, uma vaqueira forte como um touro de Santa Fé, que me acompanhava online desde que saí de Calgary, me encontrou com sua filha Olivia e sua amiga Jennifer para cavalgar durante o dia. Botando a sela no lombo de Frenchie com delicadeza, o observei de perto ao apertar devagar a barrigueira embaixo dele. Levar o cargueiro significava que estava acostumado a levar peso no lombo, um dos principais motivos por que os cavalos começam a dar coices quando se começa a treiná-los, mas as imagens dele corcoveando como um xucro em Alberta me preocuparam. Com a sela presa e o freio na boca, eu o fiz trotar em círculos ao meu redor para ver o que ele faria. Queria que sentisse os estribos batendo em seus flancos e deixar que pulasse, caso quisesse, antes que eu o montasse. Com todos assistindo para ver o que aconteceria, dei umas palmadinhas no pescoço de Frenchie e sussurrei em seu ouvido: "Por favor, não me mate, amigo". Apertei minha rédea esquerda, mas mal havia conseguido passar minha bota sobre seu lombo e ele deu passos para os lados. Estava meio sentado na sela tentando achar meu estribo direito com a ponta da bota. Podia ouvir arfadas da plateia esperando a fera embaixo de mim estourar. Por fim, colocando a ponta da bota direita no estribo, apertei minhas pernas devagar para pedir que ele andasse para frente. Ele hesitou por um instante e com muito cuidado deu um primeiro passo. Seguido por outro e mais outro e, antes que eu percebesse, estava cavalgando Frenchie em volta de um pequeno círculo. Ainda com muito cuidado, o manobrei ao redor, notando que quando mexia com o freio em sua boca, ele ficava muito agitado. Deixei sua boca quieta e quando Emma, Karen, Olivia e Jennifer montaram seus cavalos, cavalgamos.

"Quando soube da sua viagem enquanto você estava ainda em Montana, disse para mim mesma: 'se esse garoto chegar ao Novo México vivo, vou cavalgar com ele'", Karen me disse enquanto seguíamos o grupo, conversando. No momento em que conheci Karen, ela passou a ser minha mãe americana. Mesmo já tendo vinte e poucos anos, ninguém esperava que eu fizesse uma viagem dessa magnitude. Muitas vezes vi a expressão de perplexidade das pessoas quando eu chegava. "Você é tão jovem, esperava encontrar um homem mais velho." Muitas mães quiseram cuidar de mim. Agora com a presença de Emma, leve como uma pluma, aquelas mães ficavam duas vezes mais preocupadas.

Também havia tomado uma decisão sobre minha entrada no México. A rota mais rápida era por Juarez, porém, com cerca de quatro mil homicídios por ano naquela cidade, decidi viver para comemorar outro Natal no Texas antes de entrar o deserto de Chihuahua, pela fronteira da cidade de Presidio. Minha nova rota me colocava no caminho de Marfa, Texas, o novo lar de Merrel, o caubói que havia me dado Texas e que agora administrava outro rancho de Brad Kelley. Os cavalos poderiam descansar e eu passaria o Natal com Emma enquanto planejava minha viagem pelo México.

*

Para o nosso primeiro dia de ação de graças nos Estados Unidos, minha mãe americana alugou um rancho entre Socorro e Roswell, e nos convidou para comemorar a data com seu marido Barney e a filha Olivia. Na noite que escolhemos para encontrar Karen ao lado de uma estrada empoeirada do Novo México, eu estava atrasado, então me apressei para chegar ao ponto de encontro. O frio me manteve curvado, balançando no lombo de Texas. Frenchie e Bruiser logo atrás. De repente, Texas começou a corcovear como um cavalo de rodeio. Meu iPhone e meus cartões de visita voaram do bolso no meu peito, quase batendo na minha cara. Meu corpo relaxado, pego de surpresa, era um saco de batatas e fui caindo até cair bem em cima do meu cóccix. Ele parou e me olhou como se estivesse preocupado de eu ter me machucado. Naquele breu, procurei meu iPhone preto desesperadamente no capim fundo, esperando que um dos cascos do Texas não o tivesse partido em pedacinhos. Depois de xingar por alguns minutos, achei o celular e alguns dos cartões. Revistei o corpo de Texas para ver se havia algo o incomodando, mas não encontrei nada. Olhei em seus olhos escuros, esfregando minhas mãos no branco mapa do Brasil que ele tinha como estrela em sua testa.

"Está quase acabando, amigo", sussurrei na noite tranquila enquanto ele abaixava a cabeça. Havia tomado a dura decisão na qual já pensava há semanas. Essa reação de corcovear era Texas me dizendo que precisava ficar nos Estados Unidos. Todo cavalo tem uma função e essa não era a dele.

*

No sábado, dia 24 de novembro, sentado a uma mesa de piquenique coberta por uma toalha de mesa com folhas de acero, um grande peru recheado, cercado por purê de batatas, molho de cranberry, caldo de carne e legumes, erguemos nossas taças de vinho para um brinde. Karen acordou muito cedo para preparar um almoço tradicional de ação de graças para nós. E agora com nossa família americana, eu e Emma saboreávamos uma farta refeição, exatamente como imaginava ser um dia de ação de graças americano. Depois de tirar a mesa e lavar a louça, brincamos com o cachorro e com os cavalos, falamos da vida e cochilamos. Naquela noite, enquanto bebíamos algumas cervejas geladas com a família, Karen nos deu bandanas de seda do oeste. Fiquei envergonhado por não ter nada para dar a eles. Como não pensamos nisso? Depois de tudo o que haviam feito por nós, se esforçaram tanto para nos dar um presente e não tínhamos nada para eles. Vermelho como um tomate, pedi desculpas a Karen e Barney por não ter um presente para eles.

"Filipe, você não imagina o quanto nos deu ao permitir que nossa família seja parte do seu sonho", disse Barney. Um silêncio reconfortante se instalou sobre nós. Foi uma noite maravilhosa. Na manhã seguinte, sem nada para fazer além de ficar à toa preguiçosamente, conversamos sobre minha viagem ao México. Contei a Karen sobre como havia decidido trocar Texas por um cavalo mais forte antes de cruzar a fronteira e ela disse que eu tinha razão.

"Você está fazendo um favor a ele, colocando o bem-estar dele acima dos seus sentimentos", as palavras dela fizeram com que eu me sentisse melhor, como só uma mãe é capaz de fazer. "Eu vou ajudar você a encontrar um cavalo forte que possa acompanhar Frenchie e Bruiser e vamos ficar com Texas para você. Ele pode ficar no rancho e carregar turistas uma vez por semana no verão e você pode visitá-lo sempre que quiser. Acho que será uma vida ótima para ele."
Sorri. Eu me senti tão abençoado por ter conhecido uma família tão incrível. Olhei para o vasto céu azul acima e agradeci.

CAPÍTULO 18

O estado da estrela solitária

Lição do dia: *estranhos são apenas amigos que você ainda não conheceu.*

★ TEXAS ★

Sorrindo para a câmera, posei para a foto histórica. Com botas Justin novinhas, doadas por um grupo de mulheres canadenses de Guelph, Ontário, que acompanhavam minha viagem desde o primeiro dia, sentei em cima de Bruiser com Frenchie à minha esquerda e Texas à minha direita. Atrás de nós, uma placa verde: "Divisa do Estado do Texas". Há cinco longos e inesquecíveis meses na estrada, finalmente chegamos ao "Estado da estrela solitária": o último que cruzaríamos antes de entrar no México.

"Diga Texas", Emma gritou antes de tirar a foto com a qual eu sonhava desde que li "Tschiffely's Ride". Pela primeira vez na minha Longa Jornada para casa, estava pisando em uma terra em que meu herói havia viajado, há quase um século. Como Tschiffely, uma vez no Texas, houve um visível aumento no tráfego. De fato, Mancha foi atropelado por um carro aqui no Texas. Quase um século depois, eu também passava pelo perigoso tráfego nas estradas do Texas. Em meio a um boom do petróleo, quase tão velho quanto a viagem de Tschiffely, enormes caminhões tanques passavam voando por nós quando íamos para Pecos.

No dia anterior à nossa chegada, uma caminhonete branca enferrujada parou na nossa frente e um velho caubói desceu dela. Com um grande sorriso no rosto, um chapéu de palha e um macacão manchado, ele me fez a pergunta de um milhão de dólares, "para onde você está indo, caubói?" E então eu disse a ele.

"Brasil, o país?", perguntou com o mesmo espanto que havia visto tantas vezes antes. Shot Pascal estendeu sua bruta mão direita e apertou a minha, olhos arregalados. Um verdadeiro texano, Shot criava gado a vida inteira e aprendeu a laçar com seu pai, que também havia aprendido do seu velho.

"É tudo o que eu sei... E eu amo isso, nunca pareceu trabalho para mim", disse por entre os dentes amarelados que ainda restavam em sua boca. Antes de partir, Shot me convidou para descansar meus cavalos em seu rancho, nos arredores de Pecos. Aceitei de bom grado e na tarde seguinte cheguei à propriedade dele.

"Há algumas semanas, vi um rapaz pedalando sua bicicleta pela mesma estrada em que vi você, mas eu não parei para falar com ele porque não tínhamos nada em comum", disse com seu sotaque texano carregado. Essa Longa Jornada me ensinou que o cavalo é uma linguagem comum que pode quebrar barreiras e unir as pessoas. Eu não apareci no rancho de Shot em um carro com produtor, cameraman e operador de som. Ele parou para falar comigo na beira da estrada e me convidou para descansar em sua casa porque eu estava a cavalo.

"Eu só quero trabalhar no meu rancho todos os dias. Todo dia no rancho é um bom dia." Shot era um homem grande com um nariz protuberante, orelhas enormes e um emaranhado de dentes, mas seu enorme coração e seu espírito puro o transformavam em um cavalheiro charmoso e de fala suave. Conheci poucas pessoas em minha viagem que fossem mais bonitas do que Shot, uma lembrança real em nossa sociedade cheia de photoshop de que a verdadeira beleza está no interior, não no exterior. Janey, de Michigan, conheceu Shot há alguns anos e se apaixonou pelo pecuarista. Ela veio morar com ele e ainda está se adaptando à vida em um rancho na paisagem semiárida do Texas. Ela admitiu que no começo foi uma grande mudança, mas o que sente por seu marido tornou a transição mais fácil.

Do rancho de Shot cavalgamos até Balmorhea, uma cidadezinha pitoresca nas encostas do Wild Rose Pass. Depois de passar por Toyahvale, fizemos uma curva à esquerda, ficando de frente para a Wild Rose Mountain a distância. Imediatamente ao fazer a curva, reparei que a cerca à esquerda estava cheia de pedaços de papel e fotos penduradas no arame farpado. Estávamos no meio do nada e aqueles papéis não faziam sentido. Imaginei o que estariam fazendo lá, mas continuei cavalgando. Depois de mais alguns minutos na estrada, a escolha de não parar para checar os papéis e as fotos abriram um buraco dentro de mim, corroendo-me com curiosidade e arrependimento. Um carro parou na nossa frente. Um adolescente tímido saiu usando um rabo de cavalo louro claro e uma barba grossa de roqueiro, seus olhos arregalados iam de cavalo em cavalo.

"Minha avó viu você passar cavalgando e queria perguntar para onde está indo. Eu sou Trent." Contei minha saga a Trent e ele ouvia com atenção como se memorizasse cada palavra para relatar à sua avó. "Ela ama cavalos e está tentando chamar a atenção para os cavalos que estão sendo levados por essa estrada para serem abatidos no México." Perguntou onde eu estaria no dia seguinte e eu disse que pretendia dormir em Fort Davis. Ele disse que sua avó provavelmente iria querer me conhecer e perguntou se eles poderiam ir até lá nos procurar.

"Eu adoraria conhecê-la", respondi e ele partiu. Fiquei pensando no que ele havia dito pelo resto do dia e no final da tarde, um grande caminhão vermelho de gado passou por mim e em sua carreta de madeira havia cerca de trinta cavalos espremidos como sardinhas. Até Trent mencionar os caminhões que iam para o México, eu estava alheio ao fato de que a mesma rota que o destino havia escolhido para eu e meus cavalos viajarmos para o sul era a que tantos cavalos cruzavam em sofrimento a caminho do abatedouro. Uma grande tristeza me invadiu.

*

Como não tínhamos sinal de celular, Emma havia partido de carro depois do almoço para ver a que distância estávamos de Fort Davis. Várias horas depois, eu estava preocupado com ela. Não podíamos estar tão longe da cidade, de acordo com nossos mapas. Por isso ela teria levado apenas uma hora para ir e voltar. E se ela tivesse sofrido um acidente de carro? E se ela tivesse se perdido? E se ela estivesse ferida? Eu me perguntava buscando no horizonte algum sinal do carro dela.

Às 17h, com o crepúsculo se aproximando, eu não sabia o que fazer, quando uma caminhonete parou do outro lado da estrada. Quando vi Emma no banco do passageiro, fiquei aliviado em ver que estava bem.

"O carro quebrou na subida da montanha", ela me disse ofegante. "Por sorte esse rapaz gentil parou para me ajudar e ele conhece um reboque em Fort Davis que levará meu carro para a cidade."

"Cara, que saco, mas pelo menos você está bem, eu estava tão preocupado."

"Eu estou bem, mas estou preocupada com você, o que vai fazer sem o carro?" Eu tinha o cargueiro em Frenchie com os itens essenciais necessários para acampar. Nos despedimos, agradeci ao cavalheiro que nos ajudou e continuei a cavalgar. Depois de alguns quilômetros encontrei um portão verde aberto no lado esquerdo da estrada e com os últimos raios de luz, decidi encerrar o dia. Desareei os meninos e os deixei beber água em um bebedouro de plástico. Pastaram no pouco pasto que acharam enquanto eu procurava a barraca nas caixas. Inclinado, revirando as caixas laranjas, ouvi uma caminhonete passar correndo pela estrada. Quando olhei, reparei que estava reduzindo a velocidade. Uma sensação ruim surgiu na boca do estômago. Quando a caminhonete virou seus faróis em minha direção, atravessou a estrada e parou de forma abrupta em frente ao portão, sabia que havia algo de errado. Caminhei até o portão e vi uma mulher sair e bater a porta. Com cerca de sessenta anos, tinha longos cabelos grisalhos amarrados em um rabo de cavalo e olhos maldosos. Sorri tentando parecer um garoto inocente quando ela começou a gritar.

"O que você faz na minha terra? Essa é uma propriedade privada", disparou olhando para meus cavalos. "Desculpe, senhora, estou cavalgando do Canadá para o Brasil... e estava escurecendo e o carro da minha namorada quebrou... ela está transportando feno e água para os cavalos", respondi nervoso, tentando contar minha história a ela. "Você precisa dar o fora da minha terra imediatamente", vociferou.

No escuro, arreei Frenchie e Bruiser enquanto eles me encaravam sem entender o que estava acontecendo. Agi depressa, a mulher observava cada movimento meu do portão. Bufando como se eu tivesse roubado algo. Saí da terra dela me desculpando mais uma vez antes de ela bater o portão com força e disparar, me deixando invisível no escuro. Depois de cinco meses encontrando apenas generosidade e amor, eu acabava de ser tratado como um criminoso. Preocupado, com frio e furioso com a grosseria dela, fiz a única coisa que me restou: cavalguei.

Em total escuridão, subi o Wild Rose Pass. A temperatura congelante me fez xingar aquela mulher a cada passo. Depois de quarenta minutos encontrei um pasto largo ao lado da estrada, perto de um velho curral. Sabendo que o desfiladeiro ficaria cada vez mais estreito com muitas subidas e descidas na estrada, decidi parar aqui. Infelizmente, todos os portões estavam trancados e fui forçado a prender os cavalos perto da estrada e montar minha barraca a poucos metros do pavimento. A dor da noite muito fria me impediu de temer ser morto por um carro desgovernado. Armei a barraca, conferi se os cavalos estavam bem amarrados e me enfiei no meu saco de dormir azul.

Às 5h eu já estava de pé. A garrafa de água perto do meu saco de dormir estava congelada. Era de longe a manhã mais fria da viagem. Guardei a barraca com a primeira luz do dia sobre mim. Arriei os cavalos enquanto as pontas dos meus dedos pareciam que iam quebrar. Cavalgando à sombra da montanha, era inacreditável como o frio era doloroso. Meu corpo fazia barulhos que eu nem sabia que poderia, à medida que a dor aguda nos dedos das mãos e dos pés, joelhos e rosto aumentava. Xinguei até não poder mais em inglês e português. Era terrível. Estava enjoado. Minha cabeça latejava. Logo após as 9h, com três horas de cavalgada, o sol tocou meu corpo congelado pela primeira vez. Suspirei aliviado, meus membros voltavam à vida com o calor.

Perto de Fort Davis, Emma apareceu em outra caminhonete.

"Como você está, querido? Fiquei tão preocupada com você e os cavalos ontem à noite", disse quando desci para beijá-la. "O cara que me trouxe até a cidade ontem à noite pediu ao sobrinho para trazer água para os cavalos."

"Uau, muito obrigado, parceiro", disse a ele. Os cavalos começaram a beber desesperados do cooler azul que ele havia enchido com água limpa. Depois que mataram a sede, Emma me contou que o carro estava na oficina esperando o diagnóstico, e que ela estava em um hotel na cidade. Nós nos despedimos com um beijo e eu segui em frente. Cheguei a Fort Davis na hora do almoço e vi, no lado direito da estrada, um curral perfeito para os cavalos descansarem. Trent chegou com seus avós assim que eu alcancei a estrutura de metal com uma placa pendurada "Passeios a cavalo."

"Prazer em conhecê-lo. Eu sou Neta e esse é meu marido Darrel", uma mulher com os olhos mais azuis que já vi na vida me sorriu e apertamos as mãos. Ela tinha a pele de porcelana de uma menina de nove anos, mas as rugas em seu rosto denunciavam sua idade real. Seus cabelos longos e grossos pendurados em um rabo de cavalo que ia até a cintura, como uma grande guerreira indígena. Uma bengala na mão direita a ajudava a andar.

"Seus cavalos parecem tão saudáveis e felizes. Você deve amá-los muito", disse Neta enquanto caminhava devagar em direção a Bruiser, dando tapinhas de leve em seu pescoço de alazão.

"Claro, eles são meus filhos".

"Belos filhos você tem", disse Darrel por trás das lentes coloridas de seus óculos de sol. O cabelo dele também ficava preso em um rabo de cavalo como o do seu neto Trent, que parecia feliz em me ver de novo.

"Você quer um café?", perguntou Darrel pegando uma garrafa térmica verde e uma xícara de plástico.

"Eu adoraria", meus olhos brilharam com a visão da garrafa em suas mãos. O cheiro de café fresco me aqueceu na mesma hora, o líquido quente rodopiando no fundo da minha xícara vazia. Esse aroma deu ao meu corpo cansado a energia de que ele tanto precisava. Neta, Darrel e Trent conheciam o dono do curral e providenciaram para que eu deixasse os cavalos lá e compraram feno. Deixei os cavalos soltos no curral, onde eles rolaram várias vezes antes de ficar de pé se sacudindo como cachorros molhados. Darrel me ajudou a alimentar os cavalos e, quando terminamos, nos convidaram para almoçar na taberna da cidade. Faminto, com frio e cansado, passamos no hotel em que Emma estava para pegá-la. A taberna, no centro da pequena cidade, ficava em um imóvel espaçoso de madeira branca, com pé direito alto, do começo do século XX. Entre hambúrgueres e fritas, Neta me falou sobre sua luta fervorosa para chamar a atenção para os cavalos enviados para abate no México.

"Todos os dias esses caminhões cheios de cavalos para serem mortos passam em frente à minha casa... Posso ouvir o chão tremer antes mesmo deles chegarem, como cascos estrondosos", disse-me com os olhos cheios d'água. "Ontem, eu estava muito triste, sem vontade de olhar pela janela se um caminhão estivesse passando, mas alguma coisa me disse para me levantar e ir até as cortinas. Quando olhei para fora, vi a cena mais linda de todas. Um caubói com três cavalos esplêndidos. Peguei minha câmera e tirei uma foto, sem acreditar naquela visão."

"Uau, Neta, você me deixou arrepiado", disse olhando a bela foto que ela havia tirado de mim enquanto cavalgava para os picos das montanhas no horizonte, segurando minha GoPro na mão enquanto falava para ela, sem saber que havia uma lente apontada para mim. E o mais impressionante é que foi naquele exato local que vi a parte da cerca com fotos e cartas. Uma iniciativa de Neta, que agora estava bem na minha frente. Ela ficou tão abalada com os caminhões que passam por sua casa todos os dias para os abatedouros do México, que criou o "Cascos Estrondosos", um grupo que luta pelo bem-estar dos cavalos e de todos os animais com arrecadação de fundos e conscientização.

"Junto com os Anjos Animais, inauguramos o 'Muro da Esperança', há três meses, em homenagem a todos os equinos que viajam por aqui. O muro mostra histórias de animais que amamos em nossas vidas e o que eles significaram para nós."

Emma e eu decidimos ir até sua casa quando o carro estivesse pronto para filmar um boletim sobre sua bela iniciativa. Depois do almoço, fomos ao mecânico e soubemos que o alternador do carro havia morrido subindo o Wild Rose Pass.

"O problema é que o lugar mais próximo para comprar um novo alternador é em Pecos", o mecânico baixinho e atarracado me disse limpando suas mãos cheias de graxa em um pano sujo. Saí da oficina e sentei em um banco com

Emma, olhando para a estrada. Contei a ela o nosso dilema e começamos a pensar no que poderíamos fazer. Foi quando o número de Shot e sua mulher Janey apareceu na tela do meu iPhone. Atendi a chamada e Janey perguntou como estava. Contei a ela o que havia acontecido com o carro e ela se ofereceu para ajudar imediatamente.

Na manhã seguinte, Janey e o filho dela chegaram a Fort Davis com um alternador novo. Enquanto o mecânico trabalhava no carro, voltamos para a taberna local para o café da manhã. Há cinco meses nos Estados Unidos, eu estava apaixonado por esse país e seu povo. Uma tristeza me invadiu quando mencionaram o México. Estava empolgado com a ideia de cavalgar por um terceiro país, mas as amizades e conexões que havia feito com essa terra foram surpreendentemente fortes. Janey não apenas dirigiu oitenta quilômetros para nos trazer um alternador, como ainda me deu um envelope com dinheiro para contribuir com a conta do mecânico, antes de partir.

"Janey, você está louca? Não posso aceitar isso depois de tudo o que fez por nós", apelei, tentando botar o envelope de volta à sua bolsa, soando mais texano do que pretendia.

"Filipe isso é um presente do fundo do nosso coração. Shot gostaria que ficasse com isso. Ele acredita de verdade no que está fazendo", seus olhos se suavizaram ao mencionar o nome do marido. Mais uma vez eu estava arrebatado com a generosidade de outra família americana. Essa Longa Jornada me mostrou várias e várias vezes que estranhos são apenas amigos que você ainda não conheceu.

Com o carro de Emma funcionando de novo, pagamos o mecânico. Ele nos avisou que não devíamos nada pelo reboque. Descobrimos que o rapaz que ajudara Emma naquela noite havia pagado a conta. As pessoas eram tão boas conosco!

Decidimos que, como o carro havia sido ressuscitado, precisávamos levá-lo ao mesmo lugar em que havia morrido dias antes. No caminho para encontrar Neta, em Toyahville, contei à Emma como havia sido minha dolorosa cavalgada pelas montanhas naquela manhã fria enquanto ela esperava na cidade. Ela contou que havia ficado deitada na cama quentinha, embaixo de um edredom grosso, preocupada com a minha segurança. Rimos muito. Na casa de Neta, tomamos café e conversamos no mesmo lugar em que ela estava quando tirou minha foto com os cavalos.

"Não conseguia acreditar, era como se Deus estivesse me mandando um sinal", os olhos azuis de Neta olhavam a estrada vazia como se eu estivesse lá com

Frenchie, Bruiser e Texas. Emma e eu caminhamos até o "Muro da Esperança" e a filha de Neta a levou em seu carrinho de golfe. Neta havia operado os dois joelhos e tinha dificuldade para andar nos últimos anos.

"Imprimi a foto que tirei de você e seus filhos para que pendure no muro com uma mensagem", ela disse me passando a bela imagem e uma caneta. Me encolhi quando o vento bateu e escrevi uma mensagem de agradecimento para os meus três heróis e uma mensagem de esperança para todos os cavalos em sofrimento hoje. Com o vento me atrapalhando, briguei para controlar o papel enquanto o prendia na cerca de arame farpado. Li as muitas mensagens no muro, observando cada foto. Elas contavam histórias de outros cavalos que foram os melhores amigos daquelas pessoas, cachorros que salvaram pessoas da depressão e animais que se tornaram membros da família. Era um conjunto de histórias positivas em um caminho tão negativo. Um caminho cruzado por cavalos tidos como indesejados a caminho do abate, como se esses animais fossem um produto que se pode jogar fora quando não são mais necessários. Seus corações, suas mentes, seus olhos penetrantes. Esquecidos.

"Esses cavalos viajam de Montana até a fronteira sem água ou ração, uns pisando os outros. São três dias de sofrimento em um caminhão antes de serem postos em outro caminhão na fronteira e enviados para a morte", disse Neta com lágrimas nos olhos. Eu amo cavalos. Montei esses animais majestosos desde que nasci e agora estou vivendo o sonho da minha vida graças a eles. Precisava fazer alguma coisa para ajudar Neta a informar as pessoas sobre o que acontece nos Estados Unidos sobre isso. Prometi à Neta que iria ajudá-la a educar e conscientizar outras pessoas sobre o destino dos cavalos da América.

*

Cavalgando pelos últimos quilômetros para Marfa, estávamos agora a 4.800 quilômetros do nosso ponto de partida, saudáveis, felizes e prontos para uma parada. Merrel tinha um grande pasto em um dos ranchos de Brad Kelley perto de Marfa para os cavalos descansarem até o Ano Novo. Eu sabia que cruzar o deserto Chihuahua, no lado mexicano, sem carro de apoio, seria extremamente árduo. Então queria que meus cavalos estivessem o mais forte possível para a cavalgada. Depois de ter a companhia de Emma pelos últimos meses, ela voltaria para o Canadá no Ano Novo. Com os perigos desconhecidos e a incerteza do que nos aguardava no México, era perigoso demais levá-la. Com o sol se pondo atrás do deserto, soltei Frenchie, Bruiser e Texas no pasto amarelo vendo cada cavalo escolher uma área de areia fofa para rolar. Eu não acreditava que havíamos chegado tão longe.

CAPÍTULO 19

Cem quilômetros para o México

Lição do dia: reencontros e despedidas
fazem o mundo girar.

★ TEXAS E PRESIDIO ★

Passamos o Natal em San Jose e voltamos para a nova casa de Merrel, em Marathon para o réveillon. Daniel Houghton, o CEO da Lonely Planet, que me deu a oportunidade de filmar esse documentário para o OutWildTV, e sua mulher Susan, dirigiram do Tennessee para comemorar o Ano Novo e filmar algumas cenas para o OutWildTV. Também se juntou a nós o colega de Daniel, Adam, e sua mulher Rebecca. Embora tenha encontrado os dois rapidamente durante meu treinamento com Michael Rosenblum no Tennessee, Daniel e eu conversamos várias vezes por semana. O pitoresco rancho de Brad Kelley, no oeste do Texas, é o lar de rebanhos de antas, gado selvagem e antílopes soltos nos vastos campos do rancho, muitos ameaçados de extinção. Explorando o lugar e seus muitos animais exóticos, subimos uma colina no meio da grande propriedade. Na descida, tive que deslizar pela encosta de uma pedra íngreme, mas não vi um cacto espinhoso... até que minha bunda estivesse cheia de pequenos espinhos. Gritei de dor, mas tinha medo de olhar para trás e ver o resultado da minha estupidez.

"O que aconteceu?", perguntou Emma. "Acabei de sentar na porra de um cacto!" Todos riram, mas parecia que o meu traseiro estava em chamas. Para andar eu tive de afastar minha calça da bunda, para não roçar nos pequenos espinhos enfiados na minha pele. Voltamos para a casa, eu com o traseiro para o alto. Graças a Deus Emma estava por perto. Ela teve que arrancar com a pinça centenas de espinhos pequenos dos meus glúteos.

"Fique parado", ela ordenou enquanto eu ficava deitado de barriga para baixo, com as calças arreadas até o joelho e a bunda para cima. "Devagar, por favor. Isso dói", chorei durante o tratamento dela. Levou quase uma hora para tirar todos os espinhos e minha bunda ficou com marcas vermelhas que latejavam. Estava feliz por não ter que cavalgar naquela semana.

No réveillon levamos os cavalos em um trailer para outro rancho de Brad, ao sul de Marfa, onde foi filmado *Onde os fracos não têm vez*. Passamos a noite jogando cartas, contando histórias e bebendo o uísque do Brad. Quando chegou a meia-noite, nos abraçamos uns aos outros para comemorar, e depois de mais algumas rodadas cambaleamos para os nossos quartos muito bêbados.

Acordei cedo no primeiro dia do ano, selei os cavalos e cavalguei com eles pelo rancho para Daniel registrar momentos épicos. Depois de filmar as cenas de que precisávamos, ele armou o tripé e filmou uma longa entrevista sobre a viagem e meus planos de entrar no México. Quando ele me perguntou sobre Emma, eu desabei, as lágrimas rolavam pelo meu rosto. Olhando para o chão rochoso, disse a ele o quanto a amava e era grato pela ajuda dela nesses últimos meses.

"Deitados em nossa barraca no meio do nada, abraçados, com sorriso no rosto, isso é amor verdadeiro", disse levantando o olhar e vendo o rosto de Daniel tão molhado de lágrimas quanto o meu. Dois caubóis durões. Dois trapos emotivos! A ideia de deixar Emma mais uma vez e a incômoda sensação que eu seria brutalmente assassinado no México me levaram às lágrimas várias vezes nas últimas semanas no Texas. Não queria ficar longe de Emma. Não queria que nosso amor morresse. Não queria morrer.

De volta a Marfa, Emma e eu nos despedimos de todos antes de levar os cavalos para a arena de rodeio, onde ficariam descansando até a hora de partir para o sul. Quando fui abraçar Daniel ele me puxou para o canto e me disse para ter cuidado no México e para ligar para ele se precisasse de alguma coisa.

"Falei com Brad e ele disse que, se você se tornar refém, ele paga o resgate", as palavras duras de Daniel me furaram como balas. "Uau, muito obrigado, Daniel. Por favor, agradeça ao Brad por mim." Acenei com a cabeça, surtando de vez por dentro.

"Nós nos preocupamos com você, Filipe, e sabemos que o próximo trecho da sua viagem será perigoso. Queremos que saiba que estamos aqui para apoiá-lo como empresa." Era bom saber que alguém me apoiava, mas o fato de isso ter que ser dito era uma prova do que eu estava prestes a encarar. Naquela noite, Emma e eu dormimos em um estacionamento de trailer retrô, fora de Marfa, chamado "El Cosmico". Na época eu não fazia ideia por que a cidade havia se tornado um point para artistas e hipsters de Nova Iorque. Pensei que pudesse ser a vegetação alienígena do deserto ou as luzes sem explicação de Marfa que se movem para cima e para baixo toda noite ao sul da US Route 90. Então a garota da recepção, com uma legging rosa, uma camiseta do U2 e um grande chapéu marrom de feltro caído, me falou sobre o artista Donald Judd, que havia comprado dois grandes hangares para fazer uma exposição permanente de suas obras aqui. Com Judd veio um grande número de artistas, e mais de trinta anos depois eles continuam vindo. A mistura de hipsters usando tênis gastos, camisetas apertadas de bandas de rock e apenas as armações dos óculos, ao lado dos caubóis brutos em suas calças manchadas, camisas quadriculadas e chapéus de caubói era de doer os olhos, mas pareciam viver em harmonia.

Em "El Cosmico," alugamos uma barraca com teto alto, aquecedor, lustre em estilo indiano e um iPod doc branco. Era um lugarzinho bonito para chamar de lar e mesmo na noite fria, ficamos aquecidos embaixo dos pesados edredons, mas na manhã seguinte um tapete de trinta centímetros de neve cobria o chão e ela continuava a cair. Durante a noite o Texas havia virado o paraíso do inverno. Galhos de árvores cobertos de uma leve e clara camada de gelo. Arbustos de sálvia eram bolas brancas de neve como se fossem a base de um boneco de neve bem frágil. Ainda tinha que cavalgar pelos últimos cem quilômetros para o México, mas com esse clima seria impossível.

Com Neta e Karen, havíamos organizado uma cavalgada de Marfa até Presidio, a cidade da fronteira, para conscientizar sobre os muitos animais que sofrem passando por essa estrada para serem abatidos. Sem arados e com as estradas do sul cheias de neve, eu não sabia como Karen iria trazer os cavalos que planejamos usar na cavalgada. Não apenas precisávamos daqueles cavalos se quiséssemos realmente realizar esse evento, eu precisaria do meu pequeno mustangue que ela estava trazendo para trocar por Texas. Karen havia convencido os índios da reserva de Taos, perto de Santa Fé, a doar um de seus mustangues para minha viagem. Com a neve se acumulando, liguei para Karen, que se preparava para dirigir por dois dias, e contei sobre a situação aqui.

"OK, vamos adiar a cavalgada por um dia e ver como estará o tempo amanhã", me respondeu com seu tom reconfortante. Depois avisei a Neta e fui ver o veterinário que estava preparando a entrada dos meus cavalos no México.

Quando conheci o doutor Allen Ray, ele me disse que achava que eu não conseguiria cruzar a fronteira com meus cavalos, pela sua experiência. "Tentei entrar com alguns touros no México para um rodeio uns anos atrás e depois de três meses e muito dinheiro o tropeiro desistiu", ele me disse enquanto tirava sangue dos cavalos na semana anterior. "Espero que consiga." Na arena de rodeio deixei os meninos correrem soltos. Naquele paraíso de inverno, ficaram descontrolados. Galoparam, corcovearam, rolaram, galoparam um pouco mais. Era como se estivessem comemorando a chegada da neve. Fiquei no meio da arena olhando seus músculos se moverem enquanto passavam por mim voando lado a lado, o chão tremendo com seus cascos estrondosos. Na manhã seguinte tudo ainda estava branco, mas havia parado de nevar. Karen começou sua longa viagem para o sudoeste do Texas, assim como todos os outros envolvidos. Margo Gulbranson, a criadora e presidente da loja Saddle Up Clothing já havia cruzado o país para se encontrar comigo e com Emma no Colorado com as roupas personalizadas com "Journey America," criado por ela.

"Na Saddle Up Clothing nós temos o mantra 'faça seu próprio caminho', e você representa isso para nós muito bem, Filipe. Sua viagem é uma inspiração", disse Margo quando nos conhecemos em Durango. Agora ela vinha de sua casa em Minnesota para Dallas, onde alugaria um carro para dirigir até Marfa, apenas para cavalgar os últimos cem quilômetros conosco. O ator e ativista da causa dos cavalos, Gary D. Farmer, e sua mulher Deborah Lamal, Karen Hardy e Olivia, estavam fazendo uma longa viagem a partir de Santa Fé. Neta Rhyne, Darrel e Trent viriam de Toyahville, no Texas. Vinham de vários cantos da América para cavalgar o último trecho dos Estados Unidos comigo nesse clima congelante para celebrar a minha Longa Jornada.

"Conseguimos", Karen gritou ao sair da sua grande caminhonete e nos abraçar, antes de tirarmos os cavalos cansados do trailer dela. Depois de levar todos para a arena de rodeio, eles agiram da mesma forma que os meus no dia anterior. Correram, corcovearam e aproveitaram o clima frio.

"Esse é o seu pequeno mustangue palomino", Karen anunciou enquanto estávamos apoiados na cerca de metal observando os cavalos dando seu show. "Ele é lindo", eu disse pulando a cerca e indo empolgado em direção a ele. Com 1,40m, ele tinha uma chama branca em sua cara dourada, uma pata esquerda traseira calçada na pata dianteira direita e traseira e um calçado sobre coroa na pata esquerda traseira. Diferente dos cavalos Quartos de Milha, os pelos no boleto do mustangue eram longos como os do cavalo espanhol, uma prova da relação de sangue desse cavalo com o primeiro equino trazido para as Américas pelos espanhóis. Os olhos semicerrados dele faziam parecer que ele acabara de fumar um baseado.

"Ei, cara", falei dando um tapinha em seu pescoço e coçando os lados da cara. E quando Karen se aproximou por trás de mim minutos depois, ela disse: "Demos a ele o nome de Taos, como a reserva indígena que o deu para você, Taos Pueblo", disse Karen, mas eu o chamei de Dude. "Muito obrigado, Karen, serei eternamente grato a você". "Não agradeça a mim, agradeça ao povo da reserva Taos. Eles deram a você um verdadeiro mustangue índio."

Esses animais não podem ser comprados e não há muitos nos Estados Unidos. Diferente dos mustangues da área da Agência de Administração de Território, eles não são marcados. "Esse cavalo era selvagem até os oito anos. Ele é resistente e forte. É exatamente disso que você precisa para a sua Longa Jornada", concluiu Karen coçando os lados da cara do animal de nove anos de idade, e então me deixou com meu pequeno Dude. Contei a ele a aventura em que estávamos prestes a embarcar e que ele iria cruzar as Américas com Frenchie e Bruiser. Ele parecia não se importar muito com nada. Levantei a cabeça dele e soprei em sua narina como havia feito com Frenchie e Bruiser meses atrás. Alguma coisa dentro de mim me dizia que esses três animais seriam os que chegariam comigo ao Brasil.

Com a gangue toda agora na cidade, fomos para a casa alugada por Neta e Darrel e nos sentamos perto da lareira falando sobre cavalos e suas viagens para Marfa.

"Nosso hotel foi assaltado ontem à noite e ficamos a noite inteira sendo interrogados pela polícia", Karen nos contou, deixando todos chocados com a história de helicópteros e homens armados. Ninguém superou aquilo (embora alguns tenham tentado). Por fim, exaustos, encerramos a noite.

Às 6h, estávamos de pé e prontos para partir entusiasmados. Às 9h estávamos cavalgando pelo centro de Marfa em uma procissão de cavalos e cavaleiros. Era uma visão bonita. Eu cavalgava Bruiser na frente enquanto Gary Farmer tirava fotos de nós abrindo caminho pelas ruas vazias. A neve ainda cobria o chão em alguns trechos, mas o sol a derretia depressa. Todos nós falamos sobre nosso imenso amor por cavalos. Karen nos contou que, quando era jovem, era o cavalo que dava liberdade a ela para escapar. Para Margo, a sela ainda é o lugar em que se sente livre. Deborah Lamal, mulher de Gary, explicou a importância do cavalo para o povo indígena. "O cavalo é um símbolo do poder da terra e os sussurros de sabedoria do espírito do vento", disse a artista do alto do seu corcel. Darrel e Trent falaram para todos sobre o importante trabalho que fazem com Neta para sensibilizar sobre a causa dos cavalos tidos como indesejados pela iniciativa deles, "Cascos Estrondosos". Emma abriu seu coração e disse que essa viagem havia dado a ela um amor que ela nunca imaginou que teria na vida.

"Não posso imaginar minha vida de agora em diante sem cavalos", declarou Emma, me fazendo sorrir de orelha a orelha. Era um sonho estar no meio de pessoas tão apaixonadas por cavalos debatendo sobre como poderíamos melhorar a vida desses animais que amamos tanto e também conscientizar sobre os cavalos de abate que viajam pela mesma estrada em que estávamos cavalgando. Ao meio-dia, Gary estacionou seu carro ao lado da estrada e preparou um almoço delicioso para nós. Juntos, comemos sanduíches, saladas, queijo, biscoitos e batatas chips.

"Gary, eu adoraria um buffet como esse todos os dias. Quer me acompanhar na viagem?" Perguntei rindo da ideia. Empanturrados e felizes, montamos nossos cavalos e rumamos para o sul. Na metade do caminho para a fronteira mexicana, paramos e esperamos com os cavalos enquanto Karen e Gary foram pegar a caminhonete e o trailer. Meia hora depois eles voltaram e botamos os cavalos no trailer de volta para a arena de rodeio em Marfa. Extasiados pela maravilhosa experiência, descarregamos os animais na arena e os levamos para dois grandes bebedouros cheias de água e os deixamos beber enquanto outros cavaleiros espalhavam fardos de feno na arena. Tiramos o cabresto e começamos a andar de volta pelo estreito corredor que ligava o curral aos bebedouros na arena. O corredor ficava a apenas alguns metros e Emma caminhava na minha frente. De repente ouvi o chão tremer e quando olhei para trás, vi Frenchie correndo em minha direção. Sem tempo para pensar, fiquei paralisado, esperando que ele escolhesse um lado para se espremer. Quando ele passou, a centímetros de me atropelar, gritei "cuidado" para Emma e ela olhou para trás a tempo de vê-lo correndo em sua direção como um trem de carga. Ela se apavorou e pulou para a esquerda, o mesmo lado que ele havia escolhido para passar por ela e em um momento trágico, o peito de Frenchie a derrubou no chão da arena. O corpo dela girou duas vezes quando o animal de 600 quilos a pisoteou. Tudo ficou em silêncio em uma fração de segundo. Emma ficou deitada e imóvel no chão da arena.

E então Emma gritou de dor. Corri para ela e segurei sua cabeça, pedindo que não se movesse, dizendo que ela estava bem, embora na verdade eu achasse que havia quebrado a coluna no acidente violento. Karen chegou logo depois de mim e assumiu o controle. Acalmou Emma e fez uma série de perguntas sobre onde doía e se ela podia sentir os dedos dos pés e mover as mãos. Eu apenas segurava a cabeça dela calado e em pânico. Darrel botou jaquetas sobre ela, seu corpo pequeno agora tremia de frio no chão da arena. Era um final terrível para um belo dia. *Se alguma coisa acontecer com ela eu nunca vou me perdoar!*, pensei.

Levamos Emma para o hospital mais perto para ser examinada e fazer uma radiografia. Com feridas profundas nas pernas, ela ficou deitada numa cama, se acalmando lentamente do acidente. Sentia muita dor, mas o raio x mostrou que não havia fraturas. Todos suspiraram aliviados. Felizmente Emma havia feito um seguro de saúde internacional porque a conta teria sido astronômica se ela não tivesse a cobertura. Eu, por outro lado, tive seguro apenas nos três primeiros meses da viagem e foi só. O hospital a liberou e fomos para casa descansar.

Frenchie pesa 600 quilos e Emma, nem um décimo disso. Era um milagre que estivesse viva com apenas alguns ferimentos. No dia seguinte estávamos todos ainda abalados com o acidente. Emma precisava descansar da dor e nos encontraria à tarde, quando chegaríamos em Presidio. Era triste ficar sem ela na cavalgada, mas eu estava agradecido por estar bem.

Troquei Bruiser com Karen e montei Taos Dude pela primeira vez. Ele era bem menor que Frenchie e Bruiser, mas eu podia sentir sua força sob mim enquanto cavalgava pelo deserto montanhoso próximo à estrada. Passando por arbustos de sálvia e cactos, subimos e descemos o dia inteiro. Chegamos à entrada de Presidio. Uma placa colorida anunciava o começo da cidade. Emma e Neta caminharam no último quilômetro conosco, ambas mancando, se apoiando uma na outra.

Não queria deixar Emma nem meus amigos americanos e ir para o deserto infestado de cartéis. Nunca contei a ninguém, mas estava convencido de que morreria nas semanas seguintes. Espantei esse pensamento. Precisava apenas lidar com as coisas um dia de cada vez, recuperar o autocontrole e cavalgar para o sul. Além disso, havia o meu pai. Ele iria cavalgar comigo. Não o via há um ano e tê-lo comigo nesse difícil e perigoso trecho, na Longa Jornada que ajudou a inspirar, fazia muito sentido.

Rebocamos os cavalos para Marfa comemoramos nosso feito. Olhando os sites de notícia do oeste do Texas e do resto dos Estados Unidos, vimos quanta atenção nossa cavalgada atraiu da mídia. Foi ótimo saber que conseguimos alguma conscientização sobre os cavalos abatidos. A manhã seguinte foi de despedidas. Abracei cada um e agradeci por terem vindo. Estava emotivo demais e chorei em cada abraço. Era como se estivesse me despedindo deles para sempre, com a minha morte iminente aguardando do outro lado do Rio Grande. Meu último adeus foi o mais duro: Texas. Agradeci ao cavalo por seu trabalho pesado enquanto o abraçava com força. "Vou sentir sua falta, amigo", sussurrei em seu ouvido.

Com uma chuva fina caindo, Emma e eu ficamos a sós. Uma grossa camada de lama à nossa volta. Frenchie e Bruiser cheiravam Dude com interesse. Era a primeira vez que ficavam sozinhos. Depois de alguns minutos, pareciam gostar da companhia um do outro, então os deixamos e fomos nos aquecer dentro da casa alugada por Neta. Ela pediu um dia extra para que nós passássemos nossa última noite juntos. Aqui estava eu me despedindo da minha namorada mais uma vez. Nosso abraço parece ter durado horas sem dizer nada, apenas ouvindo os pingos da chuva no telhado, sentido o calor da respiração do outro no pescoço. Não queria que ela fosse, mas se eu morresse, teria sido uma escolha minha, em busca do meu sonho. Naquela noite não nos movemos na cama e acordamos do mesmo jeito que adormecemos, presos um ao outro em um abraço apertado. Levantamos e começamos o dia. Depois de alimentar os cavalos, dei o último beijo em Emma antes que ela partisse para o norte, uma mecha loura do seu cabelo saía pela janela brilhando na luz do sol.

*

Triste, esperei os empregados de Brad Kelley para transportar eu e meus cavalos até um depósito de animais em Presidio, onde eu esperaria pelos papéis da importação para entrar no México. Cheguei meu e-mail sentado perto dos cavalos e vi que meu pai já estava na Cidade do México e que no dia seguinte iria pegar um ônibus para Chihuahua e depois outro para Ojinaga, a cidade da fronteira por onde eu entraria. Ele levaria 24 horas para viajar até a remota fronteira. A ideia de ver meu pai em breve fez com que me sentisse melhor por saber que não estava completamente só.

Quando cheguei ao Baeza Stock Yard, bem na fronteira com o México, conheci os donos. O pai, um mexicano de quase setenta anos com um chapéu de caubói, camisa listrada, jeans e botas pontudas, nos recebeu em seu contêiner escritório. Ele me perguntou sobre minha viagem e com quem eu havia falado na fronteira para passar meus cavalos por ela. Disse que havia contratado um despachante que ele conhecia, e logo ligou para ele. A família Baeza, original de Chihuahua, trabalhava há muitos anos comprando gado no México e vendendo para os americanos. Conheciam todo mundo que trabalha na fronteira e como as coisas funcionam.

"Nasci no México, mas meu pai veio para os Estados Unidos quando era muito jovem e começou esse negócio", me contou o senhor Baeza. Falando em espanhol com o despachante, ele foi ficando cada vez mais irritado até começar a gritar. "OK, vejo você em breve", ele disse antes de bater o telefone. "Essas pessoas são muito lentas, Filipe, ele acabou de me dizer que não fez nada ainda porque estava esperando você chegar". Contatei esse homem na semana passada e mandei toda a papelada e exames necessários. Pensei que tudo estaria pronto quando eu chegasse. Eu estava errado. "Além disso, temos um problema: só é permitido aos estrangeiros importar dois cavalos para o México, então um deles terá que atravessar o rio ilegalmente", explicou-me o homem folheando sua agenda. Eu devia ter esperado por isso. Antes de sair de Calgary, CuChullaine O'Reilly, me alertou sobre cruzar fronteiras. O lendário explorador me explicou que meus maiores obstáculos seriam "ferimentos e fronteiras". Nos últimos seis meses eu havia enfrentado o primeiro mais de uma vez, mas agora estava prestes a provar o sabor amargo do segundo.

"Oi, Filipe, prazer em conhecê-lo", o despachante disse em espanhol, entrando no escritório e se sentando. Ele me explicou que precisava de um dia ou dois para processar a papelada e que um cavalo teria mesmo que entrar ilegalmente. Ele me pediu mais informações pessoais e acrescentou aos muitos papéis que eu já havia mandado para ele. Tão depressa quanto chegou, ele foi embora com a promessa de que eu estaria no México em pouco tempo. Fui tolo de acreditar nele.

Naquela tarde, o filho de Baeza me apresentou a um estudante do ensino médio chamado Jesus. O mexicano-americano gordinho, com cabelo liso para trás e vestido como caubói, levaria Dude para o México ilegalmente. "Pode confiar em mim, Filipe, amanhã meu amigo vai atravessar o rio com ele e vamos deixá-lo no rancho do meu tio do outro lado até você chegar com os outros dois cavalos, sem problema", disse Jesus antes de me mostrar seu sorriso de dezessete anos.

Como eu poderia confiar nesse adolescente que acabara de conhecer para atravessar meu mustangue para o México ilegalmente? Era loucura. O senhor Baeza disse que eu não tinha porque me preocupar. Atravessar o Rio Bravo, como é chamado o rio ao sul da fronteira, do México para os Estados Unidos era perigoso e quase impossível, mas no sentido oposto era algo que até um adolescente poderia fazer. Eles me asseguraram que Jesus havia atravessado cavalos para eles antes e que era uma simples cavalgada de dez minutos para rancho do seu tio.

Sentado em uma estaca de cerca, escrevendo no meu diário, observei cerca de setenta cavalos comendo alfafa em um curral próximo. Quando eu perguntei ao senhor Baeza para o que eram aqueles cavalos, ele me perguntou: "Você não é um daqueles ambientalistas, né?" Balancei a cabeça que não, já sabendo o que ele diria a seguir. "Aqueles cavalos estão esperando para entrar no México e serem abatidos. Todos os dias os caminhões trazem eles para cá, os veterinários mexicanos os examinam e depois outro caminhão transporta os animais para o abatedouro", disse. Meu coração ficou apertado. Depois de cavalgar os últimos cem quilômetros dos Estados Unidos em homenagem aos cavalos, eu acabei na prisão em que os cavalos de abate que Neta vê de sua janela todos os dias esperam até poderem entrar no México para serem mortos.

Depois que Baeza foi para casa, à noite, fui ver os cavalos. Dois grandes mustangues juntos com suas marcas da Agência de Administração de Território bem visíveis em seus pescoços. Um paint tinha um enorme corte em cima do olho direito, sangue seco espalhado por toda cara delicada. Um alazão mancava com a mão esquerda tentando pegar um pouco de alfafa, visivelmente com dor. Um tordilho estava deitado em um canto com suas costelas saindo pelos lados, respirando com muita dificuldade, muco amarelo escorrendo das narinas. Tive que sair dali. Com lágrimas de tristeza, fui para o curral onde estavam os meus cavalos. Estavam afundados na lama até os jarretes, bem juntinhos. Eu os chamei e confortei meus belos filhos. "Não se preocupem, meninos. Logo logo vamos sair desse lugar", disse a eles.

Na manhã seguinte, cheguei ao depósito de animais e vi o tordilho que respirava com dificuldade morto no estacionamento. Seu estômago inchado, suas pernas estendidas, duras. Três abutres estavam em cima da carcaça, muitos outros voavam sobre ela. O plano deles me deu náuseas. Fui até o cavalo morto e fiz uma oração. O corpo ainda estava quente. Depois de meia hora, um empregado o recolheu com um trator e levou o tordilho para o aterro sanitário. A cena que me chocou parecia ser a coisa mais comum do mundo para ele. Como se acontecesse todos os dias. E provavelmente acontecia.

Naquela tarde, desanimado, chegou a hora de enviar Dude para o México. O amigo de Jesus chegou para cavalgá-lo através do Rio Grande. Ele era um menino esquelético de dezesseis anos. Desejei boa sorte enquanto o observava desaparecer com Dude a distância. Depois de quinze minutos Jesus me ligou. "Filipe, seu mustangue está comendo alfafa no rancho do meu tio aqui no México", me disse empolgado ao telefone. Não podia acreditar. Em quinze minutos Dude estava no México, sem problemas. E só me custou quinhentos dólares. Uma parcela do dinheiro que estava pagando ao despachante e ao governo mexicano para levar Frenchie e Bruiser para o país. Pensei em mandar os três ilegalmente, mas tive medo de ser parado com meu pai e pedirem os documentos. Com ao menos dois formulários legais de importação e um certificado dizendo que Dude era um cavalo mexicano, achei que seria melhor.

Na semana seguinte, esperei e esperei e então esperei mais um pouco. Todos os dias eu esperava de 8h às 17h o despachante trazer os veterinários para examinar os cavalos para eu finalmente cruzar a ponte. Todos os dias às 17h05 ele me ligava para dizer que estava muito tarde, "amanhã, amanhã, amanhã, prometo". "Filipe, México é a terra do *mañana*, se acostume", o senhor Baeza me disse.

Liguei para o meu pai que esperava do outro lado para avisar sobre o atraso. Ele estava com medo de ir para os Estados Unidos por ser um caubói brasileiro que havia vindo de ônibus da Cidade do México quase sem bagagem e sem passagem de volta. "Se eu disser a eles que estou cavalgando com meu filho, é provável que pensem que estou mentindo e me deportem", disse meu pai e rimos.

"Está escrito traficante brasileiro na sua testa, pai", eu disse ao telefone. Então, com ele em Ojinaga e eu em Presidio, esperamos pacientemente enquanto a semana passava devagar. Em 15 de janeiro de 2013, Frenchie, Bruiser e eu finalmente entramos no México.

Os veterinários chegaram ao depósito de animais, examinaram meus cavalos e pediram para tirar fotos com eles. Depois da sessão de fotos, perguntei à veterinária quantos cavalos para abate examinava por dia. Ela me respondeu algo entre quatrocentos e quinhentos cavalos. Fiquei chocado. Nós nos despedimos e ela carimbou meus documentos. Depois de esperar por uma eternidade no departamento de imigração mexicano, recebi o último documento necessário e entrei no México. Meu pai estava logo depois da ponte e me deu um abraço apertado. Tinha dois alforjes nos ombros e usava uma jaqueta grossa marrom, calças jeans e botas novas de pele de avestruz. O bigode e o cheiro dele me trouxeram lembranças de casa.

Olhei para a feia cidade diante de mim. O rio dividia dois mundos. Buracos gigantes infestavam as ruas cheias de lixo, casas em construção em ruínas. A caminho do rancho do tio de Jesus passamos por muitas pessoas usando trapos com grandes sacos nas costas. Quando chegamos em um pequeno barraco caindo aos pedaços e um curral velho no meio do deserto, vi Dude levantar depressa sua cabeça, farejando nossa chegada. Levamos os cavalos até ele e os alimentamos. "Esses cavalos são enormes. Não pareciam tão grandes nas fotos", exclamou meu pai ao levar Bruiser para o curral. Parte de mim riu daquilo. Com o sol se pondo, organizamos nossas coisas e meu pai me deu notícias de casa. Eu me sentia muito bem com a presença dele depois de tanto tempo, mas o medo de enfrentar o deserto nunca desapareceu. O frio aumentou quando guardávamos comida e água nas caixas. O barraco em que dormiríamos não tinha eletricidade e quando Jesus nos desejou boa sorte, nos despedimos dele.

Com nosso equipamento e o dos cavalos bem organizados, achamos duas camas duras em quartos separados e entramos em nossos sacos de dormir. O frio era tão grande quanto o medo que eu sentia, mas com as últimas semanas de caos e burocracia me tirando o sono toda noite, estava exausto. O deserto e seus perigos tentaram me manter acordado com pensamentos sombrios soltos em minha mente, mas eu caí em um sono profundo. Estávamos no México.

CAPÍTULO 20

Sete dias no coração do deserto

Lição do dia: *a cada passo, o caminho nos mostra suas virtudes.*

★ CHIHUAHUA ★

Dia 186: O sol surgiu sobre as montanhas, mas o termômetro marcava cinco graus negativos. Naquela manhã fria e cinzenta de janeiro, meu pai e eu tentaríamos fazer a primeira travessia moderna do deserto Chihuahua a cavalo, o segundo maior deserto da América do Norte. Essa área selvagem é cheia de longos trechos de nada, uma total falta de água e, nos últimos anos, de crimes terríveis.

O frio era quase insuportável quando mascávamos nossas barras de cereal. Na hora de carregar Frenchie, descobrimos que ele havia perdido a ferradura da pata direita. Por um instante tudo ficou em suspenso. Nessa pequena cidade na fronteira mexicana, achar uma ferradura que coubesse no casco do palomino, do tamanho do pé do Michael Jordan era o mesmo que caçar um unicórnio. Procurei no curral sujo pela ferradura perdida. Perguntei a um empregado do rancho se ele tinha uma ferradura, usando meu portunhol eu me fiz entender e, para minha surpresa, não apenas ele tinha uma, como tinha uma ferradura traseira que cabia em Frenchie. Um milagre no deserto. Em poucos minutos ele botou a ferradura e estávamos prontos para cavalgar para o sul. "Boa sorte para vocês dois e tenham cuidado, que Nossa Senhora de Guadalupe os proteja", disse o imundo trabalhador antes de fazer o sinal da cruz.

"Agora não tem mais volta", disse meu pai me sorrindo em cima de Dude enquanto eu cavalgava Bruiser e Frenchie levava a carga. Mesmo que ficássemos com muito medo e voltássemos para a fronteira dos Estados Unidos com os rabos entre as pernas, nossos cavalos nunca entrariam novamente na terra do Tio Sam. E como abandonar os cavalos no campo de batalha não era uma opção, eu acabara de me comprometer a cruzar o México: uma viagem de seis meses. Isso se não formos mortos no meio do caminho, é claro.

Depois de uma hora na estrada deserta, paramos em um posto de gasolina abandonado à direita da estrada. Procuramos água, mas não havia. Deixamos os cavalos comerem um pouco do escasso capim sacate antes de montar novamente. Assim que começamos a nos mover, três jipes militares cheios de soldados pararam atrás de nós abruptamente. Os homens camuflados, usando gorros de esqui, apenas com os olhos à mostra, se aproximaram de nós com armas apontadas na nossa direção.

"O que fazem aqui?", disparou um soldado em minha direção. "Estou cavalgando do Canadá para o Brasil", respondi tentando não me cagar todo. O olhar do soldado ficou com a mesma expressão de choque que eu tinha segundos antes. "O que você quer dizer com isso?", ele perguntou inspecionando atentamente minhas montarias, finalmente tirando o cano da arma da minha cabeça e o apoiando no chão de areia.

Expliquei como meu pai havia me inspirado nesse sonho e que estávamos agora cavalgando pelo México juntos, que estava gravando um documentário e escrevendo um livro sobre a generosidade das pessoas que me ajudaram pelo caminho. Em algum momento no meio do meu portunhol os olhos do soldado se abrandaram enquanto os homens atrás dele conversavam entre eles apontando para os cavalos. Não consegui entender o que diziam, mas acho que escolhiam o seu favorito. Bruiser parecia ganhar.

"O que está levando no lombo do cavalo?", o soldado apontou para o cargueiro de Frenchie. Engoli seco, me imaginando sendo forçado a desarrear o palomino para mostrar aos soldados que não havia nenhuma droga ou armas nas caixas. Tinha medo de ser confundido com contrabandistas de drogas por causa da carga, mas não em nossa primeira manhã no deserto. "Roupas, comida, câmeras, microfones, basicamente tudo o que temos", disse a ele. Ele acenou para mim com a cabeça e nos desejou boa sorte antes de pular de volta no jipe com seus colegas e desaparecer.

Sozinhos de novo, fomos lembrados de onde estávamos. O México havia se tornado um dos países mais perigosos do mundo nos últimos anos. O Deserto Chihuahua é uma das principais rotas usadas para traficar cocaína e maconha para os Estados Unidos, bem onde estávamos naquele momento, cavalgando a quatro quilômetros por hora.

Às 14h, chegamos ao único povoado que cruzaríamos nos próximos trezentos quilômetros: La Mula. O vilarejo com cerca de cinquenta casas tinha uma birosca que vendia tudo, uma repartição municipal e só. Suas ruas de terra tinham a largura suficiente para passar um carro por vez. Com nossos cavalos em frente ao mercadinho, decidíamos o que falar para o homem obeso do caixa. Era a primeira vez que iria pedir um lugar para os cavalos, eu e meu pai passarmos a noite no México. Entrando na loja cheia de batatas chips, pão, latas de sopa e bebidas, eu tremia de nervoso como se fosse assaltá-la.

"Boa tarde", disse ao homem moreno atrás da caixa registradora. "Boa tarde", respondeu parecendo surpreso em me ver. Depois de perguntar se ele conhecia algum lugar onde pudesse comprar ração para os cavalos e passar a noite, ele me olhou com um ar confuso.

"Não, não conheço", respondeu enquanto eu ficava entre as batatas chips me sentindo um saco de batatas. Saí e vi meu pai falando com uma mulher em uma caminhonete azul-clara. Quando me aproximei, ouvi que ela oferecia um lugar para passarmos a noite. Sorri indo em direção a eles. Ela explicou onde ficava sua casa antes de descer da caminhonete e entrar no mercadinho. Montamos nossos cavalos e pegamos a estrada de terra na direção que ela indicara.

"Eu estava lá segurando os cavalos e ela parou e perguntou para onde estávamos indo. Quando contei que você vinha do Canadá e estava indo para o Brasil ela me disse que o marido dela ama cavalos e nos convidou para passar a noite", disse meu pai, orgulhoso. Quando chegamos em frente a uma pequena casa sem pintura, a família inteira esperava por nós sorrindo e de braços abertos. "Bem-vindos ao nosso humilde lar", disse Eduardo Ramos, com sua mulher e duas menininhas penduradas nele. Eduardo era um fazendeiro que, como eu e meu pai, era apaixonado por cavalos. Ele nos levou ao seu curral, bem em frente à sua casa e abriu um grande portão para os cavalos entrarem.

"Podem deixar seu equipamento aqui no estábulo e dar a alfafa que eu mesmo plantei para os seus cavalos", disse enquanto eu soltava Bruiser. Depois de guardar as selas no pequeno estábulo cheio de fardos de alfafa, galinhas e equipamento de cavalo pendurado, Eduardo nos mostrou seu jovem cavalo paint. "Ele só tem dois anos, mas em breve será um grande cavalo de corrida, assim espero", disse o homem passando a mão direita no pelo branco e marrom do potro.

Ficamos fora da casa conversando sobre a viagem com Eduardo e seu amigo Auden Lopez. As duas filhas de Eduardo andavam em suas bicicletas para cima e para baixo na estrada de terra tentando nos impressionar. E conseguiram. Logo estavam conversando e brincando conosco, como se fôssemos tios distantes. Quando a mais velha puxava minha mão, me levando para o seu trampolim, a mãe botou a cabeça para fora da porta e avisou que o jantar estava pronto. Entrei na casa e logo o cheiro de carne de hambúrguer me bateu na cara como um soco de felicidade.

Enquanto comíamos, Eduardo e sua esposa nos alertaram para o caminho à frente. "Essa estrada em que está viajando é muito perigosa... Muitos corpos foram encontrados nela. Os cartéis vêm desovar os corpos aqui e transportar drogas para os Estados Unidos", Eduardo nos contou. "Tenham muito cuidado e nunca, em hipótese alguma, viajem à noite", acrescentou sua mulher. Concordamos mexendo as cabeças, mas o hambúrguer estava bom demais para falar.

Enquanto ajudávamos Eduardo a cortar lenha para aquecer a casa durante a noite fria, Auden, um homem gentil de fala mansa, por volta dos trinta anos, convidou-nos para dormir na casa de sua família. "Minha mãe viajou para uma consulta médica na cidade de Chihuahua e tenho dois quartos vazios", disse. Com a casa de Eduardo lotada, aceitamos a oferta de Auden. No caminho para a casa dele, algumas ruas adiante, com o termômetro já abaixo de zero, ele nos contou que havia ficado seis anos preso em Pecos, no Texas, por tráfico de drogas. Meu pai e eu nos olhamos preocupados, andando pelo vilarejo escuro a apenas vinte quilômetros da fronteira. Enquanto cavalgávamos mais cedo, meu pai tinha sido categórico: não poderíamos aceitar nada de pessoas relacionadas ao tráfico de drogas. "Podemos estar dormindo na casa de alguém que deve algo para um chefão da droga e sermos mortos apenas por estarmos lá no dia errado", meu pai havia me dito naquela tarde.

Agora, apenas algumas horas depois, aqui estávamos nós, prestes a dormir na casa de uma mula do tráfico no vilarejo de La Mula. Cansados demais para armar nossa barraca, decidimos arriscar e quebrar a regra número um do meu pai em nosso primeiro dia. Além disso, Auden, que nascera com grandes olhos negros de cachorrinho, não parecia capaz de fazer mal a uma mosca. "Um amigo trabalhava com o cartel e me ofereceu três mil dólares para levar uma mochila cheia de maconha pelo deserto. Caminhamos durante seis noites, descansando durante o dia até chegar a Pecos", contou.

Auden fez a árdua caminhada pelo deserto Chihuahua para os Estados Unidos quatro vezes, sendo pego na última viagem e condenado a seis anos de prisão. "É muito difícil arrumar emprego aqui perto de La Mula, foi por isso que aceitei o trabalho", disse segurando um porta-retratos que havia feito na prisão usando palitos, com uma foto dele e da mãe em sua formatura do ensino médio. Os dois com sorrisos largos.

No dia seguinte, às 6h, alimentamos os cavalos no frio congelante. Eduardo nos disse que à noite havia nevado em várias cidades no estado de Chihuahua, com recorde de temperaturas, fazendo deste o inverno o mais frio em anos.

Depois de uma xícara quente de café com a família Ramos, nos despedimos e seguimos para o sul. "Eu me sinto como se tivesse voltado sessenta anos no tempo e cavalgasse em um filme de John Wayne. As montanhas nesse deserto, as bolas de palha voando, os cavalos... Amo demais isso", ele disse, com um sorriso largo no rosto.

*

Nosso quinto dia no deserto Chihuahua foi tenso. Cavalgamos e cavalgamos sem nenhum rancho à vista. Algumas horas antes de o sol se por, subimos uma pequena colina em que uma caminhonete laranja bem pequena estava parada no lado esquerdo da estrada. As janelas estavam abertas, mas não havia ninguém dentro. Procuramos o motorista desesperadamente na esperança de que ele tivesse uma ideia do que estava adiante. Depois de alguns instantes, vimos um casal mais velho perto de uma pedra com uma garrafa de cerveja na mão. Era difícil saber o que estavam fazendo de onde estávamos, mas parecia que a senhora de uns oitenta anos estava suspendendo suas calças. O homem, baixo com a cabeça cheia e cabelos brancos, veio até nós imediatamente e perguntou o que fazíamos lá a cavalo. Explicamos a ele, que nos ofereceu um pouco da sua cerveja. Agradecemos e perguntamos se havia algum rancho por perto onde pudéssemos passar a noite. Ele disse que havia um e que conhecia o dono.

"Fica a apenas três quilômetros daqui", disse antes de agradecermos a ele e partirmos. Uma hora depois, com o sol quase se pondo, atravessamos uma ponte e chegamos ao rancho, mas o portão estava trancado com uma corrente. Chamamos e batemos palmas, mas não havia ninguém à vista. Algumas galinhas e um galo ciscavam o chão na nossa frente, ignorando que estávamos ali. Eu e meu pai, decidimos esperar no portão confiantes de que alguém chegaria logo. Se ninguém viesse, acamparíamos embaixo da ponte com os cavalos, onde não seríamos vistos durante a noite.

Logo depois, o senhor da caminhonete laranja velha veio com o motor roncando pela estrada. Ele parou em frente ao portão e desceu, ainda bebendo sua cerveja, sua namorada estava no banco do passageiro. "O empregado não está aqui?", nos perguntou. "Não, o lugar está vazio", respondi. "Ok, vou falar com meu patrão, ele é o dono do rancho e vou perguntar se vocês dois podem dormir aqui essa noite, ele é um homem muito bom. Um de vocês quer vir comigo para comprar alguma comida?" A ideia de comer algo que não fosse apimentado ou miojo me fez babar de desejo. Pulei na caminhonete perto da senhora idosa e fomos para o sul. Meu pai me disse que vivia na cidade mineira para onde estávamos indo e que o dono do rancho também era dono da mina. Ele havia trabalhado para o pai do homem há muitos anos e agora trabalhava para o filho.

Entrando no condomínio fechado, passamos por casas simples, mas bonitas. Havia máquinas grandes e enferrujadas paradas nas montanhas próximas. No centro do pequeno condomínio, o velho estacionou em frente a um mercadinho e disse que iria me esperar na caminhonete. Entrei e comprei dois cheesebúrgueres, duas cocas e alguns sacos de batatas chips. Quando voltei para a caminhonete, fomos encontrar o chefe dele.

Em um estacionamento vazio havia um caminhão azul parado com vidro fumê. Meu novo amigo desceu da caminhonete enquanto eu esperava no banco do passageiro. Depois de alguns instantes falando com o motorista, ele me chamou. Saí e fui até a caminhonete grande. "Prazer em conhecê-lo, Filipe", me disse Eric Beckman, um homem alto de pele clara, em inglês, "Não acredito que tenha cavalgado de Calgary até aqui. Fui ao Stampede há uns anos". "Sério? Foi de lá que eu parti", contei. "Verdade, e amei aquilo lá. Fui para comprar um touro. Criamos gado Hereford aqui."

Gostei de Eric imediatamente. Estava claro que era um homem muito rico e poderoso, mas também era muito gentil. Ele me falou sobre a mina e seu rancho depois de me levar para ver seu gado. "Meu pai começou a criar Hereford e hoje eu continuo seu legado", me disse observando o touro que havia comprado em Calgary mascando alfafa. Quando Eric me levou de volta ao rancho, o empregado já havia chegado com ordens para receber meu pai. Ele estava sorrindo ao sair de um banho frio na casa do empregado. "Você devia botar sua jaqueta ou pode pegar pneumonia, foi o que matou meu pai", disse Eric, olhando preocupado para o meu pai que tinha os cabelos e a camiseta molhados. Antes de partir, Eric nos disse que arrumaria os próximos dois lugares para ficarmos. "O rancho do meu irmão fica a trinta quilômetros daqui, e depois há um restaurante que tem um curral, outros trinta quilômetros adiante."

Agradecemos a ele por sua generosidade e comemos nossos cheesebúrgueres frios. Meu pai e eu aproveitamos a sensação de saber que já teríamos um lugar para passar as próximas duas noites. Na manhã seguinte comemoramos o aniversário de 53 anos do meu pai com outro dia longo, empoeirado e quente. "Pode não ser o melhor aniversário da sua vida, mas será o mais inesquecível", disse rindo com meu pai.

À tarde, o empregado do irmão de Eric nos encontrou em um pequeno carro branco e nos guiou até o rancho em que passaríamos a noite. Eu e meu pai tomamos o mais que necessário banho em um grande bebedouro redondo de gado com roda de vento e fizemos o jantar. Antes de o sol se por, sozinhos no rancho – o empregado não dormia lá –, decidimos entrar na casa velha e acabada no meio da propriedade. Entramos pela porta da frente, e lá dentro encontramos algo saído de um filme de terror: era como se os donos da casa, desabitada por muitos anos, tivessem simplesmente se levantado e saído um dia para nunca mais voltar. Os lençóis nas camas estavam dobrados como se alguém tivesse acabado de acordar, mas havia uma grossa camada de pó sobre elas. No closet do quarto principal havia botas, shorts, calças e roupa íntima. Na sala de estar havia livros de contabilidade, revistas de avião, óculos e canetas na mesa, também com uma grossa camada de pó por cima. Na cozinha, descobrimos garrafas fechadas de catchup, latas de atum e refrigerantes da década de 1980. Era a coisa mais assustadora que eu havia visto. Essa família evidentemente rica um dia saiu de casa e nunca mais voltou, nem mesmo para pegar seus objetos pessoais. Simplesmente partiram deixando tudo para trás.

Meu pai e eu acendemos uma fogueira do lado de fora de um velho estábulo, onde pusemos nosso equipamento e esticamos nossos sacos de dormir, e conversamos sobre o que acabáramos de ver. Ficamos nos perguntando por que os empregados não entravam na casa aberta e pegavam as coisas que estavam lá. Do que eles tinham medo? Será que a família havia sido assassinada? Haveria fantasmas assombrando o lugar? Enquanto comia amendoins que encontrei na casa, logo me arrependi da decisão imaginando os fantasmas da casa vindo puxar meus pés à noite.

Na manhã seguinte, nosso sétimo dia no México, acordamos mais cansados do que nunca. Cada músculo dos nossos corpos doía e uma cama de verdade e um chuveiro pareciam um sonho distante. Ao selar os cavalos, meu pai lançou sua sela no lombo de Dude muito próximo da cabeça de Frenchie. O palomino maluco começou a puxar a corda do poste em que estava amarrado com tanta força que a madeira se partiu ao meio e ele voou para trás com a cangalha presa no lombo. Caiu bem em cima dela e quando finalmente se levantou, logo percebemos que ele havia quebrado a armação com seu peso. "Merda", gritei passando as mãos pela armação de metal da cangalha.

Ela não estava quebrada apenas perto da dianteira, a armação inteira havia se dobrado com o impacto. Removemos a sela do lombo de Frenchie e o examinamos para ver se havia se machucado. Por sorte ele estava bem, mas a sela estava esmagada. O empregado, que havia chegado para o dia, percebeu nosso problema e disse que tinha um tornilho no outro estábulo. Fomos até lá com a sela e, após algumas marteladas, empurrões e puxões, conseguimos montar a armação de novo da melhor maneira possível. Colocamos no lombo de Frenchie e vimos que não estava roçando nele, então o selamos e pegamos a estrada para o sul de novo.

CAPÍTULO 21
Puro caballo

Lição do dia: *ao lado dos amigos, nenhum caminho é longo demais.*

★ JIMENEZ ★

Foi em cima de um cavalo que Pancho Villa, o querido revolucionário do México, lutou contra o exército americano. Um cavaleiro experiente, Villa pregava as ferraduras dos seus cavalos ao contrário para fazer os americanos pensarem que estava indo para o sul, quando na verdade ia para o norte. Enquanto avançava cada vez mais nos Estados Unidos, o exército Americano seguia seus rastros para o sul, no México. Descobri até que Villa convidou a BBC para filmar suas batalhas.

Aime Tschiffely descreveu em seu livro que, quando cruzou o México em 1927, dois anos depois de sair da Argentina, foi difícil descansar por causa do número de *fiestas* que os mexicanos faziam para ele. Não apenas são anfitriões natos, como também o grande amor por cavalos e aventura despertam esse desejo de tratar um cavaleiro de longa distância como um rei voltando da guerra.

Depois de soldar a cangalha, os homens que fizeram o trabalho se recusaram a aceitar meu dinheiro. "Você não me deve nada", disse, me olhando com admiração em sua loja simples. Saímos de Camargo carregados de carne desidratada, chaveiros, tortillas e muitos outros presentes, acompanhados pelo clube de ciclistas da cidade. Arturo Hernandez, um americano cujos avós eram nascidos e criados em Camargo, trocou a terra da liberdade pelo México havia alguns anos. Abriu um café, começou um negócio de fotografia e é o presidente do clube de ciclistas.

"Amo isso aqui, me sinto em casa", disse em sua *mountain bike* quando íamos para Jimenez. O dia inteiro éramos parados por motoristas que ouviram falar de nós na rádio ou nos viu no canal de televisão de Camargo. Davam-nos cervejas geladas, dinheiro, doces, tiravam fotos e nos diziam como estavam felizes por termos visitado seu lar.

"Preciso tirar uma foto ou meus amigos não vão acreditar que encontrei vocês", ouvimos muitas e muitas vezes. Em certo ponto, estávamos em frente a uma grande estufa de pimenta malagueta. Um funcionário nos viu e correu para o prédio, gritando algo que não entendemos. Depois de alguns segundos, centenas de pessoas vestidas de branco e com redes nos cabelos lotaram a alta entrada como um formigueiro. Com seus celulares na mão, vieram até nós, e a multidão cercou nossos cavalos. Muitos ainda no começo da adolescência sorriam de orelha a orelha, tirando fotos e apontando para os cavalos, rindo sem parar. Desci e os cumprimentei, mas fui dominado rapidamente por corpos tentando me abraçar, posar para uma foto e apertar minha mão.

"Ouvimos você no rádio e estávamos esperando você passar por aqui há dois dias", um dos trabalhadores me disse em tom zangado, como se tivéssemos demorado demais. Ri e expliquei que nós viajamos muito devagar por causa dos cavalos. Ele sorriu de volta. Fiquei muito emocionado no meio da multidão. O amor e a admiração eram cheios de humildade. Sorriam com os olhos como só o povo da América Latina sabe fazer.

A cerca de dez quilômetros de Jimenez, uma família amiga de Arturo se juntou a nós. Levaram seus cavalos de trailer desde o rancho deles, que ficava perto dali, e cavalgaram conosco até uma espécie de arena de rodeio, chamada *lienzo charro*. Saímos de Camargo e cavalgamos pesado sem ver o final do caminho por três dias.

Por volta das oito da noite, estávamos dentro de Jimenez, no escuro, enquanto nossos amigos nos guiavam para o *lienzo*. Passando por postos de gasolina e carros estacionados, recebendo olhares perplexos dos locais. Em uma esquina, um grupo de garotos gritou "Camelo! Camelo!", apontando para Frenchie, que levava a carga. Meu pai e eu rimos muito.

Às dez da noite enfim chegamos ao *lienzo* com ombros caídos e terra na cara. A proprietária, Mariana Saenz, uma renomada *escaramuza* (vaqueira) nos recebeu.

"Cuidaremos de seus cavalos muito bem, não se preocupe", disse em seu inglês precário. Depois que os cavalos haviam se alimentado e bebido água, Mariana nos levou a um hotel próximo e antes de nos deixar, perguntou se eu queria sair com ela e seus amigos para tomar uma cerveja. Estava cansado, sujo e precisando muito dormir, mas no pouco tempo em que estávamos no México, sabia que não aceitaria um não como resposta. Deixamos meu pai no hotel e saímos na sua caminhonete azul.

Fomos a uma barraca de taco cercada de mesas de metal e cadeiras e nos sentamos com seis amigos dela. Bebemos cerveja, comemos tacos apimentados demais, enquanto todos disparavam perguntas sobre a viagem. A cerveja gelada me deu um gás e consegui parar de bocejar na segunda rodada. Às 2h, Mariana enfim me deixou no hotel e se despediu com a fala arrastada. Perguntei se estava bem para dirigir, e ela riu alto. "Não se preocupe, Filipe, a caminhonete sabe o caminho", disse antes de acelerar na rua vazia.

Meu pai me sacudiu às 8h. Meu corpo doído brigava para ficar deitado. Sentei na beirada da cama, me sentindo um merda enquanto meu pai sorria satisfeito com a noite inteira de sono que teve. Depois de um café da manhã leve, fomos ver os cavalos no *lienzo charro*. Um amigo que conheci na barraca de taco nos levou até lá, enquanto nos dava um tour por Jimenez. Era muito magro, tinha 25 anos, trabalhava para Mariana e dirigia uma caminhonete pequena e acabada. Era um *charro* e nos explicou como funcionava a *charreria*. "É como um rodeio. São nove eventos no total e várias equipes competem para ganhar o maior número de pontos durante a *charriada*", disse. O evento mais emocionante era *el Paso de la Muerte* (Passo da Morte), em que um *charro* montando em pelo, apenas com rédea, tem que galopar perto de uma égua xucra, saltar no lombo dela e aguentar os pulsos do animal até ela parar.

Chegando no *lienzo*, meu pai e eu demos o banho de que os cavalos tanto precisavam, e então Mariana chegou. Disse um bom-dia que entregava sua ressaca e me chamou para ver o cavalo dela. Dentro de um estábulo escuro havia uma égua quarto de milha tortilha branca e grande. Entramos, e ela se aproximou da égua, dando tapinhas no pescoço dela: "Ela é bonita, né?". "Sem dúvida que é", respondi.

Olhou bem nos meus olhos e começou a tirar o cinto. Meu coração disparou, ela deslizou o cinto devagar pelos passadores da calça jeans dela e o segurou à sua frente com as duas mãos. O que estava fazendo? Será que passei a impressão errada ao aceitar o convite para tomar cerveja da noite anterior? Quando estava prestes a lembrá-la de que tenho uma namorada, ela virou para a égua e, em um movimento suave, passou o cinto em torno do pescoço do animal e o afivelou. "Vou montá-la para que a veja em movimento", disse enquanto eu sorria, me sentindo um idiota.

Levou a égua para fora do estábulo, pulou em seu lombo e, usando apenas o cinto em volta do pescoço, cavalgou até a arena. Sentei na arquibancada em frente à arena oval e a assisti galopando a égua em círculos fechados. Era uma bela visão. O controle que Mariana tinha sobre o cavalo era excepcional. Parou a égua apenas inclinando para trás e a fez trotar inclinando suavemente para frente. "É uma boa égua", disse, mais afirmando do que perguntando minha opinião. "Sim, ela é perfeita", concordei.

A equipe de *escaramuza* de Mariana, *Soles Del Desierto*, é a campeã nacional de 2012. Composta de oito mulheres da região, a equipe viaja pelo México competindo em diversos *lienzos* o ano todo. "Nem me lembro mais quando comecei a participar de competições", Mariana me disse enquanto ensinava uma turma de jovens *escaramuzas*. O evento foi acrescentado ao de *charreria* em 1992 e tem equipes de mulheres que fazem apresentações de precisão equestre, cavalgando de lado na sela e usando vestidos *Adelita*, ao som da tradicional música mexicana.

Durante o almoço, Mariana me contou sobre suas conexões com os cartéis que controlam cidades como Jimenez. "Meus três últimos namorados morreram baleados porque estavam no cartel", disse antes de dar uma mordida em sua *gordita*. Fiquei chocado com a tranquilidade com que abordava esse assunto. E me disse que o poder e o dinheiro dos homens a atraía. "Mas você não tem medo de ser assassinada?", perguntei. "Não, todos nós vamos morrer um dia, então quem se importa com isso?"

Naquela tarde, uma tempestade de areia criou um muro em torno de Jimenez. Era impossível ficar ao ar livre sem ter areia nos olhos, boca e nariz. Meu pai e eu agradecemos aos céus termos decidido descansar naquele dia.

Na manhã seguinte, um fazendeiro local chamado Jesus me ajudou a ferrar os cavalos. Nascido com apenas três dedos na mão direita, o mexicano de ombros largos não permitia que essa característica controlasse sua vida. "Participo de competições como *charro*, ferro cavalos e satisfaço as mulheres", brincou. Jesus me mostrou sua habilidade com o laço, fazendo truques antes de ferrar meus cavalos. Fiquei impressionado de ver quanto controle tinha com o laço e com suas ferramentas de ferrar.

Depois de dois dias de descanso em Jimenez, era hora de fazer a viagem de dez dias para Torreón. Acompanhado por todos os novos amigos, cavalgamos pela cidade com a polícia local parando o tráfego para nós. Das calçadas, as pessoas desejavam que viajássemos em segurança e tiravam fotos. Em uma hora de cavalgada, a sela de Jesus estava cheia de coisas que foi pegando pela estrada: calotas de pneu, uma lanterna velha e uma revista pornô suja fizeram companhia para ele enquanto cavalgávamos para o sul.

Apenas dez quilômetros depois de Jimenez, decidimos parar em um rancho de um dos cavaleiros que nos acompanhavam. Uma casa de fazenda pequena com um forno à lenha e uma cama de casal nos foi oferecida para dormir, e ainda ganhamos algumas *gorditas* para o jantar.

Ao nos despedirmos dos *vaqueros* que haviam nos acompanhado, muitos manifestaram sua preocupação com a estrada adiante. "Tenham cuidado nos próximos dias. Os cartéis estão lutando pelo controle de Torreón e a região ao redor", disse um rapaz com um ar angustiado. Meu pai e eu ouvimos que esse seria um dos trechos mais perigosos que atravessaríamos no México, mas não havia nada que pudéssemos fazer a não ser cavalgar.

"Filipe, nos tornamos bons amigos e quero saber se você trocaria seu laço comigo, como jogadores de futebol fazem com suas camisas depois de um jogo", disse Jesus, segurando seu laço na mão direita. Meu laço, amarrado no pito da minha sela, não apenas tinha vindo comigo de Calgary, mas também foi o que usei ao me classificar para o *high school rodeo* anos atrás. A ideia de me separar dele não me agradou, mas o sorriso largo de Jesus não me deu escolha. Desamarrei o laço e dei a Jesus, pegando seu laço em troca. "Vou dar esse laço pro meu filho um dia e falar sobre o corajoso caubói que conheci", disse antes de nos abraçarmos. Nossos novos amigos carregaram seus cavalos em um trailer verde grande, e meu pai e eu ficamos sozinhos de novo.

O silêncio do deserto se instalou. Um vento leve soprava, fazendo um ligeiro som de assovio. O deserto nos dava as boas vindas a seu solitário abraço. Acendemos o forno e esticamos nossos sacos de dormir em cima da cama empoeirada. Nas paredes descascadas havia páginas de revistas amassadas com mulheres mexicanas seminuas e um pôster de Nossa Senhora de Guadalupe. Com o cheiro forte do fogo e os estalos da madeira preenchendo o quarto, pegamos no sono.

CAPÍTULO 22
A estrada para Torreón

Lição do dia: ore e acredite quando for mais difícil orar e acreditar.

Originalmente achávamos que a estrada de Ojinaga para Camargo seria o pior trecho de terra árida que atravessaríamos no norte do México, mas depois que saímos de Jimenez, logo percebemos que o deserto aqui era ainda mais ermo e inclemente. As temperaturas ultrapassavam os quarenta graus durante o dia, o que trazia sofrimento para nós e pros cavalos. Sem sombra nem sinal de vida humana, o suor escorrendo pelas costas e a poeira no ar nos mantinham de boca fechada e desanimados. Depois do pôr-do-sol na areia do deserto, uma brisa fria fazia a temperatura cair drasticamente. Mesmo com nossas jaquetas grossas, tremíamos ao montar nossa barraca ao anoitecer.

Na segunda noite fora, encontramos abrigo em uma fazenda de gado. Quando tiramos a carga do lombo de Frenchie, descobrimos algo preocupante: estava arrancando o pelo dele. Com a chegada do meu pai, usávamos os três cavalos para carregar peso todos os dias. Nos Estados Unidos, eu revezava as cargas e a cada dia um cavalo caminhava sem nada no lombo. Agora, no México, a carga também havia ficado bem mais pesada, com as roupas do meu pai e uma quantidade maior de água.

"Amanhã Dude levará a carga", falei para o meu pai enquanto montava a barraca em um velho curral de madeira que nos deixaram usar. "Talvez devêssemos procurar uma mula de carga pra comprar", sugeriu meu pai, quando estávamos deitados na barraca para fugir do frio intenso que o pôr do sol trouxe para o deserto. A ideia de ter mais um animal para encontrar água e alimentar todos os dias me preocupou, mas, no fundo, sabia que seria a única maneira de garantir que os lombos dos cavalos não se ferissem.

*

Todo mês o OutWildTV depositava 2.500 dólares na minha conta pelo patrocínio da minha viagem. Em troca, fornecia a eles o material gravado da minha Longa Jornada, fotos e três postagens no blog por semana. Era um ótimo negócio para mim, que não tinha um tostão para realizar esse projeto, mas a verba era bem curta. Com os preços altos do feno e da ração para os cavalos, além da comida e do equipamento para mim, no final de cada mês minha conta geralmente estava negativa. E quando o contador não depositava o dinheiro no prazo, eu ficava em uma situação difícil.

O terreno se tornou cada vez mais rochoso e víamos cada vez menos vegetação. Era um esforço enorme seguir em frente com o calor da tarde sugando nossas almas e deixando nossos corpos vazios, dando um passo de zumbi atrás do outro. Abutres voavam sobre nós, movendo-se devagar ao sul em grandes círculos como se esperassem que desmaiássemos em uma morte lenta. No fim da tarde, porém, vestíamos as jaquetas por causa da temperatura congelante e procurávamos por um rancho para passar a noite.

O sol encontrara o horizonte atrás de nós e decidimos virar à esquerda em uma longa estrada na esperança de descobrir um curral ou algum lugar onde pudéssemos amarrar os cavalos. Acampar perto das estradas principais, com os cartéis dirigindo pra cima e para baixo, era arriscado demais.

E, é claro, com apenas quatro longos dias na estrada os joelhos do meu pai continuavam a piorar. Estava agonizando de dor e, obstinado, caminhava com dificuldade perto de Dude enquanto eu cavalgava em Bruiser bem na frente, conduzindo Frenchie. Eu me sentia mal por ele, mas uma pequena parte de mim estava irritada. Era uma viagem árdua. Era um homem ou um saco de batatas?

Balancei minha cabeça, olhei para trás e vi que meu pai perambulava tão longe atrás de mim que eu mal o enxergava. O pelo claro de Dude se camuflava na areia do deserto. Eram sombras etéreas. Quase não estavam lá. Dei uma longa olhada de 360 graus de cima do lombo do alazão. Estávamos no meio da porra do nada, cercados apenas de arbustos de sálvia, pedras e a gigantesca silhueta da montanha à minha frente, a quilômetros e quilômetros de distância. Tentei me manter calmo, mas tive que lutar muito pra conter aquele medo crônico que ficava lá no fundo. Continuei seguindo em frente, enquanto o sol caía atrás de mim e fazia o deserto brilhar. Cada passo de meus cavalos levantava uma nuvem de poeira atrás de nós. Depois de cerca de dois quilômetros em uma estrada estreita, meus olhos se encheram de esperança. Vislumbrei à distância, muito longe, um velho curral feito de pedaços finos de madeira. Olhei para cima e agradeci ao Universo.

Cheguei ao curral enquanto, lá na frente, a montanha recortada brilhava rosa. Não havia água para os cavalos, mas por sorte haviam bebido bastante em um poço que descobrimos uma hora depois do almoço. Descarreguei Frenchie primeiro e, enquanto tirava a sela do lombo de Bruiser, meu pai chegou.

"Obrigado, Deus", foi tudo o que conseguiu falar com sua voz falhada.

O vento começou a soprar com a chegada do crepúsculo. Brigando com as fortes rajadas de vento, armamos nossa barraca. Acendi uma fogueira usando estrume de vaca seco e pequenos galhos que consegui achar, esquentamos uma lata de feijões cozidos e nos sentamos nas caixas laranja um ao lado do outro, enquanto coiotes uivavam ao nosso redor, seus uivos eram mais altos que o vento. "Espero que ninguém use essa estrada para levar drogas ou desovar corpos", disse meio sério, meio brincalhão. Olhando para o céu, meu pai quase me fez ter um ataque do coração quando eu checava os meninos no curral.

"Olha, olha, Filipe aquela luz se movendo", gritou no vento uivante. Corri para ele e segui seu indicador direito apontando para um pedaço do céu. "Lá, se mexendo. Está vendo?" "Porra, que merda é aquela?", disse olhando para uma luz brilhante muito maior e mais forte que uma estrela ou um avião, em movimentos diagonais no céu. Por uns sete segundos, ficamos fascinados com a luz. O movimento não era suave, se movia depressa e então, de repente, ficou lenta para depois acelerar de novo. Moveu-se diagonalmente em um movimento cruzado, até desaparecer do céu como se alguém a houvesse desligado.

"O quê?!", gritei procurando a luz sem acreditar no que havia acontecido. "Meu Deus, acho que acabei de ver um OVNI", disse meu pai, ainda olhando para o céu em busca de uma resposta. "Cartéis de drogas, coiotes e agora OVNI... Vou dormir", disse indo para a barraca. "Espere por mim", meu pai veio apressado logo atrás.

Fiquei acordado com o ronco do meu pai no espaço confinado da barraca, parecendo um urso feroz. E me lembrei de uma teoria, segundo a qual o ronco é um reflexo inconsciente de defesa. Um som de alerta para assustar potenciais predadores. Enquanto estava deitado na barraca congelante, com medo de haver acampado em uma rota dos cartéis, desejei que a teoria fosse verdadeira. "Vamos ficar bem, vamos ficar bem", entoei mentalmente várias e várias vezes, tentando me acalmar, até que adormeci em um sono agitado.

Abrimos nossos olhos assim que o dia raiou, olhando o toldo cinza. Nossos corpos doíam ao menor movimento. A ideia de levantar e encarar a manhã fria do deserto era insuportável. Eu me movia lentamente, mas minha mente estava acelerada. Dobrar os sacos de dormir, tirar as mantas das selas, desarmar a barraca, comer alguma coisa, organizar as caixas, selar Bruiser, cargar Frenchie, achar água para os cavalos, cavalgar trinta quilômetros, encontrar um lugar seguro para dormir.

A lista de tudo o que precisava ser feito passou pela minha cabeça muitas vezes. O mais preocupante, como sempre nessa viagem, era encontrar água para os cavalos. Levantei correndo, quase sentindo a sede dos meus cavalos em minha boca e abri a barraca. O vento frio acertou a minha cara como um chute do Anderson Silva. Atordoado, me levantei e corri para o curral para olhar os meninos. Eles me olharam como quem pergunta onde estariam a água e a alfafa.

"Desculpe, meninos, prometo que iremos encontrar água logo", disse urinando ao lado do curral. Depois de cerca de meia hora, tudo estava guardado e os cavalos selados e carregados, prontos pra partir. Voltamos para a estrada principal e apontamos os focinhos dos nossos cavalos para o sul de novo. Lá no fundo, rezava para o Universo: "Por favor, nos ajude a encontrar água logo". Esses momentos de sofrimento e desespero são o que levam um homem a encontrar Deus e falar com ele ou ela. Sentado naquela sela, cavalgando por vastos espaços abertos se tornou a coisa mais próxima que tive de uma igreja.

"Por favor, por favor, por favor, me ajude a encontrar água pros meus cavalos. Eles precisam tanto, sei que não sou a melhor pessoa do mundo, mas sempre tentei semear o bem e não ferir as pessoas. Por favor, me ajude a encontrar água pros meus animais. Eles precisam muito", disse olhando silenciosamente para o céu claro, tentando negociar alguma água e comida com o etéreo.

Às dez da manhã ainda não havíamos encontrado nada. Os cavalos não bebiam nada há mais de dezenove horas. Pedi desculpas a eles enquanto dava tapinhas em seus pescoços de vez em quando. Com meu coração partido em um milhão de pedaços, não me permitia imaginar o pior. *Nós vamos encontrar água. Os cavalos vão ficar bem.* Depois de tudo o que esses animais fizeram por mim, eu estava prestes a deixá-los na mão.

Vislumbramos, às 11h30, um rancho à direita da estrada, depois dos trilhos do trem que estávamos seguindo. Gritei de alegria apontando os cavalos em direção ao portão. "Merda, está trancado!", disse olhando para o meu pai quando chegamos. Batemos palmas, gritamos, e nada. "Não, não, não, isso não pode ser verdade. Quando finalmente encontramos algo na porra desse deserto não dá em nada", chutei a terra embaixo de mim com raiva.

"Espere, vou checar se há alguém na casa, ou água", meu pai pulou a cerca e andou pelo longo caminho de acesso.

Segurando os cavalos, desejei com todas as forças que houvesse alguém lá para nos ajudar. Em alguns minutos, meu pai apareceu ao lado da casa com um sorriso e um homem idoso.

"Meninos, achamos água para vocês", falei para os cavalos com alegria. Cumprimentei nosso salvador antes que destrancasse a pesada corrente em volta do portão. Seguindo o proprietário, levamos os cavalos até um cocho retangular de cimento. Quando os meninos farejaram a água, tivemos que lutar para segurá-los e não deixar que nos pisoteassem. "Cavalos sedentos", o homem idoso observou. "Muito sedentos", respondi do chão.

Naquela tarde com os corpos doloridos e apenas quinhentos pesos na carteira, chegamos a Ceballos, um vilarejo que se estende por dois quilômetros pela estrada, com casas e lojas dos dois lados da rodovia. Precisávamos achar um lugar para sacar dinheiro, já que o próximo vilarejo que cruzaríamos estava a alguns dias de viagem.

Antes de entrar na cidade, vimos um curral com alguns bezerros do lado esquerdo da estrada e cavalgamos até lá esperando encontrar o dono. Quando chegamos, não havia ninguém à vista. Batemos palmas, gritamos e nada. Segurei os cavalos enquanto meu pai caminhava até algumas casas próximas para perguntar de quem era o curral. Depois de alguns minutos, voltou com a notícia de que o dono vinha para alimentar os animais todos os dias por essa hora. Amarramos os cavalos e esperamos por ele.

Após meia hora de espera, testemunhamos um espetáculo do deserto. Milhares de cabritos e cabras sendo pastoreadas para dentro para passar a noite, levantando uma nuvem de poeira. O horizonte se encheu de bebês, adultos e crianças de todas as cores. As mães prenhas levavam um sino em volta do pescoço para os bebês não se perderem. Uma algazarra de sinos ressoando e cabras berrando transformou o silêncio do deserto em um frenesi de sons. Era uma cena fascinante, mas os cavalos não gostaram tanto quanto eu. Os três ficaram imóveis, orelhas para frente, olhando as pequenas criaturas se aproximando deles.

Era difícil acreditar que essa terra deserta, onde cresciam apenas alguns arbustos e capins secos, era suficiente para manter esses animais vivos e saudáveis. Depois que a última cabra entrou no curral coberto, com tela de arame para evitar que os coiotes devorassem os filhotes, uma velha picape branca apareceu. Dentro dela, o homem que aguardávamos.

"Boa tarde", disse oferecendo minha mão direita ao roliço idoso. "Em que posso ajudar?", o homem olhava para os cavalos. Mais uma vez contei a história da nossa viagem ao Brasil e perguntei se poderia acolher nossos cavalos à noite e me vender um fardo de alfafa. Concordou e, depois de trancar o equipamento em sua sala de ração, graciosamente nos levou para uma loja no vilarejo que permitia sacar dinheiro com o cartão de débito por uma taxa de cinco por cento: não havia bancos.

Depois de várias tentativas de passar meu cartão de débito, o homem atrás do balcão me disse que o saldo da minha conta era insuficiente. Com 430 pesos no bolso, depois de comprar o fardo de alfafa, nos sentamos no meio-fio para decidir o que faríamos. Amaldiçoei o contador desgraçado em seu belo escritório no Tennessee e desejei poder trazê-lo de alguma maneira para esse vilarejo sujo para que pudesse sentir a fúria que sentíamos naquele momento. Já estava quase anoitecendo e decidimos encontrar um lugar para dormir e conexão com a internet para enviar um e-mail a Daniel, explicando nossa situação.

O vilarejo sem banco tinha um pequeno hotel com Wi-Fi. Não acreditei até entrar no Instagram e meu telefone vibrar com as notificações. Escrevi um e-mail desesperado para Daniel e, depois do tão esperado banho, saímos para comer alguns tacos. Naquela noite fomos dormir com apenas 220 pesos.

Acordamos cedo no dia seguinte e fomos até os cavalos. Quando nosso anfitrião chegou, explicamos nossa situação, e ele permitiu os cavalos passassem o dia no curral. Perguntamos se poderíamos dar outro fardo de alfafa para os cavalos e que pagaríamos assim que meu dinheiro chegasse. Ele aceitou.

Todos os habitantes do vilarejo nos olhavam com surpresa ao caminharmos pelas ruas empoeiradas. Antes que chegássemos ao hotel, meu telefone tocou. Para minha grata surpresa era Daniel me ligando de Franklin, no Tennessee: "Filipe, sinto muito pelo que aconteceu. Acabei de falar com o contador e dei uma bronca. Na semana passada falei para ele fazer seu pagamento no prazo." "É, foi horrível, Daniel. Estamos no meio do nada e agora temos que ficar aqui até que o dinheiro apareça na minha conta." Daniel me garantiu que o dinheiro estaria disponível na manhã do dia seguinte, então usamos o dia livre para descansar e explorar o vilarejo.

Depois de ler uma placa na estrada que dizia: "Zona de Silêncio", ficamos curiosos com o significado daquilo. Ao perguntar em uma loja, descobrimos que essa área do deserto tinha uma misteriosa energia magnética que impede rádios e bússolas de funcionarem bem aqui. Em conversas com vários locais, soubemos que também há muitas aparições de OVNIs aqui.

Fazendo as vezes de guia turístico, um senhor chamado Manuel recebe viajantes curiosos em sua casa, onde tem uma grande coleção de pedras do deserto. "Ninguém sabe explicar de onde vem essa energia magnética", disse colocando uma bússola perto das pedras para demonstrar o que dizia. Vimos o ponteiro parar de funcionar.

Contamos nossa própria experiência com o OVNI, e confirmou que era normal nessa região ver luzes estranhas no céu. E nos disse que, no início dos anos 1990, levava viajantes do mundo inteiro para ver a "Zona do Silêncio". Porém, com a escalada da guerra ao tráfico, os turistas pararam de vir.

"Vocês dois são os dois primeiros turistas que vejo em mais de dez anos", disse. Agradecemos a Manuel por seu tempo e, depois de assinar um velho caderno escolar amarelo com nosso nome, data e endereço – a última assinatura antes da nossa datava de 1997 –, nos despedimos dele.

Às 9h do dia seguinte, finalmente recebemos o dinheiro. Depois de um rápido café da manhã de *gorditas*, pagamos nosso anfitrião pela ração dos cavalos, agradecemos e, com mais algumas *gorditas* em nossos alforjes, deixamos a "Zona de Silêncio" para trás.

Enfrentamos outros dias de isolamento, mas, aos poucos, casas e ranchos começaram a surgir. Certa tarde, paramos em um pequeno restaurante ao lado da estrada com dois caminhões de transporte estacionados em frente. Deixamos os cavalos comendo um pouco de capim seco por perto e entramos. Uma mulher gorda ficava atrás do balcão, enquanto outras duas, com camisetas e minissaias tomavam uma espécie de sopa. Nos fundos da casa de um cômodo, ficava um oratório com vários santos e velas acesas.

O calor da tarde e a maneira repugnante com que as mulheres sugavam a sopa de suas colheres nos fez pedir a única outra opção: *quesadillas*. Nós nos sentamos a uma mesa quadrada com duas cadeiras de plástico azul e bebemos refrigerante. Nossos olhares alternando entre os santos e as mulheres. Antes que as duas terminassem a sopa, entrou um homem alto e magrelo, com um bigode fino, e as duas logo viraram a cabeça para olhá-lo. Ele vestia calças jeans pretas apertadas e botas de caubói pontudas, que se destacavam à frente, parecendo sapatos de duende – algo muito comum entre os homens mexicanos. "*Vámonos*", foi tudo o que disse e, antes que se virasse e saísse pela porta, as mulheres já estavam em pé, seguindo-o.

Nós nos olhamos surpresos. Levantei e fui ver os meninos antes de dar minha primeira mordida nas *quesadillas*, que acabavam de chegar. Antes mesmo de terminarmos de comer, as mulheres voltaram puxando as saias e arrumando as camisetas. Sem dizer uma palavra, se sentaram e terminaram de tomar suas sopas. Lá fora, os caminhões voltavam à vida roncando antes de partir e levantar uma nuvem de poeira que entrou no restaurante e lentamente se acomodou sobre tudo.

Enquanto eu pagava a conta, outro caminhão estacionou lá fora e mais uma vez as mulheres pararam de comer e saíram. Elas se aproximaram da janela do motorista, que não havia desligado o motor, e entraram na cabine depois de algum tempo de conversa. Passamos pela cabine, que tremia. "Acabamos de almoçar com uma dupla de prostitutas mexicanas", disse meu pai finalmente reconhecendo o que acabara de acontecer. "Minha mãe vai adorar saber disso."

Não pude deixar de me sentir mal por aquelas mulheres, vendo seus corpos no deserto. O que as levava àquele restaurante/prostíbulo? Eram mães? Filhas? Irmãs? Essa era realmente a única opção delas? Teriam sequer tido uma escolha? Pensei em minha mãe e minhas irmãs e senti saudade delas mais do que nunca.

No final da tarde, vimos um velho curral atrás de uma casa ainda mais antiga e decidimos perguntar se poderíamos passar a noite. Um casal de idosos, Carlos e Josefina, aceitou nos hospedar, com a condição de que ajudássemos a colocar um porco que berrava na caçamba de uma caminhonete vermelha. Tinham acabado de vender o imenso animal, e o porco relutante precisava ser posto na caminhonete do comprador. Pelo visto éramos nós a resposta para as orações deles. Foi uma luta para segurar, com outros dois homens, o porco que berrava, lentamente conduzindo-o para a caminhonete. Quando conseguimos colocá-lo no veículo, todos tínhamos arranhões e feridas nos braços, com o suor encharcando nossas camisas.

"Se alguém bater na porta no meio da noite, não abra. Na semana passada, duas mulheres foram baleadas na cabeça aqui perto sem nenhuma razão... Há pessoas muito más aqui", Josefina nos alertou mais tarde, apoiada em uma parede quebrada, com o olhar fixo no horizonte. Ela me deu arrepios na coluna com seus detalhes horríveis. A vida sempre foi dura pro velho casal no passado, mas ao menos era segura. Agora, nem isso.

"Meu filho foi esfaqueado muitas vezes antes de morrer", Josefina nos contou sobre o assassinato do filho dela antes de sair chorando. E ainda voltou mais uma vez antes de irmos dormir para nos lembrar de não abrir a porta. Nunca havia visto nada parecido com o medo que vi nos olhos de Josefina, o que é compreensível quando ficamos sabendo que Torreón é a segunda cidade mais perigosa do México e registra pelo menos três assassinatos por dia.

O que eu estava aprendendo com a minha Longa Jornada é que havia uma guerra ao sul, onde o Rio Grande se transforma em Rio Bravo. Uma guerra contra as drogas e pelas drogas.

*

Uma tarde, em uma estrada particularmente solitária, vimos sete grandes caminhonetes pretas, todas com rodas cromadas, indo em comboio para o norte. Dentro dos veículos, homens segurando fuzis e sorrisos mortíferos. Reduziram a velocidade pra nos encarar, enquanto prendíamos nossa respiração, sabendo muito bem quem eram. O último motorista acenou para nós antes de acelerarem e desaparecerem atrás de nós. Sabíamos que estavam à nossa volta, mas era a primeira vez que de fato vimos membros de um cartel passar.

Alguns dias depois de nos despedirmos de Josefina e seu marido, finalmente chegamos a Torreón. Estávamos em um caos de sujeira quando encontramos nossos anfitriões no Mundo Ecuestre, um clube hípico nos arredores da cidade. Essa parte da viagem não apenas sacrificou nossos corpos, mas também nos afetou mentalmente. Pela primeira vez na viagem, entendemos de verdade o pesadelo que o México vivia naquele momento. Na ida para cidade, passamos por veículos militares a cada três quarteirões. Soldados camuflados ficavam em caçambas de caminhonetes, segurando metralhadoras grandes o suficiente pra derrubar um helicóptero.

"Há alguns anos, essa era uma das cidades mais seguras do México. À noite as ruas eram cheias de gente, cheia de vida... Agora as pessoas não ousam sair por causa do que está acontecendo", disse um de nossos anfitriões, cujo nome escolhi não revelar. Era como se estivéssemos em uma cidade fantasma em pleno sábado à noite. Uma cidade com um milhão de habitantes estava vazia às 22h. Bares, restaurantes, as ruas – não havia ninguém em lugar algum. Senti uma profunda tristeza por esse belo país e seu povo. Os mexicanos estão sofrendo e morrendo violentamente para que os seus vizinhos do norte possam ficar doidões. "O México é um grande país, mas temos o terrível azar de sermos vizinhos do gigante americano, faminto e viciado."

CAPÍTULO 23

General Cuencamé

Lição do dia: *gratidão é reconhecer que a vida é um presente.*

★ CUENCAMÉ ★

Enquanto eu implorava no deserto desesperadamente pela compaixão do universo, nossa reputação chegou a Torreón antes de nós, gerando boa vontade e curiosidade. Chegamos sujos e fedendo a suor, mas fomos recebidos numa calorosa recepção. O povo da cidade estava ansioso para nos proporcionar bons momentos.

Cavalgamos em um desfile de cavalos chamado *cabalgata*; pratiquei laço em dupla com os caubóis locais, fomos a uma tradicional e divertida *charriada* e fomos bombardeados pela mídia dominante do México. Tentei variar as entrevistas, mas as perguntas eram sempre as mesmas: "Por que decidiu fazer isso? Como o povo mexicano tratou você? Sua bunda dói?". Quando chegou a hora de partir, estava exausto.

Acompanhados pelos novos amigos de Torreón, cavalgamos para o sul em direção a Zacatecas, mas, como sempre acontecia, depois de algum tempo, estávamos a sós de novo. No início da tarde, chegamos a um pequeno povoado chamado Chocolate. Em um bar no meio do pequeno grupo de casas, perguntamos a um homem com um ar triste se teria água para darmos aos cavalos.

"Desculpe, não posso... a água que tenho aqui foi trazida de caminhão, não temos água corrente no povoado." As palavras dele foram como uma punhalada em nossos corações. Meu pai e eu nos olhamos, imaginando onde encontraríamos água para os cavalos. Meu pai entrou no bar e comprou dois refrigerantes quentes, não havia eletricidade também. Enquanto bebíamos os refrigerantes em frente ao bar, o homem perguntou de onde éramos e para aonde estávamos indo. Contamos a ele nossa história, e seus olhos tristes se tornavam maiores a cada frase. Quando terminei, ele olhava fixamente para os cavalos.

"Acho que posso dar um pouco de água a eles", disse entrando para encher um balde vazio, enquanto eu e meu pai suspiramos aliviados.

"Talvez devêssemos dormir aqui essa noite, quem sabe o que encontraremos adiante", meu pai disse quando terminou seu refrigerante. Acenei com a cabeça, concordando. Teríamos que dormir com os cavalos amarrados aqui, mas ao menos sabíamos que estaríamos seguros com nosso novo amigo, que agora estava disposto a dividir sua água.

"Como é aqui durante a noite?", meu pai perguntou ao introvertido dono do bar.

"À noite essa área fica cheia de travestis e prostitutas, que esperam pelos caminhoneiros que param aqui", contou resignado. Um vilarejo cheio de prostitutas e caminhoneiros excitados não me parece o lugar mais seguro para armar nossa barraca. Depois de dar água aos cavalos, decidimos continuar nossa busca por um lugar seguro pra dormir. Porém, com o sol se pondo diante de nós, nos vimos de novo sem opções por perto. Nada de currais, casas, ranchos, nada. Ao norte, sul, leste e oeste tudo o que havia era arbusto de sálvia, capim queimado e uma montanha de garrafas de água cheias de urina amarelo escura.

Os últimos raios de luz deixaram o asfalto, abaixamos os arames da cerca à nossa esquerda e levamos os cavalos para o pasto. Em um círculo de arbustos espessos e árvores secas, nós e os cavalos nos escondemos da estrada. Rezando para que ninguém nos tivesse visto entrar. Deixamos os cavalos pastando enquanto preparávamos um macarrão instantâneo e armávamos a barraca. Com nossos chapéus pendurados em galhos secos, amarramos os meninos e entramos em nossos sacos de dormir. Perto demais da estrada, não estávamos confortáveis, pois ouvíamos o barulho dos caminhões e dos carros passando pela estrada de um lado para o outro. Cansados demais para manter os olhos abertos, adormecemos em outro sono agitado.

A viagem continuou desse jeito: noite após noite, procurando por água, comida e lugar pra dormir. Os joelhos do meu pai pioravam cada vez mais, incomodando-o, mas ele se manteve firme. E a cada dia, como um relógio, implorava em silêncio ao universo por água e um lugar para dormir.

Quatro dias depois, entramos no estado de Durango. Um homem escuro, com uma barriguinha e um bigode fino, nos parou ao lado da estrada, acenando com seu chapéu de caubói branco. "Oi, amigos, sou Eligio Moreno Martinez, prefeito de Cuencamé, Durango. Gostaria de convidá-los para ficar em nossa cidade", disse abrindo um largo sorriso em seu rosto perfeitamente redondo. Era sempre bom receber um cumprimento como aquele! "Tenho alfafa e um curral para os cavalos", Eligio disse antes de me entregar uma nota de quinhentos pesos e partir.

Nossos corpos doloridos dos últimos dias difíceis na estrada voltaram à vida com essa inesperada acolhida no estado de Durango. Até os cavalos pareciam ter entendido o prefeito, acelerando o passo como se pudessem sentir o cheiro da alfafa fresca.

Cavalgando pelas ruas estreitas no centro de Cuencamé, cachorros de todos os tipos latiam para nós na beira dos telhados planos, como se estivessem prestes a saltar na rua. Ao perguntar sobre essa peculiaridade dias depois, nos contaram que os cachorros estão lá para proteger as casas e espantar possíveis ladrões. Alguns passam a vida inteira em cima da casa, sem nunca botar as patas no chão.

Guiados pelas instruções de um homem idoso, que nos olhava mais com curiosidade que desconfiança, chegamos à casa amarelo-canário que pertencia a Eligio, pouco antes das cinco da tarde. Amarramos os cavalos em frente à casa e batemos na porta. Ninguém respondeu. Confuso, meu pai deu a volta na casa, procurando por alguém, enquanto eu esperava com os cavalos. Depois de alguns minutos, voltou com instruções para dar a volta no quarteirão em que havia um portão para entrar no anexo atrás da casa onde os cavalos ficariam.

O grande estacionamento com portão estava lotado de carros caindo aos pedaços, com o logotipo da prefeitura nas portas e várias peças usadas espalhadas. Em um canto, nos fundos, havia um curral feito de restos de madeira e três fardos de alfafa. Depois das últimas noites, parecia o rancho mais bonito do mundo. Desarreamos os meninos, enchemos um grande tambor de água e jogamos três pilhas grandes de alfafa para eles. Mastigando com força os pedaços verdes, os cavalos levantaram as cabeças e nos olharam como se dissessem obrigado. E, apesar de bem-alimentados, o cargueiro havia tirado uma quantidade significativa de pelo do lombo do Dude. Ainda não era uma pisadura, mas se tornaria uma se levasse o cargueiro por mais um dia.

Estava tão cansado, que tentei não me preocupar com isso naquela hora, mas difícil esquecer. Sem veículo de apoio, contávamos com o cargueiro para tudo e continuar sem ele era impossível. Nossa barraca, água, comida, sacos de dormir: os itens essenciais que usávamos para sobreviver no deserto estavam naquela carga. Sem saber como continuaríamos para o sul, o filho do prefeito, um cara legal de trinta e poucos anos, nos levou até um hotel que a prefeitura havia reservado para nós, enquanto mostrava sua cidade com orgulho. Sem forças, meu pai e eu tomamos banho e desmaiamos.

Acordamos cedo no dia seguinte, famintos e atordoados. Fora do nosso hotel, fomos saudados por Jaime Favelas, o secretário de cultura da cidade. "Bom dia, como dormiram?" "Muito bem, obrigado", respondi um pouco assustado, pois não esperava que houvesse alguém nos aguardando. O prefeito o havia encarregado de nos levar aonde quiséssemos e garantir que tivéssemos uma estadia agradável em Cuencamé. Ele nos sugeriu ver os cavalos e depois comer algumas tradicionais *gorditas* de café da manhã. Então, depois de alimentar os cavalos e nossa barriga, Jaime nos levou para a praça principal e nos deu uma curta aula de história sobre o lugar.

"Cuencamé fica na rota do ouro, que vai da cidade do México até Santa Fe, no Novo México", disse apontando para um grande mapa pendurado no lado da igreja. "A cidade também foi muito importante durante a revolução Mexicana... o maior número de generais veio de Cuencamé." Ficamos surpresos em ver quanta história a pequena cidade tinha e com a riqueza do conhecimento de Jaime. Da igreja, fomos para o outro lado da praça onde ficava o gabinete do prefeito. Quando chegamos em frente a um prédio alto e cinza, ficamos chocados com o que vimos. Milhares de buracos de bala enchiam a fachada do prédio. Liguei minha câmera para filmar enquanto Jaime explicava o que havia acontecido.

"Há algumas semanas, um outro cartel tomou o controle de Cuencamé e para demonstrar seu poder, atiraram na cidade por duas horas sem parar. As pessoas não sabiam o que estava acontecendo e temeram por suas vidas. O cartel rodou pela cidade metralhando as casas, o céu, as árvores", nos contou mostrando uma árvore próxima com buracos de bala. "Alguém foi morto?", perguntei. "Felizmente não, mas várias mulheres perderam os bebês por causa do nervosismo e duas pessoas tiveram ataque cardíaco. Até o padre entrou embaixo da cama com medo."

Depois de alguns minutos, o prefeito chegou em um carro preto e grande, cheio de homens armados. Ele nos convidou para seu gabinete, enquanto vários soldados ficavam na porta, armados até os dentes. Dentro do gabinete do prefeito havia buracos de bala nos armários de madeira atrás dele. Perguntei a Eligio se temia por sua vida. "Nos últimos meses tenho me esforçado bastante, mas não consigo mais dormir em minha casa, porque temos medo. Estou dormindo em um rancho escondido, fora da cidade, e sempre nos preocupamos se estamos sendo seguidos", me contou sentado atrás de uma bonita mesa de mogno com uma grande águia voando de um lado e do outro um relógio de sol asteca.

"Sou um homem católico que deseja ajudar seu país. Estamos passando por um período muito complicado agora, mas alguém tem que fazer esse trabalho. Peço proteção a Deus e espero que mantenha minha família em segurança", disse o prefeito, tirando seu chapéu, olhando para cima e fazendo o sinal da cruz.

Antes de sairmos do gabinete dele, meu pai e eu contamos sobre o nosso problema com o cargueiro e perguntamos se sabia onde havia mulas ou burros à venda. Disse que não sabia, mas que havia uma cidade próxima com muitos animais de carga bons e ordenou a Jaime que nos levasse até lá naquela tarde.

"Encontre a mula e eu pagarei metade do valor dela", disse o prefeito antes de apertarmos sua mão e agradecermos por sua grande generosidade. Nos dois dias seguintes, procuramos em todo o canto por uma mula que fosse adequada ao trabalho e a nosso orçamento. Não foi fácil. Dirigimos de fazenda em fazenda, sem sorte. Ou os animais eram muito pequenos ou, quando tinham um bom tamanho, os donos pediam preços absurdos por sermos gringos.

No segundo dia, já no crepúsculo, por fim vimos um vulto preto amarrado a uma árvore. Não tínhamos certeza se era um cavalo ou um burro, mas tinha um bom tamanho. Quando nos aproximamos do animal, suas orelhas enormes se levantaram denunciando sua identidade. Não parecia feliz. Não havia ninguém em casa, procuramos o dono do animal e depois de alguns minutos o encontramos por ali, bebendo cerveja com um amigo. Perguntamos se tinha interesse em vender o burro. "Venho tentando vender aquela coisa há meses... Estava prestes a vender pro abatedouro, onde ao menos arrumaria algum dinheiro por aquela carcaça", disse dando um gole grande em sua cerveja.

Encontramos nosso homem. Disse logo que ficaríamos com ele, e o dono bêbado cavalgou o burro por onze quilômetros até Cuencamé. A viagem foi boa para acalmar o animal um pouco e para vermos o quão forte era. Mais tarde, à noite, nosso burro chegou e nem parecia cansado. Colocamos o animal no curral com os cavalos e, quando Frenchie foi cheirar seu novo companheiro, levou um coice rápido no peito. Foi a última vez que se aproximou do novo companheiro. Os cavalos comeram suas alfafas de um lado do curral, e o burro devorava sua parte no lado oposto. Era a primeira vez que o rapazinho comia alfafa e a devorou com voracidade, com a baba verde escorrendo pelos cantos da boca. Observamos por algum tempo para nos assegurarmos de que não brigariam e, por fim, fomos dormir.

Na manhã seguinte, carregamos nosso burro pela primeira vez. Felizmente, ficou parado, embora, depois que terminamos, parecesse pequeno demais para a grande carga em seu lombo. A preocupação era que se cansasse depressa devido ao peso, mas os citadinos disseram que o burro carregaria aquela carga melhor que nossos cavalos. Acreditamos neles e seguimos até a praça principal, onde uma apresentação foi organizada para nós e um público considerável aguardava.

"Gostaria de chamar Filipe Masetti Leite para o palco para dizer algumas palavras para o povo de Cuencamé", disse Jaime ao microfone, arrancando aplausos da multidão que nos assistia. Com mais de cem pessoas reunidas à minha frente, subi nervoso até o microfone. Não fazia ideia de que faria um discurso naquela manhã fria.

"Primeiramente, gostaria de pedir desculpas pelo meu espanhol", disse à multidão que me encarava com olhar dócil. "Queria apenas agradecer a essa bela cidade que nos recebeu, a mim e ao meu pai, de braços abertos nesses últimos dias." Então, em um delírio acrescentei: "Nunca me esquecerei de vocês e agora viajaremos com a ajuda de um burro que chamaremos de General Cuencamé!" A multidão explodiu em aplausos de novo. Na meia hora que se seguiu tirei fotos com homens, mulheres, bebês, cachorros. As coisas haviam saído de controle. Pessoas jogavam chapéus de caubói, livros e pedaços de papel para eu autografar. Era como se no meio daquele deserto eu tivesse me tornado um *rock star*.

Depois da cerimônia, Jaime me levou para conhecer dois meninos que sofriam de osteogénese imperfeita – uma disfunção óssea hereditária que impede o desenvolvimento normal dos ossos. "São meninos muito tristes e sua história será uma grande inspiração pra eles", Jaime falou. Quando chegamos à pequena casa de concreto, o pai nos recebeu com olhos inchados, como se tivesse chorado a noite inteira. Ele nos levou até o quarto onde os meninos estavam deitados juntos em uma cama de casal. O quarto era escuro, sem janelas e fedia a mofo. Apertei suas mãos pequenas e frágeis e me apresentei. Os irmãos tinham mais de 20 anos, mas tinham a estatura de crianças.

"Meu irmão e eu estamos em uma situação muito ruim... É difícil entender por que Deus nos fez assim e por que passamos por tantas coisas ruins", disse Jasinto Moreno, um menino moreno com mãos e pés tortos e ossos extremamente finos. Contou ainda que a mãe havia morrido de câncer, havia cinco anos. Era muito difícil ouvir aquela história triste sem desabar, mas contive minhas lágrimas porque queria deixar uma mensagem positiva para eles.

"Às vezes perguntamos a Deus por que ainda estamos vivos. É uma vida muito dura, mas Ele deve ter um plano para nós também", Jasinto falou franzindo bem a testa. Depois de me contar que comiam em alguns dias e em outros não, Omar, que se parece muito com o irmão, mas com o cabelo comprido, até os ombros, me mostrou a arte que faziam para vender aos vizinhos para se sustentar.

Os irmãos faziam pulseiras, porta-retratos e outros objetos artesanais. Disse a eles o quanto me inspiravam. Omar sorriu pela primeira vez e disse: "Às vezes acho que somos um exemplo para as pessoas serem mais gratas por suas vidas. Muitos têm corpos perfeitos e saúde perfeita e ainda reclamam".

    Saí da casa deles muito emocionado, com lágrimas escorrendo pelo rosto. Aqueles dois garotos tiveram uma vida tão difícil e ainda assim estavam lutando por um futuro melhor. Estavam presos naquele quarto, com pouco dinheiro, recursos e esperanças. Em algum momento, disse a eles para sempre terem grandes sonhos. Jasinto olhou fundo em meus olhos e disse: "Parei de sonhar muito tempo atrás. A vida me ensinou a não sonhar". Aquela frase ficou se repetindo na minha cabeça sem parar. Quando voltamos para a praça, antes de montar em Bruiser, postei a foto dos garotos no meu perfil no Facebook explicando a situação difícil em que viviam e em alguns minutos, antes de sairmos da cidade, dois dos meus patrocinadores – dois amigos, na verdade –, Arnon e Peter, donos de uma transportadora chamada MELLOHAWK Logistics, fizeram uma doação para eles. Eu me enchi de alegria. Jaime prometeu me buscar no nosso próximo local de descanso naquela tarde, para que eu pudesse dar o dinheiro para os garotos.

    Pessoas acenavam e gritavam tchau ao sairmos de Cuencamé e fomos acompanhados por vinte *vaqueros* e *vaqueras*, enquanto cavalgávamos para a cidade de 12 de Diciembre. Quando chegamos ao pequeno povoado naquela tarde, o *alcalde,* o líder da comunidade, nos recebeu com um carrinho de mão cheio de legumes, cervejas e tortillas. Ele o levou até o estábulo onde os cavalos descansariam e em instantes os habitantes chegaram com um cabrito para abater. Enquanto a carne assava, Jaime chegou de carro me levou de volta a Cuencamé para que pudesse entregar o dinheiro enviado pela Mellohawk e dá-lo aos irmãos Moreno. Ficaram surpresos ao me ver de novo e, quando entreguei o maço grande de dinheiro, os dois me abraçaram forte e me agradeceram muitas e muitas vezes.

CAPÍTULO 24

A estrada para Zacatecas

Lição do dia: *é preciso coragem para sentir medo, e persistência para chegar à paz.*

★ ZACATECAS ★

"Se quiser dar uma festa de aniversário, você tem que pagar uma *cota* ao cartel para que autorizem", reclamou um fazendeiro sobre o quão perigoso o estado de Zacatecas havia se tornado nos últimos anos. O homem tinha cerca de 60 anos e sua família sempre trabalhou na terra.

"Minha vizinha tinha um filho de 12 anos que um dia desapareceu da sua calçada e nunca mais foi visto." Ouvi várias versões dessa história no México. As drogas são o maior negócio do país, e o negócio está sempre contratando. Os cartéis pegam crianças, as viciam em drogas e as forçam a trabalhar como soldados rasos em diferentes regiões do país. Muitas crianças desaparecem para sempre. Os pais não sabem nem se a criança está morta ou sofrendo.

Continuamos a viagem e ouvimos histórias parecidas. Uma parte de mim não queria conhecer pessoas só para não ouvir seu rol de desgraças. Seria ótimo ouvir uma notícia boa e conhecer pessoas felizes. Pensava nisso enquanto passávamos por uma planície castigada pelos vendavais, longe do Rio Grande. O vento continuava a subir e ainda soprava forte quando fomos salvos pelos *cabalgantes* de lá. A vinte quilômetros de sua cidade, apareceram no horizonte gritando de alegria.

"Filipe, estamos tão orgulhosos de receber você e seu pai. Gostaríamos de dar algo para que se lembre de nós", disse um dos *cabalgantes*, enquanto nos dava camisas jeans de manga longa com sua logomarca, junto com as bandeiras brasileira e mexicana nas mangas e nosso nome bordado no peito. Ficamos arrebatados com a generosidade deles e abraçamos nossos novos irmãos.

Cavalgando até a cidade, cantaram canções tradicionais mexicanas, nos deram cerveja atrás de cerveja e nos fizeram muitas perguntas sobre nossos cavalos e a viagem. Chegamos a Rio Grande no final da tarde e os *cabalgantes* haviam organizado tudo para nossa estadia. Os cavalos tinham uma pilha de fardos de alfafa aguardando sua chegada, um grande estábulo com água limpa e um veterinário para examiná-los. Para meu pai e eu, haviam reservado um quarto de hotel e também providenciaram para que nossas roupas fossem lavadas. Éramos reis!

"Cavalgamos no desfile do Calgary Stampede alguns anos atrás, vestidos com roupas originais de *charro*", contou José Hernandez Noyola, um dos *cabalgantes*. "Amanhã teremos a *cabalgata*, uma cavalgada um pouco longa." Uma cavalgada em nosso dia de folga! Meu pai estava extremamente cansado e dolorido, mas se sentiu obrigado a ir depois de tudo o que fizeram por nós. Bem cedo na manhã seguinte, emprestaram dois dos seus cavalos e cavalgamos pelos campos próximos a cidade por horas e voltamos para provar um prato tradicional preparado para nós.

"Esse é o *caldo campinero*, ótimo para dar ao *vaquero* a energia para cavalgar longas distâncias", disse um homem idoso levantando a tampa do grande caldeirão. A água fervendo revelou grandes pedaços de carne, milho, cenoura e, é claro, muitas pimentas verdes. Havia mais de cem pimentas naquela coisa. Minha boca ardeu só com o vapor. Encheram uma tigela grande para mim e fiquei vermelho cor de tomate com a primeira colherada. O caldo era tão apimentado que comecei a suar, enquanto meus lábios e minha língua queimavam como se estivesse lambendo carvão quente.

"É muito bom e muito apimentado", disse, e todos riram à minha volta. Sofremos tomando aquilo, engolindo a cerveja a cada sorvida do caldo escaldante. Depois do almoço, recebi uma aula sobre como é feita a tequila, antes de me apresentarem ao jogo que acabou comigo.

"Você segura a garrafa longe dos lábios e entorna o líquido dentro da boca, todo mundo começa a contar e você continua bebendo o máximo que puder. O homem que tiver o maior número no final, vence", disseram me passando a garrafa para começar as festividades.

Isso era uma boa ideia? Deixei o líquido cair na minha boca, e todos começaram a contar lentamente: "1, 2, 3, 4, 5, 6, 7, 8". Batiam palmas, enquanto fiquei imóvel por oito segundos, com a tequila formando uma piscina de veneno na minha boca. Queimou minha garganta ao descer e me deixou sacudindo a cabeça com olhos e boca bem fechados. Montar um touro era mais fácil! Na terceira rodada, o jogo já havia me vencido, e precisava de uma cama. Por que ainda experimento essas coisas?

Nossos amigos em Rio Grande arranjaram um lugar para descansarmos, em uma cidadezinha a quarenta quilômetros ao sul. "O povo de Rancho Grande está muito empolgado com a chegada de vocês", disse um dos companheiros do dia. Desejei que isso não acabasse em mais tequila. Foi um dia longo, mas com os dois mexicanos nos acompanhando, as horas passaram depressa. Ainda a dois quilômetros da cidade, vimos um grupo grande de pessoas embaixo de uma passarela, com um carro de som emitindo sons graves abafados que a distância nos impedia de identificar.

"Viram? Estão todos aguardando nossa chegada", disse o *vaquero* antes de dar um gole grande em uma garrafa de tequila clara. Meu pai e eu sorrimos cansados. Cem metros antes do carro de som, o locutor gritou: "Vamos dar boas-vindas calorosas a Rancho Grande para Filipe e seu pai!". A multidão, vestida de branco, aplaudia e gritava de alegria. Agradeci e apertei a mão de todos, montado em Frenchie. O locutor disse no alto-falante que nossa viagem havia trazido a esperança de alcançar a paz e que desfilaríamos pela cidade até a igreja, onde o padre iria nos abençoar.

Em uma entrevista para um jornal nacional em Torreón, disse ao repórter que uma Longa Jornada como a minha dependia, todos os dias, da bondade de estranhos. As pessoas me ajudaram com água, comida, um lugar seguro para ficar e feno para os cavalos por todo o caminho, de Calgary a Torreón. Estava registrando esses atos de bondade e, quando chegasse ao Brasil, produziria um documentário e escreveria um livro para compartilhar esse retorno positivo com outras pessoas.

"Caubói viaja pelas Américas a cavalo pela paz", lia-se na primeira página do jornal, logo acima de uma foto de Frenchie, Bruiser e eu, no dia seguinte. As palavras me deixaram em pânico. Não havia dito nada sobre paz pro repórter mexicano. Na verdade, havia sido cuidadoso em não mencionar a palavra. Em primeiro lugar, porque não acredito em "lutar" pela paz (a paz surge por meio da educação e da parceria econômica) e, em segundo lugar, porque sabia que com esse tipo de publicidade eu poderia ser assassinado pelos cartéis.

"Filipe está nos mostrando que podemos viver em paz uns com os outros! Rancho Grande é uma cidade que quer paz!", gritou o locutor enquanto íamos para a cidade em procissão. Homens, mulheres e crianças andavam atrás dos cavalos pelas ruas estreitas. Pessoas ficavam fora de suas casas para nos receber com sorrisos. "Vamos torcer para não ter ninguém do cartel aqui agora", meu pai sussurrou para mim.

Por ironia, no dia seguinte chegamos a Fresnillo, a cidade mais perigosa que já havíamos passado. Quando entrávamos na cidade, uma caminhonete da polícia nos parou no caminho e pediu que os seguíssemos até o *lienzo charro* onde os cavalos descansariam.

"Um tiroteio eclodiu na cidade e levaremos vocês por um caminho alternativo para o *lienzo*", disse um policial apenas com os olhos à mostra, segurando uma grande metralhadora. Nossos amigos de Rio Grande haviam pedido um favor a Fresnillo, e um *vaquero* local aguardava nossa chegada.

Os policiais que nos guiaram até o *lienzo* esperaram até que outra caminhonete chegasse com outro policial, antes de se despedir e partir. Helicópteros voavam em círculos sobre nós, enquanto novos homens camuflados perguntaram nosso número de passaporte e nome completo. Depois de semanas ouvindo histórias de terror da guerra contra as drogas e vendo o efeito dela na população e nas cidades, finalmente fomos alcançados por ela. O ar estava tenso no *lienzo*, enquanto alimentávamos os cavalos e deixávamos água suficiente para a noite. Tiros eram ouvidos à distância de tempos em tempos, nos lembrando de onde estávamos.

"Vocês dormirão no meu rancho essa noite, fica a dez quilômetros fora da cidade e estarão seguros lá", nosso gordo anfitrião mexicano ordenou. "Não queremos incomodar. Por que não ficamos em um hotel na cidade?", meu pai respondeu, desejando uma noite de privacidade e descanso.

"É perigoso demais na situação atual. Alguém no hotel poderia ligar para o cartel e avisar que há dois americanos hospedados lá. Podem pensar que trabalham para outro cartel e ir até lá para matar vocês. Ou fazê-los de reféns." As palavras dele deixaram o ar mais pesado do que já estava. Botamos nosso equipamento em um quartinho e entramos na caminhonete do nosso anfitrião. Na saída do *lienzo*, abaixei o vidro da minha janela para sentir o vento, mas ele rapidamente me pediu para subi-lo de novo. "Não queremos que ninguém veja seu rosto", reclamou enquanto passávamos por ruas vazias.

Nosso anfitrião parecia muito tenso até finalmente chegarmos à estrada sinuosa de terra que levava ao rancho dele. Ele se tornou outra pessoa quando chegamos. O rosto tenso e franzido que tinha quando o conhecemos se abriu em um sorriso acolhedor.

"A casa é de vocês", disse abrindo a porta de sua casa. Sofás de couro marrom um de frente para o outro e um quadro grande de um cavalo compunham o cômodo, além de esculturas de cavalos, bois e selas em uma pequena mesinha de centro perto de várias botas no chão próximo à entrada. Uma grande estante com vários chapéus de caubói de estilos e cores diferentes acompanhava a coleção de botas. "Sou um caubói como você e seu pai", disse batendo no peito.

A família do nosso anfitrião nos escondeu por dois dias em seu rancho, até que a situação se acalmasse em Fresnillo. Eles nos contaram sobre a briga de dois cartéis pelo controle da cidade, enquanto o exército os combatia. Uma luta livre mortal em plena cidade. "Antes, era apenas um negócio. Esses homens compravam e vendiam drogas e nos deixavam em paz. Isso é passado. Agora pessoas inocentes estão morrendo todos os dias", disse o pai do nosso anfitrião. E contou também como havia enfrentado duas tentativas de sequestro pelos cartéis.

"Entraram no meu escritório usando máscaras de esqui e me arrastaram para a rua. Tive sorte de escapar duas vezes", disse, fumando calmamente um cigarro. A atmosfera era sombria, mas gostamos do tempo que passamos com a família. Enquanto nos escondíamos na casa deles, aprendemos como cuidam de sua fazenda orgânica, sem dar hormônios aos animais e os criando soltos em um ambiente natural e livre de estresse. "Acreditamos que, por terem uma vida feliz enquanto estão aqui na fazenda, oferecemos a nossos clientes um produto muito mais saudável e saboroso", disse nosso anfitrião, enquanto observávamos porcos grandes roncando à sombra na lama.

Na manhã da nossa partida, a família anunciou que havia preparado um prato especial para o café da manhã. Grandes anúncios como esse nunca eram um bom sinal. O cheiro desagradável que vinha da cozinha me fez engasgar e querer fugir. "Fizemos uma sopa com intestinos de cabra para vocês provarem. É um prato tradicional aqui em Zacatecas", a matriarca da família disse por trás do jaleco branco. Eram seis e meia da manhã e quase desmaiei com a ideia de comer um líquido marrom avermelhado cheio de pedaços de intestino. Meu pai deu uma olhada no meu prato e disse que ele não comia antes de cavalgar. Olhei para ele com ódio nos olhos quando a senhora disse que estava tudo bem, que ele poderia comer uma torrada.

Mergulhei minha colher na sopa e levei-a aos lábios, soprando para esfriar. O vapor entrou no meu nariz e o cheiro ruim de ácido gástrico quase me fez correr e pedir ajuda aos cartéis. A sopa quente entrou na minha boca e tive que engolir depressa, tentando não pensar no gosto horrível. Com a sopa em minha barriga, o interior da minha boca queimava como lava quente com a pimenta.

Não apenas tinha gosto de vômito amargo, era o vômito amargo mais apimentado do mundo. A família inteira me olhava aguardando um comentário sobre o prato. "Ah, é tão nutritivo", disse com o sorriso mais falso do mundo, meu estômago se revirando de dor.

Suando como um velho na sauna, forcei lentamente toda a sopa garganta abaixo. Ao levar a última colher à boca, a velha senhora veio depressa me oferecer outra tigela. "Não, não, obrigado, estou cheio", respondi de maneira mais ríspida do que pretendia. Meu pai sorria como uma miss, enquanto mastigava sua torrada com manteiga. Limpei meus lábios com o guardanapo. Minha boca ainda pegando fogo e meu estômago doendo.

Deixamos Fresnillo do mesmo jeito que entramos, escoltados por policias fortemente armados. Depois de cavalgar quinze quilômetros, pararam e nos disseram que precisavam voltar porque estávamos saindo dos limites da cidade. Antes de me despedir, pedi a um dos policiais para tirar uma foto segurando sua metralhadora. Para minha surpresa, ele jogou a pesada arma automática em meus braços como se fosse uma raquete. Com um grande sorriso no rosto, pegou meu iPhone e tirou algumas fotos minhas segurando a metralhadora preta no ar.

*

Chegamos à capital do estado de Zacatecas com mais de trinta cavaleiros e a unidade da polícia montada local. Diferente da unidade de cavalaria que me acompanhou na saída de Calgary, esses homens e mulheres não estavam vestidos para impressionar. Estavam vestidos para assustar. Máscaras protegiam sua identidade, coletes pretos à prova de balas cobriam seu coração e órgãos vitais e um rifle preto amarrado nas costas guardavam suas vidas. Ainda assim, em meio a rochas, muros e cúpulas de igrejas, parecíamos cavalgar de volta para o passado, enquanto nossos cavalos pisavam em falso nas ruas de paralelepípedos.

Empresário de cara redonda e visionário em tempo integral, Manuel Sanchez Landa, apresentou sua cidade, agora um Patrimônio da Humanidade da Unesco, exibindo construções coloniais, igrejas, minas e museus. Visitamos um campo de batalha da revolução mexicana no mirante com vista para a cidade com suas três colossais estátuas de bronze de Panfilo Natera, Francisco Villa e Felipe Angeles; os três homens que lideraram essa vitória, do alto de suas montarias. Os cavalos estavam na batalha do Canadá para o Brasil. Eles araram campos, carregaram pioneiros para novas fronteiras. O cavalo foi essencial no desenvolvimento do novo mundo. O México é um dos poucos países que cruzei que não se esqueceu disso.

CAPÍTULO 25

Um mar de cavalos

Lição do dia: verdadeiros amigos fazem toda a diferença nas provações da vida.

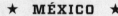

"Meu corpo está me matando", meu pai gemeu enquanto cavalgávamos para a cidade de Aguascalientes. Estava branco como um fantasma, os olhos brigando para ficarem abertos e, a cada passo, se contorcia para achar uma posição confortável na sela.

"Você é um homem ou um saco de batatas?", perguntei com um sorriso no rosto, mas preocupado.

"Sou um homem velho em seu juízo final", respondeu. Desde que saímos de Zacatecas, quatro dias antes, meu pai ficou muito doente. Parecia ser um resfriado forte, mas, na verdade, era sinal de exaustão. Depois de quase três meses cavalgando na estrada por longos dias e dormindo na barraca, seu corpo envelhecido começava a mostrar que havia chegado ao limite. Sugeri consultarmos um médico, mas como a maioria dos caubóis teimosos, ele se recusou.

"Só preciso de alguns dias de sono em uma cama confortável e estarei bom para continuar", disse enquanto esperávamos o dono do *lienzo charro* local chegar. Acomodamos os cavalos e compramos bastante alfafa para os dias seguintes. Meu pai iria descansar em um hotel próximo ao *lienzo* e ficar de olho nos cavalos, enquanto viajei para Monterrey com amigos de Zacatecas para a mais importante *cabalgata* no México: o Primeiro Encontro Nacional de *Cabalgantes*. Eu me sentia mal pelo meu pai, mas ele precisava descansar.

Manuel Sanchez Landa, o presidente da Federação que organizou o evento, me pegou e dirigimos seis horas para Monterrey. Às margens de um bonito lago artificial cercado por grandes montanhas, estacionamos a caminhonete e o trailer.

"Era um sonho antigo meu", disse Manuel olhando para as muitas famílias e cavalos acampando na margem do lago. "*Cabalgatas* fazem parte da nossa história e é um lugar em que não há competição, é muito importante para o povo mexicano", disse, com os olhos se iluminando, quando um *vaquero* alto veio em sua direção de braços abertos.

Os dois deram um forte abraço, como irmãos, e ainda com seu braço direito em volta dos ombros largos do homem, Manuel nos apresentou: "Filipe, esse é meu amigo e vice-presidente da Federação, Tono Aldeco. É apresentador de televisão aqui no México e um grande amigo de todos os *cabalgantes*".

"É uma honra conhecer um jovem corajoso como você." Ouvi isso muitas vezes, mas ainda me fazia corar com humildade. "*Cabalgatas* servem para se divertir com a família e os amigos e ao mesmo tempo viver uma grande aventura. Ajudam a mostrar ao mundo que os mexicanos são pessoas boas, que trabalham duro por um país melhor nos tempos difíceis que atravessamos", disse Tono, caminhando para seu *motorhome*, coberto de fotos suas sorrindo. Ele era famoso pelo programa no canal Televisa, *Bridon*, em que viaja pelo país filmando *cabalgatas*. A cada três passos era parado para tirar fotos com os fãs. Até os militares pareciam amar essa figura carismática.

"Eles amam o show que apresento", disse com um grande sorriso. "Quero que você experimente um pouco da tequila que vou lançar", e mandou que um moreno baixo pegasse uma garrafa de tequila e dois copos, e meu fígado morreu um pouco por dentro. "À sua extraordinária cavalgada até o Brasil", falou erguendo o copo ao céu. "Ao *Bridon*, meu amigo", disse quando nossos copos se encontraram. Nas horas que se seguiram conheci alguns dos mais poderosos *cabalgantes* do México, e Tono servia drinque atrás de drinque.

"Filipe, quero que conheça meu amigo Vidal", Tono me apresentou a um homem baixo e roliço, com a pele cor de chocolate ao leite. "Se não tivesse que trabalhar e alimentar meus filhos, cavalgaria até o Brasil com você", Vidal falou, rindo muito. "Quando você entrar no estado de Guanajuato, sua barraca ficará guardada. Você e seu pai serão recebidos em cada cidade", disse, me envolvendo com seu braço direito. Ele me deu um abraço e completou: "Obrigado, irmãozinho, agora vamos beber". E bebemos.

*

De volta a Aguascalientes, meu pai estava bem melhor. Com alguns dias de descanso, havia recuperado sua cor e sua voz, que havia quase perdido, estava de volta com sua força natural.

Na manhã da nossa partida para o estado de Guanajuato, ajudamos um motorista que havia ficado sem gasolina e empurramos o carro dele para um posto próximo. Eu me perguntei se o homem nos pediria para empurrar o carro tão longe se soubesse que ainda teríamos que viajar trinta quilômetros a cavalo.

E, às vezes, aquele ditado acontece: nenhuma boa ação fica impune. Tivemos uma série de quase catástrofes! Durante nossa cavalgada para fora da cidade, meu pai e Frenchie quase foram atropelados por um ônibus. Um operário de construção ligou uma grande serra, e o barulho repentino fez os cavalos dispararem para o tráfego, e um ônibus passou correndo e não os acertou por um milímetro! Apenas dois dias depois quase sofremos outra tragédia. Dessa vez, um menino que nos acompanhava com um grupo de *cabalgantes* perdeu o controle do seu cavalo e foi galopando para o meio da rodovia. O animal caiu de lado no meio da estrada. Um caminhão e um carro frearam cantando pneus a poucos metros do menino e seu cavalo. Meu pai e eu assistimos a cena inteira sem respirar.

"Ele é muito novo, não faz ideia do perigo que acabou de enfrentar, mas nasceu de novo", meu pai disse, enquanto o garoto ria do incidente com seus amigos.

Entramos em Guanajuato depois de atravessar uma pequena parte do estado de Jalisco, seguindo o *Camino Real*, usado pelos espanhóis para viajar do sul do México até Santa Fé, no Novo México. Feita de pedras arredondadas, a estrada era estreita, mas tranquila, com poucos carros. A primeira cidade que entramos em Guanajuato foi a charmosa cidade de León, e Vidal mantivera a promessa feita em Monterrey. Estava tudo providenciado: estábulos para os cavalos, alimentação, um lugar para dormirmos, pessoas para nos mostrar os lugares. Ele havia pensado em tudo. Toda noite, arrumava *cabalgantes* para cavalgar conosco, escolta policial, quartos gratuitos de hotel, jantares, flores, cobertura da mídia. Era ao mesmo tempo insano e incrível. Ninguém, pelos dez países que cruzei, abraçou minha viagem como Vidal.

"Estou tão orgulhoso por estar fazendo isso, irmãozinho, que tenho que fazer tudo o que posso para ajudar", disse, deslizando sua pulseira de ouro do pulso para o braço. Então me fez um pedido especial: entregou-me uma espada antiga, que carregava em sua sela, com o nome Vidal escrito no cabo, e perguntou se a levaria na minha Longa Jornada.

"Vou cavalgar com vocês até Tepotzotlán, o lugar em que cresci, e depois até a Cidade do México", Vidal disse antes de nos separarmos. Mais uma vez fiquei admirado com seu carisma e sua bondade.

CAPÍTULO 26

Carla

Lição do dia: *o grande desafio é ser honesto mesmo quando ninguém está olhando.*

Próximo à Cidade do México, tivemos a oportunidade de ver o espetáculo de circo que é a vida de alguns políticos latino-americanos. Quando chegamos a uma cidade sem nome, o prefeito nos esperava com uma festa especial em sua casa. Fomos recebidos por muitas pessoas generosas desde que chegamos a Chihuahua, mas nada havia nos preparado para essa festa.

"Filipe, você e seu pai são nossos convidados de honra. Farei tudo o que puder para tornar sua estadia agradável", sorriu o prefeito fedendo a álcool. Descarregamos os cavalos e os acomodamos nos estábulos reservados especialmente para eles, perto de sua pequena mansão. O prefeito tinha seus próprios cavalos espanhóis nos outros estábulos e um casal de veados.

Depois de guardar nosso equipamento, caminhamos em direção a um grupo de homens bem-vestidos em frente a uma casa de hóspedes. O prefeito e seus colegas políticos já estavam um pouco embriagados.

Meu pai e eu trocamos alguns olhares. Percebemos que éramos a atração principal. Eles me agarraram à força e começaram uma sessão frenética de selfies com iPhone, gritando perguntas todos ao mesmo tempo. Uma banda *mariachi* tocava em um canto da varanda, enquanto mais de vinte garrafas de uísque 15 anos desapareciam depressa de uma mesa grande de mármore, perto de caixas térmicas cheias de cerveja *Victoria*. Os homens cambaleavam bêbados atrás do microfone em um caraoquê.

Depois de umas duas horas naquele caos, o prefeito se aproximou e disse que tinha um presente especial para me dar. Entramos na casa de hóspedes, toda feita de pedra, e, em vez de um presente, sentada em uma mesa de plástico, estava uma menina que deveria ter 18 anos, vestida com um top de estampa de oncinha com um decote profundo, mostrando a maior parte da sua barriga e um short curto combinando. Ela se levantou para cumprimentar o prefeito com um beijo em cada bochecha, os longos cabelos cacheados se movendo em seus ombros. Sorriu com covinhas nas bochechas quando o prefeito nos apresentou. O nome dela era Carla.

"Faça o que esse jovem pedir, ouviu? Dê um tratamento especial a ele", disse antes de piscar para mim. "Estou orgulhoso do que está fazendo, Filipe, espero que goste do meu presente." Cambaleou para fora da casa, bateu a porta, e um silêncio estranho se instalou. Fiquei vermelho como um pimentão, olhando nos jovens olhos de Carla, sua boca em um meio sorriso. Eu era um idiota. E... um cavalheiro.

"Gostaria de tomar um drinque?", perguntei esperando que ela não ouvisse o nervosismo em minha voz. "Adoraria", disse, enrolando seus cachos com a mão esquerda. Servi dois drinques, ela se sentou e perguntou de onde eu era. Aparentemente era a única na cidade que não tinha ouvido falar de mim. Contei que era um brasileiro cavalgando do Canadá, e seu rosto se iluminou com entusiasmo. "Nossa, nunca trepei com um brasileiro", disse mordendo o lábio inferior.

"Olha, Carla, você é uma menina linda, não me entenda mal, mas eu não me sinto bem com essa coisa de pagar por sexo." "Mas o prefeito vai ficar bravo comigo", perdendo seu sorriso pela primeira vez.

"Ele não vai saber nunca, não se preocupe. Conversamos e bebemos por uma hora e então saímos daqui com o cabelo bagunçado. Vou dizer que você trepou comigo como se eu fosse um *rock star*." Ela riu, dando um grande gole em seu drinque. Dava para ver que não era o primeiro copo da noite pela facilidade com que o álcool desceu. Olhei para sua bela pele caramelo, suas coxas macias, seus lábios grossos e suas covinhas. Era uma deusa, cheirava a *guavas*. Se eu fosse solteiro e a tivesse conhecido em um bar, me sentiria atraído por ela, sem dúvida. Mas sabendo que havia sido paga para me dar prazer, não caía bem.

"É verdade que você cavalgou do Canadá até aqui?", Carla me perguntou. "Cavalguei, sim". "Eu amo cavalos, sabe. Meu menininho fica louco quando vê um cavalo." "Você tem um filho?" "Tenho um filho de 3 anos e uma filha de 1 ano." "Uau, você é tão nova pra ter filhos, Carla." "Fui estúpida e tive meu filho quando tinha 15 anos." "Você é casada?" "Era, mas meu marido foi preso, e não estamos mais juntos."

Enquanto bebíamos um drinque atrás do outro, ela me contou que seu marido havia tentado matá-la com uma faca uma noite. Ela passou o dedo indicador sobre uma grande cicatriz em sua coxa esquerda, mostrando o ponto em que ele a esfaqueara.

"Pensei que ele ia me matar naquela noite. Estava usando drogas e bebendo muito", disse, terminando mais um drinque. Ela me fez pensar em minhas irmãs, minha mãe e minha namorada. Ela me lembrava um pouco de todas elas. Suas covinhas infantis. Seus belos olhos castanhos. O sorriso impressionante. Ela era uma mãe, uma irmã e uma filha que vendia seu corpo para se manter. "Meus pais acham que eu trabalho em uma fábrica e estão sempre perguntando onde eu arranjo dinheiro. Digo a eles que sempre sou promovida."

Antes de sairmos, botei minhas mãos na cabeça de Carla e desarrumei seus cabelos cacheados. Nenhuma mulher gosta que mexam em seus cabelos, mas ela deixou. Passei meu braço em volta dela, peguei a garrafa de uísque e saímos da casa de pedra, em direção aos homens. Sorriram para mim, e eu sorri de volta, levantando a garrafa. Depois de segundos lá fora, Carla já dançava com um, dois, três, quatro homens, procurando seu próximo trabalho. Sentei e a observei enquanto hipnotizava os homens. Às quatro da manhã, com outra banda tocando, bêbado e exausto, decidi encerrar a noite. Agradeci ao prefeito e me juntei ao meu pai, que dormia há horas.

No dia seguinte, quando acordei por volta das 8h, o rancho estava silencioso. O empregado que limpava a bagunça no jardim me contou que às seis da manhã, o chefe de polícia estava atirando para o alto, enquanto vários políticos vomitavam. Não podia acreditar. Quando perguntei onde estavam todos, disse que haviam ido a um evento especial oficial naquela manhã junto com o prefeito, direto da festa. Eu ri e ele disse que isso era normal.

Depois do almoço, para meu espanto, começou tudo de novo. Uma banda instalada no mesmo lugar da noite anterior e caixas de bebida foram entregues. Logo chegou o prefeito seguido por seu séquito, e a festa de arromba começou. Coca, bebidas e, perto da meia-noite, havia homens vomitando em vasos, dormindo no chão e dançando nas mesas.

Era tão ridículo. Esses homens educados, que administravam essa cidade, estavam bebendo e usando drogas até apagarem, tudo patrocinado pelo prefeito, usando o dinheiro da cidade, com certeza. Essa cena pode parecer inverossímil, mas ficaria surpreso com o quão comum é em minha América Latina. Pessoas morrendo de fome, enquanto outros se esbaldam com prostitutas, álcool e cocaína, usando o dinheiro público.

CAPÍTULO 27

Cidade do México

Lição do dia: *a fé motiva o cavaleiro mais cansado a chegar a seu destino.*

★ CIDADE DO MÉXICO ★

Vidal voltou após uma semana e cavalgou conosco até a cidade onde cresceu: Tepotzotlán. Depois de cruzar dez estados mexicanos, estávamos há apenas sessenta quilômetros da Cidade do México, a maior das Américas. Três meses antes, enquanto saíamos de Ojinaga, sem conhecer nem uma alma naquela terra perigosa, a ideia de chegar à capital federal parecia quase impossível. Era realmente um milagre chegarmos vivos, considerando tudo o que poderia ter dado errado no caminho. Meu pai estava determinado a finalizar sua travessia na Basílica de Nossa Senhora de Guadalupe, lar da santa padroeira do México. "Pedi muito pra Nossa Senhora de Guadalupe nos proteger. Quero agradecê-la em seu próprio lar", disse, fazendo o sinal da cruz.

À medida que nos aproximávamos da Cidade do México, as desoladas estradas de oito carros por dia do norte do país se transformavam em rodovias de quatro faixas com centenas de caminhões andando a milhão. Para nossa segurança, Vidal nos conduziu a uma rota alternativa para Tepotzotlán e nos manteve longe das vias maiores.

Em Tepotzotlán, tivemos uma recepção maravilhosa, com direito a cem pessoas nos esperando e ao hino nacional brasileiro sendo tocado, enchendo-me de doces memórias do meu lar.

Na manhã seguinte, durante o café, conversamos com *cabalgantes* locais para criar um plano de como entrar na maior cidade das Américas a cavalo, o que não seria uma tarefa fácil. Vidal organizou um grupo de homens que haviam realizado, alguns anos antes, uma peregrinação de Tepotzotlán até a Basílica de Guadalupe, e sabiam o caminho mais seguro e rápido. Sugeriu que partíssemos às 2h da manhã do domingo seguinte. Assim, chegaríamos à cidade bem cedo, o que minimizaria o risco de pegarmos um trânsito pesado de carros.

"Parece o melhor jeito de fazer isso", disse meu pai, que tinha medo de ser atropelado por um carro em estradas cheias. Sempre que cavalgávamos perto do trânsito, ficava tenso por horas. Para cada veículo que passava muito perto, soltava um palavrão. Às vezes, quando eu olhava para trás, lá estava ele conduzindo os cavalos a pé.

"Poderia cavalgar pelo deserto mais três vezes, mas não quero nunca mais cavalgar por essas estradas cheias de novo", disse mais de uma vez à medida em que avançávamos para o sul. A força física e mental exigida para ir de Ojinaga a Tepotzotlán estava começando a pesar sobre seus ombros. Eu conseguia ver que ele estava mais do que pronto pra voltar para casa, pra minha mãe e minhas irmãs. Sempre imagino que dores deve ter sentido nas noites em que dormimos sobre as selas dos cavalos, naquela pequena barraca. Se minhas pernas e minhas costas latejavam de dor aos 26 anos, imagino o corpo de meu pai, já na casa dos 50. Depois de viver essa grande aventura ao lado dele, que sobreviveu mil milhas na sela e escreveu seu nome na Associação dos cavaleiros de longa distância, eu não poderia me sentir mais orgulhoso de sua coragem, resiliência e amor pelos cavalos e por mim. Juntos, vivemos um sonho construído pelo pai e cumprido pelo filho. Apenas 35 quilômetros separavam meu pai de sua linha de chegada.

*

Meu alarme disparou. Era uma e meia da manhã; hora de montar e cavalgar até a Cidade do México. "Isso vai ser uma loucura", disse meu pai, enquanto montávamos no escuro.

Depois de três meses no México, nossa última cavalgada juntos tinha que ser mais uma aventura épica. Entrar na terceira maior metrópole do mundo seria uma tarefa difícil e perigosa. Às 2h20 da manhã, cruzamos as ruas vazias de Tepotzotlán e, enquanto saíamos, outros cavaleiros juntaram-se a nós na escuridão. Ao deixarmos a cidade, sete *cabalgantes* nos acompanhavam. Sem esses bondosos e corajosos homens, meu pai e eu não teríamos sido capazes de realizar essa complexa cavalgada.

"Não se preocupem, quando fomos até a Basílica de Nossa Senhora de Guadalupe como peregrinos, escolhemos a rota mais segura", disse um dos *vaqueros*, com as luzes da cidade brilhando à nossa frente, a distância.

Éramos apenas mais dois peregrinos que desejavam agradecer a Nossa Senhora de Guadalupe por nos proteger em nossa travessia. A fé de meu pai é muito forte. Diagnosticado com câncer na bexiga alguns anos antes, acredita que foram suas preces para Nossa Senhora da Rosa Mística que o curaram. Ele tem uma imagem da santa que leva sempre que precisa pegar um voo. Carrega medalhinhas de santos nos bolsos de suas calças, e as beija toda manhã e toda noite. Se passa por uma igreja ou cemitério, tira seu chapéu de caubói e faz uma pequena prece. É um fiel, por isso a importância de terminar sua jornada nesse local de devoção.

"Nunca em minha vida imaginei entrar na Cidade do México a cavalo", disse com um grande sorriso, o sol nascente tingindo seu rosto de laranja. Pelas três horas seguintes, percorremos as largas ruas da cidade, enquanto as pessoas nos olhavam estupefatas. Foi uma cena inesquecível. Em certo momento, quase ocorreu uma tragédia: um veículo em alta velocidade recusou-se a parar quando tentávamos atravessar a pista. Com metade dos cavaleiros já no meio da pista, e a outra metade começando a atravessar, o carro acelerou, forçando nossa separação. Por sorte, todos conseguiram sair do caminho, e o carro passou voando e buzinando para nós. Às 10h30 da manhã, cercados por um mar de gente, chegamos à Basílica de Guadalupe.

"Conseguimos! Conseguimos!", comemorava meu pai, enquanto me abraçava ainda em cima da montaria. "Vamos agradecê-la por nos manter a salvo e pedir proteção para você, no resto de sua Longa Jornada." Apeamos e atravessamos os portões altos, de metal negro. Passamos direto pela nova Basílica, que parece uma nave especial e comporta cinquenta mil devotos, e seguimos até a igreja original, velha e torta.

Ainda com sua calça de couro, meu pai adentrou a igreja, ajoelhou em frente à imagem de Nossa Senhora de Guadalupe, seu chapéu de caubói na mão e começou a rezar. Nossa viagem pelo México passava como um filme pela minha cabeça. Estava tão orgulhoso do meu velho. Ele havia conseguido. Mas isso também significava que, novamente, eu viajaria sozinho. Os cavalos e eu. Procurando água, um lugar seguro para dormir. Algo para comer. Reprimi esses pensamentos e deixei a poderosa fé de meu pai me embalar enquanto agradecia ao Universo.

"Obrigado por me proporcionar essa experiência, meu filho", meu pai me abraçou. "Obrigado por me dar esse sonho, pai", disse, sentindo as batidas de seu coração contra o meu.

CAPÍTULO 28

Sozinho de novo

Lição do dia: *não há nada que uma boa festa não resolva.*

Sentado num bar com vista para o Zácalo, o coração do centro histórico da Cidade do México, comia gafanhotos fritos e me sentia o ser humano mais solitário do planeta. Lá embaixo, a grande praça estava cheia de famílias, vendedores e turistas. Meu pai havia voltado para o Brasil. Na outra ponta da praça estava a majestosa Catedral Metropolitana, uma das igrejas mais antigas do México. Não pude evitar a lembrança das preces de meu pai, que queria a minha segurança e estar em casa. Eu queria estar em casa.

Caminhei até o Rancho Grande de la Villa, o *lienzo charro*, onde os cavalos descansavam. O sol quente da manhã batia no meu chapéu branco de caubói, me fazendo suar com o peso das malas cor de laranja que carregava pelas ruas lotadas. Com um nó na garganta, montei. Estava pronto pra partir. Deixar meus cavalos, selas, roupas. Deixar tudo pra trás e comprar uma passagem de volta pro Canadá, para minha doce Emma. Sentia sua falta mais do que tudo. Voltar para a segurança de Toronto.

Tentando pensar em outras coisas, comecei a falar com os cavalos, contando-lhes que General Cuencamé estaria seguro no México, com Vidal adotando o pequeno burro. montando Bruiser, Frenchie logo atrás com o cargueiro e Dude do seu lado sem nada no lombo, partimos a maior cidade das Américas. Os primeiros quilômetros foram complicados, com os carros buzinando e passando em alta velocidade. Tinha esquecido como era difícil conduzir não um, mas dois cavalos atrás de mim. Eles brigavam entre si, tentavam comer, paravam pra fazer xixi, tudo isso enquanto eu penava pra segurar os cabos do cabresto e não deixá-los cair. No primeiro dia, tudo foi uma batalha.

Nosso segundo dia na estrada nos presenteou com uma bela vista do vulcão de Puebla de Popocatepétl. A neve cobria sua ponta afunilada, e uma fina linha de fumaça subia de seu interior. Se não fosse pelo fluxo constante de carros em alta velocidade, que só diminuiu quando atingimos a fronteira guatemalteca, teria sido um dia praticamente perfeito. Na maior parte do dia, subimos por uma passagem que deixava pouquíssimo espaço para nós na estrada sinuosa. À direita, a face acidentada da montanha nos mantinha à beira do abismo. O vento produzido pelos caminhões que passavam por nós quase levou meu chapéu algumas vezes. Mesmo mantendo Frenchie e Dude à direita de Bruiser, toda a bagagem dificultava que os palominos dividissem o espaço limitado.

Finalmente começamos a descer a montanha por volta das 4h da tarde. Chegamos a uma pequena cidade chamada Rio Frio. Perguntei a um velho cavalheiro onde poderia achar um lugar para meus animais descansarem, e ele apontou para uma velha igreja. Quando alcançamos a decadente construção, meus olhos se arregalaram ao ver um grande curral circular. Foi como encontrar água no meio do deserto. Fui até a casa próxima ao curral, feita de grossas tábuas de madeira escura, e perguntei à família a quem ele pertencia.

"É o curral da cidade, mas você pode usá-lo sem problema algum", disse uma mulher de uns 60 anos, com um sorriso caloroso. Enquanto desarreava os rapazes, a família inteira parou na frente do curral, observando com olhos curiosos.

"Você veio ao lugar certo, somos uma boa família e não vamos roubá-lo", disse a matriarca, apoiando-se na cerca com seu vestido rosa desbotado. "Pode deixar sua bagagem em nossa casa. Estará mais segura aqui", disse, instruindo seus filhos a me ajudar a carregar tudo para dentro. Os garotos mais novos estavam ansiosos para ajudar e me faziam um milhão de perguntas. Eles se apaixonaram pelos cavalos e não conseguiam acreditar que eu tinha cavalgado desde o Canadá até ali.

"Meu Deus, você não tem medo de não saber onde vai dormir a cada noite?", perguntou o caçula. "Fico ansioso, mas não sinto medo. Sempre encontro famílias boas como a sua." Minhas palavras abriram um largo sorriso em seu rosto. Nos últimos nove meses, sempre encontrava algum lugar para chamar de lar. Mesmo quando as coisas pareciam estar saindo do controle, no fim, tudo sempre dava certo.

As crianças me levaram até uma casa próxima pra comprar dois fardos de feno e, depois que alimentamos os cavalos, me ofereceram uma xícara de café. Enquanto bebericava o líquido quente, um rapaz de uns 20 anos, com um boné do avesso, uma camisa puída de algum time de futebol mexicano e jeans detonados se aproximou do curral em sua bicicleta. Tinha o olhar de viciado, e eu tive um pressentimento ruim.

"Você não vai deixar esses cavalos a noite toda aí, vai?", a pergunta tinha um tom estranho. "Vou dormir na minha barraca bem ao lado do curral, eles vão ficar bem", tentei parecer confiante, mas sua pergunta me deixou inquieto. "Não os deixaria aí se fosse você, cara. Esta cidade está cheia de ladrões que roubariam cavalos assim sem nem te acordar." "Tenho o sono leve, ouço uma agulha caindo e já acordo", mas a verdade era que tinha o sono tão pesado que mesmo se levassem meus cavalos de helicóptero, provavelmente não acordaria.

"Está vendo aquela construção no fim da rua, aquela cinza e comprida?", perguntou. "Sim." "É um matadouro de cavalos. Olha quanta carne seus cavalos têm, cara, isso é dinheiro pras pessoas daqui", seu olhar era maligno e o tom de sua voz me arrepiou a espinha. "Vai ficar tudo bem. Obrigado pelo aviso", disse indo até a casa da família.

O rapaz soltou uma gargalhada terrível, enquanto ia embora em sua velha bicicleta prata. Agora eu estava realmente apavorado. Contei à matriarca da família sobre a conversa, e me disse que ele não estava falando sério, que não devia acreditar nele. "Não se preocupe. Seus cavalos estão seguros aqui."

Enquanto montava minha barraca ao lado do curral, um homem sem camisa saiu do matadouro carregando metade de um cavalo em suas costas. Da cabeça à cauda, o corpo do cavalo estava mole sobre as costas do homem. A carne cor-de-rosa pingava sangue enquanto caminhava, com botas brancas de plástico, para um prédio do outro lado da rua. Não sabia se chorava ou vomitava. Os olhos apavorados que vi naquele caminhão no Texas, os cavalos em sofrimento que encontrei em Presidio, na fronteira, e agora esse cavalo morto sendo carregado por um homem mexicano... O destino queria me contar essa história. Meus cavalos me trouxeram até aqui. A cena grotesca aumentou ainda mais meu receio de que algo acontecesse a Bruiser, Frenchie e Dude. Felizmente, o senso materno da matriarca me salvou quando ela notou o quanto estava preocupado.

"Olha, só pra garantir, vou pedir que meu marido estacione sua caminhonete na entrada do nosso terreno, daí você pode amarrar seus cavalos aqui dentro e colocar sua barraca ao lado deles. Assim você vai ter uma boa noite de sono", disse, sorrindo. Mas era impossível dormir. Eu me revirei a noite toda com a imagem daquele cavalo morto assombrando meu sono. Perto das cinco da manhã já estava de pé, arrumando minhas coisas. Os cavalos defecaram por todo lado e fizeram uma bagunça na parte da frente da casa. Sei como se sentiam. Encontrei uma velha vassoura e limpei tudo o melhor que pude. Depois de uma xícara quente de café, despedi-me de meus anfitriões e deixei Rio Frio.

Depois de alguns dias cheguei à cidade de San Martín. Meu plano era passar a noite lá e cavalgar até Puebla na manhã seguinte, onde deixaria os cavalos descansarem por dois dias. No fim da tarde, chegando ao *lienzo charro* de San Martín, vi um grupo de *charros* conversando perto de um trailer para cavalos. Cavalguei até eles e, enquanto me encaravam com ar confuso, contei minha história.

"Vocês acham que posso deixar meus cavalos descansarem aqui esta noite?" "Só se você ficar para o fim de semana e curtir com a gente," disse um *charro* de 24 anos, atarracado e de boa pinta, me passando uma cerveja gelada. Os outros quatro homens, todos na casa dos vinte, explodiram em uma gargalhada que eu conhecia bem. Era a risada inocente de meus próprios amigos de Toronto. Homens que bebiam cerveja, corriam atrás de mulheres e amavam a vida, empolgados com a existência que estava apenas começando, sem o espírito endurecido pelas dificuldades da vida.

Desarreei os cavalos, respondendo a todas as perguntas dos *charros*, e coloquei minha bagagem na parte de trás da caminhonete de um deles. Começaram a preparar suas próprias montarias para treinar, enquanto um deles me levava para comprar alfafa. Na volta, parou em um bar pra comprar uma garrafa de *Pulque***.

"Isso aqui é cem por cento Puebla", disse, me passando um copo de plástico com o líquido viscoso. "Nossa, essa merda é forte", disse, contraindo os músculos do pescoço e sacudindo a cabeça. Ele riu alto. Senti-me muito à vontade entre os *charros* de San Martín. Era como se estivesse com os caras que cresceram comigo. E era exatamente o que precisava naquele momento.

"Hoje iremos a uma *charreada*", disse José, líder dos *charros*, quando acordou cansado e de ressaca no dia seguinte. Vivia em uma casa sem acabamento, com paredes e piso de concreto cinza. O chuveiro era um balde de água que amavelmente aquecia antes de me acordar. O café da manhã era, como em tantas outras ocasiões no México, os *taquitos* do vendedor da esquina. Dirigimos até o *lienzo charro* na velha caminhonete do irmão de José para alimentar meus animais. Depois que os outros *charros* chegaram, preparamos os cavalos e começamos a viagem de uma hora até o local da competição.

"Hoje você vai ver os bastidores do esporte nacional do México", disse José, enquanto um gemido rouco veio do motor da caminhonete. Uma nuvem de

---

** O *Pulque* é feito da seiva espumosa de uma planta chamada Maguey, que demora doze anos para crescer. Como a bebida lembra o gosto de remédio, diferentes sabores de fruta são adicionados a ela, para deixá-la mais agradável. Achei muito forte, e sua textura viscosa não me desceu bem. No entanto, isso não me impediu de beber.

fumaça subiu do capô, e o veículo parou por completo. "Precisamos de outro caminhão para transportar estes cavalos. O motor superaqueceu", explicou o motorista. Por um momento, imaginei que o dia havia acabado. Achei que todos ficariam desanimados e desistiriam. Em vez disso, enquanto um dos *charros* ia atrás de outra caminhonete, os outros viravam tequila ao som de uma música altíssima que vinha do som da caminhonete quebrada.

Então, começaram a se exibir: o que começou com um deles tentando me ensinar a *florear*, ou seja, manejar a corda, tornou-se uma demonstração de *charro*. Um de meus novos amigos brincava com sua corda no meio da rodovia, pulando pra frente e pra trás, em movimentos graciosos. Logo outro *charro* subiu na cabine da caminhonete e fez o mesmo.

No México, não há problema que uma festa não resolva. Como me disse um *vaquero* uma vez, "os mexicanos arranjam qualquer desculpa pra festejar. Se estiver ventando muito, damos uma festa. Se chover, festa. Se fizer sol, festa". E era isso que fazíamos na lateral daquela rodovia escaldante, até que o novo veículo chegou. Os *charros* rapidamente vestiram seus trajes tradicionais, e partimos.

Antes mesmo que a caminhonete parasse no *lienzo charro*, todos desceram para preparar seus cavalos. Estávamos vinte minutos atrasados, e a competição já ia começar. Assim que o anunciante começou seu discurso de boas-vindas, os rapazes entraram na arena com seus cavalos. Enquanto esperavam, organizaram os cavalos em um círculo fechado, as cabeças para o centro, e segurando seus grandes sombreiros no peito, fizeram uma prece. Com os olhos fechados, todos disseram as mesmas palavras em ritmo cantado. Então, finalizando com um amém bem alto, cumprimentaram-se um a um, desejando boa sorte com um aperto de mão, um abraço apertado e um tapinha nas costas. Adorei ver essa demonstração de afeição fraterna.

"Por favor, deem as boas-vindas aos *charros* de San Martín", e a plateia aplaudiu enquanto os rapazes adentravam a arena lado a lado. A primeira prova da competição era a *Cala de Caballo*, em que os cavaleiros galopam até o centro da arena oval e fazem seus cavalos deslizarem até parar, sem perder o ritmo.

Depois vinham as *Colas*, derrubar um boi puxando-o pela cauda, o *Passo de la muerte* e também laçar as mãos de um cavalo para derruba-lo. Amei assistir a todas as provas, pois demonstravam o poder dos quartos de milha e a habilidade dos *charros*.

Atrás das cercas, ajudei o montador do touro a se preparar. Diferente da montaria de touros tradicional, aqui, o *charro* pode usar as duas mãos para se manter em cima do animal. Quando a porteira abriu, o touro negro se soltou em um caos de corcoveadas. O *charro* se segurava e eventualmente levantava a mão esquerda, usando apenas a direita para se segurar. Quando o touro finalmente parou, após alguns minutos saltando pela arena, ele passou a perna esquerda pelo lombo do animal e desceu. A multidão veio abaixo. Os *charros* de San Martín não ganharam a competição, mas foram os que mais se divertiram.

Na manhã seguinte, um dos rapazes me levou para visitar uma belíssima *hacienda* chamada Tepalca. Construída no século XVI, o complexo era uma das poucas *haciendas* que não foram destruídas durante a Revolução Mexicana. Era o lar de Florinda Viveros del Valle, uma bela mulher de 90 e poucos anos, com uma cabeleira encaracolada e branca como neve. Ela viveu na *hacienda* por toda sua vida, construída pelo bisavô de seu avô.

Depois de me mostrar toda a propriedade, Florinda me levou para visitar a grande biblioteca em que os livros se empilhavam até o teto. A sala continha livros escritos na língua nativa daqueles que habitavam o território antes da construção da *hacienda*, documentos oficiais da Revolução e registros da vida no local que datavam de até quinhentos anos. Ela nos serviu um cálice de licor francês e fez muitas perguntas sobre minha jornada. Bebemos na sala de estar, com gafanhotos fritos de acompanhamento, e senti como se tivesse voltado no tempo, sentado ao lado da doce Florinda em seu sofá de estampa floral antiga.

CAPÍTULO 29

Bem-vindo à selva

Lição do dia: *a esperança de vencer alimenta a vontade de lutar.*

★ VERACRUZ ★

Durante os primeiros dez meses de nossa longa jornada, meus animais e eu havíamos nos aventurado por montanhas, rios, desertos, neve, florestas e muitos vilarejos e cidades. Ao adentrar o estado de Veracruz, fomos recebidos pelo calor tropical da selva. Era um forno de umidade intensa dentro do qual sofreríamos até chegar à fronteira panamenha.

Minha camisa, ensopada; meus jeans, apertados e molhados. O ar denso e abafado era como uma parede que tentava nos impedir de avançar. Mesmo em marcha lenta, os cavalos ofegavam e bufavam. Eu me sentia como se estivesse dentro de uma infinita panela de água fervente, dentro de um enorme forno ligado no máximo. Uma floresta densa e verdejante nos rodeava. Árvores com grandes folhagens verde escuro erguiam-se a 25 metros do chão, enquanto trepadeiras, musgos, orquídeas, bromélias, samambaias e palmas penduravam-se como cortinas entre elas. A floresta era uma entidade que respirava, vivia, gritava, uma algazarra de milhares de diferentes insetos, pássaros e animais. Cavalgar na selva foi um enorme contraste com o pesado silêncio do deserto que havia cruzado apenas algum tempo atrás.

Chegamos a Córdoba com quarenta graus. Meus olhos queimavam com o sal do meu próprio suor. Embaixo da sombra de uma alta árvore de *ceibo*, liguei para um homem chamado Julio Mercado. Os *charros* de San Martín, Puebla, haviam me passado seu contato. Pedi-lhe uma ajuda para cruzar o estado.

"Filipe, estávamos aguardando ansiosamente sua chegada", uma voz animada me disse do outro lado da linha. "Vou dirigir até o *lienzo* pra te encontrar." Seguindo suas instruções, cavalguei por quatro quilômetros no sol ardente da tarde e, depois de uma hora, encontrei o *lienzo charro* entre duas fileiras de bananeiras. Descendo pela longa rodovia, dei tapinhas nos pescoços encharcados

dos cavalos e os agradeci pelo trabalho naquele dia escaldante. "Agora descansem, rapazes."

Julio Mercado nos recebeu de braços abertos. Desarreei os cavalos, e me levou até seu lar, onde conheci sua filha, seu filho e sua esposa. Sua humilde casa era decorada como um templo aos cavalos. A sala era revestida de papel de parede estampado com cavalos galopando e uma grande tela a óleo de um cavalo baio esticando a cabeça para fora do estábulo, olhando para um fardo de feno com um gato de celeiro em cima, ornamentava uma das paredes.

"Minha vida, meu trabalho... É graças a eles que ganho meu dinheiro e alimento minha família. Esse amor pelos cavalos é um legado de meu pai. Ele o herdou de seu pai, e, agora, eu o passo a meus filhos", disse, mostrando as fotos de sua infância junto aos cavalos. "Você gostaria de provar roupas *charro* tradicionais?", Julio perguntou, seus olhos brilhando de animação. Em poucos minutos, eu era um *charro* brasileiro da vida real.

"*Orale*", disse sua filha com um belo sorriso de lábios cheios. Todos sorriram, e fiquei vermelho como um tomate. Vesti uma camisa marrom feita de um fino tecido, com detalhes dourados bordados no peito, nas mangas e em torno dos botões. As calças eram feitas de lã cinza, combinando com o grande sombrero com os mesmos motivos dourados da camisa. Uma gravata azul marinho arrematava a vestimenta, com uma flor amarela bordada do lado esquerdo. Estava um calor dos infernos, mas eu estava ótimo!

Depois da brincadeira, juntei-me à família para uma deliciosa refeição. O aroma do molho do macarrão estava tão forte que meu estômago roncou alto. Só aí eu percebi que não tinha comido nada desde o café da manhã. O calor intenso tinha me impedido de sentir fome.

"Amanhã teremos uma competição de *escaramuza*, você gostaria de assisti-la conosco?", perguntou Julio enquanto comia uma taça de sorvete. Sorri enquanto comia minha sobremesa. "Quando cheguei ao México, passei um tempo com os melhores *escaramuzas* do país, os *Soles del Desierto*. Mas nunca vi uma competição. Fui a muitas *charrerias*, mas nunca houve *escaramuzas*."

"Ah, sim, conhecemos os *Soles*. Ganharam a competição nacional no ano passado. São muito bons", disse, radiante com o fato de eu os conhecer. "Você vai se apaixonar pelas cavalgadas de *escaramuzas*. São muito graciosas. É lindo."

No dia seguinte, na competição, apaixonei-me perdidamente. As mulheres, usando longos vestidos adornados e coloridos, cavalgavam com selas de amazona pela arena oval e depois nos deixavam maravilhados com sua destreza na equitação. Ao som de canções mexicanas tradicionais, executavam padrões complicados, galopando em perfeita sincronia. Depois de ver tantos cavalos sofrendo durante minha jornada, assistir a essas jovens flutuando com seus melhores amigos fez meu coração sorrir.

*

Recomposto e bem descansado, despedi-me da família de Julio com abraços, agradeci por sua generosidade e parti. Infelizmente, minha bateria emocional não durou muito tempo. Partindo de Córdoba, seguimos até Tierra Blanca durante uma longa e quente semana.

Todos os dias, lá pelas 7h da manhã, os cavalos já começavam a suar apenas pelo ato de comer feno. O calor era infernal durante as 24 horas do dia, sem nem um momento de alívio sequer. Tudo me incomodava. O sol quente, o ar denso e úmido, o suor descendo lentamente pela minha testa, as malditas picadas de mosquito pelo corpo todo. Eu me sentia como um viciado em heroína, minha própria pele me enlouquecendo, como se houvesse milhões de aranhas andando sobre ela. Queria rasgá-la com minhas próprias unhas, até que sangrasse. Já havia sentido calor antes, mas aquilo era diferente. O calor tropical devora a mente e deixa o homem completamente louco, com a febre da selva.

Exausto e precisando desesperadamente de uma ducha fria, cheguei em Tierra Blanca depois de quatro dias na estrada. Julio Mercado já havia telefonado para os *charros* locais, que deixaram estábulos preparados para os cavalos descansarem. Depois de dar-lhes comida e água, fui levado a um hotel local. Estava cansado demais até para formar palavras.

Arrastei-me pelas escadas de mármore branco até a recepção. Um homem de meia-idade estava sentado atrás do balcão, fazendo palavras cruzadas. A seu favor, posso dizer que não me expulsou como a um mendigo. Cambaleei até meu quarto e, depois de lutar pra conseguir tirar as botas, que estavam quase coladas a minhas meias encharcadas de suor, eu me despi e fui pro chuveiro.

O cheiro repulsivo dos meus pés, uma mistura de queijo nacho com carne seca, me deu vontade de incinerar minhas botas. Fiquei imóvel embaixo do chuveiro, deixando a água fria lentamente me trazer de volta à vida. Depois do banho, deitei nu na cama com o ar condicionado no máximo, deixando o ar fresco aliviar minha pele queimada e picada por mosquitos. Depois de meia hora, desmaiei embaixo das cobertas, feliz por sentir frio, como se estivesse no mais rigoroso dos invernos canadenses. Dormi tão profundamente que, pela primeira vez em uma semana, não cocei as centenas de picadas que assolavam meu corpo.

Na manhã seguinte, durante o café da manhã, os *charros* de Tierra Blanca me disseram que eu tinha chegado à cidade no momento perfeito. "Esta à noite teremos o *carnaval*," disse um homem barrigudo. Sou brasileiro, portanto, a palavra *carnaval* me animou muito. Só em pensar na música, nas cores e no caos que tomariam conta da cidade, meu coração acelerou.

No entanto, a conversa ficou séria bem rápido. Eles me contaram como a cidade via passar milhares de imigrantes ilegais vindos da América Central todos os dias. Deitados em cima dos trens, guatemaltecos, hondurenhos e nicaraguenses rumavam para os Estados Unidos, em busca de uma vida melhor, uma migração de puro desespero.

Pedi a meus anfitriões de Tierra Blanca que me levassem à estação de trem para que pudesse ouvir as histórias dessas pessoas. Quando chegamos, fiquei impressionado com as centenas de pessoas sujas e famintas, deitadas em locais com sombra, aguardando a chegada do próximo trem. Muitas já estavam viajando há um mês ou mais, desesperadas para chegar aos Estados Unidos, ganhar dinheiro e mandar para suas famílias.

Filmei e entrevistei algumas pessoas, mas os amigos que haviam me levado até a estação entraram em uma discussão com um policial que queria impedir a filmagem dos imigrantes. Eles tentavam convencê-lo a meu favor, porém, quando vi o tumulto, decidi que era hora de ir embora.

Fomos até um albergue próximo à linha do trem, que ajudava mais de uma centena de imigrantes por dia. O lugar, onde vários voluntários trabalhavam, era protegido por uma grande parede de tijolos e um portão de metal, e era seguro para dormir, encontrar medicamentos e um bom prato de comida.

Quando caminhei até a praça da cidade para encontrar meus novos amigos e comemorar o *carnaval*, meu coração já não estava na festa. As crianças molhavam umas às outras com pistolas de água nas ruas lotadas. Era possível escutar música caribenha em todas as esquinas. Adolescentes andavam em gangues animadas, gritando e dançando os ritmos envolventes. O calor da tarde parecia participar da festa, fazendo o suor escorrer das coxas das mulheres que usavam minissaias e tops curtos. O doce aroma do sexo emanava do caos da multidão.

Quando encontrei meus amigos, estavam todos com cervejas na mão e sorrisos no rosto. Dançavam, saltavam e se penduravam uns nos outros, enquanto carros alegóricos grandes e coloridos passavam por nós com suas beldades de biquíni, pele besuntada de óleo e corpos perfeitos. Os homens gritavam para as deusas nos carros, enquanto suas namoradas batiam neles com bolsas, sandálias ou qualquer objeto que pudessem encontrar.

Rimos e dançamos até altas horas da noite, mas os tambores e fantasias extravagantes não foram suficientes para apagar a profunda tristeza que eu sentia. No meio do *carnaval*, só pensava nas pessoas nos trilhos do trem. *Será que eles comeram algo esta noite? Será que escutam a música e as gargalhadas? Será que sentiam saudade de suas famílias e seus amigos como eu estava sentindo?* Percebia a ironia da diferença entre o desespero da viagem que faziam e o relativo luxo da minha. Estávamos todos buscando sonhos, mas o meu parecia bastante superficial naquele momento. Despedi-me de meus amigos e voltei para o hotel, onde adormeci e tive pesadelos cheios de trens barulhentos e bandidos sem face.

*

De manhã bem cedo, parti para Loma Bonita, Oaxaca, por uma rota mais curta, pelo campo. Yassil, um ferrador e amigo dos *charros* de Tierra Blanca, arranjou uma pessoa em cada vila para me acompanhar e assegurar que eu não me perdesse. Ele e um amigo me acompanharam pelos primeiros oito quilômetros do caminho, até a pequena cidade de Once. Lá me deixaram com seu amigo Dante Solano, que me apresentou toda sua família e me levou para tomar café da manhã na casa do tio, enquanto os cavalos se alimentavam em um pasto próximo dali. Todos me observaram com espanto, enquanto eu devorava deliciosos *tacos* de carne. Mal conseguiam acreditar que eu havia vindo a cavalo de um lugar tão distante. Dante me deixou com uma mulher de bicicleta, que me levou até sua vila e, então, à casa de um senhor. Lá, o homem, com sua suspeita cabeleira negra, seu longo nariz romano e alguns dentes a menos montou seu cavalo negro e cavalgou comigo ao longo de um grande rio por duas horas, até o *ferry* para Tlacotalpan. Meu guia entrou com seu cavalo na grande estrutura metálica depois que todos os carros estacionaram, e pedi que Frenchie o seguisse. Quando o *ferry* começou a navegar com o leve balanço das ondas, o atarracado palomino começou a ficar um pouco inquieto, sem saber direito a que tipo de perigo eu o havia conduzido. Entretanto, com tapinhas no pescoço e algumas palavras gentis, ele se acalmou. Bruiser e Dude o seguiram. O barulho das ferraduras batendo no chão metálico da balsa ecoava, mas o calor parecia impedir que os cavalos se assustassem com o barulho alto.

Flutuando pelo magnífico rio, que tinha a largura de um campo de futebol americano, pensei em todas as coisas que já havíamos feito: atravessar pontes suspensas em Yellowstone, cavalgar pela Estrada de um milhão de dólares, no

Colorado e adentrar a Cidade do México. Montado em Frenchie e olhando para Dude e Bruiser, tudo pareceu um sonho. Novamente em terra firme, na cidade de Tlacotalpan, meu guia me levou ao gabinete da prefeita para um aperto de mão. Uma senhora corpulenta, ainda na casa dos trinta, me recebeu com sorriso largo e aperto de mão firme. Ela me contou que havia morado nos Estados Unidos por muito tempo, mas havia retornado para tentar ajudar a construir um México melhor.

"Estamos passando por um momento muito difícil e precisamos de pessoal bom aqui para trabalhar na construção de um futuro melhor para todos os mexicanos", ela disse antes se despedir com um beijo na minha bochecha. A cena toda me dava a sensação de parte de uma campanha política, mas o que disse não deixava de ser verdade.

Cavalgamos até Loma Bonita a tempo de chegar para a Festa do Abacaxi. Eu não conseguia acreditar na minha sorte. Geralmente, quando chegava a algum lugar novo, eu escutava: "Cara, você perdeu uma festança... Uma semana atrás, tivemos um rodeio aqui... Ontem foi o casamento da minha irmã... Tivemos uma festa na cidade há três dias...". Depois de pegar o carnaval em Tierra Blanca e chegar a tempo da Festa do Abacaxi, parecia que finalmente estava sincronizado com as festividades. Eram sete da noite quando chegamos às arenas de rodeio e fomos recebidos pela Cattlemen's Union e por Raul Zucolotto, criador e fazendeiro, com muitos acres de pés de abacaxi.

"Muita gente aqui em Loma Bonita trabalha no cultivo de abacaxi ou se beneficia indiretamente dele", disse Raul, me levando para conhecer a feira. Seu pai havia cultivado a fruta desde que era um menino, e ele continuava o negócio. Depois de ver todas as barracas, que vendiam doces, sucos e o próprio abacaxi, e passar pelas diversas atrações e jogos, dirigimos até uma pousada ali perto.

"Você não vai conseguir descansar se acampar ao ar livre, por causa do calor e dos mosquitos. Tem uma pousada barata a dois minutos de caminhada da feira", disse Raul enquanto me levava até o edifício feio. Despedi-me, abri a porta verde de metal e arregalei os olhos diante da visão horrorosa à minha frente. O colchão estava jogado no chão, as paredes estavam manchadas e com a tinta descascada. Dava para ver o motivo de a diária ser barata. Era grotesco como uma cena de crime, mas, quando descobri que o velho ar-condicionado funcionava, decidi ficar.

Depois de uma ducha e alguns minutos descansando na cama desconfortável, voltei para a feira, com o calor me atingindo como um soco, para checar os cavalos. Descobri, então, que a pata esquerda de Frenchie estava contundida

– a mesma que havia machucado quando deixamos Yellowstone. Não sei o que o feriu, mas eu sabia que a recuperação poderia levar até um mês caso fosse algo sério. Um veterinário local veio me socorrer. Examinou a pata de Frenchie, deu-lhe uma injeção antiinflamatória e aplicou um bálsamo especial para resfriar o local e ajudar a aliviar a dor. Teríamos que aguardar e observar.

Cansado e preocupado, entrei em um sono agitado, embalado pelo ruído alto do ar-condicionado. Na manhã seguinte, acordei com coceira por todo o corpo. Minhas costas, braços e pernas estavam cobertos de picadas, mas não de mosquito. Quando levantei os lençóis, quase caí para trás. Milhares de percevejos rastejavam pelo colchão sujo. "Merda!" Corri para o chuveiro e esfreguei meu corpo violentamente com sabão, contorcendo-me ao pensar naqueles bichos andando por cima de mim. Isolei minhas roupas em uma sacola plástica. Com todos os meus pertences em mãos, deixei a pousada rapidamente.

Depois de alimentar os rapazes e tratar a pata de Frenchie, achei outra pousada ali perto. Lavei as roupas que poderiam estar infestadas na pia do banheiro. Por diversas vezes, tomei banho sentindo que os percevejos ainda estavam em mim. Ao meio-dia, já estava exausto. Entretanto, o dever chamava.

À tarde, ostentando picadas por todo o corpo, encontrei meus novos amigos para um desfile local pela cidade. Cavalos, pôneis e carros alegóricos, todos decorados com abacaxis, desfilaram pelo centro de Loma Bonita, enquanto o povo enchia as calçadas. Sorri e acenei como feito uma criança. A coceira estava me matando, mas estava me divertindo. Então, numa visita surpresa, meu irmão mexicano Vidal apareceu. Passamos a noite na cidade, bebendo cerveja até amanhecer.

Em nossa camaradagem bêbada, dividi minhas preocupações com ele. "Como você está indo nesse calor todo?" "Estou bem, mas os cavalos estão perdendo peso e andam muito cansados. Acho que preciso deixá-los descansar por um tempo, de uma semana a um mês, antes de partirmos para a Guatemala." "Tenho familiares em Acayucan, Veracruz, um pouco mais ao sul. Amanhã vou telefonar para eles. Tenho certeza de que pode descansar com seus cavalos na fazenda deles."

Mais uma vez, Vidal apareceu na hora exata para salvar o dia. Na manhã seguinte, deixou Loma Bonita para uma reunião de negócios a alguns quilômetros de lá. Não sei como ele conseguiu, pois minha cabeça estava latejando de dor. No meio da tarde, já estava me ligando com a notícia de que havia falando com seu primo e estava tudo arranjado. Ele me deu um número de telefone e um nome para contatar assim que chegasse perto de Acayucan, e me desejou boa sorte.

A estadia de duas noites em Loma Bonita deixou Frenchie recuperado. Com as picadas de percevejo quase sarando, partimos. A ideia de ter um lugar para deixar os animais descansarem por algumas semanas me deu um ânimo novo. Eles precisavam de repouso. A jornada desde a Cidade do México vinha sendo um inferno escaldante. Todos precisávamos de uma pausa.

A viagem continuou por entre grandes plantações de abacaxi e de cana-de-açúcar. De tempos em tempos, parava e usava a lâmina do meu canivete para cortar pedaços de cana. Sugar a planta açucarada tinha o efeito de um energético natural, me mantendo acordado no calor da tarde. Durante uma dessas paradas, um senhor de idade veio até mim, montado em um burro cinzento, e me perguntou quanto eu queria por meus cavalos.

"Não estão à venda", expliquei. Perguntou o que eu estava fazendo com os animais na estrada se não queria vendê-los, e então expliquei sobre minha jornada. Um homem simples como ele, carregando um facão e grande conhecimento de como trabalhar a terra, ficou chocado com a informação de que eu havia chegado tão longe a cavalo.

"Eu me emocionei com o que você realizou, meu jovem", disse com um sorriso, a brisa batendo levemente em seus cabelos brancos. Seus olhos se encheram de lágrimas enquanto observava, sentado em seu burro, meus cavalos pastando. Parecia estar assistindo, com os olhos da mente, toda a minha jornada. E a assisti com ele. Vi o primeiro dia quente depois de sair de Calgary, o vento, a neve, toda a América, a bondade de tantas pessoas, a luta de tantas outras, os riscos e recompensas do México, a mágica de um sonho que se tornou realidade. Voltou a atenção para mim novamente e sorriu. Após alguns minutos em silêncio, despediu-se e desejou-me sorte. Foi quase como uma bênção.

CAPÍTULO 30

Adotado pelo México

Lição do dia: *assim como cura o esgotamento, o tempo também estreita os laços.*

Cheguei à cidade de Acayucan, Veracruz, a apenas quatrocentos quilômetros da fronteira com a Guatemala. Seria meu local de descanso pelo próximo mês.

"Filipe, seja bem-vindo à nossa humilde residência", disse Rene Reyes quando apeei de Bruiser. Apertou minha mão com força, um homem pequeno com o poder de um gigante. "Este é meu irmão Alfredo", disse, me apresentando a uma versão mais morena dele mesmo.

"Não tenho como agradecer sua ajuda", disse. Depois de me hospedar com famílias bondosas em Chihuahua, Durango, Zacatecas, Queretaro e Puebla por dois ou três dias cada, tinha agora a oportunidade de viver com a família Reyes por um mês inteiro.

"Você vai dormir aqui neste quarto, onde pode ver os cavalos da janela", disse Ariceli Marquez, esposa de Rene, enquanto eu acomodava minha bagagem. A partir do momento em que cheguei, começou a me tratar como se eu fosse um de seus próprios filhos.

"Filipe, vamos a minha casa, faremos um churrasco para você", disse Alfredo depois que retornei de meu novo lar. Ao modo mexicano, Alfredo vivia na mesma rua que seus irmãos e irmãs. Rene também costumava morar lá, mas havia se mudado um ano antes para a fazenda, que ficava há três minutos de carro dali.

"Somos praticamente os donos da rua", disse Alfredo enquanto acariciava sua grande barriga e assava carne e banana-da-terra. Tentei decorar o nome de todas as minhas novas tias, tios, sobrinhos e irmãos, mas era difícil. Havia muita gente, pelo menos vinte, cercadas por música e risadas.

"Meu trabalho é comprar gado de criadores locais e vendê-los para o abatedouro. Na verdade, esse era o negócio de Rene, mas há dois anos o confiou a mim, depois de uma experiência muito ruim em sua vida. Tenho certeza de que vai te contar sobre isso logo mais", disse Alfredo, enquanto o sorriso era vencido por uma contração nos lábios. O tom de sua voz ao dizer "experiência ruim" aguçou minha curiosidade, mas sabia que não me contaria a história. Então, deixei aquele detalhe de lado: "Uau, foi muito legal da parte de Rene passar o negócio para você".

"Esse é o tipo de homem que Rene é", e os olhos de Alfredo se encheram de alegria e orgulho novamente. "Você vai ver como ele é incrível enquanto estiver descansando aqui. Rene começou a trabalhar muito jovem para ajudar a sustentar nossa família. Éramos muito pobres. Ele começou a cortar carne no abatedouro quando criança e, eventualmente, iniciou os negócios de que cuido hoje. Não é fácil. Minha esposa e eu estamos sempre trabalhando, mesmo aos finais de semana, mas isso permite dar a nossos filhos uma vida que nunca tivemos." Olhando para o fogo na churrasqueira, continuou, após uma longa pausa: "O único problema é o perigo que corremos. Recebo em dinheiro vivo e estou sempre preocupado de ser sequestrado, roubado ou de que algo aconteça a meus filhos".

Com os cartéis condenando a vida dos mexicanos tanto no sul quanto no norte, Alfredo me contou suas táticas para prevenir desastres. Não compra carros novos, sempre pega caminhos diferentes quando está com o pagamento e alterna quem recebe o dinheiro diariamente.

"O México está muito perigoso, precisamos ser espertos para sobreviver." As palavras "experiência ruim" ficavam martelando na minha cabeça, e eu me perguntava o que teria acontecido a Rene e sua família. Enquanto isso, o doce aroma da banana-da-terra invadia minhas narinas, e a esposa de Alfredo me ofereceu um prato. Coberta com *sour cream*, a fruta derreteu em minha boca, sua doçura lançando endorfinas como fogos de artifício.

Depois de me empanturrar daquela comida maravilhosa, Alfredo me levou de volta à fazenda de Rene, onde ele e a esposa estavam dando uma festa. Além de sua residência, o hábil empreendedor tinha construído uma grande área coberta que alugava para eventos. Ariceli servia a comida direto de sua cozinha, e Rene organizava o local para casamentos, batizados e festas de debutante – um evento que tive a oportunidade de presenciar durante o mês que passei na fazenda.

"Somos os padrinhos e pagamos pela cerimônia religiosa de seu aniversário de debutante", disse Ariceli em seu belo vestido de festa amarelo. Conduzindo-me a nossa mesa, localizada próxima à residência, os convidados a receberam com sorrisos amorosos. Sentado à mesa da família Reye, observava as luzes, cores, sons e aromas à minha volta, enquanto ela me explicava a importância do evento.

"Este é um momento muito especial na vida de uma jovem aqui no México. É quase tão importante quanto um casamento", explicou, enquanto tomava seu lugar na mesa principal, ao lado dos pais da debutante. Depois de cumpridas as tradições de uma festa de 15 anos, a festa seguiu, com dança noite adentro, e só terminou de madrugada. Gostei de participar daquele ritual e me senti acolhido pela comunidade.

*

Meus dias começavam cedo na fazenda de Rene. Às cinco da manhã, eu e Alvaro, o filho do meio, ajudávamos a ordenhar as vacas. Sentados em pequenos banquinhos de madeira atados à cintura por uma frágil corda amarela, passávamos de uma vaca à outra. Então eu e Pichi, o caçula da família, coletávamos ovos espalhados por toda a fazenda. Depois, ambos me ajudavam a alimentar e escovar os cavalos. Só então partíamos para um café da manhã reforçado.

"Você precisa comer muito agora, para compensar os dias em que estiver sem comida na estrada", dizia Ariceli, enquanto eu lutava para vencer a montanha de comida que sempre colocava em meu prato. Era como se realmente tivessem me adotado e, ainda que eu adorasse o olhar maternal e calmante de Ariceli, era o firme amor paternal de Rene que eu mais apreciava.

"Rapaz, você dorme até tarde", ele me dizia, com um sorriso no rosto, nas manhãs em que me levantava às nove. Rene estava ajudando um candidato a prefeito a se eleger, então havia muitos dias em que ficava ocupado com a campanha. Porém, quando tinha tempo, ele me levava para todo lado. Eu o ajudei a comprar gado, a construir cercas e, juntos, fizemos muitas viagens até a cidade. Um homem pequeno, com cabelos grisalhos e uma barriga saliente, era amado pelo povo de sua cidade. Quando andávamos pelas ruas de Acayucan, éramos parados a todo segundo por gente que queria abraçá-lo, apertar suas mãos e pedir ajuda. Era impossível andar quinze metros sem ser parado muitas vezes.

"Tento ajudar o povo da minha cidade o quanto posso, é por isso que sempre vêm até mim quando me veem na rua", me disse uma vez, durante um de nossos sufocantes passeios pela cidade.

O calor em Veracruz era intenso. Rene podia fazer muitas coisas, só não conseguia diminuir a temperatura! Uma manhã, me pediu que o acompanhasse à sua outra fazenda, alguns quilômetros adentro da densa mata, ao sul de sua casa. Pulei em sua surrada caminhonete azul-marinho e seguimos por uma estrada de terra de cerca de dez quilômetros, antes de virar para uma entrada estreita, com mangueiras de ambos os lados. Grandes mangas amarelas, verdes e laranja pendiam dos galhos rebaixados e chegavam ao chão, apodrecendo, meio comidas por pássaros e insetos. Percorremos o caminho todo em silêncio. As palavras de Alfredo me assombravam desde o dia em que cheguei: "uma experiência muito ruim em sua vida". A inquietação cresceu na boca do meu estômago.

"Não gosto de vir aqui", disse Rene, olhando para uma velha quadra de basquete próxima a uma pequena cabana decadente. Saindo do veículo, disse para segui-lo. Quando pisamos no cimento rachado da quadra, apontou para a cesta quebrada, que não tinha mais aro, e disse baixinho: "Olhe". Meus olhos imediatamente se arregalaram com os muitos buracos de bala em todo o quadro da cesta. Percebi que havia marcas de bala em tudo, o que me deixou confuso e um pouco assustado, sem saber quem havia atirado ali e por quê.

"Um dia, meus funcionários vieram correndo à minha casa na cidade, na rua em que Alfredo mora agora, e me contaram que o cartel havia tomado minha fazenda", disse, com um olhar de desgosto.

"Eu não podia fazer nada. Durante dois meses, viveram aqui e eu não podia colocar meus pés em minha própria fazenda. Levaram meu dinheiro, meus cavalos e meus carros. Levaram minha paz. Todas as noites, ia dormir me perguntando se veria minha família por mais um dia. Eu não sabia quando viriam para me matar."

"Mas por que fizeram isso com você?", perguntei de coração partido. "Não sei. Meus negócios estavam prosperando, e todos sabiam disso. Comprei os melhores cavalos, carros, terras. Vivia uma vida boa. E acho que não gostaram disso, então tomaram tudo. Foi um inferno, pois eu vivia todos os dias tomado pelo medo de que algo acontecesse comigo, ou pior, com minha família."

"Como você retomou a fazenda? O que aconteceu?" "Um dia o exército chegou e, sem aviso, entrou na fazenda e a retomou depois de um tiroteio. Encontraram armas, drogas e quatro covas. Como a propriedade estava em meu nome, me prenderam e também meu filho mais velho, pensando que eu era o líder do cartel. Eles nos espancaram e tentaram arrancar informações de nós por alguns dias, até que perceberam que não tínhamos nada a ver com aquilo."

"Meu Deus, que loucura..." "Foi a pior experiência de toda a minha vida. Depois disso, confiei meus negócios ao meu irmão e decidi viver a vida simples da fazenda, com minha família e os animais", disse Rene, olhando fixamente em meus olhos. "E as covas? Você chegou a olhá-las?", perguntei curioso. "Fui uma vez, depois que os militares removeram os corpos e me devolveram a propriedade, mas havia uma energia tão ruim ali que nunca quis retornar. Elas estão bem embaixo daquela mangueira ali", disse, apontando para uma grande árvore a algumas centenas de metros. Segui seu olhar enquanto um homem se aproximou silenciosamente. Quase tive um ataque do coração. Era um funcionário que vivia na fazenda e cuidava do gado. Rene e ele jogaram um pouco de conversa fora, e depois voltamos para casa.

Quanto mais nos distanciávamos do local, mais nosso humor melhorava. "Hoje, o time de *baseball* dos rapazes vai jogar em casa. Vai ser divertido assistir", disse. Rene construiu um campo de *baseball* ao lado de sua casa, onde jogavam as ligas locais de *baseball* e *softball*. No estado de Veracruz, *baseball* é um esporte querido, diferentemente dos estados do norte, em que a *charreria* e o futebol dominavam. Assistindo aos jogos na fazenda dos Reye, me apaixonei pela resiliência e tenacidade dos rapazes. Não eram os melhores da liga, mas jogavam com o coração. Lutavam até o fim e trabalhavam duro. Alvaro era a estrela do time, batendo *home runs* e fazendo as vezes de *catcher*, e Pichi era o mascote.

Semana após semana, vi os meninos treinando e jogando, vestindo uma infinidade de cores, calças, camisas e uniformes diferentes. Parecia que todos os times adversários possuíam uniformes perfeitamente iguais, cuidadosamente passados a ferro, menos o time deles. Senti um desejo de ajudá-los a parecer uma equipe profissional. Depois que o primeiro jogo acabou, tirei uma foto dos rapazes alinhados como em um time profissional, e postei nos meus perfis do Instagram e do Facebook. Na legenda, perguntei se alguém estava interessado em patrocinar o uniforme da equipe. Em poucos minutos, Sarah Crandall Haney, o anjo que me deu uma bolsa universitária, escreveu de Caledon dizendo que ficaria feliz em ajudar o time com um uniforme novo. Pulei de alegria ao ler seu e-mail.

*

Os cavalos descansaram e recuperaram peso, e comecei a planejar minha partida. Concedi três dias a mim mesmo para ferrar os cavalos, organizar minhas coisas e me despedir da família Reyes. Mais do que nunca, a ideia de partir dilacerava meu coração. Dois dias antes da partida, Ariceli assou um tatu com *nopal*, um vegetal levemente amargo proveniente do cacto.

"Alguns rapazes que moram aqui perto caçaram o tatu ontem mesmo. Vou assá-lo para nós. É delicioso." Com o tatu limpo, ela colocou seu corpo sobre fogo baixo, com sua dura carapaça virada para cima. Então, pegou as folhas verde fluorescentes de *nopal* e colocou-as sobre todo o corpo do animal. Em poucos minutos, o aroma da carne provocou roncos em meu estômago vazio. Depois de uma hora, virou o tatu, de modo a deixar sua carapaça próxima das chamas, e o deixou ali por mais alguns minutos, espremendo limão sobre sua carne branca.

"Me diga o que acha", disse Ariceli com um grande sorriso, me passando um prato cheio de carne de tatu, *nopal* e arroz. Suculenta, saborosa, macia, a carne era espetacular. Comi três pratos.

Naquela tarde, uma caminhonete com trailer chegou sem aviso à residência e deixou um pequeno cavalo baio com uma longa e bela cauda na calçada. Os rapazes olharam para o cavalo tão confusos quanto eu. Rene havia surpreendido Pichi e Alvaro com seu primeiro cavalo. Jamais esqueci meu primeiro cavalo. Assim como os rapazes, também tinha que dividi-lo. Meus primos Neto, Marcel e eu o ganhamos de presente de minha avó. Ela chamou o cavalo de Martolipe, combinando nosso nome. Era um capão castanho meio doido, que raramente nos deixava montar nele. Mas só vê-lo pastando no capim já era o suficiente para deixar os três primos felizes. Tive alguns cavalos depois dele, mas Martolipe foi quem começou tudo. Foi o primeiro cavalo por quem me apaixonei.

"Monte nele e vamos passear", disse Rene após selar o animal. Imediatamente, Alvaro montou e Pichi foi colocado atrás do irmão. Soltando seu sorrisinho maroto, Pichi segurou em Alvaro, enquanto ele comandava que o cavalo andasse. Os irmãos estavam radiantes de felicidade, cavalgando com o pequeno baio em volta da propriedade.

"Com a sua estadia aqui, pensei que seria um bom momento para presentear os meninos com seu primeiro cavalo", disse Rene, observando os filhos descerem a rua. "Este foi um mês de felicidade."

*

Então, chegou minha hora de partir. Acordei com um aperto no peito e comecei meu último dia na fazenda dos Reye. Pichi e Alvaro mal me olharam durante todo o café da manhã. Com o olhar triste de Ariceli do outro lado da mesa, engoli as lágrimas que tentavam me consumir.

"Vamos sentir sua falta, Filipe", disse Ariceli, quebrando o pesado silêncio que nos rodeava. "Bem, você sabe que sempre terá um lar aqui em Acayucan."

Depois do café, iniciei meus preparativos para a partida. Tinha que limpar as selas, lavar os cavalos, terminar de guardar minhas roupas e checar todo o equipamento. Durante o dia todo suei embaixo do sol escaldante, que não dava descanso. Às quatro da tarde, as crianças voltaram do treino de *baseball*. Os uniformes que pedimos haviam chegado. Era de um laranja vivo, com uma grande silhueta de uma cabeça de touro no meio – uma cópia idêntica do logo do time de futebol americano Texas Longhorn – e deixou os meninos num frenesi de alegria. Para minha surpresa, haviam feito uma camisa para mim, com meu nome atrás, e o número um. Tive que me esforçar muito para não chorar.

Naquela noite, jogamos uma divertida partida de *baseball* em que os meninos mal acreditavam que finalmente tinham um uniforme. Estavam ótimos. Enquanto jogávamos, percebi que havia pessoas chegando à fazenda, mas estava tão entretido com a partida e com os uniformes novos que não prestei muita atenção. De repente, Ariceli gritou meu nome: "Filipe, venha aqui, o jogo acabou". Seu chamado fez todos os meninos tirarem suas luvas e correrem até ela, gargalhando, e só então percebi que tinha preparado uma festa de despedida surpresa. Olhando para todos os lados, cheio de emoção e vermelho de vergonha, vi todas as pessoas de Acayucan com quem havia feito amizade. Com enormes sorrisos, começaram a aplaudir e a cantar meu nome. Incapaz de segurar as lágrimas, comecei a chorar.

"Estamos muito felizes por ter te conhecido, Filipe", disse Alfredo, com os olhos marejados. Depois de tudo o que aquelas pessoas haviam feito por mim, era eu quem deveria dar uma festa para eles. Enxuguei as lágrimas e abracei a todos. A esposa de Alfredo trouxe um grande bolo retangular com o desenho de três cavalos e eu, cavalgando por um pasto verdejante, com um céu azul e um sol brilhante ao fundo. Estava montando Bruiser e conduzindo Frenchie e Dude. Abaixo dos cavalos se lia *"Buen viaje, Filipe. Vaya con Dios"*. Os cavalos estavam desenhados com perfeição, e Dude vinha atrás com um grande sorriso no rosto. Eu adorei. No México, é uma tradição morder um pedaço do bolo antes de distribuir as fatias para todos. Como um filho adotado daquela grande nação, tive que fazer as honras. O bolo não só era uma obra de arte, era também delicioso. Sua doçura pareceu preencher minha alma, enquanto os sorrisos à minha volta preencheram meu coração.

Cantando uma canção de Roberto Carlos, *Amigo*, um rechonchudo músico acayucano conduziu um coral de vozes, enquanto fiquei no meio do círculo. Suas palavras foram como beijos em minha pele.

CAPÍTULO 31

Frenchman's Tru Angel

Lição do dia: quando encontramos obstáculos difíceis de superar, conhecemos nossa verdadeira força.

O ar estava denso e pesado, e mesmo o ato de escovar os dentes me fazia suar como um lutador da UFC no quarto *round*. Eram seis da manhã, e o calor de Veracruz já tornava o simples ato de viver algo insuportável. Após praticamente seis meses cavalgando pelo deserto mexicano de Chihuahua, cidades arrasadas pelos cartéis, estradas recheadas de tráfico e trópicos úmidos, ainda tinha quatrocentos quilômetros pela frente até chegar à fronteira com a Guatemala. Mentalmente, eu precisava dessa vitória.

Como em tantas outras ocasiões, este período de sofrimento começou com um soco na cara. Depois de descansar por quatro semanas em um pasto verde, sem fazer esforço algum, Bruiser amanheceu manco.

"Não precisa se preocupar. Você pode montar os outros dois cavalos e deixá-lo aqui. Quando você chegar a Tabasco, contrato um trailer para enviá-lo até você. Vou cuidar dele, não se preocupe", disse Rene, passando o braço direito por meus ombros e me abraçando forte. Sempre que me abraçava, eu conseguia sentir toda a força que concentrava em sua pequena figura. Os músculos de seu pescoço desciam como asas em direção a cada ombro. Ele não aceitava nada, nem mesmo um agradecimento.

Após uma hora de resistência às selas, com cavalos descansados que não queriam, de jeito algum, ter abandonado o oásis em que viveram por um mês, eu já estava ensopado e exausto. Rene e a família subiram em sua caminhonete e guiaram meu caminho, me mostrando um atalho para chegar à estrada que ia para o sul. Antes da despedida final, fizemos churrasco e dividimos um refrigerante no café da manhã.

"Filipe, se você precisar de qualquer coisa, nos telefone", disse Ariceli antes de me dar um enorme abraço materno e um beijo na bochecha. Abracei meus irmãozinhos com lágrimas correndo em seu rosto, e me despedi de Rene. Ele me desejou boa sorte e me assegurou que cuidaria de Bruiser. Subi na sela e, com minha família mexicana acenando, cavalguei com Frenchie em direção ao sul, enquanto Dude levava a bagagem

*

Eu me arrependi de tirar um mês inteiro de folga a cada passo que Frenchie dava. Em poucas horas, já estava arfando de calor, e eu também. Nosso tempo de folga quebrou nosso ritmo e nos deixou sem o condicionamento físico que havíamos adquirido nos milhares de quilômetros que percorremos. O termômetro estava firme nos quarenta graus, e meus joelhos, nádegas e pernas gritavam de dor a cada passo das ferraduras batendo no asfalto duro. Além da contusão de Bruiser e de meu difícil início de manhã, havia esquecido de trazer água para o dia. A carne salgada que havíamos comido de café da manhã e o refrigerante que os Reyes me ofereceram transformou minha boca no deserto de Chihuahua. Como pude esquecer a água? Depois de tudo o que havia aprendido naquela árdua estrada para casa. Frenchie e Dude não haviam bebido água desde que deixaram a fazenda. Era nosso primeiro dia de volta e estávamos no caos total. Foi um dia no inferno.

Às três e pouco da tarde, com minha cabeça latejando de dor pela desidratação, encontrei uma loja de conveniência do outro lado da estrada. Meus olhos explodiram em um milhão de fogos de artifício com o alívio que senti. Amarrei os cavalos embaixo de uma árvore e atravessei a via. Quando abri a porta daquela construção retangular e cinzenta, uma rajada de ar frio atingiu meu rosto, me fazendo acordar de meu torpor de desidratação. Foi como se eu tivesse entrado em uma geladeira. A sensação foi fantástica. Fui imediatamente na direção das geladeiras e bebi dois isotônicos. O líquido frio congelou meu cérebro, e essa sensação nunca me pareceu tão boa. Meus lábios, língua e garganta dançavam de alegria.

Após passar dez minutos no paraíso do ar-condicionado e de observar os cavalos dormindo embaixo da árvore, comprei água suficiente para uma vila mexicana inteira e fui de encontro aos animais. Dei a cada um uma garrafa grande de água, que beberam direto do gargalo, inclinando a cabeça para o lado e espichando os lábios para envolver a garrafa de plástico. Deixaram cair um pouco, mas conseguiram beber bastante. Permiti que descansassem um pouco mais.

Ambos tinham dificuldade para inspirar o ar úmido, abrindo e fechando as narinas em ritmo intenso e contínuo. Mesmo assim, conseguimos nos recompor e seguimos adiante.

Os dias que seguiram foram árduos. Dormindo sobre as mantas, meu corpo doendo do dedinho do pé até a cabeça, o calor quase nos matando. Encontrar um lugar para dormir ficou cada vez mais difícil, já que não havia fazendas ou ranchos ao longo da estrada. Certa noite, fui forçado a dormir em um posto de gasolina pela primeira vez na viagem. Amarrei os cavalos a um cercado de correntes e armei a barraca ao lado deles. A cada dia que passava, as coisas pareciam piorar um pouco mais.

No fim da tarde do terceiro dia, finalmente adentramos o estado de Tabasco, o último do México. Assim como o famoso molho, aquela terra tropical é quente, quente, quente. Nos dias que se seguiram, fui forçado a parar de hora em hora, por pelo menos quinze minutos, para permitir que os cavalos descansassem e recuperassem o fôlego. Sempre tentava achar uma sombra pra eles, mas às vezes descansávamos embaixo do sol escaldante.

Certo dia, finalmente tivemos um alívio, quando o céu escureceu com grossas nuvens de tempestade azul-marinho. Um pequeno restaurante surgiu ao lado direito da estrada, e seus proprietários permitiram que eu amarrasse os cavalos ali e montasse minha barraca do lado de fora. A melhor parte foi que tinham uma televisão, e pudemos assistir futebol brasileiro! Descarreguei os rapazes e montei a barraca minutos antes que uma tempestade torrencial desabasse. A chuva pesada tornava impossível ver qualquer coisa do lado de fora. Relâmpagos acendiam o céu e trovões explodiam como bombas, nos assustando toda vez. Depois de alguns minutos, um forte vento trouxe chuva para dentro do restaurante, e tivemos dificuldade de impedir que o local alagasse.

Pensando agora, era como se a tempestade estivesse prenunciando o desastre que estava por acontecer. Depois que a chuva passou, não havia mais sinal de satélite, então era impossível assistir à partida de futebol. Cortei um pouco de capim para os cavalos e os mantive presos à cerca. Eu me sentei no restaurante, de costas para a estrada, que agora estava escura na noite nublada, conversando com o dono do local. Era um homem magro de 30 e tantos anos, usando um boné de *baseball* azul, uma camiseta branca e shorts jeans pretos. Ele e a esposa viviam nos fundos do restaurante e tocavam o negócio familiar. Era um homem bondoso, que não me deixou pagar pelo meu jantar.

Enquanto conversávamos, mexia no meu celular para acessar a internet e ver se conseguia achar o placar do jogo, quando, de repente: "Seu cavalo se soltou e está indo para a estrada!"

Vi seu olhar apavorado sob o boné de *baseball* ao mesmo tempo em que levantei e me virei na velocidade da luz. O mundo parou de girar, o ar foi sugado do restaurante. Corri para fora no momento em que Frenchie começou a atravessar a estrada. Tudo aconteceu em câmera lenta. Aproximando-se do meio da pista direita, um par de faróis surgiu na escuridão e transformou Frenchie numa silhueta negra. As luzes corriam em direção a ele. *Ele vai morrer. Ele vai morrer.* Frenchie parou com os faróis ofuscantes e então houve um terrível barulho de pneus cantando. Uma picape derrapou, com os freios travados no asfalto molhado, na direção do corpo dourado do meu cavalo. Uma pancada horrível, seguida de metal amassado, me fez estremecer. Frenchie foi levado junto com o capô da picape. Continuou no capô até que o veículo finalmente parou, arremessando-o no asfalto duro e fazendo-o cair sobre o lado esquerdo de seu corpo. Faíscas voaram de suas ferraduras enquanto patinava para tentar levantar, em pânico.

Ainda correndo, tentei acalmá-lo com palavras, enquanto se equilibrava em pé e começava a correr, petrificado, em direção ao trânsito. "Frenchie, está tudo bem, filho. Estou aqui", minhas palavras saíram com lágrimas descendo de meu rosto. Parecia que havia um martelo batendo em meu peito a cada passo. Tentei cercá-lo e trazê-lo na direção do pequeno campo ao lado do restaurante. Um caminhão de carga e um carro se aproximavam em alta velocidade. A imagem do Frenchie correndo em direção ao caminhão passou pela minha mente. Tentei desesperadamente empurrá-lo para fora da pista. Com a ajuda da adrenalina e do medo, consegui chegar ao lado dele e virá-lo em direção ao campo. Ele correu em direção ao c apim, para perto de Dude, que relinchava descontroladamente para seu amigo. Confuso e em pânico, consegui sair da rodovia segundos antes de ser atingido pelo caminhão de carga.

"Puta merda, puta merda, puta merda!", gritava, correndo em direção a meu cavalo, que tremia. Ele ficou ao lado de Dude, levantando a pata esquerda do chão. *Ele deve ter quebrado algo. A pata esquerda. Vou ter que sacrificá-lo.*

"Calma, rapaz, calma." Eu me aproximei gentilmente e passei as mãos por suas costas até sua cauda, e de volta para o pescoço até sua cara. Estava tremendo como nunca vi um cavalo tremer antes. Seus olhos estavam arregalados, com a parte branca aparecendo. Fiz um cafuné na faixa branca de sua testa dourada, dizendo que ficaria bem. Peguei o cabo do cabresto e examinei para ver se haviam rompido. Não estavam. Ele se soltou mordendo a corda continuamente. Ele já havia feito isso antes, e penso que foi assim que se soltou.

"Oh, meu Deus! Ele está bem? Aqui, use minha lanterna." O dono do restaurante me passou uma pequena lanterna, pegando o cabo do cabresto da minha mão. Iluminei a cara de Frenchie e vi sangue pingando de sua boca. Eu temi que houvesse alguma lesão interna, mas, examinando sua boca, vi que havia um corte em seu lábio inferior. Era um talho significante, mas, como diria Brian Anderson, estava "longe do coração".

Passei minhas mãos por suas mãos e vi alguns arranhões. Estavam sangrando, mas não eram muito sérios. Apenas a camada mais superficial de sua pele havia sido atingida. Passei as mãos por suas costelas e coluna, e tudo parecia certo, sem sinais de dor sob pressão. Quando cheguei a sua pata esquerda, vi arranhões semelhantes aos das mãos. Apertei a soldra, a mesma que havia machucado em Yellowstone, e ele recuou. Passei a mão por sua pata, e o osso parecia íntegro. Examinei o outro lado e não havia nada. Nem arranhões, nem cortes. Nada.

Ainda chorando, ouvi um homem gritando atrás de mim. Era o maldito motorista da picape! "Olha o que esse cavalo idiota fez no meu carro!", berrou, enquanto andava descalço na frente do veículo. Amarrei Frenchie perto de Dude e fui em direção ao motorista furioso.

"Ouça, senhor, eu me responsabilizo totalmente pelo acidente. Sinto muito, mas meu cavalo se soltou. Pagarei pelo conserto do capô e do farol, não se preocupe. Pegue meu número e amanhã irei com você a um mecânico", disse, enquanto analisava o estrago. O capô estava muito amassado no local em que colidiu com o lado esquerdo de Frenchie, a luz do farol direito estava quebrada e o para-choque estava partido ao meio.

"Não, não pode ser amanhã, como eu vou saber se você não vai sumir? Preciso do dinheiro agora. No mínimo cinco mil pesos!" "Ouça, amigo, tente se acalmar e pegar leve com o rapaz. Foi um acidente, e você também estava indo muito rápido. Se estivesse no limite de velocidade, teria freado a tempo", disse o dono do restaurante para me ajudar. "Você cale a boca, isso é entre nós dois aqui", retrucou o motorista.

"Senhor, não vou fugir. Estou cavalgando do Canadá até o Brasil. Já estou na estrada há um ano. Viajo apenas trinta quilômetros por dia. Nem tenho como fugir! Por favor, eu não tenho cinco mil aqui. Quem anda com essa quantidade de dinheiro vivo?" "Não quero saber pra onde você vai e nem de onde você vem, quero meu dinheiro pra pagar esse estrago ou vou chamar a polícia." "Preciso cuidar do meu cavalo, e você está tentando me roubar!", gritei de volta, tremendo como Frenchie alguns minutos antes. O dono do restaurante, então, veio conversar comigo.

"Filipe, se ele chamar a polícia, vamos testemunhar a seu favor. Vai ficar tudo bem. O cavalo está bem, ele está de pé", disse para me acalmar. "Preciso de um veterinário para examiná-lo. Ele pode estar com lesões internas. Não sei o que fazer." "Cara, eu não conheço nenhum veterinário", disse, coçando a cabeça. E então, lembrei: no mesmo dia, mais cedo, um trailer parou na estrada e um grupo de *charros* desceu. No trailer, estavam um appaloosa e um castanho.

"Nós te vimos hoje de manhã, quando estávamos a caminho de nossa *charriada*, e percebi que você estava fazendo uma longa jornada. Pegue meu número caso precise de algo. Meu rancho fica a apenas oito quilômetros daqui", disse José de Jesus Figueroa Chavez. Depois de gravar seu número em meu celular, agradeci e apertei sua mão antes que partissem.

Parado naquele campo escuro, com o lábio de Frenchie sangrando e aquele motorista, que ficava mais furioso a cada segundo que passava, agradeci ao Universo por me mandar outro anjo para me acudir. Telefonei para José e lhe contei o que havia acontecido.

"Está de pé? Será que conseguimos colocá-lo no trailer?", perguntou rapidamente. "Sim, acho que sim." "Aguenta aí, cara, estou a caminho." Em menos de dez minutos, José e seus amigos chegaram pra me salvar com o trailer. "O que está acontecendo aqui?", disse, numa voz firme, enfatizada por seu grande sombrero e sua roupa de *charro*. "Esse rapaz me deve muito dinheiro," respondeu o motorista num tom ainda mais alto. "Ele não te deve nada. Você atropelou o cavalo dele, é você que deve a ele. E essa é uma picape de uma empresa, você deve ter seguro. Você vai pegar o dinheiro do rapaz e depois acionar o seguro. Você é um ladrão." José passou pelo motorista, muito menor que ele, deixando o homem descalço falando sozinho. "Como está o cavalo?", perguntou, com um sorriso caloroso, quando se aproximou de mim.

"Parece estar bem, só está dolorido e um pouco cortado." "OK, vamos colocá-lo no trailer e levá-lo ao meu rancho. Chamamos um veterinário pra cuidar dele. Coloque sua barraca e todas as suas coisas no bagageiro. Precisamos ir logo."

"OK", disse, juntando rapidamente todas as minhas coisas. O motorista, notando o que estava acontecendo, começou a surtar mais ainda.

"Eu vou à delegacia agora mesmo! Todos vocês serão presos!", gritou antes de subir em sua picape e sair em alta velocidade, como um louco. Em segundos, os cavalos estavam no trailer e meus pertences no bagageiro. Eu me despedi dos donos do restaurante e partimos. Com todas as janelas fechadas, o cheiro de tequila dentro do veículo era fortíssimo. Mas eu não estava reclamando.

"Nós, cavaleiros, temos uma ligação universal. Você precisa de ajuda agora, e está longe de casa, e estou feliz de estar aqui por você", disse, enquanto me passava um grande copo de plástico cheio de uma tequila com cheiro azedo. Tomei um grande gole e sacudi a cabeça, o álcool desceu rasgando. Todos os *charros* gargalharam.

Depois de deixar os outros *charros* em suas casas, José e eu seguimos até seu rancho, onde um veterinário de cavalos, amigo pessoal dele, estava esperando nossa chegada.

"Muito obrigado por vir tão rápido", José disse ao amigo, após se cumprimentarem. "Obrigado, doutor", eu disse, apertando sua mão.

Descemos os cavalos, e ele examinou o corpo de Frenchie enquanto perguntava onde exatamente havia sido atingido. Eu lhe disse o que meu diagnóstico inicial havia me mostrado.

"Sim, você tem razão, felizmente nada está quebrado. Vamos costurar seu lábio inferior e passar um anti-inflamatório em sua soldra para ajudar com a dor que está sentindo na lombar. Ele teve muita sorte. A maioria dos cavalos não sobrevive a acidentes com carros", disse enquanto dava a Frenchie uma injeção para a dor.

Há muitos anos, eu já havia aprendido que cavalos e carros em alta velocidade não se misturam, quando meu primeiro cavalo de laço, uma égua castanha que pertencia a Jason Thomson, correu para uma estrada cheia. Todos os dias eu a montava, escovava e alimentava. Durante o ensino médio, fomos uma equipe inseparável. Perdê-la foi um momento muito difícil de minha vida.

Depois de limpar a ferida no lábio inferior de Frenchie com sabão e de limpá-la com uma lâmina, o veterinário costurou quatro pontos. Depois, esfregou a pomada anti-inflamatória branca por toda a pata traseira esquerda e pela soldra de Frenchie, e aplicou um creme curativo em suas feridas abertas. Tentei pagar o veterinário, entretanto, assim como o dono do restaurante, não quis aceitar meu dinheiro.

"O que você está fazendo é incrível, Filipe. Eu te vi no jornal há alguns meses, quando ainda estava no norte do México, e me sinto sortudo de poder te ajudar. Tenho contatos na Guatemala que podem passar seus cavalos pela fronteira. Anote meu número, e vou colocá-lo em contato com eles", disse, sorrindo pra mim uma última vez antes de ir embora. Agradeci a José e, como era uma da manhã, fomos dormir. Montei minha barraca bem ao lado da porta da frente, dei alfafa aos cavalos e entrei na barraca. Mas não conseguia dormir. Sentia-me sortudo por ouvir Frenchie mastigando sua alfafa bem ao lado de minha barraca. Seu nome registrado era Frenchman's Tru Angel [Verdadeiro Anjo do Frenchman] e comecei a acreditar que ele era exatamente isso.

*

Por duas semanas descansamos no *lienzo charro* de Villa Hermosa, onde Frenchie se recuperou de seu acidente, e eu esperei Bruiser chegar de Acayucan. Meu forte palomino sarou rápido de suas feridas, mas foi o choque do acidente que teve o maior impacto sobre ele. Pelos primeiros dias no *lienzo*, comeu muito pouco e bebeu menos ainda. Seus olhos estavam sempre arregalados e qualquer tipo de barulho o fazia pular de medo, como se o carro fosse atropelá-lo novamente a qualquer momento. Eu lhe dei vitaminas intravenosas e passei bastante tempo dando-lhe de comer com a mão, e passando água gelada em sua soldra. Ao fim de sete dias, estava se alimentando normalmente de novo, andando sem sinais de dor muscular na pata traseira esquerda, e recobrando o peso que havia perdido.

*

Passei minha semana final no México cavalgando duzentos quilômetros por uma terra com vegetação exuberante, que não se comparava a nada que tinha visto na viagem. Árvores largas se erguiam alto em ambos os lados da estrada, com o capim verde crescendo por colinas e montanhas. Flores silvestres cresciam por todo o lado, colorindo a paisagem com padrões amarelos, rosados e roxos, que se mexiam livremente com a brisa morna. Mais de uma vez, os cavalos se assustaram com colossais iguanas verdes que se escondiam nos arbustos quando nos viam. Dude era quem mais detestava as criaturas de sangue frio, sempre andando com um olho na estrada e outro nos densos arbustos ao nosso redor.

Assim como cheguei a Chihuahua, deixei Tabasco – despercebido. Não houve desfiles, bandas nem cerveja gelada. Ninguém querendo tirar fotos ou pedindo autógrafos. Sem *cabalgantes*. No fim, éramos apenas um homem e três cavalos indo para o sul. Correntes de emigrantes da América Central passavam por nós, indo para o norte. Homens, mulheres e crianças andando embaixo do sol quente em busca de uma vida melhor. Éramos peregrinos buscando um sonho quase impossível. Muitas vezes, compartilhamos histórias e comida. Eles me achavam corajoso por querer atravessar a América Central, e eu achava o mesmo deles.

Um dia antes de atingir a fronteira com a Guatemala, telefonei para Luis, o contato que o veterinário havia me passado, que me ajudaria a passar os cavalos pela fronteira. Eu tinha todos os pré-requisitos que a Guatemala exigia para importar um cavalo para dentro do país, mas sabia que se tentasse fazê-lo legalmente, isso me custaria um braço, uma perna e muito tempo. Naquela altura, já conhecia a natureza caprichosa da burocracia na América Latina. Luis, que estava acostumado a importar cavalos de corrida mexicanos clandestinamente para a Guatemala todo mês, me assegurou que, pela pequena taxa de cinquenta dólares por animal, ele nos contrabandearia para dentro da Guatemala "sem problema algum".

Disse que estaria esperando por mim em um pequeno restaurante do lado mexicano. A ideia de contrabandear os três cavalos para a Guatemala me manteve acordado a noite toda. Havia tantas coisas que podiam dar errado. Se eu fosse pego, iria para a cadeia, e só Deus sabe o que aconteceria com meus cavalos. Nunca tinha visto uma penitenciária guatemalteca, mas podia imaginar seu estado calamitoso.

Ansiosamente, cavalguei os vinte quilômetros finais até a linha imaginária que separa o México da Guatemala, ao longo de mais um dia escaldante e úmido. Logo depois do almoço, a um quilômetro da fronteira, cheguei a um conjunto de pequenos restaurantes construídos com estacas finas de madeira e lonas coloridas. Enquanto tentava ligar para Luis, um homem com uma camiseta imunda e jeans puídos se aproximou de mim com olhos curiosos. À distância de um braço dele, fui forçado a respirar pela boca, pois seu corpo exalava um cheiro forte. Escondido por um boné de *baseball* sujo, seu cabelo escuro caía em nós, com poeira levemente espalhada sobre eles, como se estivesse deitado no chão segundos antes.

"Você é Filipe, certo?" Será que esse é o Luis a quem devo confiar a passagem de meus cavalos para a Guatemala? Senti um nó no estômago. Assenti com a cabeça.

"Sou Pedro, prazer em conhecê-lo", ofereceu sua mão coberta de crostas, a qual relutantemente apertei. "Trabalho pro Luis, ele me pediu que cuidasse de você e dos cavalos até que chegasse. Ele não vai demorar." Duas horas se passaram enquanto assistíamos os cavalos pastando ao lado do restaurante. Pedro e eu comemos arroz, feijão e ovos, e bebemos um refrigerante. Ele comeu com a intensidade de um cachorro de rua faminto. Descobri que era um homem inofensivo, que tinha um bom coração embaixo de todo aquele fedor. Finalmente, Luis apareceu com dois amigos.

"Filipe, você conseguiu chegar", disse com um sorriso diabólico, seus frios olhos azuis e fino bigode lhe dando um aspecto forte. Vestia uma camisa polo vermelha, jeans caros e parecia estar usando o perfume Don Juan. Uma corrente de ouro pendia de seu pescoço, enquanto um brilhante relógio dourado apertava seu pulso esquerdo.

"Então você realmente vai descer toda a Guatemala?", perguntou, levantando as sobrancelhas.

"Sim, vim do Canadá até aqui", respondi, tentando esconder meu nervosismo.

"Você é doido, cara, mas te respeito pelo que você está fazendo. Você tem grandes *cojones*", disse rindo, enquanto se virava pra olhar os dois homens que o acompanhavam. "Certo, pegue os cavalos e vamos encontrar os rapazes do outro lado. Vou levar Filipe de carro para carimbar o passaporte", Luis disse para os dois homens e para Pedro, que imediatamente pegaram as rédeas.

"Ei, ei, esperem um pouco, quero ir com os cavalos também", protestei, pegando as rédeas de Bruiser, que estavam próximas ao meu pé.

"Você pode confiar nos meus rapazes, Filipe, eles vão conduzir os cavalos por uma trilha bem perto de onde você vai ter seu passaporte carimbado. Depois, vão sair lá na Guatemala, a quinhentos metros da fronteira", disse Luis, abrindo um sorriso sarcástico para tentar me acalmar.

"Não se preocupe, chefe, fazemos isso o tempo todo, seus cavalos estão seguros com a gente", disse Pedro, colocando a mão esquerda em meu ombro. Eu tinha que ter fé que não seriam pegos e não roubariam meus cavalos.

"Está bem, Luis, mas estes são meus filhos, então assegure-se de que seus rapazes vão cuidar bem deles", disse, cerrando os dentes. "Sem problema, amigo, é muito fácil. Passei mil cabeças de gado por essa trilha ontem mesmo. Sem problema."

Observamos os homens levando os cavalos e desaparecendo pelos densos arbustos, e Luis me levou até a alfândega Mexicana. Paguei a taxa de saída do país, antes de me dirigir à alfândega guatemalteca para carimbar o passaporte. No contêiner úmido que servia de escritório, uma televisão transmitia um jogo de futebol, e dois senhores idosos o assistiam sem se preocupar com nada no mundo. Fiquei parado na frente deles por um minuto antes que sequer demonstrassem que haviam notado minha presença. Um dos homens estendeu o braço com o mesmo olhar de um urso quando você o acorda no meio de sua hibernação, e colocou as garras em meu passaporte. Continuou a olhar pra televisão, enquanto abria o passaporte. Dois minutos se passaram antes que o folheasse e abruptamente o devolvesse.

"Você tem que pegar o carimbo de saída do país com os mexicanos primeiro", disse com desgosto, antes de voltar o olhar novamente pro jogo. "Eu peguei, senhor", disse, segurando o passaporte aberto na página com o carimbo.

"Deixe-me ver", finalmente falou. Pensei no que diria se me perguntasse por que estava entrando na Guatemala. Eu usava um chapéu sujo de caubói, jeans imundos e rasgados, botas de caubói gastas e uma suada camisa de manga comprida estilo *western*. O cheiro de suor de cavalo exalava de mim. Olhou o passaporte novamente e o devolveu: "Desfrute de sua estadia na Guatemala".

Luis me levou de carro para dentro de seu país e, com um sorriso no rosto, disse: "Bem-vindo ao meu lar". Depois de me levar ao mercado negro mais próximo para trocar meus pesos mexicanos por quetzales e para comprar um novo chip para meu iPhone, ele me deu uma carona até a fazenda mais próxima, onde os cavalos já estavam descansando. Depois de lhe pagar 150 dólares, disse que eu poderia acampar em uma fazenda que pertencia a um amigo, antes de começar minha jornada pela Guatemala.

"Muitas drogas atravessam essa fronteira à noite, bem onde seus cavalos andaram. Não é seguro cavalgar depois que escurece", disse antes de apertar minha mão e partir com Pedro e os outros dois homens.

Segui os conselhos de Luis e passei a noite com a primeira família guatemalteca de muitas que conheceria em minha jornada para o sul. Eles me permitiram armar a barraca ao lado de sua moradia simples, enquanto os cavalos pastavam em torno da casa. Depois de jantar carne de porco e tortilhas com meus generosos anfitriões, eu os agradeci e fui descansar. Antes de finalmente cair no sono, peguei meu mapa das Américas amassado e manchado e desenhei pontos negros pelo vasto território do México, até chegar à linha preta que representa a fronteira com a Guatemala. Cada ponto desenhado trazia uma imagem diferente à minha mente. As coisas que vi. As pessoas que conheci. As experiências que vivi.

"Vou sentir sua falta, México", disse, passando os dedos pela linha recém-
-pontilhada no frágil pedaço de papel.

CAPÍTULO 32
A estrada para La Libertad

Lição do dia: a maior riqueza da vida
se chama família.

★ **GUATEMALA** ★

Dia 372. Na terça-feira, 16 de julho, um ano e oito dias depois de partir de Calgary, selei os meninos para meu primeiro dia de cavalgada pela Guatemala. Com suor escorrendo para dentro das botas enlameadas, acenei para meus generosos anfitriões em despedida. Ainda que estivesse empolgado para começar minha jornada pela América Central, os crimes macabros ligados à sangrenta guerra das drogas que ocorria na região me deixavam inquieto. Dois anos antes, 27 *campesinos* haviam sido decapitados em um rancho perto de La Libertad; que seria meu ponto de descanso dentro de uma semana.

O belo estado de Petén é um dos maiores da Guatemala e o menos populoso. Composto, em sua maioria, por selva tropical e prados, a região é o lar de bugios, macacos-aranha, raposas, veados, pumas, perus selvagens, jaguares e muitos répteis. Percorrendo uma pequena estrada em que poucos carros passavam, desfrutei do silêncio e do ar puro, com uma belíssima cadeia de montanhas de um verde vivo à direita, com enormes árvores de *ceibo*, suas copas erguendo-se a 70 metros do chão, sozinhas em enormes prados. Flores de um vermelho vibrante cresciam entre as cercas de arame farpado, e o gado parava brevemente de pastar para nos observar passando. Tucanos voavam sobre nós, gritando entre si, com seus bicos coloridos. Pequenos lagartos, tomando sol perto da estrada, se escondiam nos arbustos quando sentiam o chão vibrar sob doze cascos galopando em sua direção, sempre assustavam Dude. Depois de enfrentar tantas estradas lotadas e cidades no sul do México, a natureza do norte da Guatemala parecia o paraíso.

*

No meu segundo dia no país, por volta das duas da tarde, parei perto de uma pequena cabana do lado direito da estrada, que funcionava como um restaurante improvisado. A estrutura de madeira, rebocada com anúncios de cerveja, contava com um fogão a gás de duas bocas, uma pia e uma velha mesa de madeira. Amarrei os cavalos a uma cerca, antes de me dirigir a uma mesa de metal do lado de fora, e me sentei em uma das quatro cadeiras em torno da mesa, quando um homem alto e corpulento apareceu na porta, se abaixando para não bater a cabeça.

"Olá, como podemos te ajudar?", disse, antes de dar uma olhada nos meus cavalos. "O que você tem no menu hoje?", perguntei. "Você vai para algum tipo de desfile? Você tem belos cavalos aí", disse, sem responder à minha pergunta. "Sim, são muito especiais. Estou cavalgando até o Brasil." Observei o brilho de entusiasmo em seus olhos, como se pequenos fogos de artifício fossem lançados dentro de sua cabeça.

"Não acredito, isso é incrível! Amo cavalos, tenho alguns Passo Peruanos em minha propriedade. Você precisa passar a noite aqui conosco. Tenho um bom pasto para seus cavalos se alimentarem", disse, dirigindo-se até os meninos para lhes dar tapinhas no pescoço. Ainda era cedo, mas a oferta era tentadora demais para recusar. Ele fez dois sanduíches, e comemos juntos, enquanto conversávamos. Depois, Hessler me levou para sua casa.

A casa da família era uma grande bagunça. Havia peças de trator na cozinha, caixas cheias de bugigangas por todos os corredores e, ainda que o chão fosse feito de cimento, havia tanta poeira, que parecia de terra. A princípio, o caos me atordoou, mas depois de alguns minutos a bagunça se apagou por trás do imenso amor e felicidade daquela família. Brincavam, gargalhavam e se abraçavam como se tivessem ficado separados por anos e estivessem se reunindo naquele momento. "Vivemos uma vida simples, mas temos uns aos outros... Isso é tudo que realmente importa", disse Hessler, segurando seu filho Edwin, de 11 anos, nos braços.

Dormi na cama de Edwin e ele dormiu com os pais aquela noite. Foi um sono úmido, quente e cheio de mosquitos querendo sugar meu sangue. Eu passei a noite toda dando tapas nas pernas e braços e suando muito.

Na manhã seguinte, acordei e deparei com meus cavalos comendo milho. Hessler havia dado um punhado a cada um para lhes dar energia para o dia. Como só haviam comido um pouco de milho no México, fiquei preocupado que tivessem cólica. O milho é muito forte, e o estômago de um cavalo é extremamente frágil. Não é difícil que um cavalo tenha cólica por comer algo com o qual não esteja acostumado, e isso pode matar o animal. Mas era tarde, e eu não queria ofender meu generoso anfitrião, por isso, não disse nada e lhe agradeci por alimentar os cavalos. Ele me levou até o restaurante, onde sua esposa havia preparado o café da manhã.

"Este é o café da manhã tradicional da Guatemala", disse, oferecendo um prato com ovos mexidos, feijão preto, queijo, torradas e uma xícara de café instantâneo.

Durante o café da manhã, Hessler me deu o número de seu primo, que vivia a 32 quilômetros dali, em direção ao sul, e havia concordado em nos hospedar em seu pequeno sítio. Agradeci pelo contato e comecei outro dia duro em cima da sela.

Nos primeiros cinco quilômetros, minha preocupação sobre o milho se transformou em uma situação real. Bruiser começou a andar muito devagar, e fui forçado a arrastá-lo com o cabo do cabresto amarrado no pito da sela. Quando parei, ele imediatamente se deitou – um mau sinal. A pior coisa que um cavalo pode fazer quando está sentindo cólica é se deitar. É instintivo, pois seu estômago dói, mas pode causar uma torção nos intestinos. A melhor coisa a fazer nesse caso é forçá-lo a andar. Foi o que fiz.

Durante o dia todo seguimos andando, fazendo apenas paradas curtas para beber água e descansar um pouco. Eu não tinha certeza de que o problema era cólica, não conhecia veterinários na Guatemala e estávamos no meio do nada. Entretanto, se fosse cólica e piorasse muito, seria preciso um milagre para mantê-lo vivo. Ao longo do dia, ele tentou deitar e se recusou a beber água, e fui o caminho todo olhando para trás, enquanto ele acompanhava Frenchie e Dude vagarosamente. Chegamos ao sítio do primo de Hessler no início da tarde. Rapidamente descarreguei os meninos e os levei a um pequeno pasto. Bruiser não tentou se deitar, mas ainda precisava movimentar o intestino. Desde a hora em que comeu milho, às 7h da manhã, ainda não havia defecado, um sinal perigosíssimo.

O dono do sítio concordou em me levar até a cidade mais próxima para comprar um relaxante muscular para Bruiser. Depois de comprar o medicamento, eu me ofereci para pagar a gasolina dele. Paramos em frente a uma loja, e dei o dinheiro que tinha a um garoto de 16 anos com um boné do Miami Heat virado para trás. O garoto levou o dinheiro e entrou na loja. Depois de alguns minutos, voltou com uma garrafa pet de dois litros com gasolina e um velho funil verde. Achei que o primo de Hessler estava comprando gasolina mais barata, no mercado negro, mas logo descobri que não existem postos de gasolina de El

Ceibo até La Libertad, e toda a gasolina é comprada de contrabandistas como aquele adolescente.

No caminho de volta, fui na caçamba da caminhonete e senti o vento batendo em meu rosto queimado, o doce alívio que me fez deixar de pensar na saúde de Bruiser por alguns minutos. Quando cheguei, fui direto até um rapazinho que havia incumbido de levantar Bruiser caso tentasse se deitar e perguntei se o cavalo havia defecado.

"Não, mas começou a pastar", disse, passando o cabo do cabresto. Preparei a injeção. Em uma viagem longa com cavalos, é necessário saber como aplicar injeções intravenosas e intramusculares nos animais. Quando você está no meio do nada, sem veterinários por perto, isso pode ser a diferença entre a vida e a morte dos cavalos. Apliquei 10 cc no pescoço de Bruiser e o fiz andar em um pequeno círculo. Após menos de um minuto, levantou a cauda e um jato de fezes verdes explodiu de seu ânus. Nunca fiquei tão feliz em ver estrume de cavalo em toda a minha vida. Abracei Bruiser com um suspiro de alívio.

*

Os dias seguintes foram passando lenta e dolorosamente. Como estava conduzindo os cavalos a pé, para poupá-los um pouco do calor intenso, eu caminhava de cinco a dez quilômetros por dia. Os tacos da sola de borracha das botas foram se desgastando no asfalto até desaparecerem por completo. Minhas meias encharcadas de suor criaram bolhas de sangue em meus dedos e calcanhares.

Em nossa quarta manhã na estrada, encontrei um demônio que eu temia desde que li as páginas de *Tschiffely's Ride* – morcegos vampiros! Numa manhã amena, fiquei pasmo ao colocar o cabresto em Dude, pois descobri, em seu pescoço dourado, três rastros de sangue vermelho escuro, já seco. Encontrei três pequenas feridas do tamanho de uma moeda de um centavo por seu pescoço. Bruiser e Frenchie tinham feridas semelhantes. Estava tentando entender o que havia acontecido quando, de repente, as palavras de Tschiffely vieram à minha mente: "Morcegos vampiros me deram muito trabalho e, em muitas manhãs, encontrei meus cavalos manchados de sangue que havia escorrido dos pequenos buracos circulares que os morcegos faziam em suas costas e pescoços." Agora, aqui estava eu, ensopado de suor às seis da manhã, com o mesmo problema nas mãos. Definitivamente não era tão empolgante quanto ler sobre a cena quando criança. Seguindo o conselho de Tschiffely, esfreguei alho em pó nos animais, e também misturei alho na comida. Isso não só ajudou a manter os morcegos longe, mas também afastava mosquitos.

*

Após seis longos dias na estrada, chegamos a La Libertad. Uma família que tinha ouvido sobre minha chegada me parou na beira da estrada e ofereceu seu rancho para repousarmos

"Um amigo me falou de você há alguns dias e me disse que você provavelmente chegaria hoje", disse Carlos Emilio, um rapaz moreno de 19 anos, enquanto apertava minha mão. "Meu avô e eu vamos comprar um pouco de alfafa e grãos para seus cavalos, enquanto você os descarrega", disse o jovem guatemalteco, antes de subir em uma caminhonete surrada e partir.

Assim que tirei as selas, cada um dos cavalos encontrou um pedaço de terra para rolar. Jogavam o corpo pra frente e pra trás, esfregando o lombo na terra vermelha. Com grunhidos altos de alívio, eles me deixaram com inveja, pois eu queria um longo banho frio. Felizmente, em menos de trinta minutos, escutei o ronco do motor se aproximando da fazenda. Carlos e eu descarregamos quatro fardos de alfafa e uma grande saca de grãos. Ficamos perto dos cavalos, enquanto comiam os grãos com a ferocidade de um bando de leões.

"Depois que terminarem, podemos ir a uma bela corrida de cavalos aqui perto com um amigo. Vai ser muito divertido", disse Carlos, com seu sorriso de menino. Suas palavras me atingiram como tiros. Estava cansado, suado, dolorido e irritadiço. A ideia de um banho e uma cama reais vinha atormentando minha mente nos últimos dias. Era tudo o que eu mais desejava. E agora que estava tão perto de realizar esse sonho, ele estava sendo arrancado de mim mais uma vez. Conhecendo a América Latina, sabia que não tinha escolha a não ser ir à corrida. Além disso, Carlos não estava me perguntando se eu queria ir, estava simplesmente me notificando.

"OK, mas você acha que podemos parar em alguma pousada por aqui, para que eu reserve um quarto e tome um banho rápido?", perguntei enquanto examinava minhas botas destruídas. "Sem problema, tem uma bem perto daqui."

Senti a água fria correndo pelo meu corpo e desejei poder ficar ali pra sempre. Mas três batidas altas na porta me lembraram de que eu não podia. Meu novo amigo anunciou que era hora da festa. Desliguei o chuveiro e, xingando baixinho, coloquei roupas limpas. Em poucos minutos, estava no banco traseiro do carro, com o perfume forte dos meninos permeando o ar, tentando ignorar meu estômago roncando. Chegamos em Santa Ana e encontramos um mar de *vaqueros* e v*aqueras* se divertindo na feira da cidade. Grandes tendas de cerveja com o logo da *Gallo* se alinhavam à esquerda do grande complexo aberto, com uma longa pista de corrida ao meio. Uma infinidade de caixas de som espalhava música r*anchera* em alto volume.

"Vamos ter corridas incríveis hoje! Os melhores cavalos do país", disse Carlos, caminhando alegremente até o palco principal. Em questão de segundos, fui puxado para o palco e me enfiaram um microfone na cara. Respondi às perguntas do apresentador bêbado sobre as raças de meus cavalos, o que eu achava da Guatemala e com quantas mulheres já tinha feito amor durante a viagem – as perguntas típicas que os homens latino-americanos faziam.

"A Guatemala te recebe de braços abertos", concluiu, no exato momento em que senti um tapa firme em meu ombro. Quando me virei, mal acreditei no que vi: Luis, que tinha trazido meus cavalos para dentro do país, sorria para mim com sua camisa desabotoada até o meio da barriga e uma selva de pelos no peito. "Você conseguiu, meu amigo", sorriu e me abraçou. "Sim, cheguei a La Libertad esta tarde, e um amigo me trouxe para ver as corridas." "Quando te deixei naquela noite em El Ceibo, não conseguia dormir de tanta preocupação. Achei que você poderia ser morto perto da fronteira." "Merda. Não, não, só conheci pessoas boas." "Isso muito me alegra. Aqui, beba uma cerveja conosco", disse, me arrastando para perto de seus amigos e me passando uma *Gallo* gelada.

De grupo em grupo, percorremos o evento, conhecendo *vaqueros* e bebendo com eles. Carlos parecia conhecer todo mundo e estava muito satisfeito de me apresentar. Observando o ambiente, comecei a perceber que de cada três homens que estavam ali, dois portavam pistolas presas em seus cintos.

"Aqui na Guatemala é permitido portar armas, se você tiver licença", Carlos explicou. Os homens carregavam bolos de dinheiro vivo e gritavam uns com os outros, durante e depois das corridas, eu comecei a temer que as coisas ficassem perigosas. Não tinha medo de alguém atirar em mim de propósito, mas ser atingido por uma bala perdida no meio de uma briga. Tirei o pensamento da minha mente e fiquei tão bêbado quanto eles. *Quando em Roma...*

As corridas de cavalo na América Central são tão cômicas quanto empolgantes. A pista sempre está lotada de gente apostando e enaltecendo algum dos cavalos. Homens, mulheres, crianças e bêbados andam na areia, tratando a pista como sua sala de estar. Quando os portões se abrem, e os cavalos vêm galopando pela pista, a multidão corre para os lados e abre caminho. Alguns homens bêbados ficam no meio do caminho até o último segundo, quando enfim esgueiram seus corpos pelas cercas baixas. "Às vezes, as pessoas são atropeladas nessas corridas", disse Carlos, enquanto ríamos de um bêbado que tentou pular a cerca e ficou com o pé preso, comendo poeira do outro lado. Milagrosamente, não derrubou uma gota sequer de sua cerveja. De pé, com o rosto coberto de areia fina, bebeu um gole e foi dançando para o meio da multidão.

Muitos dos jóqueis, às vezes crianças, não usam selas. Montando em pelo, amarram uma corda em volta do dorso do cavalo e passam os joelhos por baixo da corda usando os dedos dos pés – eles cavalgam descalços – para agarrar a corda. Um estilo de cavalgar que poderia matá-los se perdessem o equilíbrio e ficassem presos na corda. Depois que perdi cem quetzals em uma corrida, Carlos me falou sobre o quanto ele amava aquele mundo.

"Meu sonho é um dia trabalhar com cavalos de corrida nos Estados Unidos. Eu amo esses animais e a emoção das corridas", disse com empolgação. "Você já teve cavalos de corrida?" perguntei. "Sim, mas infelizmente estamos passando por uma época difícil agora e tive que vender todos os nossos cavalos", respondeu, olhando para uma égua castanha alta e esbelta que trotava nervosamente.

Antes do fim das corridas, fomos até o *Jalipeo* (montar touros). Eu tive a agradável surpresa de encontrar caubóis brasileiros montando alguns terríveis touros guatemaltecos. Alguns dos peões da América Central estavam montando à sua moda tradicional, em que golpeiam o couro do animal com suas esporas pontiagudas e ficam sobre ele sem as mãos. Esse estilo é extremamente perigoso para o caubói e doloroso para o touro. Muitos dos animais estavam sangrando nos locais em que a espora havia furado seu couro, e um caubói tinha morrido no evento depois que um touro se virou por cima de seu corpo. Preso pela espora, não conseguiu sair de baixo do animal a tempo, e sua cabeça foi esmagada. A multidão silenciou enquanto seu corpo inerte, sem vida, era carregado para fora da arena. Apenas os gritos cortantes de uma jovem, que imaginei ser a namorada, se ouviam no ar. Então, o DJ soltou uma famosa canção *ranchera*, e a multidão reacendeu. A vida tinha um valor muito diferente ali.

A arena estava lotada e, como não havia espaço nas arquibancadas, Carlos e eu, junto com muitos outros homens, nos sentamos nas barras atrás das porteiras. Era um local empolgante, pois os touros ficavam confinados logo abaixo de nossos pés depois de suas montadas. Durante um desses momentos empolgantes e assustadores, enquanto me agarrava à cerca para não cair, quatro explosões altas vieram da pista de corrida atrás de nós. A música estava tão alta que nem todos ouviram o barulho, mas Carlos e eu ouvimos, e reconhecemos que eram tiros.

"Vamos embora daqui agora", disse, com uma expressão de urgência no rosto. Com seus amigos logo atrás de nós, olhando pra trás a cada segundo, saímos correndo da feira e chegamos ao estacionamento. "O que você acha que aconteceu lá?", perguntei, assim que entramos no carro em segurança. "Pode ter sido alguém comemorando, atirando pro alto, ou pode ter sido alguma discussão que esquentou", disse um amigo de Carlos, enquanto fechava a porta do carro.

Na volta para casa, me contaram que muitos dos donos daqueles cavalos de corrida eram chefes do tráfico de drogas. Em certa corrida, três anos antes, integrantes de um cartel inteiro foram mortos num tiroteio durante o evento, pegos de surpresa por uma gangue rival. "Foi uma bagunça sangrenta. Meu pai estava lá e disse que foram mais de vinte pessoas mortas", disse Carlos. La Libertad estava me mostrando um pouco da realidade de miséria em que a Guatemala se encontrava.

Na manhã seguinte, descobri que Bruiser havia batido o boleto da pata esquerda em algum lugar durante a noite, o que o fez inchar até o tamanho de uma bola de *softball*. Uma pequena ferida aberta, do tamanho de uma moeda, podia ser vista exatamente no meio do boleto, na frente da sua pata. Estava mancando e não queria apoiar a pata esquerda traseira no chão. Quando andava, tinha muita dificuldade. Foi uma cena difícil de digerir, afinal estávamos em uma parte extremamente perigosa do país e teria que ficar por lá até meu cavalo melhorar, o que podia levar semanas. Carlos me assegurou de que podia ficar o quanto fosse necessário. Com sua ajuda, comecei a tratar a pata de Bruiser com injeções anti-inflamatórias, compressas quentes e muito repouso. Um período que deveria ser de dois dias tornou-se uma estadia de oito em La Libertad.

Certa manhã, Kevin Garcia, um amigo de Carlos de 18 anos, motorista de tuk-tuk, que também trabalhava em um posto de gasolina e estudava na cidade, me levou ao cemitério local para mostrar onde os 27 *campesinos* assassinados em 2011 pelo *cartel* Zeta haviam sido enterrados.

"Abriram um grande buraco aqui e simplesmente jogaram os corpos desmembrados dentro", disse Kevin, enquanto andávamos sobre a cova coletiva que hoje é um campo de futebol. Ele também havia trabalhado para os cartéis alguns anos antes, em busca de dinheiro fácil. Depois de perder alguns amigos em trocas de tiros, deixou aquela vida para trás e começou a trabalhar para terminar seus estudos, sonhando em se mudar para o México e estudar engenharia, para ajudar a tirar sua família da pobreza. "A vida não é fácil para nós, mas é isso que nos fortalece. Gosto de ler livros positivos, eles me ajudam a ver que eu posso conseguir tudo o que sonhar."

Na noite seguinte, Carlos veio até o meu quarto e disse "Vamos até a cidade, aconteceu um acidente". Kevin nos buscou em sua tuk-tuk e fomos até o centro. Estava imaginando um acidente de carro ou motocicleta nas ruas escuras. Depois, entendi que a palavra "acidente" tinha um significado diferente ali. Estacionamos e andamos até uma aglomeração de mais ou menos vinte pessoas atrás da fita amarela da polícia, olhando para a rua escura à frente. Olhando por trás do aglomerado, vi uma galinha e um galo no meio da estrada, parecendo alarmados, paralisados pelo pânico. Meus olhos, então, se voltaram para dois policiais tirando fotos do chão. Então vi o corpo de um homem morto, com o rosto para baixo, e uma grande poça de sangue que descia pela estrada. Fiquei em choque. Nunca havia visto um cadáver. Entretanto, para as pessoas à minha volta, era algo trivial. Falavam baixo, mas riam e brincavam uns com os outros. Foi uma cena insólita.

"Por que atiraram nele?", perguntei a Carlos, sussurrando. "Parece que roubou aquela galinha e aquele galo ali", disse, apontando para as aves atordoadas, ainda paradas no meio da estrada. Aquele foi apenas um dos quatro assassinatos que ocorreram em La Libertad naquela noite; de acordo com Carlos e Kevin, todas as vítimas eram ladrões.

"Os cartéis não gostam que as pessoas roubem, então, de vez em quando, exterminam os ladrões", Kevin disse enquanto voltávamos. Confessei aos rapazes que nunca havia visto um assassinato em minha vida. Eles me olharam com tanta surpresa que me senti como se tivesse dito que eu era um alienígena. "Quantas vezes você já viu algo assim?", perguntei a Carlos. "Nossa, cara, não sei. Pelo menos umas quinze. Mas não se preocupe: se você não fez nada de errado, você não tem o que temer", assegurou.

CAPÍTULO 33

Em direção ao sul da Guatemala

Lição do dia: *riqueza material não é nada sem humildade, caráter e humanidade.*

Às vezes, o medo leva um homem a tomar decisões das quais se arrepende mais tarde. Mesmo sabendo que Bruiser não estava plenamente curado minha decisão de deixar La Libertad após oito dias foi estimulada pelas histórias que ouvi e pelas coisas que vi. A imagem daquele homem estirado no asfalto duro, enquanto o sangue se esvaía de seu corpo por dois buracos de bala, atormentava meu sono todas as noites. Não conseguia apagar de minha mente a imagem das aves fantasmagóricas no meio da estrada escura, nem a imagem da cova coletiva sob os meus pés, nem as histórias de como aqueles pobres *campesinos* foram encontrados sem cabeça e desmembrados.

Desde a passagem pelo norte do México, tentava afastar a ideia de que eu seria assassinado em minha viagem para casa. Agora, minha morte parecia inevitável. Bruiser não estava pronto para cavalgar – eu sabia que precisava de mais tempo para se recuperar –, mas o medo que sentia na boca do estômago, como um monstro dormente, estava começando a acordar, e seu rugido estava mais forte que a verdade que eu levava no coração. Portanto, em uma manhã clara e limpa, eu me despedi de Carlos, de sua família e de Kevin.

"Espero que você continue a ter sorte em sua jornada, Filipe, e se você precisar de algo, qualquer coisa, não hesite em pedir", disse Carlos, antes de me dar um abraço fraternal. Com meus novos amigos assistindo, deixei La Libertad.

O dia começou bem, mas o calor da tarde nos castigou. Felizmente, o pai de Carlos havia telefonado para o prefeito de Santa Ana e ficou combinado que eu passaria a noite em seu rancho. O próspero político possuía alguns cavalos de corrida em sua propriedade e abriu um pasto para que meus cavalos descansassem. Quando cheguei à cidade, um menino me guiou até o rancho em sua bicicleta, me levando até uma porteira branca que se abriu para revelar estábulos impecáveis, pastos e uma pista de corrida. Haviam garanhões e éguas de todas as pelagens, que se manifestaram quando meus cavalos chegaram, empolgados com os novos animais. Depois de desarrear os meninos e soltá-los no pasto, um funcionário – Jesus – me mostrou os melhores Quartos de Milha da propriedade, todos vindos do México. Eram magníficos.

Em trinta minutos, eu estava roncando em uma rede embaixo de um pequeno quiosque. Porém, uma hora depois, acordei com o som de uma grande caminhonete que se aproximava da entrada da garagem. Limpei o rosto e me levantei. Assim que o carro parou em frente ao quiosque, quatro homens armados, vestindo coletes à prova de bala, desceram da parte de trás. Dois deles se encaminharam para a frente da caminhonete, enquanto os outros dois protegeram a traseira do veículo. Quando terminaram de se posicionar, a porta do passageiro abriu, e um homem grande, um verdadeiro armário, desceu do carro, colocando um chapéu de caubói de feltro cinza na cabeça.

"Você deve ser Filipe. Bem-vindo ao meu rancho", disse o homem mais poderoso de Santa Ana, me estendendo sua mão. "Prazer em conhecê-lo, senhor, obrigada por me receber aqui." "O prazer é meu, filho. O que você está fazendo é muito bacana. Precisa de muita coragem. Então, aqueles ali são os cavalos que percorreram o caminho todo até aqui? Qual deles é o mustangue?" A maioria das pessoas na América Latina nunca tinha visto um mustangue, então Dude sempre roubava a cena.

"Ele é menor que os quartos de milha. Sempre imaginei os mustangues como cavalos muito altos", disse, deitando calmamente na rede branca. Quando estava começando a ficar confortável, olhou para mim e fez menção de dizer algo, quando, de repente: *Pá! Pá! Pá!* Três tiros foram disparados a distância. Três dos guarda-costas correram em direção ao som, pistolas na mão. O quarto homem ficou em frente ao político, segurando uma arma. Fiquei perto dele, petrificado.

"É só alguém caçando pombos", murmurou o homem corpulento, esticando a cabeça para olhar na direção dos tiros. Os guarda-costas lentamente guardaram a pistola no coldre e retornaram a suas posições, ainda alerta, como cães policiais. Tentei parecer calmo, mas depois da semana que passei em La Libertad, estava mais tenso que arame de cerca.

Jesus, que estava de olho em mim, gargalhou e disse: "Você se acostuma depois de um tempo". Vivendo no rancho com seus três filhos, sua esposa e seu pai, Jesus era encarregado de cuidar dos cavalos de corrida e de fazer a manutenção da propriedade. Enquanto conversávamos, o magro *vaquero* me contou como ele e seus filhos haviam recentemente descoberto sete túmulos maias dentro da propriedade. "Acho que há tesouros guardados nele, mas estou escavando devagar pra ninguém perceber", disse, falando um pouco mais baixo, como se alguém estivesse nos ouvindo. Até o momento, a família havia escavado alguns fragmentos de cerâmica, que antes devem ter sido tigelas e pratos, e uma pequena cabeça maia também de barro. A cabeça era extraordinária, do tamanho de um ovo, com o famoso crânio alongado, lábios inchados e grandes olhos.

"Você não tem medo de desagradar aos espíritos?", perguntei, começando a me arrepender de tocar a pequena face. "Não, tenho mais medo de que alguém descubra os túmulos e ganhe todo o dinheiro", retrucou. Jesus me ofereceu um prato de arroz, feijão e queijo para o jantar e me deixou esticar o saco de dormir no quartinho de ração, para que não precisasse armar a barraca. Isso acabou se mostrando um erro, pois ratos correram sobre mim para pegar a comida dos cavalos, até que fui forçado a carregar as mantas e o saco de dormir lá para fora e dormir sob as estrelas.

*

Deixei o rancho do prefeito embaixo de uma pesada tempestade tropical e cavalguei o dia todo, enquanto assistia as pesadas gotas de chuva quicando na estrada e pulando por alguns centímetros no ar, antes de se juntar ao pequeno rio que havia se formado no asfalto.

Ainda que estivesse ensopado, a chuva nos deu um descanso necessário do calor intenso e do sol escaldante. O som dos cascos dos cavalos tinha um efeito calmante no meio da turbulenta tempestade. Ensopado desde meu chapéu de caubói manchado até minhas botas de couro destruídas, parei no vilarejo de Santa Ana Vieja. Com apenas algumas casas, uma torre de telefonia e uma loja de conveniência, era o lugar perfeito para chamar de casa por aquela noite.

Cavalguei até uma pequena fazenda, e um garoto de mais ou menos 13 anos veio até o portão usando um poncho de chuva amarelo e rasgado. "Você é o brasileiro?", perguntou, abrindo o portão de metal enferrujado. "Sim, sim, sou eu", respondi surpreso, me perguntando como sabia quem eu era. "Um amigo do meu pai te ajudou em Santa Ana e ligou esta manhã dizendo que você passaria pela nossa casa. Meu pai estava esperando para te oferecer um lugar para ficar." Não podia acreditar na minha sorte. Segundos antes, estava praticando meu discurso de sempre para perguntar se podia passar a noite ali, mas eles já estavam esperando a minha chegada. Os guatemaltecos são incríveis.

Em certo momento, José, o patriarca da casa, chegou de sua lida no campo. Apertamos as mãos, sua palma calosa era áspera como o tronco de uma velha árvore devido a anos de trabalho duro na terra.

"Estou vendo que meu filho te parou antes que você passasse popr nossa casa. Fico feliz em te hospedar esta noite", disse José, tirando seu velho casaco de chuva. "Muito obrigado por sua ajuda", disse, retribuindo seu sorriso amigável. "Você gosta de galinha caipira?" "Sim, adoro." "Ótimo, vou matar essa aqui para comermos", disse José, agarrando a galinha pintada. Mais tarde, preparando a comida, fui apresentado a sua esposa e a sua filha caçula. "Estávamos guardando essa galinha para o Natal, mas esta manhã, quando Jesus me contou sua história, disse para a minha esposa que o Natal ia chegar mais cedo este ano", disse José, rindo de si mesmo.

Não conseguia acreditar que aquelas pessoas tinham matado a única galinha que tinham apenas para me alimentar. Havia chegado em sua casa simples com três cavalos, minhas câmeras, celular, camisa sem buracos, selas boas. Pelo modo ocidental de interpretar o mundo, eu era muito mais rico que eles, afinal tinha coisas mais caras. Mas, do ponto de vista deles, eu precisava de ajuda. Estava só, sem o amor da minha família, sem a comida de minha mãe, sem o apoio de meu pai, muito distante de casa. Em sua medida de riqueza, eu era um homem pobre, que chegava a sua rica residência. Eles tinham um teto sobre suas cabeças. Tinham a segurança de um pai que trabalhava duro. O toque maternal da esposa. Tinham abundância de amor. Sentados à mesa do jantar, comemos um delicioso caldo de frango assistindo *Chaves* em sua pequena televisão. Gargalhamos enquanto o caldo esquentou nossas almas.

Acordei na manhã seguinte com outra descoberta infeliz. O pelo na cernelha de Bruiser estava caindo, deixando o couro rosa exposto em um grande buraco oval, mais ou menos do tamanho de meu punho. O que achei que era um machucado causado pela sela, na verdade, era um fungo. "É comum os cavalos pegarem isso aqui na estação chuvosa", disse José, antes de me oferecer um remédio caseiro que prometia curá-lo rapidamente.

*

Nas semanas seguintes, continuamos rumando para o sul durante fortes tempestades. Nas poucas tardes em que o Sol aparecia atrás das nuvens, tentava secar minhas coisas, mas era uma tarefa impossível. A qualquer momento eu ia começar a criar limo, assim como as selas, que àquela altura já estavam verde-limão.

Quando cheguei ao vilarejo de Cotoxá, com população de 652 pessoas, Bruiser estava com a pata traseira esquerda contundida novamente. O problema, que não tinha sido curado direito em La Libertad, havia voltado, e quando cheguei ao rancho de Misael Hernandez Flores, estava perto das lágrimas. Os três cavalos nunca estavam cem por cento. Sempre um ou dois deles – ou todos – estavam lidando com algum tipo de contusão, resfriado, tosse, fungo ou machucado causado pela sela.

"Filipe, você pode deixar o seu cavalo ferido aqui, e o mandarei de trailer para Rio Dulce em alguns dias, para você encontrá-lo quando chegar lá", disse Misael, vendo minha frustração. Mais uma vez, um homem que conhecia havia poucos minutos estava se comprometendo a me ajudar. "Será um prazer te ajudar, e não se preocupe, vamos cuidar do seu cavalo muito bem", disse, sorrindo com seus olhos verde-claros.

Na tarde de minha chegada a Rio Dulce, fui recebido pela família Salguero. Misael havia me colocado em contato com Esau, um dos irmãos, alguns dias antes. Quando cheguei, a família inteira estava esperando ansiosamente em frente à casa. "Bem-vindo Filipe! Estamos cozinhando para você. Espero que esteja com fome", anunciou a mãe de Esau.

Depois de cuidar dos meninos e de fixar uma ferradura bamba de Dude, retornei à casa para encontrar um banquete servido à mesa. "Sei que sua mãe deve estar preocupada com você, então vou garantir que se alimente bem hoje", disse a mãe de Esau, antes de arrumar o cabelo com as duas mãos. Já com quase 70 anos, conseguia ver em seu olhar de preocupação que ela sabia exatamente o que minha mãe estava sentindo com minha distância de casa. Enquanto me atracava com um bife suculento, ela me contou que três de seus filhos viviam nos Estados Unidos.

"Detesto não poder vê-los todo dia, mas eles vêm me visitar uma vez por ano. Estive lá duas vezes, mas não gosto, não há lugar como nossa própria casa." Concordando, comi e comi, até não aguentar mais.

Com comida farta, café quentinho e histórias de vida, chegou o caminhão de Misael. Carregando Bruiser, havia chegado para buscar Frenchie e me fazer mais um favor. Durante o dia, tinha me telefonado, preocupado com minha passagem pela ponte sobre o Rio Dulce, a maior da América Central.

"Filipe, a ponte tem quase um quilômetro. É a única passagem para o sul, e uma das passagens possíveis para o norte. Cavalgar sobre ela é perigoso, mas levar outro cavalo com você já é suicídio", disse por telefone. Concordei, e ele se ofereceu para transportar Bruiser e Frenchie, aquela noite mesmo, para a fazenda de seu amigo, do outro lado da ponte. Lá, os cavalos descansariam, e eu só precisaria montar Dude ao longo da grande ponte.

"Cara, esse cavalo te ama", disse Misael, enquanto eu dava tapinhas no pescoço de Bruiser. "Ele ficou chamando você e os outros cavalos desde que você partiu." Abracei Misael e sua filha, e pulei para dentro da carroceria boiadeira para cumprimentar Bruiser. Sua perna estava um pouco inchada, e ele estava muito nervoso. Mas subimos Frenchie na carroceria, e disse a ambos que os veria no dia seguinte. Com Dude se desesperando no pasto, relinchando e bufando como um lunático, me despedi antes que subissem na cabine e partissem.

Na manhã seguinte, após um desjejum reforçado, a família Salguero fez uma prece por minha segurança. A mãe e a avó de Esau estenderam suas mãos sobre minha cabeça e toda a família ficou em volta. Os murmúrios que vinham da boca de cada um deles se uniram para criar um poderoso hino. Lágrimas rolavam por suas faces. Tentei ouvir cada prece, mas era impossível, pois as vozes se sobrepunham. "Abençoe este jovem... Filipe em suas mãos... Sua família em paz." Algumas palavras permaneciam, como se flutuassem no ar.

Com os olhos fechados e a cabeça inclinada para frente, senti a energia de suas bênçãos ao meu redor. Elas passaram por minha pele e fizeram os pelos de meus braços se arrepiarem até os céus. Como se tivessem ensaiado a prece, todos diminuíram o ritmo de suas vozes e começaram a dizer amém, inclusive eu. Despedi-me de cada um com um abraço e desci pelo longo caminho até a pista.

Pela primeira vez em semanas, o sol quente nos acompanhou o dia todo, enquanto eu e Dude nos aproximávamos de Rio Dulce. A ideia de descansar por uma semana me fez querer galopar a todo vapor até a pequena cidade. Entretanto, a enorme ponte que deveríamos cruzar era um peso em meus pensamentos.

Um pouco antes das quatro da tarde, chegamos à pequena cidade, e fiquei muito feliz por ter seguido os conselhos de Misael. Com lojas de ambos os lados da estrada estreita e centenas de pessoas andando por todos os lados, levar Frenchie já estaria perigoso, e nem havíamos chegado à ponte ainda. Os carros passavam perto do corpo de Dude, se esgueirando por nós e, em certo momento, uma mulher loira, de pele clara, que devia ser sueca ou dinamarquesa, deu um beijinho no lombo de Dude e uma piscadela para mim.

Depois de dois quilômetros no caos da cidade, chegamos ao início da ponte mais longa da América Central. Construída nos anos 1970, hoje serve como a principal ligação entre o norte da Guatemala e Honduras, com a fronteira a apenas seis quilômetros de distância. Queria me sentir assustado e nervoso, mas era bonita demais para que sentisse qualquer coisa além de desejo. Olhando para o arco branco e perfeito que flutuava sobre o rio brilhante, fiquei maravilhado. Com Dude cansado demais pra se importar com nossos planos, animei meu pequeno mustangue e o poderoso espírito da ponte nos atraiu para si.

Levamos quinze minutos para cruzar a ponte toda. A vista do topo era espetacular. Olhando para baixo, vi um mar de água verde, com barcos que pareciam brinquedos lá embaixo. Estava tão orgulhoso de meu pequeno mustangue, calmo e centrado durante a travessia. Carros e caminhões passavam a centímetros do seu corpo o caminho todo, mas não se abalou nem diminuiu o passo. A pequena mureta à nossa direita era mais baixa que sua barriga. Se ele tivesse se assustado, provavelmente tentaria pular, nos jogando em uma queda de trinta metros para a morte no turbulento rio abaixo de nós.

*

A apenas dois dias de cavalgada até a fronteira hondurenha, dei aos cavalos nove dias de descanso em Rio Dulce e encarei oito horas de ônibus até a Cidade da Guatemala para enviar cartões de memória por FedEx para a OutWildTV. Quando voltei, lidei com a logística de viajar a cavalo por um dos países mais perigosos das Américas, e tentei descansar um pouco.

Por todos os países que passei, fui coberto de hospitalidade e amor daqueles que me ajudaram. Sem o auxílio dos locais, não teria conseguido passar nem um dia fora de Calgary. Entretanto, por alguma razão, certas famílias iam além e me adotavam como um dos seus. Nos Estados Unidos, me tornei um Hardy; no México, um Reyes; e na Guatemala, um Morales. Rafael, Melva e seus filhos, Isabel e Flavio Morales, eram naturais da cidade sulista de Morales, a trinta quilômetros da fronteira hondurenha. Operavam ranchos de gado já há algumas gerações da família.

"Aprendi a andar a cavalo com meu pai. Agora, meu próprio filho está aprendendo comigo", disse o patriarca, sentado em seu escritório, ao lado do chapéu de feltro marrom-café que seu pai usava no dia em que faleceu. "Você está se alimentando bem?", Melva me perguntava todos os dias por telefone, enquanto eu descansava no Backpackers Hotel. Seu tom de voz era o mesmo de minha mãe.

"Precisamos pensar na rota que você vai pegar para Honduras, estou preocupado com você", dizia o *vaquero* careca e baixinho em sua caminhonete, enquanto me levava para jantar em sua casa. A viagem de Rio Dulce até Morales foi rápida. Rafael ajeitou um local para os cavalos descansarem, e Melva esperava com o jantar pronto. Depois que comemos, Rafael me levou até a fronteira em Entre Ríos para carimbar meu passaporte, e então de volta a Morales. Depois de muito tempo discutindo a melhor rota para entrar em Honduras, chegamos à conclusão de que eu devia pegar a estrada diretamente para o sul, partindo de Morales, sobre as montanhas, até chegar a nosso quinto país.

"Agora vamos falar com meu contato, que vai garantir que você cruze as montanhas em segurança", disse Rafael depois que meu passaporte foi carimbado. Pelas 24 horas seguintes, eu estaria ilegal na Guatemala. Passamos ao lado de Morales e pegamos uma saída para a esquerda, seguindo por uma estrada rural que rumava para o sul até Playitas, a última cidade guatemalteca antes de Honduras. Rafael estacionou ao lado de um pesado muro de concreto, de três metros e meio de altura, que circundava toda a propriedade. Caminhamos até uma porta de metal marrom e batemos. Um visor retangular se abriu, e os olhos nervosos de um homem nos encararam friamente. "Nome?", perguntou secamente. "Rafael Morales."

O visor se fechou, e a porta se abriu para um mundo que eu só tinha visto no cinema. Relaxando em cadeiras de plástico em frente a uma casa simples, doze homens bebiam cerveja e conversavam perto de dois *coolers*. Na cintura de todos, pistolas, armas automáticas e muita munição. Perto deles, alguns fuzis apoiados na parede. Eles se vestiam à moda *vaquero*, com jeans apertados, camisas coloridas, chapéus de caubói e botas de bico fino.

Segui os passos de Rafael, enquanto andava até os homens. Apertamos a mão de todos, um por um. Estava calmo, mas queria que Rafael tivesse me explicado alguma coisa antes. Dias depois, por telefone, ele me disse que conseguiu ver o quanto eu estava com medo ao entrar em Honduras, então achou que seria melhor não me dizer que um chefe do tráfico hondurenho e um guatemalteco me ajudariam na travessia. "Estava muito preocupado com você também, e sabia que seria mais seguro com eles ao seu lado", Rafael me disse por telefone.

Bebemos algumas cervejas com o chefe guatemalteco, moreno, corpulento e alto, que era o dono do rancho em que meus cavalos descansariam na noite seguinte, antes de entrar em Honduras. Chamou seu amigo, um homem pálido, de ossos grandes, que vestia um chapéu de caubói de palha, e nos apresentou. "Filipe, este homem vai te encontrar no primeiro vilarejo de Honduras e vai cavalgar com você até a casa dele", explicou, enquanto eu apertava a mão do homem. Seus olhos me assustaram, pareciam não ter alma. Eu o chamarei de Mariano, mesmo que este não seja seu nome real. "Estaremos esperando por você com uma festa em meu país", disse Mariano, com um sorriso que não chegou a seus olhos.

Na manhã seguinte, ao lado de meu irmãozinho guatemalteco, Flavio, cavalguei os vinte quilômetros finais até o rancho do chefe alto e corpulento. Depois de descarregar e alimentar os cavalos, Rafael nos levou de volta a sua casa, onde sentamos na sala de estar, rimos e conversamos como uma família feliz. No dia seguinte, entraria em Honduras.

CAPÍTULO 34

Escalada até Honduras

Lição do dia: dê poder a um homem
e conheça seu caráter.

Dia 414. Levantei meu corpo da confortável cama de hóspedes na residência dos Morales e caminhei até o banheiro. Estava com uma dor de cabeça furiosa. Escovando os dentes, as palavras circulavam por minha mente, pintando imagens vagas das pessoas que eu amava. "Não quero cavalgar até Honduras. Não quero morrer". As estatísticas me fizeram questionar se havia alguma possibilidade de sair vivo de lá. A fronteira nessa região não tinha reforços policiais, o que permitia que os traficantes mais ricos fizessem as leis no local. A competição pelas melhores rotas para levar as drogas para o norte e a prisão e assassinato de traficantes grandes pela "guerra às drogas", apoiados pelos Estados Unidos, gerava grupos novos e mais violentos a cada dia.

No último café da manhã com a minha família guatemalteca, o clima estava pesado e sombrio, enquanto tentávamos conversar amenidades, brincando com nossos ovos mexidos. Melva colocou um terço dourado sobre minha cabeça e me abraçou forte. Ficando perto de seus cabelos negros e sedosos, o perfume frutado de seu xampu me fez derramar algumas lágrimas. Parecia ser o mesmo aroma do cabelo de todas as mulheres que eu amava. Depois de abraçar minha nova irmãzinha Isabel e meu irmãozinho Flavio, parti. Ficamos em silêncio na maior parte do caminho até os cavalos.

No rancho em que os cavalos haviam descansado, a cinco quilômetros da fronteira invisível e não patrulhada, preparei os meninos para nossos últimos momentos na Guatemala. Enquanto desdobrava o poncho azul de chuva que Rafael havia me dado dois dias antes, descobri um escorpião que quase me picou. Será que aquele escorpião era um sinal agourento do Universo para não cavalgar por aquelas montanhas?

"Não se preocupe com a travessia, Filipe. Meu amigo aqui da Guatemala e o amigo dele em Honduras vão te proteger", disse Rafael, como se pudesse ler minha mente. "Muito obrigado por tudo, Rafa, nunca esquecerei a sua bondade", disse, abraçando meu pai guatemalteco. "Quero que você me ligue assim que conseguir um chip hondurenho pro seu telefone, pois quero saber se você chegou bem."

E foi isso. Novamente eu era um explorador solitário, seguindo um caminho rumo ao desconhecido. No bolso dos jeans, tinha um papel amassado com o endereço e o telefone que meu amigo de olhos assassinos havia me dado. Cavalguei por Playitas, uma cidade de apenas uma rua, e virei à esquerda depois da ponte, como haviam me instruído. Em um caminho pedregoso ao lado de um rio raso, comecei a subida.

Eu escalava a primeira de muitas montanhas que atravessaria naquele dia, quando um adolescente passou por mim. Enquanto eu falava para a câmera, montava Dude e conduzia Frenchie e Bruiser, contei a ele que estava cavalgando do Canadá ao Brasil, filmando um documentário e escrevendo um livro de minha jornada para casa. O garoto ficou em silêncio por alguns segundos, mas não deixou de caminhar ao meu lado.

"Eu não sei exatamente quem você é, mas esta é uma área muito perigosa. Se alguém perguntar, diga que é um cantor de música *country*, porque se contar a história que acabou de me contar, eles podem pensar que é um espião americano e te matar na hora", disse o rapaz, olhando para baixo.

Quase gargalhei daquela sugestão ridícula. "A minha voz é tão ruim que eles vão definitivamente me matar se me pedirem pra cantar. Não consigo ser afinado nem se minha vida depender disso." Segui adiante pensando no que havia dito, mais uma vez me perguntando se aquele não seria outro sinal de que deveria dar meia volta e retornar para a segurança da Guatemala.

Minha mente estava a milhão. Memórias e rostos me tomavam de assalto. Relembrei as doces palavras da carta que Lela havia me dado em Savery, Wyoming: "Mantenha-se em segurança e não seja teimoso em continuar se as coisas ficarem muito perigosas. Ninguém vai achar que você é um fracasso". Será que estava sendo teimoso? Um maldito idiota por continuar naquela trilha perigosa?

Depois de meia hora do encontro com o adolescente, ouvi um motor atrás de mim. De repente, um guatemalteco gordo, dirigindo uma motocicleta preta e usando uma camiseta marrom da American Eagle, veio até o lado de Frenchie. "Como você está, cara?" "Tudo bem, tentando chegar a Honduras," respondi. "Ah, sim, esta estrada vai te levar direto a um vilarejo chamado La Laguna. A primeira comunidade hondurenha pela qual você vai passar." "Sim, exatamente," eu disse, lembrando do nome escrito no papel em meu bolso.

"De onde você está vindo?", perguntou, enquanto balançava em sua motocicleta, usando os dois pés para se mover na minha velocidade de três quilômetros por hora. "Vim do Canadá a cavalo e estou a caminho de casa, do Brasil." Ele tinha me visto passar pela loja de equipamentos de seu pai, em Playitas, e estava no meio de uma aposta com os funcionários. "Disseram que você era um caubói americano, e respondi que você não parecia americano," disse com um sorriso no rosto, como se tivesse acabado de ganhar uma partida de pôquer. "Você me fez ganhar duzentos quetzales." Usando um corte de cabelo militar, ele me acompanhou por alguns quilômetros, me contando sobre a situação atual daquele pedaço.

"O DEA está procurando um grande chefe do tráfico, que está escondido nestas montanhas. Já estiveram aqui algumas vezes, em diferentes missões, mas ainda não o capturaram. Entraram na casa dele há alguns meses, era uma mansão de milhões, com cavalos, carros, motocicletas e um monte de dinheiro vivo e armas."

Como se fosse destino, alguns minutos depois de me dar todos os detalhes da ilustre carreira daquele chefe do tráfico e da atual caçada que estava acontecendo, encontramos seu filho. Com 20 e poucos anos, o jovem estava a cavalo com mais cinco *vaqueros*, saindo de um pasto do lado esquerdo da estrada de terra. Portava uma pistola, em uma bainha de couro marrom do lado esquerdo de seu cinto, e um *walkie talkie* preto do lado direito. Os homens que o acompanhavam estavam fortemente armados.

"Você deve ser o brasileiro maluco", disse o homem de cabelos cacheados, rindo alto. "Sim, sou eu, um brasileiro maluco", respondi, rindo nervosamente. "Aqui, tome uma lata de Coca", disse, passando uma sacola de plástico branco com uma lata vermelha e gelada dentro. "Obrigado, estou bem", disse, me arrependendo imediatamente de minhas palavras. "Pegue, você tem muitos quilômetros pela frente antes de encontrar Mariano", ele me passou a sacola insistentemente. "OK, muito obrigado." "Tome cuidado por aí", ele disse, me cumprimentando com o chapéu e voltando com os rapazes pelo caminho do qual havia vindo.

"O DEA vem aqui com metralhadoras e helicópteros e não consegue achá-lo, e você, com seus cavalos, fala com o filho dele em poucas horas," rimos baixinho, ainda com medo dos homens e das armas. Ao chegarmos ao topo de um morro, parei para deixar os cavalos descansarem e me despedi de meu último amigo guatemalteco. Como muitos dos homens da América Latina, ele se abaixou e desenhou, na terra úmida, um mapa da rota que eu deveria seguir para chegar a La Laguna. Adorava os locais que usavam como pontos de referência, como uma grande árvore de *ceibo*, um velho curral ou uma cerca quebrada. Não era um GPS, mas os mapas sempre me levavam a meu destino. Quando percebeu que eu havia compreendido o caminho, ele se levantou e me desejou sorte. Antes de partir, tiramos uma foto ao lado de sua motocicleta e dos cavalos. Fez um joinha, pulou no assento de couro e ligou o motor, dirigindo de volta pela montanha que havíamos acabado de escalar.

A trilha era pesada. Conforme ficava mais pedregoso, o terreno se tornava um caos escorregadio. Não havia retornos. Era como uma grande escada que precisávamos subir e subir, e se tornava mais íngreme a cada passo que os cavalos davam. Em alguns pontos, chegamos a inclinações de até 45 graus. O ar da selva estava denso de umidade, e estávamos todos ensopados em suor. Frenchie, Bruiser e Dude abriam as narinas até a largura de bolas de golfe a todo segundo, enquanto seus pulmões trabalhavam duro para inalar o ar naquela altitude.

Em certo ponto, Frenchie estava respirando pesadamente, com a cabeça tão baixa que considerei retirar o cargueiro e escondê-la nos arbustos. O chão estava liso como sabão, uma mistura de grandes pedras soltas e lama pesada. As coisas ficaram tão difíceis que fui forçado a levar um cavalo por vez. Peguei as rédeas de Dude e o puxei por algumas centenas de metros montanha acima, depois Frenchie, e depois Bruiser. Estavam tão esgotados que nem precisei amarrá-los. Enquanto levava um deles pela trilha íngreme, os outros dois permaneciam imóveis, com as cabeças quase tocando o chão, as barrigas inflando e desinflando rapidamente com a respiração pesada. Rezei para que nenhum deles começasse a ter cólicas de exaustão. O suor de minha testa ardia em meus olhos, enquanto eu lutava para me manter de pé, e a lama argilosa presa em minhas botas adicionava peso extra às solas gastas de borracha.

Quase no topo daquela maldita montanha, parei em um pasto para descansar os cavalos. Enquanto estava sentado no chão, completamente destruído por aquele caminho traiçoeiro, me perguntando como eu chegaria até Mariano, o terceiro visitante do dia veio me salvar.

"Você conseguiu, bem-vindo a Honduras, irmão", disse um adolescente com o rosto cheio de espinhas, montando uma égua baia. "Ontem Mariano me disse que você viria e pediu que o acompanhasse até La Laguna, onde vai esperar por você."

Montei Dude e conduzi Frenchie, enquanto Salvator puxava Bruiser atrás de sua égua. Levar apenas um cavalo facilitou muito o trabalho de finalmente subir a montanha e continuar escalando as que vinham à frente. Lentamente, adentramos Honduras mais e mais, conforme o Sol começou a descer no horizonte. O crepúsculo trouxe uma brisa gelada que arrepiou meu corpo suado. Às sete da noite, finalmente entramos em La Laguna.

"Achei que você não viria mais", disse Mariano mostrando os dentes, em frente a um boteco, com uma *Salva Vida*, a cerveja local, na mão. "Antes tarde do que nunca, certo?", disse, enquanto apeava prontamente para aceitar uma cerveja gelada. Peguei a lata azul, abri e virei tudo. Meu novo amigo pareceu impressionado com minha capacidade de beber e pediu mais uma rodada. Mal sabia que eu não estava tentando matar a sede, mas sim aplacar o medo visceral que nunca saiu da minha mente. Tinha acabado de entrar no país mais mortal das Américas a cavalo, ilegalmente, com a ajuda de um influente chefe do tráfico. Se isso não fosse o suficiente pra me assustar, poderia adicionar o fato de ser um jornalista e de Honduras ser um dos países mais perigosos do mundo para praticar a minha profissão. Ficamos sentados no bar por cerca de meia hora, bebendo uma *Salva Vida* atrás da outra. Todos à minha volta estavam armados até os dentes e bêbados.

"Filipe, agora vamos até nosso vilarejo", anunciou Mariano, comprando um fardo de doze cervejas para a estrada. Sem conseguir enxergar mais do que meio metro a minha frente, cavalgamos por rios e florestas e saltamos por grandes valas. De repente, vi a silhueta de um homem com algo grande que saía de seu ombro. Com todos os homens segurando suas armas, logo enxergamos a sombra: um senhor que carregava uma pá sobre seu ombro direito estava saindo do campo. "Meu Deus, José, quase saquei a arma e atirei em você. Parecia que estava vindo com uma AK", gritou um membro do grupo, falando rápido, como se tivesse cheirado cocaína.

Um pouco antes da meia-noite, chegamos ao vilarejo de Mariano, onde mais cerveja, carne e música nos esperavam. Tiramos as selas dos cavalos e os deixamos em um pasto ali perto. Abracei Frenchie, Bruiser e Dude, um de cada vez, e os agradeci por serem tão guerreiros. Quando retornei à festa, que estava acontecendo na casa de Mariano, cercada por paredes de concreto iguais às do rancho de seu amigo na Guatemala, mais de trinta pessoas começaram a me perguntar sobre a viagem. Não disse que era jornalista e nem que estava escrevendo um livro.

"Filipe, quero que você conheça minha esposa e nossos dois filhos", disse Mariano, enquanto sua família o cercava. Com seu filho mais velho, um menino de 12 anos que era a sua cara, derretendo em seus braços, contou como nunca havia conhecido uma criança tão inteligente naquela idade. "Meu filho vai ser um astronauta um dia", disse, olhando pro menino, que estava radiante. Os filhos de Mariano estudavam em uma escola bilíngue e falavam inglês como se tivessem nascido nos Estados Unidos.

Durante os dois dias que fiquei em sua casa, Mariano me disse que tentava dar a seus filhos tudo o que seus pais pobres não puderam lhe oferecer. "Quero que meus filhos cresçam e se tornem homens bons. Eu nunca tive essa opção", confessou durante uma de nossas longas conversas. Mariano começou sua carreira no tráfico, contrabandeando cocaína pela mesma rota pela qual eu tinha vindo com os cavalos. Fazia a viagem em uma mula velha algumas vezes por semana, indo até a Guatemala e voltando no mesmo dia. Depois, começou a trabalhar em um cargo baixo para outra organização e, eventualmente, construiu seu próprio negócio, controlando a área em que estávamos naquele momento. Era uma contradição maluca: um homem impiedoso por ofício, que ainda assim queria o melhor para sua família.

Naquela noite, na festa da minha chegada, eu me apoiei em sua caminhonete por alguns minutos e simplesmente observei o ambiente. Um grande portão de metal nos trancava para dentro da propriedade, com sua mansão no meio. Todos os homens no local estavam ostentando uma, duas ou três armas na cintura. Duas caminhonetes grandes e uma SUV estavam estacionados atrás de mim, na frente da casa.

Vi Mariano mexendo em seu smartphone e me perguntei o que estaria tentando fazer. Abriu a parte de trás e removeu a bateria. Depois, perguntou para todo mundo da festa se alguém tinha um smartphone igual, com a bateria carregada. Todo mundo ficava visivelmente nervoso perto dele. Rapidamente mostraram o celular para provar que eram de outra marca. Depois de um tempo, uma jovem pegou um celular igual ao dele, abriu a parte de trás e entregou a bateria cheia a Mariano. Ele lhe deu a usada e sorriu com alívio quando seu telefone se acendeu com vida nova.

Sempre que os homens davam um gole na cerveja, primeiro derramavam um pouco no chão para seus amigos mortos. No meio da festa, eu já estava tão bêbado que me juntei ao ritual. Por volta de duas da manhã, apaguei em um dos quartos de hóspede de Mariano, construídos do lado de fora de sua casa.

Acordei na manhã seguinte e encontrei sua esposa fazendo café da manhã na cozinha externa da casa. Ela me ofereceu café, enquanto mexia em seu próprio smartphone novinho em folha.

"Acabei de comprar essa coisa em nossa última viagem para o Texas, mas nem sei como usar direito", confessou com um sorriso no rosto. Para cada traço de Mariano que o fazia parecer uma pessoa fria e dura, sua esposa tinha um traço oposto. Era uma mulher atraente, na faixa dos 40 anos, com olhos de adolescente e um sorriso correspondente. Seu cabelo era de um loiro avermelhado que combinava com sua pele clara. Depois que sua esposa levou as crianças à escola, Mariano me mostrou seu pequeno zoológico particular, com pássaros exóticos e cervos, bem ao lado de sua casa. Alimentamos um filhote de cervo com algumas goiabas, e então fizemos um *tour* por sua mansão. Televisores de plasma e grandes lustres em todos os cômodos, uma academia completa, e a sala de jantar era uma réplica exata da mesa da Santa Ceia, que mandou fazer na capital e entregar ali. Em mármore, é claro.

"Esta mesa me custou mais de vinte mil dólares", gabou-se, passando as mãos pela grossa chapa de pedra gelada. Suas mãos tremeram um pouco. Quando Mariano não estava bebendo, suas mãos tremiam severamente, mas não demorou muito até começar a entornar o remédio que curava o problema.

"Vamos dirigir até a cidade", constatou, pegando três cartuchos de munição para a viagem e jogando no painel do veículo. Em meia hora, chegamos à primeira cidade que visitei em Honduras, e a primeira coisa que fizemos foi comprar cerveja. Eram onze da manhã e já estávamos bebendo, dirigindo pelas ruas cheias da cidade. Então, paramos em um banco, para que eu sacasse dinheiro, e em uma loja de telefonia, para que comprasse um *chip* hondurenho.

"Vou te levar pra ver o hospital que construí em um vilarejo perto daqui", disse Mariano depois de visitarmos sua esposa em sua loja de ferragens no caótico centro da cidade. Chegamos a um edifício azul bebê, que tinha seu sobrenome escrito bem na porta da frente. Era uma clínica para os moradores da pequena vila em que os pais de Mariano haviam nascido e para as áreas vizinhas. "Não cobramos nada pelas consultas aqui, e sempre há um médico de plantão", explicou com orgulho.

Quando chegou a manhã em que eu deixaria aquele perigoso paraíso, estava triste, mas aliviado. A cada minuto que passei dormindo na casa de Mariano ou andando de carro com ele, havia uma voz no fundo de minha mente, dizendo:

"E se vierem te matar agora?". Os homens armados, que sempre estavam bebendo, também me deixavam alerta o tempo todo. Cavalgaram comigo por alguns quilômetros, e até convidaram outros amigos poderosos. Outros dois chefes do tráfico trouxeram seus cavalos espanhóis para a *cabalgata*. Um dos homens usava um chapéu de caubói de palha, com dois buracos de bala na testa. Todos fortemente armados. Mesmo garotos de 10 anos carregavam pistolas prateadas na parte de trás de seus jeans.

CAPÍTULO 35

A tristeza de deixar Bruiser

Lição do dia: *deixar um companheiro
para trás é uma sensação terrível.*

★ SULA ★

Cheguei à pequena vila de La Zona, meu segundo local de descanso em Honduras, aliviado por ter deixado Mariano e seus homens armados para trás, mesmo que eu ainda estivesse me beneficiando de sua hospitalidade. Quando cavalguei para a próxima casa, o lar de um criador de gado chamado Froilan, conhecido de Mariano, já havia mais de cinquenta pessoas esperando pela minha chegada. O vilarejo tinha uma rua estreita, de terra, que passava por casas simples, sem acabamento ou velhas e decadentes. Entretanto, as portas estavam todas abertas e mulheres, homens e crianças me recebiam com sorrisos calorosos. Antes que eu apeasse de Frenchie, já havia crianças mexendo nos cavalos, mulheres tentando fazer *selfies* e homens perguntando se os cavalos eram capões.

"Pessoal, deem espaço para o Filipe, ele vai ficar aqui a tarde toda", disse Froilan, vindo me resgatar. O *vaquero* hondurenho era um homem grande, em quem confiei no momento em que vi pela primeira vez. Ele pegou o cabo do cabresto de Bruiser e me ajudou a levar os cavalos para o pasto atrás de sua casa. Desarreamos os meninos e demos a eles um grande fardo de feno.

"Sabe, nenhum turista tinha parado em nosso vilarejo antes. Uma vez, dois homens que estavam fazendo uma volta ao mundo de moto passaram por aqui, mas só passaram correndo. Você é o primeiro a parar, e é por isso que as pessoas querem falar com você e te conhecer."

"É por isso que eu parti por esta jornada, para conhecer os lugares pelos quais as pessoas, normalmente, só passariam. Eu quero contar a verdadeira história das Américas, e eu acredito que a verdade está nos pequenos vilarejos como o seu", eu disse, olhando fundo em seus olhos brilhantes. "Sabe, há tantas notícias ruins sobre Honduras percorrendo o mundo. Assassinatos, drogas, cartéis, pessoas pensando que somos um bando de selvagens", ele fez uma pausa e olhou para trás, vendo as crianças que estavam perto dos cavalos, rindo e conversando. "Há muitas pessoas boas em meu país, só precisamos de uma chance para mostrar isso."

Eu havia entrado em Honduras com a impressão de que todos habitantes tentariam me assassinar, por nenhuma razão. Em menos de uma semana, eu já havia aprendido uma verdade completamente diferente. Os hondurenhos eram bondosos, generosos e acolhedores. Fui recebido como membro da família no Canadá, nos Estados Unidos, no México e na Guatemala, mas o espírito hondurenho era diferente, e em nenhum outro país fui recebido tão bem quanto no "país mais mortal das Américas". Eles amam cavalos. Além do México, não houve outro país em que eu tenha sido tão acompanhado por um, dois, três, vinte, às vezes trinta cavaleiros, em um dia ou uma semana inteira de viagem.

Na manhã seguinte, quando fui ao pasto buscar os cavalos, notei que Bruiser estava novamente mancando com a pata esquerda. Eu o fiz andar alguns passos, e notei que o problema era sério. Era a mesma ferida da Guatemala, mas agora ela tinha voltado mais forte. Sem saber o que fazer, Froilan me disse que não me preocupasse. Ele levaria Bruiser de trailer para o estábulo de seu amigo, no local onde eu descansaria aquela noite, e pediria que ele cuidasse de Bruiser enquanto eu rumava para o Sul. Eu estava incerto quanto a deixá-lo para trás, mas decidi esperar para ver o local e o estado dos cavalos dele antes de tomar uma decisão.

Para o almoço, Froilan pediu que um de seus funcionários trouxesse uma refeição deliciosa, completa, com arroz, feijão e carne de porco desfiada. Infelizmente, durante o almoço, um dos cavalos se deitou por completo, enquanto ofegava. Nós o erguemos rapidamente e nos revezamos na vigia para que ele não se deitasse mais. Depois da parada do almoço, na sombra e com água, ele pareceu se sentir melhor. Não foi a primeira vez que eu vi um cavalo que se juntou a nós entrar em colapso, o que é uma prova do poder e da resiliência de Frenchie, Bruiser e Dude.

"Seus cavalos não estão nem suando, Filipe, e os nossos estão morrendo", brincou Froilan depois que cuidamos do capão. Alguns minutos após voltar para a estrada, Bruiser passou por nós no trailer, relinchando para seus irmãos, que responderam imediatamente. Logo após as 3h da tarde, chegamos aos estábulos de Will Ramirez, em Sula. O homem era enorme, mais parecido com um urso do que com um homem, mas seus olhos eram pequenos e gentis, e seu sorriso estava sempre aberto, como os primeiros botões de sua camisa. "Seu cavalo estará seguro aqui. Este homem sabe como cuidar deles", disse Froilan, apertando a mão de seu amigo e se despedindo definitivamente. Passei o resto da tarde cuidando de Bruiser e ponderando sobre o que deveria fazer. Os estábulos de Will eram muito bons para os padrões hondurenhos e os cavalos de que ele cuidava estavam todos em boa forma. Porém, no fundo do meu coração, eu não queria deixar Bruiser para trás. A ideia de que ninguém cuida tão bem de um cavalo quanto seu próprio dono passava o tempo todo pela minha cabeça. Mas eu afastei minha ansiedade e, no dia seguinte, com um nó na garganta, deixei Sula apenas com Frenchie e Dude, enquanto Bruiser nos olhava do pasto.

Lá pela uma da tarde, achei um belo lugar para descansar e almoçar, com uma pequena casa de madeira marrom, cercado de árvores, atrás de um rio agitado. A brisa que vinha da água criava um oásis fresco para nós. Enquanto eu dava água para os cavalos, a família inteira saiu da casa com olhares intrigados. Eu me apresentei e expliquei o que estava fazendo. "Uau, isso é incrível. Já ouvi falar de pessoas viajando de carro ou moto, mas nunca a cavalo", disse uma jovem, mãe de dois garotos, uma garotinha, e esperando o quarto filho, enquanto as crianças olhavam para os cavalos maravilhados. Sentamos e conversamos sobre a vida.

"Em 1998 o furacão Mitch destruiu nossa casa e tudo que tínhamos", disse a mãe da jovem, com seus olhos tristes voltados para as águas turbulentas do rio. O furacão, um dos piores que já passou pelo país, deixou algumas pessoas mortas e muitas desabrigadas. "Foram tempos difíceis para nós. Somos pobres, e o furacão levou o pouco que tínhamos." O barulho da água do rio era um lembrete constante da bomba-relógio que eles tinham perto de casa. "Fomos forçados a sair às pressas de casa quando a água subiu. Quando voltamos, alguns dias depois, estava tudo arruinado. O que levamos a vida toda para construir foi destruído em poucos minutos." Perto das lágrimas, ela me contou que a família estava acostumada a lutar pela sobrevivência e que eles reconstruíram a casa no mesmo local da antiga. Aquela linda família tinha tão pouco, mas mesmo assim escolheram dividir comigo o que tinham. Comendo um sanduíche de presunto com pão branco e um copo de água, fiquei imaginando como poderia ajudá-los. Eu sabia que chegaria a uma cidade com banco naquela tarde, então eu peguei todo o dinheiro que tinha na carteira e entreguei para a jovem mãe. Ela protestou, sem querer aceitar, mas eu disse a ela que usasse o dinheiro para comprar algo para as crianças.

"Deus o abençoe, vou rezar todas as noites para que você chegue em casa a salvo com seus cavalos", ela disse, antes de me dar um forte abraço. Inspirado pelo poder daquela família de continuar lutando apesar das dificuldades, eu cavalguei pela tarde quente, que passou voando. Eu me sentia bem. Em algumas horas, Claudio Pena, meu contato em San Marcos, me encontrou em sua caminhonete e me acompanhou a cavalo. "Eu tenho éguas aqui que vieram lá do Texas", disse o *vaquero*, enquanto andava por seu belo pedaço de terra. Como presidente da Associação de Pecuaristas de San Marco, Claudio tinha uma grande paixão pelo cavalo Quarto de Milha. "Sua força, inteligência, energia, eu amo tudo neles", disse, observando suas doze belíssimas éguas correndo pelo pasto.

Naquela noite, Claudio me convenceu a ficar até o dia seguinte para participar de uma *Carrera de Sinta*. É um evento tradicional na América Latina, que impressionou Aime Tschiffely o suficiente para que ele o incluísse em seu livro. "Erguem uma espécie de patíbulo e, da barra horizontal, um anel, não muito maior que um anel comum de dedo, é suspenso por um gancho. Cada competidor, munido de uma pequena vara, tenta pegar o anel, enquanto galopa a toda velocidade", escreveu Tschiffely no início de seu livro, enquanto cavalgava pelos Pampas. Eu não perderia a suprema oportunidade de tentar pescar um daqueles anéis. Jantei cedo e fui dormir na casa do primo de Claudio, que gentilmente me ofereceu uma cama confortável.

Acordei cedo no dia seguinte e rumei para o rancho de Claudio. Chequei os cavalos e notei que estavam um pouco desidratados, então apliquei uma intravenosa de soro de B12 em ambos. Era algo que eu tinha que fazer regularmente para mantê-los hidratados e saudáveis. Primeiro, eu inseria a agulha na grossa veia jugular do cavalo. Quando pequenas gotas de sangue começavam a pingar da agulha, eu acoplava o tubo da intravenosa e abria a válvula, enquanto segurava a bolsa acima da cabeça do cavalo. A bolsa precisa permanecer mais alta que a veia, ou o sangue começa a sair do cavalo para dentro do tubo.

Depois que terminei, Claudio me levou até a praça principal da cidade, em que uma candidata à presidência estava prestes a chegar para um comício. "Xilmara está concorrendo pelo partido Libre, o mesmo pelo qual seu marido, Manuel Zelaya, tornou-se presidente em 2009", ele disse. Centenas de pessoas cantavam, acenando bandeiras vermelhas com a palavra *Libre*, escrita em preto, dentro de uma estrela branca. As crianças corriam com os rostos pintados, enquanto casais de idosos se refugiavam embaixo da sombra das árvores, usando bonés de baseball grandes demais para a cabeça. De tempos em tempos, chegavam novos ônibus à praça da cidade, trazendo mais hondurenhos barulhentos e efusivos para a cena caótica.

"Eles estão chegando", gritou um homem pendurado em uma árvore alta, causando um pandemônio na multidão. Todos correram em direção ao comboio de carros buzinando, portando bandeiras Libre vermelhas. Quando os carros finalmente pararam, Manuel Zelaya, usando seu icônico chapéu de caubói, e sua esposa com sua echarpe vermelha sobre os ombros, saíram de uma SUV preta. A multidão se precipitou para eles, enquanto dois guarda-costas enormes abriam caminho até o palco. As pessoas tentavam tocá-los desesperadamente, como se eles fossem santos com poder de cura, cantando "Xilmara, Xilmara, Xilmara" por todos os lados.

Filmando a cena toda, fiquei perto o suficiente para ver o suor pingando do bigode de Manuel, mas fui bastante empurrado na ferocidade da multidão quando tentei me aproximar mais do casal. Eu fiquei lá por alguns minutos mas, quando os políticos começaram a fazer promessas, parti.

*

O primo de Claudio foi me buscar em sua velha caminhonete branca e me levou até a muito aguardada *carrera de sinta*. Pela primeira vez desde que Claudio havia me convidado para participar do evento, a ideia de que eu poderia passar vergonha veio à minha cabeça. "Qual cavalo eu vou montar?", perguntei ao primo de Claudio, tentando levar meus pensamentos para outra direção. "O Palhaço", ele respondeu rindo. "Por que o chamam assim?", perguntei, hesitando, sem certeza de que queria saber a resposta.

"Porque ele corcoveia e joga as pessoas no chão o tempo todo, fazendo a gente rir", ele disse, antes de explodir em uma gargalhada incontrolável. "É brincadeira, estou brincando, é que ele tem uma aparência engraçada, como a de um palhaço. Não se preocupe, ele é um cavalo calmo, porém rápido, é exatamente o que você quer."

Chegamos à competição e encontramos centenas de *vaqueros* e cavalos. Uma estrada de terra havia sido fechada para a corrida, e as beldades locais estavam por toda a parte.

"Se você pegar um anel, você ganha uma bandana e um beijo das moças bonitas", Claudio explicou, sorrindo para as garotas. Ganhei minha lança de metal, do tamanho de um lápis, meu cavalo cômico e um rápido tutorial. Eu só tinha tempo para isso. Cavalguei com os outros competidores, passando ao lado da fita de velcro que pendia, com as minúsculas argolas grudadas a ela, até a área de espera. A algumas centenas de metros das argolas, todos esperávamos com nossos ansiosos animais, até que o anunciante chamou nosso nome no alto-falante. Sempre que um cavalo partia em galope, eu tinha que puxar Palhaço de volta, pois ele também queria correr na direção dos anéis. Um a um, eu vi meus amigos voando estrada abaixo, com suas pequenas lanças empunhadas ao alto, correndo para as argolas invisíveis que pendiam da linha preta. Uma nuvem de poeira se levantava dos cascos dos cavalos.

"Señor Filipe Leite", as palavras do anunciante fizeram meu coração disparar, notificando Palhaço que estava na hora da festa. Alinhei meu cavalo com a estrada, o quanto seu nervosismo me permitiu, e parti em cavalgada com um toque de esporas rápido. Palhaço voou como um míssil. Levantei minha mão direita, segurando as rédeas com a esquerda, e tentei focar em um dos seis anéis que ainda estavam pendurados. Estávamos a cem metros, depois a cinquenta, depois passamos da linha, e segurei minha lança sem anel. Voei tão rápido por aqueles anéis que nem tive tempo de reagir. Eu achei que havia mirado corretamente, mas minha lança não passou nem perto das argolas.

Durante a tarde toda eu corri na direção dos pequenos anéis e saí do outro lado de mãos vazias. Meus amigos hondurenhos me deram dicas de mira e discutiram estratégias comigo, mas foi inútil. O vencedor foi para casa com três beijos na bochecha e um potro lobuno. Eu não sei que prêmio o deixou mais feliz, mas os beijos quase lhe causaram um infarto.

Na manhã seguinte, acordei dolorido. Deitado naquela cama confortável, olhando para a pintura descascada do teto, a última coisa que eu queria fazer era cavalgar por trinta quilômetros. Às seis e meia da manhã, naquela pequena cidade hondurenha, depois de 14 meses na estrada vivendo com o mínimo possível – duas calças jeans, quatro camisas, três camisetas, cinco cuecas, duas meias, um par de botas, uma bermuda, um iPad mini, um fogareiro, uma barraca – dormir nos bacheiros das selas, sujo, suado e cansado, de repente percebi... estava com saudade da boa e velha rotina de casa. Aqueles domingos preguiçosos em que sua única preocupação é dormir. O cheiro dos meus lençóis. O café da minha avo com pão de queijo quentinho.. Poder beber água direto da torneira. Sempre ter um lugar para carregar meu celular e, mais importante: sempre ter sinal. Um chuveiro quente, ou simplesmente um chuveiro. Sushi. Roupas novas e limpas. Uma geladeira.

Me arrastei para fora da cama e fui até o rancho de Claudio para selar os meninos. Por volta das oito da manhã, estava partindo de San Marcos em direção a Santa Barbara. Ao me aproximar da cidade, eu vi algo a distância. Quando cheguei perto, vi duas meninas equilibradas em pernas de pau, com as bandeiras do Brasil e de Honduras, e uma banda que marchava atrás delas. Eu fui pego de surpresa, e comecei a chorar. O diretor da escola me agradeceu por visitar a cidade e me deu as bandeiras de recordação. Dude estava nervoso, então eu agradeci a todas as crianças e segui em frente.

Na hora do almoço, passei por outra pequena cidade, e a escola inteira veio nos saudar. Todos me pediram para assinar seus uniformes. Eu disse a eles que suas mães os matariam (e a mim) mas eles insistiram. Portanto, uma por uma, assinei as camisetas. A estrada até Santa Barbara continuou do mesmo jeito. Crianças, mídia local e *vaqueros* me recebiam todos os dias em suas comunidades, com sorrisos radiantes e braços abertos. Entre as cidades, montanhas cobertas de selva se levantavam até alcançar densas nuvens enquanto cavalgávamos por estradas calmas e silenciosas. Quente como o inferno. E paradisíaco.

CAPÍTULO 36

Querida Dona Maria

Lição do dia: *confie nas pessoas que conhecem bem o terreno em que pisam.*

★ SANTA BARBARA E AGAFAM ★

Na cidade de Santa Barbara, conheci Dona Maria. Originalmente da região amazônica brasileira, tinha os traços dos indígenas da área. "Quando ouvi dizer que havia um jovem tão corajoso, da minha terra natal, fazendo uma jornada tão difícil, eu disse 'preciso conhecê-lo'", disse Dona Maria, enquanto segurava meus braços com ambas as mãos depois de nos abraçarmos. Dividimos uma xícara de café e um pão com manteiga morno e descobrimos que tínhamos mais em comum do que pensávamos. Na maior parte do ano, Dona Maria mora no Canadá, na região do Niágara.

"Meu marido é de Honduras, mas vivemos no Canadá com nossas filhas agora", explicou, antes de me dizer que eu deveria comer outra fatia de pão, pois estava muito magro. Quando contei a ela como Bruiser havia ficado para trás em Sula, disse que me levaria de carro até lá para vê-lo. Ela sentiu a preocupação em minha voz. "Você não sabe o quanto eu fico feliz em poder ajudá-lo", disse, iluminando a sala com seu amplo sorriso. Eu teria que aceitar sua proposta. Ligava para Will Ramirez todos os dias, perguntando como Bruiser estava, mas as notícias nunca eram boas. Já fazia quase duas semanas que o havia deixado, e ele já deveria estar melhorando. Eu estava preocupado.

No dia seguinte, bebendo café gelado para nos refrescar do calor intenso, Dona Maria, seu motorista, um jovem funcionário e eu seguimos para o norte de Honduras. Era sempre uma sensação estranha ir a tanta velocidade na estrada. Eu vinha sempre viajando à velocidade de 3 km/h. Chegamos à casa de Will logo depois do almoço, e, antes de procurar pelo homem-urso, fui correndo para meu cavalo, que relinchava ao me ver. Tentou andar até mim, mas estava realmente dolorido, então cambaleou lentamente até que finalmente desistiu, e esperou que eu o alcançasse. Cocei seu rosto enquanto ele se aninhava em meu peito. Eu o abracei forte e deixei seu cheiro familiar entrar por minhas narinas, acalmando minha alma. "Senti tanta falta de você, parceiro", falei baixinho em sua orelha.

"Oh, ele é tão lindo, Filipe", disse Dona Maria, se aproximando. "Parece que sentiu sua falta. Ele não está muito bem, não consegue andar direito. Ele já foi examinado por um veterinário?", perguntou com preocupação. "Não, procurei veterinários de cavalos, mas, aparentemente, eles só existem na capital", concluí enquanto examinava as patas de Bruiser, que estavam bem inchadas. "Bom, então precisamos levá-lo até a capital", disse Dona Maria, com um olhar severo.

Ela imediatamente começou a telefonar para seus contatos e fez as coisas acontecerem. Naquele meio tempo, entrei em contato com o melhor veterinário de cavalos do país, Leo Matamoros. Ele e seu pai eram conhecidos em toda a América Central por seu trabalho com cavalos de salto e cavalos Espanhóis. Um amigo de Rafael Morales, na Guatemala, também veterinário, havia sido um dos professores de Leo na Universidade da Guatemala, onde o hondurenho estudou. Enquanto cuidava de meus cavalos em Morales, o veterinário guatemalteco telefonou para Leo e lhe disse que eu estaria em Honduras em alguns dias, e que eu poderia precisar da ajuda dele. Desde a primeira vez em que conversamos, Leo me disse que eu poderia ligar a qualquer hora do dia, caso precisasse de algo. Então, falei com ele do estábulo de Will e lhe contei meu problema. Leo me assegurou que, se eu pudesse encontrar um caminhão para transportar Bruiser até Tegucigalpa, ele o levaria a Agafam, o local em que ocorriam as feiras agropecuárias da cidade, lá ele começaria a tratar do meu filho.

Durante nossa volta para Santa Barbara, Dona Maria já havia conseguido um caminhão para transportar Bruiser para a capital, e me disse que arcaria com os custos. "Por favor, deixe-me fazer isso por você. Vai ser uma viagem cara, e você tem que economizar para medicação e custas do veterinário", disse Dona Maria, sem aceitar um não como resposta. Na manhã seguinte, Bruiser subiu em um grande caminhão azul e foi transportado a Tegucigalpa, enquanto Frenchie, Dude e eu o seguíamos cavalgando. Antes de nos despedirmos de Dona Maria, ela me deu um crucifixo dourado, pendurado em uma fina corrente de ouro que usava no próprio pescoço. "Minha mãe me deu isto quando eu tinha 16 anos e saí de casa, e quero que você fique com ele", disse, com lágrimas nos olhos. Quando passou a correntinha por minha cabeça, também comecei a chorar. A generosidade daquela mulher me tocou profundamente. Desde o primeiro segundo em que me viu, queria fazer tudo que estivesse ao seu alcance para me deixar feliz. "Sei que você vai chegar ao Brasil em segurança com seus três belos cavalos, mas agora você precisa ter paciência e cuidar de Bruiser, pois ele te trouxe até aqui desde o Canadá. Merece ser cuidado como um rei", disse Dona Maria, com um longo e forte abraço.

Eu falava com Leo todos os dias, e ele me disse que a situação era séria. "Por ele ter machucado a pata esquerda, começou a colocar todo o peso na pata direita. Isso causou uma contusão na pata direita também. Sentiu muito desconforto, então começou a andar de lado para aliviar a dor, e isso deixou seu lombo muito machucado." O que vou fazer se ele não puder continuar? Tentei afastar o pensamento, mas ele continuou a apertar meu coração.

Quando cheguei a Tegucigalpa e finalmente encontrei com Leo, eu estava emocionalmente tão debilitado quanto Bruiser. Como um pai sobrecarregado, fui forçado a colocar meus sentimentos de lado para cuidar dele. Ainda estava sentindo dor, e, mesmo que Leo já estivesse trabalhando com ele por uma semana, eu tinha sérias dúvidas se ele poderia retornar a nossa extenuante viagem. "Filipe, eu sei que ele ainda está andando com dificuldade, mas prometo que, quando você for embora, seu cavalo vai estar tão saudável como quando saiu de Calgary", disse Leo, com seus grandes olhos castanhos brilhando de confiança. "Espero que sim, doutor, pois se eu perder esse companheiro, não sei se vou conseguir continuar".

Enquanto isso, eu estava na capital mais mortal do mundo. "Não saia da Agafam sozinho! Não pegue táxi na rua! Nunca, nunca mesmo, ande na rua à noite, e, durante o dia, só ande se você estiver com alguém", foram as instruções que recebi de um juiz de futebol profissional, amigo de Leo Matamoros. O pequeno e atlético hondurenho era nascido e criado em Tegucigalpa. Ele sempre soube o quanto sua cidade natal era perigosa, mas foi um tiro no peito, dois anos antes, durante um roubo de carro, que o fez mudar seu modo de vida. "Eu não dirijo carro novo, vivo em um condomínio fechado e sempre me preocupo quando minhas filhas saem de casa. É triste viver como se você estivesse em uma guerra", disse enquanto tomávamos uma cerveja, na noite em que cheguei. A verdade é que Tegucigalpa estava em guerra. Gangues violentas como os Maras, Salvatrucha, 18th Street e outros grupos recentes lutavam todos os dias, deixando uma pessoa brutalmente assassinada a cada 74 minutos. Havia homens baleados mais de vinte vezes, cortados em pedaços com facões, e, enquanto eu estava lá, um homem foi assassinado, decapitado e pendurado em uma das pontes principais da cidade, com suas calças nos tornozelos.

Em um país onde há poucas oportunidades, há mais estudantes almejando entrar para os Maras do que procurando emprego. Aqueles que não querem entrar para a guerra se juntam às dezenas de milhares de hondurenhos, muitos ainda crianças, que fazem a árdua jornada para os Estados Unidos, como muitos que conheci, caminhando para o norte, enquanto eu rumava para o sul. Passar um mês naquela zona de guerra era a última coisa que eu queria fazer, porém, infelizmente, Bruiser precisava de tempo para se recuperar e de um bom veterinário para tratá-lo. Por sorte, encontrei Leo e seu pai Mario, que, juntos, tinham mais de trinta anos de experiência no tratamento de cavalos por toda a América Latina. "Meu avô era veterinário de cavalos. Meu pai é veterinário de cavalos e, agora, estou seguindo o legado de minha família", Leo me disse enquanto tirava sangue de Bruiser.

A primeira coisa que Leo fez foi uma proloterapia nas costas de Bruiser, utilizando injeções com uma pequena quantidade de extrato de planta-de-jarro, um anti-inflamatório e anestésico local. O procedimento estimulava as terminações nervosas do lombo e ajudava a acabar com a dor. "Funciona estimulando o processo de cura do próprio corpo, para reparar tecidos prejudicados e enfraquecidos. Um novo tecido fibroso é criado com a intenção de fortalecer as costas, aliviando qualquer dor associada que ele possa ter", explicou Leo, enquanto injetava alguns tubos no lombo de Bruiser com uma agulha superfina.

O pai de Leo, Mario, infiltrou as juntas de Bruiser com plasma rico em plaquetas, retirado do sangue do próprio alazão. Essas plaquetas, conhecidas por causar coágulos de sangue, liberam uma série de fatores de crescimento importantes para reparar os tecidos, além de mandar sinais para que outras células do corpo se desloquem para o local da lesão. "As plaquetas vão estimular o corpo a trabalhar mais rápido para recuperar a lesão em suas juntas. O fato de ele ser um cavalo jovem também vai ajudar a acelerar o processo de cura", disse Leo. Depois que os dois procedimentos foram feitos, Leo me disse que tudo que podíamos fazer era dar tempo a Bruiser para descansar e se recuperar. "Confie em mim Filipe, ele vai ficar saudável novamente", disse Leo.

Encontrei uma pousada barata perto da Agafam, e o juiz de futebol me colocou em contato com um motorista de táxi, Don Julio, um cavalheiro com fala macia e gosto pela vida, que me levava todas as manhãs para cuidar dos cavalos, e todas as noites de volta para a pousada. Durante nossas viagens, contou sobre a luta diária que era viver em Tegucigalpa. "As gangues dominaram completamente esta cidade." Organizadas e perigosas, as gangues são ligadas aos cartéis mexicanos. Nos últimos anos, elas se tornaram tão cruéis quanto esses cartéis. Mesmo que a maior parte da violência fique restrita aos conflitos entre gangues, os hondurenhos comuns acabam pagando por essa luta.

"Todo ano eu desembolso perto de mil dólares em 'imposto de guerra' só para poder estacionar meu carro perto da universidade", disse Don Julio, apertando os olhos de frustração. Semanalmente, Don Julio precisava dar dinheiro em um envelope branco a um homem que chegava em uma SUV preta carregando um fuzil. É o *Impuesto de Guerra*.

De acordo com um relatório feito pelo congresso de Honduras em 2013, mais de trinta milhões de dólares são recolhidos dos donos de estabelecimentos em Tegucigalpa, todos os anos, pelos Maras. O dinheiro de hotéis, taxistas, donos de restaurantes e lojas de roupas é o que permite que as gangues se expandam e se armem até os dentes. Quando perguntei a Don Julio o que acontece se alguém se recusa a pagar o imposto, ele imitou uma arma com a mão direita e simulou um tiro na cabeça.

Em Agafam, conheci uma mulher americana e seu marido chileno. Haviam adotado um menino hondurenho e mantinham seu cavalo de salto ali. Todos os dias eu observava o menino treinando seu cavalo enquanto conversava com o simpático casal. Apaixonados por cavalos, estavam extremamente impressionados com minha jornada, e me convidaram para um jantar em sua mansão, que ficava em um condomínio fechado fora da cidade. O marido, Andy, um homem grande e forte, com ar de general, bebeu *scotch* comigo a noite toda, enquanto me contava histórias de sua vida cheia de aventuras. Ele me contou como havia servido ao exército chileno e depois trabalhado para a CIA. Suas histórias iam de meses passados na prisão até uma missão que envolvia dirigir um caminhão carregado de bombas por rodovias americanas.

"Perdi meus freios descendo uma maldita montanha. Um policial notou e me ultrapassou, com seu giroflex abrindo caminho entre os carros. Quando eu finalmente parei, no fim da descida, ele saiu da viatura e me perguntou 'E então, o que você está transportando?' 'Bombas', eu disse. Você tinha que ver a cara dele."

Andy me disse que se mudou para Honduras com a esposa para abrir um hotel no litoral. Mais tarde, conversando com amigos em comum, descobri que a história era verdadeira, mas eu tinha uma forte sensação de que ele havia se mudado para a América Central por outros motivos. Ele nunca me disse se ainda trabalhava para a CIA, mas quando entrei em seu quarto de hóspedes, bêbado como um gambá, às duas da manhã, algo me dizia que a velha raposa ainda estava ativa no mundo secreto da espionagem. Infelizmente, um ano depois, enquanto eu ainda estava na estrada, recebi um e-mail de um amigo em Honduras me notificando de que Andy havia sido baleado e morto em seu carro, enquanto seu filho de 16 anos assistiu tudo no banco de trás. Membros de uma gangue estavam coletando o imposto de guerra de um mecânico enquanto ele estava trocando os pneus de seu carro. Um dos homens armados o acusou de ser um policial, por vê-lo carregando uma arma, e descarregou sua pistola no peito de Andy, matando-o imediatamente.

Algumas noites depois do jantar na casa de Andy, tive meus problemas com um hondurenho armado. Era um domingo, 5 de setembro de 2013. Estava retornando da visita aos cavalos no fim da tarde e encontrei a gerente da pousada. Ela começou a puxar conversa e a me dizer o quanto estava infeliz com seu marido, um homem careca, de aparência assustadora, dono da pousada. Ela me disse que ele a agredia frequentemente e tinha ciúmes de sua própria sombra. Eu a escutei por um tempo, mas a ideia de que seu marido voltaria e me veria ali me apavorou. Ele não só era um cara durão, como também carregava uma pistola grande a brilhante, para quem quisesse ver.

De volta ao meu quarto, tomei um banho, tirei um cochilo, entrei na internet e liguei para Emma por Skype. Deitado na cama, contei a ela sobre a lesão de Bruiser, os perigos da cidade e o quanto eu sentia falta dela – nossa conversa de sempre. Enquanto me contava sobre seu trabalho, uma explosão horrível aconteceu bem do lado de fora da minha janela. "O que diabos foi isso?" A voz de Emma estava cheia de preocupação.

"Eu não sei, já te ligo de volta", disse, desligando e instintivamente pegando minha câmera no criado mudo. Comecei a filmar e lentamente me aproximei da janela. Escondido atrás das cortinas escuras, vermelhas, escutei os gritos lancinantes da mulher com quem havia conversado algumas horas antes.

"Por favor, não, por favor!" Seu desespero ecoava pela rua silenciosa. Pá. Pá. Pá. Três tiros preencheram o escuro lá fora com puro terror. Arrepios correram pela minha espinha. Será que saio e tento ajudar? Será que ele está tentando matá-la porque ela falou comigo? Será que ele vem atrás de mim depois? O medo que senti olhando para os olhos daquele urso pardo em Montana pareceu uma grande piada em comparação ao que sentia naquele momento. Era como se o mundo inteiro tivesse caído em cima de mim. Ouvi outras mulheres gritando, enquanto outro tiro era disparado. Desesperadamente, peguei meu celular e liguei para Leo em busca de ajuda.

"Não saia do quarto, Filipe, vou chamar a polícia", disse.

"Seu filho da puta, eu te odeio", a mulher gritou de repente, enquanto seu marido corria rua abaixo. Ela jogou algum objeto nele, como uma panela de pressão velha, que quicou no asfalto duro. Ela estava viva. A única coisa que eu conseguia ouvir era o meu coração batendo forte na minha cabeça. As palmas das minhas mãos estavam molhadas e minha alma parecia estar saindo do corpo. Examinei o quarto. O que eu poderia colocar na frente da porta para bloqueá-la? Será que conseguiria pular da janela e sobreviver à queda? Será que esse filho da puta viria atrás de mim? Será que ele bateu nela? Será que ela está machucada? Merda. Merda. Merda. Eu sabia que eu era a única pessoa hospedada na pousada. Ele sabia que eu havia escutado os tiros. Ele talvez soubesse que eu estava falando com sua esposa antes de ele chegar. Sentei-me na cama, tentando me acalmar antes de ligar para Emma. Eu precisava falar com alguém para me segurar e não sair correndo daquele quarto direto para as ruas escuras.

"Você está bem? O que aconteceu?", perguntou Emma, com a preocupação cortando sua voz. "Sim, estou bem, mas o dono da pousada tentou matar sua própria esposa bem embaixo da minha janela", tentei parecer o mais calmo possível, sem sucesso. "Filipe, você tem que sair daí imediatamente", gritou para o computador. "Eu liguei para Leo, o veterinário, e ele me disse para ficar dentro do quarto. Ele vai mandar a polícia. Vai ficar tudo bem", garanti.

Deitei-me na cama de casal e fiquei olhando para o teto. Uma chuva fina começou a cair lá fora. O desespero na voz da mulher, silenciado pelos tiros, ficava ecoando na minha cabeça sem parar. Senti a força dos tiros na minha pele. Senti o cheiro da pólvora. Senti o gosto das partículas ásperas na minha boca. A explosão foi tão perto. Então, o som de um carro estacionando perto da porta fez meu coração disparar. A borracha dos pneus passando lentamente pelo asfalto molhado me causou arrepios como se fosse o barulho de unhas arranhando uma lousa. Uma luz vermelha entrou pela janela e sumiu. Eu me esgueirei até a janela e lentamente espiei a grande caminhonete da polícia lá embaixo. Um policial desceu do banco do passageiro e bateu no portão de metal que ficava bem abaixo da minha janela. Uma voz de homem respondeu. Será que era ele? Não sei.

"Sim, sim, sabemos como é", disse o policial na direção da porta. Eles conversaram por alguns minutos, e então a misteriosa figura deu um maço de notas ao policial. "OK, vamos ficar de olho, obrigado por sua ajuda", disse o policial antes de partir. O canadense em mim, de algum modo, acreditou que os policiais realmente fariam algo. Eu deveria ter escutado o diabinho brasileiro no meu ombro, que me dizia que a polícia ia atrapalhar mais do que ajudar. E se Leo tivesse dito a eles que havia um brasileiro assustado no hotel? Merda, ele definitivamente vai me matar agora.

Fiquei acordado a noite toda. O mínimo barulho me fazia pular. De olhos arregalados, eu imaginava a porta se abrindo com uma explosão. O homem careca, com seu crânio brilhante, apontando sua pistola prateada para meu corpo e atirando em mim, me causando uma morte dolorosa. No entanto, a verdade é que ele não veio e ela não morreu. Mal fiz contato visual com ela depois daquilo. E presumi que ele tinha se embriagado naquele domingo e começou a descarregar a arma na esposa por conta de alguma briga idiota. Felizmente, ele tinha uma péssima pontaria, e não a acertou.

CAPÍTULO 37

Adeus Tegucigalpa

Lição do dia: *confiar, mesmo que isso lhe pareça estranho.*

Depois de um mês descansando em Tegucigalpa, finalmente chegou a hora de continuar desenhando pontinhos negros em meu amassado mapa das Américas. Conheci uma canadense que havia participado do *Calgary Stampede Show Riders*, e agora vivia em Honduras com seu pai, seu avô e seu irmão. Sara Turner, uma loira meiga e divertida, havia se mudado para lá com o pai, que iniciou o projeto de uma hidrelétrica alguns anos antes.

"Eu disse a ele que eu só ficaria aqui se pudesse trazer meu mustangue, Honey, do Canadá", disse a moça de 29 anos, rindo até roncar. Honey veio e Sara ficou. "Era o mesmo preço para transportar um cavalo ou dois, então comprei mais uma égua." Com seus cavalos, adquiridos em Honduras, Sara inaugurou uma escola de saltos em La Esperanza, perto do projeto da hidroelétrica do seu pai. A escola é gratuita para crianças cujos pais trabalham para seu pai e outras crianças sem recursos da comunidade.

"Esses meninos estão ganhando troféus por todo o país, vencendo crianças hondurenhas riquinhas e esnobes", disse Sara com um sorriso largo, "e isso faz tudo valer a pena para mim". Assim que cheguei em Tegucigalpa, comecei a ouvir falar da "garota canadense maluca," e depois descobri que Sara também tinha ouvido falar do "cara brasileiro maluco" que cavalgou com seu mustangue do Canadá até Honduras. Sara imediatamente se apaixonou por meus cavalos e pela jornada, e anunciou "vou tirar uma folga e cavalgar até a fronteira da Nicarágua com você". Ela também se ofereceu para hospedar Bruiser em sua escola de equitação em La Esperanza até que ele estivesse pronto para voltar para a estrada.

"Ele será tratado até sarar no SPA La Esperanza", ela brincou, enquanto dava tapinhas no pescoço dele. Transportamos Bruiser até La Esperanza. Eu fui na carroceria do caminhão com ele, vendo as espetaculares cadeias de montanhas de Honduras no caminho. Após quatro horas serpenteando pelas montanhas, chegamos à propriedade de Sara, que ficava no topo de uma montanha, com uma vista espetacular do vale lá embaixo. Conduzimos Bruiser até a arena. Olhei para o por do sol, com centenas de tons de verde que subiam até o céu alaranjado lá em cima. "Você vai ficar bem, amigão", disse a Bruiser.

Na manhã seguinte, Santiago, o treinador que trabalhava com Sara, fez uma pequena demonstração com as crianças para que eu filmasse. Jovens meninas e meninos, montados em seus cavalos e voavam sobre os obstáculos construídos por Santiago. "Para mim, é incrível ver essas crianças evoluindo e saltando mais alto a cada semana que passa", disse Santiago, radiante de alegria. A maioria daquelas crianças havia chegado à escola de equitação La Esperanza sem experiência em montar a cavalo. Muitas nunca haviam visto um. Porém, com o planejamento e financiamento de Sara e a devoção de Santiago à escola, as crianças estavam saltando como profissionais. O amor que elas tinham pelos cavalos realmente me cativou.

"Ah, cale a boca, pare de ser meloso comigo", Sara disse, me dando um tapa nas costas forte o suficiente para deixar uma marca vermelha – era o amor bruto de uma *cowgirl*.

À tarde, dirigimos até San Pedro de la Sula para assistir a partida de futebol da seleção nacional contra a Costa Rica nas eliminatórias para a copa do mundo. O calor estava infernal, mas o jogo foi muito divertido. Para minha surpresa, encontrei Claudio Pena, de San Marcos em um bar depois da partida. Aquele foi um dos dias mais divertidos da viagem. A atmosfera do jogo e a qualificação de Honduras para a copa, os amigos à minha volta e a cerveja gelada quase me fizeram esquecer os problemas em meu caminho pelos milhares de quilômetros que ainda nos separavam de casa.

Na manhã seguinte, com uma ressaca colossal, nos despedimos do irmão e do namorado de Sara antes de voltar para a capital. Com nossa cavalgada partindo de Tegucigalpa marcada para o dia seguinte, nos apressamos para preparar tudo e deixar os cavalos prontos para a viagem de quatro dias até a fronteira com a Nicarágua. Sara providenciou o transporte de sua égua Deedee e seu capão Luigi para a Agafam e Santiago veio de carro para nos acompanhar. Ariel, o filho de 16 anos de Andy, também cavalgaria conosco.

Em uma manhã de domingo quente e úmida, Sara, Santiago, Ariel e eu partimos de Tegucigalpa. Depois de ficar longe da estrada por tanto tempo, foi revigorante rumar para o Sul novamente, especialmente com quatro amigos para fazer o tempo passar mais rápido. Montando Dude e conduzindo Frenchie, que levava a bagagem, cavalgamos duro por três dias. Nos arredores de Danli, nossa última cidade hondurenha, fomos recebidos por *vaqueros* a cavalo.

"Bem-vindos a Danli, estamos muito felizes por recebê-los aqui", disse Francisco Valle enquanto nos levava ao rancho de um amigo, onde os cavalos descansaram e esperamos os outros cavaleiros chegarem. Enquanto nos sentamos à sombra, vendo os cavalos pastando, um dos garanhões Espanhóis da propriedade se soltou de sua baia e veio na direção de nossos cavalos como um diabo raivoso. Ele imediatamente foi na direção da égua de Sara, Deedee. Sem saber o que fazer, Sara jogou sua pochete no animal enlouquecido e o acertou na cabeça. O cavalo, confuso, virou-se e viu Frenchie e Dude do outro lado do campo. Abaixou a cabeça, com as orelhas para trás, e disparou como um foguete na direção deles. Meus palominos correram, com medo nos olhos. Sabendo que o garanhão poderia ferir seriamente os meus rapazes, fiz a única coisa que meus instintos ditaram: peguei a corda que estava na sela e comecei a correr atrás dos três cavalos enquanto abria o laço. Em um momento de instinto mustangue de luta pela vida, Dude parou e deu um forte coice na direção do garanhão. Eles não se tocaram, mas foi o suficiente para enviar o cavalo raivoso em minha direção. Comecei a girar o laço o mais rápido que pude e, quando consegui mirar bem sua cabeça, a lancei. Com grande alcance, soltei a corda e vi sua trajetória em câmera lenta. O laço pousou em volta do pescoço do garanhão, e, sem perder tempo, passei a corda em volta do meu quadril, usando minha mão esquerda, e enterrei meu pé direito na terra à minha frente, deixando meu corpo em um ângulo de 45 graus. Quando a corda se esticou, dobrou o pescoço do animal, fazendo um efeito chicote em seu corpo. Quando a vida voltou para o tempo real, o cavalo ofegante estava olhando diretamente para mim, confuso com o que diabos tinha acontecido. Puxei a corda e, uma vez que ele percebeu que havia sido capturado, tornou-se outro animal. Seus olhos ficaram calmos e só permaneceu sua respiração ofegante.

"Meus mamilos estão duros", brincou Sara quando passei por ela com o garanhão laçado, me fazendo gargalhar. Me sentindo um verdadeiro caubói, cavalguei até Danli com Sara, Ariel, Santiago e trinta *cabalgantes* locais. Paramos a cidade quando passamos pelo centro, gargalhando, gritando e bebendo cerveja até demais.

"Ouça, Filipe, sinta-se livre para recusar, mas eu preciso perguntar. Eu acho que nunca terei outra oportunidade como esta na vida, e eu queria saber se você se importaria se eu continuasse cavalgando com você até a Nicarágua", perguntou Sara timidamente, enquanto descolava o rótulo de sua garrafa de *Salva Vida*.

"Você está brincando, Sara, se eu me importaria? Eu adoraria ter a sua companhia", eu disse, fazendo um brinde a nossa cavalgada pela Nicarágua. "Espere, e seu passaporte?"

"Oh, eu trouxe comigo, caso eu ficasse com vontade de continuar", ela gargalhou noite adentro.

*

Acompanhados pelos *vaqueros* locais de Danli, cavalgamos os últimos 25 quilômetros até a fronteira com a Nicarágua. Foi um dia caótico, bebendo cerveja atrás de cerveja, sempre fornecida pelos homens que estavam cavalgando conosco. Assim como entrei em Honduras com Mariano e seus homens, em uma névoa bêbada, fiz os quilômetros finais até a fronteira. Um dos homens se ofereceu para levar nossos cavalos para a Nicarágua por uma trilha que ele conhecia bem.

"Já passei cavalos para a Nicarágua muitas vezes, sem problema", ele disse, assegurando que nossos cavalos estariam no país em meia hora.

Achamos uma pastagem para deixar os cavalos aquela noite e conseguimos dois quartos em um restaurante que oferecia acomodações para caminhoneiros barrados na fronteira. Depois do jantar, Sara e eu nos recolhemos a nossos quartos. A cerveja misturada com o sol nos deixou exaustos. Em meu quarto todo turquesa, matei uma aranha peluda do tamanho do meu punho. Quando entrei, ela estava na parede bem ao lado da minha cama. Fiquei com medo que houvesse outras prontas para me picar, mas minha exaustão me impediu de me preocupar. Tomei um banho e desmaiei.

Às 3h da manhã fui acordado por dois homens carregando malas grandes nas costas, bem do lado de fora do meu quarto. Fiquei preocupado, pensando que eles podiam tentar nos roubar, e os observei da janela enquanto eles se sentaram e acenderam cigarros. Eles pareciam cansados, como se estivessem andando com as malas pesadas por horas. Imaginei que estivessem contrabandeando algo pela fronteira, que ficava a apenas trezentos metros de onde estavam sentados.

Na manhã seguinte, nossos cavalos passaram na mesma estrada pela qual os dois homens haviam caminhado algumas horas antes. Dois amigos de Danli levaram os cavalos para nós, enquanto carimbávamos nossos passaportes e entrávamos legalmente no país. Depois de gastar 200 dólares na fronteira, por ter ultrapassado o período de três meses permitido aos turistas para viajar entre a Guatemala e Honduras, fiquei de bolsos vazios.

"Você tem algum dinheiro vivo?" perguntei a Sara, preocupado por ter gastado todo o meu.

"Não, não me sobrou nada, gastei tudo nestes cafés", ela disse enquanto tomávamos as bebidas quentes.

"Bom, espero que não precisemos cavalgar até muito longe, pois não temos dinheiro nem para uma garrafinha de água", eu disse, rindo do desastre que estava virando nosso primeiro dia na Nicarágua. Outro amigo de Danli nos levou de carro até a estrada de terra em que os homens estariam esperando com nossos cavalos, que ficava a cerca de cinco quilômetros da fronteira. Nos sentamos ansiosamente no Jeep azul, esperando nossos animais aparecerem no horizonte. Depois de meia hora de espera, notamos que nosso motorista estava ficando tão nervoso quanto nós.

"Se esse cara está nervoso, é um mau sinal", disse Sara, preocupada em não ver seus cavalos Deedee e Luigi nunca mais.

"Não se preocupe, eles virão", garanti, sem convicção. Depois de uma hora de espera, já imaginando o pior, a grande cabeça de Frenchie apareceu atrás de uma pequena colina, seguido por Dude, Deedee e Luigi. Os homens que os montavam vinham com sorrisos largos e calças molhadas.

"A trilha piorou desde a última vez que andamos por ela, ainda bem que os seus cavalos não têm medo de rios", eles disseram, nos contando que tiveram que cruzar um rio que chegou à altura da barriga dos animais, deixando suas botas e jeans ensopados.

Agradecemos a eles por sua ajuda, montamos nossos cavalos e rumamos para o Sul sem dinheiro, sem contatos e sem a mínima ideia de onde dormiríamos aquela noite. Entretanto, em algumas horas, tudo ficou bem. Sara e eu nos maravilhamos com as paisagens verdes e exuberantes à nossa volta. Aproveitamos o silêncio da estrada e as grandes nuvens que cobriam o Sol na maior parte do dia. A estrada serpenteava à direita e à esquerda, e um pequeno rio aparecia de tempos em tempos, correndo para o Sul conosco.

A mais ou menos oito quilômetros de Ocotal, vimos um homem acenando na frente de uma grande entrada para um rancho. Quando nos aproximamos o suficiente para escutá-lo, ele nos disse que trabalhava naquele rancho e que o proprietário estava esperando por nós. Provavelmente, os *vaqueros* de Danli ligaram para seus amigos nicaraguenses e pediram que eles nos ajudassem.

"Uau, isso é ótimo", eu disse a Sara, com um grande sorriso, quando vimos oito homens sentados em volta de uma mesa repleta de comes e bebes.

"Bem-vindos à Nicarágua", disse David Lovos, o dono da propriedade, me passando uma *Tona* gelada. Bebemos cerveja e comemos um delicioso churrasco enquanto conhecíamos nossos novos amigos. Mais uma vez, cantei "it's a small world after all" (é um mundo pequeno, afinal) quando Jaime, primo de David, me contou que havia estudado no Brasil e se casado com uma brasileira.

"Vocês podem se hospedar comigo e minha esposa em Ocotal, ela vai adorar conhecê-los", disse Jaime em seu português perfeito. Fazendeiro de café, ele tinha até visitado a minha cidade natal no Brasil para ver as máquinas de café vendidas pela Pinhalense, uma fábrica em Pinhal. Com uma população de 40.000 pessoas, eu nunca poderia imaginar que eu conheceria alguém que havia visitado minha cidade, especialmente alguém do Norte da Nicarágua. Lá estávamos nós, em nosso sexto país, a menos da metade do caminho do Brasil, com a barriga cheia, uma doce *cowgirl* canadense como parceira de viagem e uma cama para dormir naquela noite, na casa de uma mãe brasileira – agradeci ao Universo. Como eu podia ter tanta sorte?

CAPÍTULO 38

Nicarágua

Lição do dia: o trabalho em equipe une
formas de pensar num só objetivo.

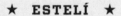 ESTELÍ

Dia 471. Eu já tinha viajado para a Nicarágua em 2006 e continuava apaixonado pelo país. A vida simples daquele povo pode, à primeira vista, traduzir-se como pobreza, mas ao olhar mais atentamente, você percebe quão ricos os nicaraguenses são, com sua cultura esplêndida e seu lindo país.

Jaime, sua esposa e todos os *vaqueros* de Ocotal nos tratavam como família. Ele nos contou o quanto a dolorosa guerra civil afetou sua vida. Foram forçados a mudar para Danli, do outro lado da fronteira, e viver em um quarto de hotel por quase um ano. Quando voltou, descobriu que o exército revolucionário havia tomado seu rancho de gado e matado seus animais para alimentar os soldados. O exército deixou um registro perfeito de quantas cabeças de gado haviam sido abatidas, com um bilhete que dizia que ele havia ajudado as forças revolucionárias em sua luta contra o governo. Entretanto, a pior parte eram as minas terrestres. No ano anterior, tinham encontrado uma em sua propriedade.

Quando chegou o momento da despedida, deixamos a cidade acompanhados de alguns *vaqueros*, pegando um atalho por um grande aterro sanitário a céu aberto, com uma vista divina das nuvens baixas que cobriam os picos verdes das montanhas que recortavam o horizonte – e um fedor terrível. Urubus negros nos assistiram com seus olhos alaranjados, rodeados por uma pele preta e enrugada. O cheiro era quase insuportável, tão denso que parecia palpável, quase me fazendo vomitar o café da manhã. Conforme os dias seguiam, a poucos quilômetros de Estelí, nossa parada seguinte, passamos por grandes celeiros de madeira utilizados para secar tabaco. Tinha lido que depois da Revolução Cubana, muitos dos melhores produtores de charuto haviam se mudado para

Estelí para escapar do comunismo de Fidel. A terra em volta da cidade tem solo rico, e hoje, é um dos mais bem-guardados segredos do mundo na produção dos melhores charutos que existem.

Mais tarde, encontramo-nos com Fabricio, um *vaquero* que conhecemos por intermédio dos rapazes de Ocotal e que havia conseguido um lugar para nós na feira de Estelí. Um homem magro, com olhos pequenos, fundos e gentis, Fabricio era o tipo de pessoa que tiraria as botas de seus próprios pés para dá-las a você. Perguntou se precisávamos de algo, se os cavalos estavam bem, se o local que havia conseguido para os cavalos era bom o suficiente. Sua única preocupação era o conforto e bem-estar de nossos cavalos. Eu respeitava isso mais do que tudo. Descansamos na encantadora cidade durante o dia seguinte e fizemos um passeio especial por uma das fábricas de charuto, que nos presenteou com dois, que fumamos alegremente na manhã seguinte, enquanto nos despedíamos da pitoresca cidade nicaraguense. Eu me senti como Che Guevara em 1958, montando meu cavalo, enquanto fumava um charuto marrom.

De volta à estrada, rumamos para Granada, onde encontraria minha mãe, que estava vindo de avião para comemorar nosso aniversário. Mais de cem quilômetros separavam as duas cidades, e toda noite conseguíamos achar um lugar para dormir, pois as pessoas continuavam nos ajudando.

Duas noites antes de chegarmos a Granada, encontramos refúgio em um pequeno rancho. A dona, uma senhora corpulenta com 50 e tantos anos, possuía apenas uma cama livre, então Sara dormiu na casa, e eu montei minha barraca do lado de fora.

Às duas da manhã, senti como se houvesse um milhão de mosquitos picando minhas pernas. Meio adormecido, comecei a espantá-los. Quando abri um pouco os olhos, dei um pulo ao descobrir que eram formigas subindo por minhas pernas e me devorando vivo. Corri para o ar livre, de cueca, sacudindo desesperadamente minhas pernas, tentando me livrar dos ferozes insetos. Sem poder dormir na barraca, dormi na rede de nossa anfitriã, bem em frente à porta, coçando minhas pernas freneticamente a noite toda.

De manhã, fui surpreendido por um rostinho me encarando, a centímetros do meu. Era a netinha da mulher, com seu lindo sorriso e narizinho de botão. "*Buenos días, señor*", disse, antes de correr pra se esconder atrás das pernas da mãe. Quando contei sobre as formigas para nossa anfitriã, ela gargalhou por dez minutos seguidos. Com lágrimas escorrendo pela face, dizia: "Sinto muito, mas é tão engraçado".

O café e a gargalhada contagiante daquela senhora levantaram meu ânimo. Eu me sentia pronto para cavalgar pelos próximos dias, até meu aniversário em Granada. Agradecemos à família e rumamos para o sul. Naquele dia, passamos por muitos pássaros exóticos à venda na beira da estrada. Foi difícil ver aqueles belos animais dentro de gaiolas ou amarrados às árvores por suas patinhas com fios coloridos. Vimos até um casal na beira da estrada segurando um filhote de macaco-prego de carinha branca.

"Que tal comprar um amiguinho novo para o seu cavalo?", gritou o homem, segurando o macaquinho apavorado em sua mão direita: "Para você, só duzentos dólares". Pôs o macaquinho na cabeça de Deedee, onde o pequeno animal se agarrou. Sara o pegou e o aninhou como a um bebê em seus braços. "É tão triste", disse, fazendo beicinho. Passou o macaquinho para mim e, quando olhei nos olhos dele, vi tanto medo que meu coração ficou partido. Segurava meu braço com seus dedinhos pretos, com tanta intensidade. Eu o devolvi ao homem e lhe disse que era uma pessoa horrível. Entendo que a pobreza é a raiz do problema da venda ilegal de animais exóticos, mas você tem que ser um filho da puta para fazer isso.

Depois de oito longos dias na estrada, Sara e eu finalmente chegamos à cidade histórica de Granada. Estávamos cansados, sujos e doloridos, mas não poderíamos estar mais felizes. Sara tinha acabado de viajar a cavalo de Tegucigalpa a Granada com seus dois cavalos, Luigi e Deedee, uma proeza que poucos conseguiram. Entramos em Granada com os olhos arregalados, observando todas as construções coloniais e casas coloridas.

Arthuro Solorzano, um fazendeiro local e amigo dos incríveis *vaqueros* de Ocotal, foi dirigindo sua caminhonete, enquanto o seguíamos até sua fazenda, onde nossos cavalos descansariam. Deixamos a cidade e viajamos por estradas de terra lotadas de poças cheias de água marrom. Algumas pareciam mais lagos do que poças. Em certo ponto, quando já estava escuro, um desfile do Dia dos Mortos surgiu de uma estrada lateral e bloqueou nossa passagem. Centenas de crianças, homens e mulheres com figurinos elaborados dançavam ao som de tambores e gritos. Usavam máscaras de caveira, fantasias de palhaços assassinos e chapéus de bruxa. A multidão apavorou os cavalos, enquanto eu e Sara ficamos rindo. Dude não parava de girar, enquanto eu tentava controlá-lo, mas ri tanto que me curvei sobre a sela, pois minha barriga já estava doendo. Eventualmente, a procissão passou e continuamos nosso caminho até o rancho de Arthuro. Uma procissão para os mortos que nos deixou mais vivos do que nunca.

"Chegamos!", gritou Sara para o céu coberto de estrelas, quando entramos no rancho de Arthuro. "Chegamos, Sara, obrigado por me acompanhar e por fazer este mês ser tão divertido. Saiba que serei seu amigo para toda a vida" disse, enquanto nos abraçávamos em cima de nossos cavalos.

CAPÍTULO 39

Claudia

Lição do dia: mais forte e duradouro que amor de mãe não há.

Depois de mais de um ano sem ver minha mãe, ela veio me visitar! Apresentei-a a Arthuro, que usava suas roupas de ir à missa e trazia um topete imaculado nos cabelos. "Bem-vinda à Nicarágua", disse, radiante de alegria, como se estivesse vendo sua própria mãe depois de anos separados.

De volta a Granada, sentados embaixo de um grande guarda-sol em um dos muitos excêntricos restaurantes próximos à praça principal, minha mãe e eu comemos e conversamos por horas sobre tudo o que eu havia perdido naqueles dois anos longe de casa. Foi perfeito.

"Filipe, lembra quando você tinha 16 anos? Fui àquela vidente em Toronto, e ela disse que um dia você seria famoso no mundo todo usando um chapéu branco?", perguntou minha mãe, enquanto eu dava um gole em minha *Tona* gelada. "Sim, sim, lembro. Ela lia a borra do café, não é? Achamos que eu me tornaria *chef* de cozinha ou algo do tipo", disse, rindo da antiga memória. "Exatamente, bem...", disse, olhando o chapéu de caubói na minha cabeça. "Nossa, que loucura", disse, segurando o chapéu nas mãos. "Ela tinha razão. Em todas as fotos que apareceram nos jornais ao redor do mundo, você está usando esse chapéu branco", disse, sorrindo com orgulho. "E você sempre zombou de mim por visitar videntes."

*

No dia seguinte, meu aniversário, fui forçado a realizar uma missão intensa. Minha mãe permaneceu no belo hotel em que estávamos hospedados – uma construção da virada do século, com uma piscina olímpica –, enquanto fui com Arthuro e alguns amigos da cidade até a fronteira hondurenha. Precisávamos transportar Deedee e Luigi até a fronteira e buscar Bruiser, que, após a estadia de um mês no Spa La Esperanza, estava pronto para reencontrar Frenchie e Dude.

Partimos com o nascer do Sol e dirigimos, em poucas horas, por todo o caminho que Sara e eu levamos quase um mês para percorrer. Quando chegamos a Ocotal, encontramos Jaime e os muitos amigos que haviam nos hospedado semanas antes para um saboroso almoço em um restaurante nas montanhas, com uma bela vista da cidade. Durante o almoço, os homens nos contaram que os militares estavam por toda a fronteira, pois a patrulha havia pego traficantes tentando atravessar para Honduras com uma grande quantidade de maconha.

"Você precisa tomar muito cuidado para levar os cavalos, o exército está por toda a parte", disse Jaime, me apavorando com seu aviso. Liguei para Santiago, o treinador que havia transportado Bruiser até a fronteira e arranjado a travessia dele com os mesmos homens que nos ajudaram na fronteira com a Nicarágua. Contei a ele o que Jaime havia dito, e ele disse que não precisava me preocupar, pois "os rapazes disseram que conhecem um caminho em que não serão vistos pelo exército".

Despedimo-nos de Jaime e dirigimos até a fronteira. Estávamos tensos, algo não estava muito bem. A ideia de ser apanhado e preso me fez engasgar de medo. "Espero que isso dê certo", disse Arthuro, com uma expressão de medo no rosto. Estacionamos a caminhonete no local em que Santiago tinha indicado, a apenas três quilômetros da fronteira, e esperamos.

Um homem sentado em um ponto de ônibus, a alguns metros de nós, observava a cena com interesse. Com dois cavalos no trailer, tão perto da fronteira, sabia que estávamos aprontando algo. Ele se levantou e seguiu seu caminho a pé. "E se ele chamar a polícia? Isso não é bom. Estamos perto demais da fronteira", disse o motorista, um amigo de Arthuro, que havia concordado em nos fazer aquele favor, mas estava começando a se apavorar.

"Vamos voltar uma parte do caminho e descer os cavalos. Eu os levarei de lá. Vai dar tempo de chegarem com Bruiser e, se alguém me perguntar o que estou fazendo, digo que estou cavalgando até um rancho próximo", tentei acalmar a todos. Voltando dois quilômetros para dentro da Nicarágua, descemos Luigi e Deedee, e selei a bela égua. Tremendo de adrenalina misturada com medo, eu a montei e conduzi Luigi, trotando até o local onde os homens apareceriam com meu cavalo.

Dez minutos depois, ouvi o som de ferraduras de metal no asfalto vindo de uma curva adiante. Música para meus ouvidos. Quando comecei a fazer a curva para a esquerda, vi o belo corpo castanho avermelhado de Bruiser aparecer, montado por meu amigo hondurenho. Acenou para mim com um grande sorriso. "É tão bom te ver, irmão", eu disse, apertando sua mão. "Como estão os cavalos? Todos em Danli mandam lembranças! Sentimos saudades", ao bom modo da América Central, queria papear e contar histórias, enquanto tentávamos contrabandear três cavalos e violar diversas leis internacionais em dois países ao mesmo tempo.

"Mande minhas lembranças a todos, muito obrigado por sua ajuda mais uma vez", falei, suando de calor e preocupação. Montou Deedee e conduziu Luigi em direção ao norte, enquanto eu levava Bruiser para o sul. Caminhei até o local em que a caminhonete estava estacionada e, com o coração socando o interior do meu peito como um boxeador, vi o veículo vindo em minha direção.

"Decidimos checar se você estava bem", disse Arthuro, saltando agilmente da caminhonete branca e abrindo a porta do trailer. Levei Bruiser até a porta traseira, mas ele não queria subir. Puxei o cabo do cabresto com toda força, mas tinha fincado as mãos dianteiras no chão e ficou lá parado, sem se mover por um centímetro. Com o tempo passando e nosso nervosismo aumentando, Arthuro e eu demos as mãos atrás dele e, usando nossos braços, empurramos seu traseiro para cima. Finalmente subiu no trailer. Fechamos a porta rapidamente, saltamos na caminhonete e, quando estávamos prontos para partir, um guarda passou de motocicleta em direção à fronteira. Vestindo um colete verde vivo, o homem quase caiu da moto de tanto olhar para o trailer e para nós. Quando desapareceu estrada abaixo, manobramos e partimos.

"Puta merda, vocês acham que vai notificar a patrulha de fronteira e vir atrás de nós?", perguntei aos homens, olhando para trás para ver se a motocicleta estava nos seguindo. "Quem sabe? Ele nos viu, isso é certo", disse Arthuro enquanto voávamos para dentro da Nicarágua. Depois de uma hora na estrada, decidimos que estávamos a salvo dos guardas da fronteira, porém, sem documentos para Bruiser e com a noite caindo, enfrentamos outro problema: a polícia. Alguns momentos depois de embarcar meu cavalo no trailer, nosso motorista contou que era ilegal transportar cavalos à noite na Nicarágua. Como já eram cinco e meia da tarde quando partimos, percorreríamos a maior parte do caminho no escuro. Estávamos ferrados.

Prendíamos a respiração a cada carro de polícia que víamos à distância. Em certo ponto, uma sirene de ambulância quase nos matou do coração, e nos preparamos para o pior. Como queria o destino, nos últimos trinta quilômetros até Granada, passamos por uma *blitz*. Nosso coração parou. Esperando na fila até que o único policial presente viesse até nossa janela, planejávamos o que faríamos se perguntasse sobre o cavalo. Concordamos que o único modo de se livrar da situação era com dinheiro. Dei algumas notas ao motorista e ele as segurou enquanto dirigia lentamente até o homem.

"Boa noite amigos, estão vindo de uma *cabalgata*?", perguntou o policial rechonchudo, com um sorriso agradável no rosto. "Não, estamos apenas levando este cavalo de um dos meus ranchos para o outro", disse o motorista, com um tom de voz calmo. "Bom, vocês sabem, não deveriam transportar um cavalo à noite", disse, indo olhar para Bruiser. Merda, é isso, vamos ser presos a trinta quilômetros do nosso destino, pensei comigo."Por que você não me paga um refrigerante, e deixo passar desta vez? É um belo cavalo", disse o policial, aguardando o dinheiro. "Perfeito, aqui está", disse o motorista, entregando ao policial as notas que havia deixado com ele minutos antes. "Tenham uma boa noite, amigos", disse o homem gordo, acenando para nós, satisfeito com os dois dólares que havíamos lhe dado. Quando atingimos uma distância segura, todos gritamos de alívio.

"Feliz aniversário, Filipe", disse Arthuro, me servindo uma dose de *Flor de Cana*, um rum nicaraguense, direto de uma garrafa que eu não tinha notado até aquele momento. Comemoramos e bebemos para agradecer e celebrar. Haviam se arriscado por mim e poderiam ter sido multados, presos ou assassinados, enquanto contrabandeavam os cavalos de Sara até Honduras e Bruiser para dentro de seu próprio país.

"Nunca vou esquecer o que vocês fizeram por mim hoje. Não tenho palavras para agradecer o suficiente", disse, quando chegamos à segurança do rancho de Arthuro, um pouco depois das onze da noite. "Foi uma boa aventura. Há muitos anos não fazia algo assim", disse Arthuro, feliz como um adolescente que acabara de se safar de um furto de cigarros.

Encontrei minha mãe no hotel e, a quatro minutos do fim do dia do meu aniversário, finalmente celebramos juntos em um restaurante próximo dali. Contei sobre a aventura do dia, e ela me contou sobre sua nova paixão pela cidade."Filipe, este lugar é incrível", disse, com um brilho nos olhos que não via há anos. Entre carruagens, igrejas coloniais e ruas de paralelepípedo, Granada é um daqueles lugares que causam amor à primeira vista.

Aproveitamos cada segundo que pudemos em Granada, mas, eventualmente, chegou o momento de continuar cavalgando para o sul. Como minha mãe havia planejado me encontrar no caminho, disse que queria cavalgar comigo por uma semana. "Se o seu pai aguentou três meses, eu aguento uma semana", gritava no telefone toda vez que eu tentava lhe dizer que não sabia em que estava se metendo. Minha mãe tinha tanta experiência com montaria quanto tinha em astrofísica. Nunca a vi montar um cavalo em toda a minha vida e achava que ela não aguentaria uma semana, mas queria que ela cavalgasse pelo menos um dia comigo.

Em nossa última noite em Granada, convidei Arthuro e sua filha para o jantar, como uma singela forma de agradecimento. Aquele homem incrível não apenas abrigou meus cavalos em seu rancho por uma semana, como também correu um grande risco ao contrabandear Bruiser para dentro do país. Como se não fosse o suficiente, ele me ajudou a obter um documento que alegava que os três cavalos eram uma doação dele para mim. Precisava entrar na Costa Rica legalmente, pois lá não seria tão fácil quanto os outros países da América Central. Precisaria prestar contas de como os cavalos haviam chegado à Nicarágua. Assim, a solução que encontramos foi dizer que eram nicaraguenses.

Na manhã seguinte, bem cedo, Arthuro veio nos buscar e nos levou até o rancho para prepararmos os cavalos. "Uau, eles estão lindos", minha mãe disse, enquanto eu selava os meninos.

Nosso longo e quente dia foi como uma cena de um filme de comédia. Minha mãe, uma típica mulher ítalo-brasileira, gritava e agitava os braços com qualquer movimento brusco de Dude, enquanto eu ria descontroladamente. "Filipe, não aguento mais, por favor, vamos parar um pouco", implorou no começo da tarde. "Mãe, só faltam cinco quilômetros, você tem que se esforçar agora. Se você descer, não vai querer voltar", disse, enquanto ela deitava no pescoço de Dude. Minha mãe havia subido na sela por seu filho e topou fazer o esforçou final.

"Oh, meu Deus, eu vou morrer!", resmungava sem parar durante os quilômetros finais, enquanto eu gargalhava atrás dela. Para o alívio de minha mãe, às três da tarde, chegamos à fazenda onde os cavalos repousariam. Era uma impressionante propriedade aos pés do vulcão Mombacho. O capim verde se estendia até a floresta na base do vulcão, com seu topo em forma de cone.

Minha mãe se retirou para a sombra, enquanto eu descarregava os meninos. Ela sentou com os ombros caídos, branca como um fantasma. "Não sei como você consegue. Cavalguei um dia e estou morta", disse sem levantar a cabeça. "Como assim, morta? Você vai viajar uma semana comigo!", sorri. "De jeito nenhum, um dia já foi o suficiente, não consigo mais." "Estou muito orgulhoso de você, mãe. Não é qualquer um que consegue cavalgar por um dia inteiro nesse calor."

Então, deixamos os cavalos descansando e, pelo resto de sua estadia na Nicarágua, incluindo seu aniversário, a levei para San Juan del Sur, uma praia que ficava a quarenta quilômetros, onde assistimos barcos de pesca flutuando na baía enquanto o Sol beijava a água todas as tardes, e o céu virava puro fogo com o pôr-do-sol. Feliz aniversário para nós.

CAPÍTULO 40

Dude sucumbe

Lição do dia: paciência, perseverança
e vontade de vencer.

★ NICARÁGUA E COSTA RICA ★

Sentindo-me bem com a vida, encontrei Emma para almoçar perto do hotel. "Dormi a manhã toda, mas ainda não me sinto bem", disse, enquanto os cavalos bebiam água de um balde que ela havia enchido. "Você precisa beber muita água hoje, precisa hidratar seu corpo", disse a ela. Com um beijo de despedida, continuei a cavalgada. O dia foi, mais uma vez, muito quente e úmido. Porém, a apenas quarenta quilômetros da fronteira costa-riquenha e cavalgando pelo oásis mágico do sul da Nicarágua, eu estava pleno de felicidade. À minha esquerda, o lago Ometepe se estendia ao longo da rodovia Pan-Americana, com seus dois vulcões, Madeiras e Concepción, em uma ilha no meio de suas águas. Passando por pastagens verdes que pertenciam a ranchos de gado, enormes turbinas eólicas brancas dançavam nos ventos da tarde.

Enquanto passava por um rancho chamado El Castillo, observei uma paisagem de tirar o fôlego. Era o tipo de vista que eu poderia ter da minha janela todas as manhãs sem nunca me cansar. Tive que parar. Como tantas vezes antes, deixei os cavalos pastando no capim alto, enquanto ajustei minha câmera para tirar uma foto dos brilhantes campos amarelos e verdes, com o flamejante vulcão Concepción ao fundo. Eu mal podia acreditar no que meus olhos viam. E havia chegado até ali a cavalo. Era magnífico.

No momento em que meu corpo estava prestes a explodir com a euforia que me tomava, ouvi Dude emitir um grunhido horrível, seguido do som de metal batendo contra seus cascos e ferraduras. Joguei a câmera no capim e corri até ele. Ele estava se equilibrando sobre as patas, com sua mão esquerda presa em um buraco, enquanto ele a puxava com força. Assim que me aproximei, percebi a gravidade da situação. Meu pequeno mustangue tinha tentado atravessar um velho mata-burro. Sua mão esquerda ficou presa entre duas grossas barras de metal. O sangue jorrava de sua canela e sua quartela, e ele usava todo seu poder para tentar puxar o casco preso. Seus olhos estavam arregalados, cheios de medo, enquanto ele se inclinava para trás, dando a sensação de que sua perna quebraria a qualquer momento.

"Ei, ei, Dude, está tudo bem. Pare de se debater, acalme-se, por favor", sussurrei para ele, enquanto passava a mão por seu pescoço. Ele continuou a puxar, porém, com menos força. Respirando cada vez mais forte, parou de puxar. Em um movimento rápido, ele se deitou ao meu lado, com suas narinas abrindo e fechando vigorosamente e o suor cobrindo seu corpo exausto e petrificado. Eu me ajoelhei ao lado dele e continuei a acariciar seu pescoço, assegurando-o que resolveríamos aquilo. Entretanto, o duro metal que prendeu seu casco me levou a um terrível pensamento: *terei que sacrificá-lo*.

Quando um cavalo cai em um mata-burro, 90% das vezes ocorre uma fratura da pata. Quando um cavalo quebra a pata, ele tem que ser sacrificado. Não há nada que possa ser feito. Inspecionei o casco preso e o grosso metal do mata--burro e me senti desamparado. Eu estava lá sozinho, ninguém por perto, sem ideias ou planos de como livrar meu amigo de sua armadilha mortal.

Olhando para a poça de sangue vermelho escuro que jorrava de sua pata, eu tentava pensar, mas o cheiro do metal e da terra úmida que permeavam a atmosfera me colocaram em um estado de torpor. Lentamente me levantei, e Dude fez o mesmo. Com apenas um movimento para a frente, ele conseguiu soltar a mão. Porém, com a mesma rapidez, prendeu a pata direita nos espaços entre o metal. Em um frenesi de barulho e agitação, ele se debateu sobre a barras, até que, de algum modo, conseguiu sair do outro lado. Um silêncio pesado pairou sobre nós. Dude ficou imóvel como uma estátua, olhando para o horizonte, as orelhas perfeitamente voltadas para frente, sua mão esquerda flexionada, sem tocar o chão – o pelo dourado manchado de sangue de um vermelho profundo. Andei até ele e o abracei forte enquanto me desculpava. Havia baixado a guarda em busca da fotografia perfeita.

Examinando sua pata, percebi que o corte havia chegado até o osso, mas não havia fratura. Fiz com que ele andasse e vi que ele estava mancando muito, mas conseguia caminhar. Liguei para o rancho onde descansaríamos naquela noite, mas eles não tinham um caminhão para buscá-lo. Era impossível fazê-lo andar os dez quilômetros que faltavam para chegar lá. Sem saber o que fazer, mais uma vez rezei para que o Universo me ajudasse. Do nada, apareceram dois adolescentes de bicicleta, com varas de pescar sobre os ombros. Vendo os cavalos amarrados à cerca, eles pararam e perguntaram se estava tudo bem.

Expliquei a situação e um dos rapazes disse "Tenho um amigo que tem um caminhão de gado, deixe-me ligar para ele e ver se ele pode levar os cavalos e quanto ele cobraria".

Em meia hora, estávamos embarcando os cavalos no grande caminhão branco de gado e dirigindo até o rancho. Foi um milagre. O administrador do rancho havia estudado veterinária e tinha todos os medicamentos necessários para tratar a pata de Dude.

"Você vai precisar manter a ferida limpa, para que ela não infeccione, e administrar injeções de antibiótico por sete dias. É um corte fundo, mas vai sarar", disse o homem, depois que limpamos e tratamos o corte.

Quando cheguei ao hotel em que Emma estava hospedada, eu parecia ter sido atacado por uma alcateia. Manchas de sangue cobriam toda minha roupa, e havia um grande rasgo na minha calça, na altura da coxa, que expunha um grande hematoma, causado por um pisão do casco de Dude. Eu não tinha percebido que ele havia pisado em mim, até que Emma apontou o vergão vermelho, roxo e amarelo em forma de ferradura. Contei a ela o que havia acontecido com lágrimas escorrendo pelo rosto. Ela me abraçou e me ajudou a me acalmar, como eu havia feito com Dude algumas horas antes.

Depois de um banho, um belo prato de macarrão e o amor de Emma, comecei a me sentir um pouco melhor. Eu ainda estava traumatizado pelo acidente, mas o importante era que Dude estava vivo e se recuperaria com o tempo. Na manhã seguinte, pegamos todas as nossas coisas e tomamos um ônibus para o rancho em que estavam os cavalos, cujo proprietário era mais um generoso contato de Fabricio.

Fui pego de surpresa pela beleza do lugar. Bem em frente ao belo casarão branco da fazenda, estendia-se uma grande pastagem verde, seguida de uma exuberante floresta com vista para cerca de trinta colossais turbinas eólicas girando suas pás em ritmo hipnótico, enquanto o vulcão Madeira se erguia, orgulhoso, no horizonte. Era uma linda paisagem com um quê de futurista, não se parecia com nada que eu já tivesse visto. Eu não conseguia decidir se era a vista mais bonita ou a mais estranha do mundo. As turbinas cortavam a paisagem natural tão abruptamente quanto suas pás, do tamanho de ônibus, faziam com o ar. Era um belo lugar para descansar.

Quando chegou a manhã em que viajaríamos os nove quilômetros finais até a Costa Rica, senti o nervoso que aquelas linhas imaginárias sempre me davam. Carlos, o filho do proprietário e um artista talentoso, ofereceu-se para levar Emma e Dude até a fronteira em sua caminhonete, pegando emprestado um trailer, enquanto eu cavalgava com Frenchie e Bruiser. Eu havia entrado em contato com Hector Munoz, amigo de um amigo de meu pai, que me encontraria no lado costa-riquenho e me ajudaria a atravessar e levar Dude de trailer até seu rancho em Liberia, enquanto cavalgaria por dois dias.

Florestas exuberantes e pastagens verdes nos levaram até a fronteira. Logo após chegarmos, Carlos apareceu com Dude e Emma. Nós o agradecemos por toda sua ajuda e rumamos até o caos de mais uma fronteira. Emma e eu andamos até um guarda que estava parado perto de uma cerca de correntes para perguntar aonde deveríamos ir, mas, antes que pudéssemos nos aproximar, ele começou a apitar, fazendo gestos com a mão direita, que indicavam que deveríamos esperar. Paramos os cavalos e esperamos debaixo do sol quente. Depois de inspecionar os documentos de um motorista, uma tarefa simples que demorou uma vida inteira, ele fez um gesto dizendo para nos aproximarmos. Expliquei a ele que eu tinha todos os documentos do veterinário e que precisava passar pelos procedimentos da aduana para levar meus cavalos até a Costa Rica.

"OK, você tem que passar por aquele portão, não posso deixar os cavalos atravessarem por aqui", ele disse, apontando para um portão que ficava a cem metros dali. Contei até dez e levei os cavalos até lá. Fomos recebidos com mais apitos.

"Não, não, não, você não pode passar com cavalos por aqui, você tem que ir pelo outro portão", disse um homem que usava um quepe de polícia e um colete alaranjado. Calmamente, tentei explicar a ele que seu colega do outro portão nos havia orientado a passar por ali.

"Eu disse o outro portão", ele gritou, me interrompendo no meio da minha fala. Mais uma vez, abaixei a cabeça e, contando até dez, voltei para o primeiro portão com Emma e os três cavalos. "O que você está fazendo aqui? Eu disse que você tinha que entrar pelo outro portão, não disse?", falou o guarda bruscamente, enquanto andávamos até ele, agora nadando em suor. Respirei fundo e expliquei que seu amigo havia dito que precisávamos entrar por aquele portão. Ele pegou seu rádio, com o rosto vermelho de raiva, e falou com o outro guarda. Depois de alguns minutos de discussão e gritaria, ele acenou para nós sem dizer nada. "Se levou meia hora só para passar pelo portão, imagine quanto tempo vai demorar para passar pela imigração", disse Emma enquanto andávamos até alguns antigos prédios de concreto.

Com todos os pré-requisitos de que eu precisava para tirar meus cavalos da Nicarágua, entrei em um escritório quente e abafado, enquanto Emma olhava os cavalos em um lugar com sombra ali perto. Uma mulher azeda me olhou e grunhiu "O que você quer?", o cumprimento usual nas fronteiras latino-americanas.

Eu lhe entreguei o maço de papéis e expliquei que precisava exportar meus cavalos da Nicarágua para a Costa Rica. Ela folheou os papéis fazendo uma careta. "Primeiro você precisa pagar a taxa para começar o processo, depois a taxa para exportar os cavalos, depois precisa pegar assinaturas na alfândega para estes papéis, e este outro aqui vai ser assinado naquela salinha à esquerda...", ela continuou, numa lista ridiculamente longa. Quando ela finalmente parou de falar, corri da sala dela e comecei a fazer as coisas da lista. Parecia que eu estava correndo uma maratona. Peguei assinaturas e carimbos de seis pessoas diferentes para o formulário azul, depois para o formulário amarelo, depois o verde... Esperei os funcionários almoçarem do meio-dia à uma da tarde... esperei a internet voltar a funcionar... esperei em uma enorme fila de caminhoneiros para pagar mais taxas... corri de volta para a sala da mulher para pegar outros formulários que ela havia esquecido de me dar.

Depois de seis horas, baldes de suor e quatrocentos dólares, sem incluir os 250 que paguei a um veterinário uma semana antes, por todos os exames e taxas laboratoriais, recebemos a autorização para deixar a Nicarágua. Ninguém, nenhum oficial inspecionou os cavalos ou o cargueiro. Eu poderia contrabandear o que quisesse. Os cavalos poderiam ser diferentes dos que haviam feito os exames que entreguei a eles. Eles não estavam nem aí. Tudo que queriam eram papéis multicoloridos e um monte de dinheiro. Eu estava falido e exausto, mas ainda precisava importar os cavalos para a Costa Rica.

Felizmente, assim que tocamos o solo do novo país, Hector estava lá com um grande sorriso em seu rosto redondo. "Bem-vindo à Costa Rica, meu amigo", ele disse, arranhando no português, com seus olhos azuis. "Não foi fácil sair da Nicarágua, mas conseguimos", eu disse, apertando a mão do grande homem e de seu filho. "OK, agora temos que correr, pois os escritórios vão fechar em meia hora", ele disse, nos levando até os prédios que pareciam norte-americanos.

Já haviam me dito que a Costa Rica era muito mais próspera que o resto da América Central, e que tudo mudaria quando eu cruzasse a fronteira, mas eu não esperava que a mudança fosse tão abrupta. Havia andado apenas alguns metros no país e já notava que o asfalto era mais liso, havia banheiros públicos limpos e os prédios não estavam caindo aos pedaços. Era o oposto do que vivenciei quando passei do Texas a Chihuahua. Graças à ajuda de Hector, obtivemos a permissão para entrar no país com os cavalos e pagamos todas as taxas a tempo. Ele era amigo do veterinário, que criou um documento simplificado e deu a permissão para que os cavalos entrassem. O único problema era que o documento afirmava que os cavalos atravessariam a Costa Rica andando, portanto, não permitia que transportássemos Dude no trailer de Hector. Mais um exemplo da burocracia sem sentido que existe nas fronteiras. O veterinário examinou a mão de Dude e viu a condição em que ela se encontrava, e, mesmo assim, disse que o animal deveria andar. Ele estava colocando o cavalo em perigo, mas, se o formulário o obrigasse a andar, ele andaria.

Hector me disse que eu teria que levar Dude e os outros cavalos por cinco quilômetros após a fronteira, até o lugar em que um de seus amigos tinha um rancho. Isso partiu meu coração, mas não havia outra maneira. A cada passo que Dude dava, o sangue jorrava de sua pata. Foi horrível. Ele não estava mancando tanto quanto no dia do acidente, mas ainda estava sentindo uma dor significativa. Eu queria me sentir animado por entrar na Costa Rica, mas pela maneira como o dia havia começado, eu estava física e emocionalmente exausto, e o fato de fazer meu pequeno Dude passar por tanto desconforto, me fizeram sentir apenas frustração. E culpa.

Já estava escuro quando finalmente chegamos ao rancho em que Emma, Hector e seu filho estavam esperando por nós. Ele havia me dito que eram cinco quilômetros, mas pareceram dez. A estrada, que serpenteava por pequenas colinas, virou uma armadilha mortal depois que o Sol se pôs e grandes caminhões de carga começaram a passar por nós na escuridão. Porém, como sempre, conseguimos. Embarquei Dude no caminhão de Hector, e ele levou meu mustangue e minha namorada para sua casa em Liberia. Quando me despedi deles, uma garoa começou a cair. Levei Bruiser e Frenchie até um campo lamacento e eles ficaram parados olhando para mim. "Sério? Não tem nada para comer aqui", eu conseguia ler seus pensamentos. Dei tapinhas em seus pescoços e prometi a eles uma abundância de feno quando chegássemos em Liberia.

Em frente a uma cabana de madeira, embaixo de um alpendre, arrumei os baixeiros para fazer minha cama no chão duro. Cansado demais para montar a barraca, decidi que apenas aguentaria as picadas dos mosquitos. Comendo uma lata de atum, conversei com o trabalhador, dono da cabana, enquanto ele fazia sua filhinha dormir. A menininha de três anos estava deitada em seus braços e piscava lentamente suas pálpebras pesadas, escorregando, aos poucos, para um sono profundo.

"Eu me mudei para a Costa Rica há dez anos, vindo da Nicarágua em busca de trabalho", disse Roberto, enquanto eu cavava a lata de atum como um gato faminto faria. Ele me explicou que por toda a Costa Rica eu encontraria nicaraguenses fazendo diversos trabalhos braçais. A Nicarágua havia sofrido muito devido às longas guerras civis, que resultaram em uma economia despedaçada, com pouco trabalho e pobreza crescente. Ao mesmo tempo, a história pacífica da Costa Rica permitiu que sua economia passasse por um *boom* recente, criando empregos e oportunidades, dando ao pequeno país o apelido de 'Suíça da América Central'. "Os *Ticos* (costa-riquenhos) vão para a universidade e não querem trabalhar na terra, o que é uma coisa boa, pois é tudo que sei fazer", disse Roberto, abrindo um largo sorriso enquanto usava suas mãos ásperas para brincar com o cabelo macio e encaracolado de sua filha.

Cansado demais para falar ou pensar, eu me despedi de Roberto e fui pra cama de baixeiros sujos. Abri meu amassado e manchado mapa das Américas e, usando minha caneta preta, desenhei pontinhos até a fronteira entre Nicarágua e Costa Rica. Examinando a longa trilha que serpenteava da América do Norte até a América Central, sorri. *Olha como você está perto*, disse uma voz suave em minha mente.

CAPÍTULO 41

Liberia

Lição do dia: *quando tudo parece dar errado, levante a cabeça e respire fundo.*

 ★ LIBERIA ★

Dia 503: Um pouco depois das 6h da manhã, abri meus olhos para um céu cinzento e chuvoso que combinava com o meu humor. Ao longo da noite, os mosquitos me comeram vivo, e eu estava esgotado da travessia da fronteira da véspera. Perto das 7h30 da manhã, depois de apenas meia hora na estrada, Bruiser perdeu a ferradura da sua mão esquerda, e o barulho metálico no asfalto me fez querer arrancar meus cabelos sujos. Por sorte, eu estava carregando uma caixa de cravos no cargueiro, mas eu não tinha um martelo – era muito pesado para carregar. Assim que passei por uma casa, pedi um martelo emprestado. Um homem jovem olhou para mim e para os cavalos com assombro antes de correr para dentro da casa e procurar um. Ele me deu um martelo e o café da manhã! Preguei a ferradura de volta enquanto alguns macacos curiosos me olhavam de cima de uma árvore, e então desfrutei de um café da manhã tradicional *Tico*, que consistia de *Gallo Pinto* (uma mistura de feijão preto e arroz), queijo e ovos mexidos. Enchi a barriga enquanto a família me enchia de perguntas. Depois de todos ficarmos satisfeitos, eu me despedi e os agradeci por sua generosidade. Já estava me sentindo melhor. Depois de uma hora na Estrada, foi a vez de Frenchie perder sua ferradura. Encontrei outra casa, pedi um martelo emprestado e fixei a ferradura de volta. Depois de dar a última martelada e me levantar, endireitando as costas, senti uma pontada que tornou a respiração difícil. Rezei para que minhas costas não travassem e segui em frente.

A estrada dividia dois parques nacionais, o *Santa Rosa* e o *Guanacaste*. De ambos os lados a floresta gritava com pássaros de todas as cores e tamanhos e macacos que pulavam de uma árvore a outra. Ainda que a bela vegetação tornasse a cavalgada uma experiência memorável, ela também significava que não havia ranchos por perto para descansar. Cavalgamos e cavalgamos, tentando chegar ao fim dos parques, sem sorte. Uma hora antes do pôr do sol, com a luz já acabando, encontrei uma pequena clareira próxima à estrada e montei acampamento. Desarreei os meninos e deixei que eles pastassem no capim curto que havia lá, enquanto montava a barraca. Deixei que eles comessem por quase duas horas antes de amarrá-los em árvores, e entrei na barraca para dormir.

Depois do que me pareceu apenas alguns minutos, acordei com água pingando no meu rosto. "Meeerda", gritei, e o som da chuva torrencial que batia na barraca silenciou minha voz. Sentado na barraca inundada, tentando não vomitar com o cheiro azedo que vinha das minhas meias, olhei a hora no meu celular. Eram três e meia da madrugada. Ainda meio adormecido, vesti a capa de chuva e saí da minha barraca. Estava tão molhado lá dentro como estava lá fora, então pensei que poderia começar o dia de uma vez. Desamarrei os cavalos e deixei que eles pastassem enquanto desmontava a barraca e organizava minhas coisas. Depois de comer uma barra de cereais ensopada, preparei os cavalos e comecei a cavalgar, e a chuva não parava de cair. Quando o sol começou a nascer à minha esquerda, seus raios pareciam beijos quentes em minha pele. A ideia de dormir em uma cama real e de tomar um banho naquela noite trouxe um sorriso ao meu rosto. Porém, tão rápido quanto veio, ele desapareceu em uma expressão triste, com o barulho de uma ferradura solta sob as patas de Bruiser. Consegui encontrar o terceiro martelo da jornada até a Liberia e fixei a ferradura novamente. Infelizmente, apenas alguns minutos depois, ele soltou a ferradura dianteira esquerda, o que me fez querer correr para dentro da selva, gritando como um louco. Porém, como em muitas outras vezes antes na Longa Jornada, só havia uma opção disponível: pregar a ferradura e continuar.

Às 2h da tarde, cheguei em Liberia. Meu novo amigo Hector e seu primo, Evan, me guiaram até os currais, em que Dude descansava e Frenchie e Bruiser ficariam. "Plantamos nosso próprio feno aqui, então você pode pegar o quanto quiser", disse Evan, enquanto eu pegava dois grandes fardos e levava para meus cavalos, com um enorme sorriso no rosto. Abri os fardos para Frenchie e Bruiser e os agradeci. Desta vez, não ficaram me encarando, apenas mastigaram alto. Eu gargalhei e, depois de examinar o pequeno Dude, pulei na caminhonete de Hector, que me levou ao hotel onde Emma estava hospedada.

Passei os dias seguintes me assegurando de que a ferida aberta de Dude não infeccionasse. Nos trópicos, é uma questão de segundos para que uma ferida aberta se torne perigosa devido a uma série de infecções causadas por moscas. Eu sempre mantinha o corte limpo e seco com um repelente de moscas e um spray especial que cobria o corte e criava uma crosta prateada em cima da ferida. Os cinco dias restantes de injeções antibióticas assegurariam que qualquer infecção seria interrompida.

Durante nossa estadia em Liberia, pudemos ver um *Tope* (desfile de cavalos) típico da Costa Rica, em que a raça nacional, o Passo Fino costa-riquenho, trotava pelas ruas repletas de gente. "Este é o terceiro *Tope* de meu filho", gabou-se Hector de cima de sua sela, com seu bebê segurando uma mamadeira. Vê-los cavalgando juntos, como uma família, me trouxe de volta memórias intensas de minha própria história. Assim como Hector, meu pai também me levava com ele em desfiles de cavalos lotados no Brasil, antes mesmo que eu soubesse andar. Eu me perguntava sobre o impacto que esses momentos preciosos teriam em Jose Joaquin, de nove meses, que tinha o nome de seu avô. "Meu pai compartilhou comigo essa riqueza, o conhecimento sobre cavalos e sobre gado, e agora estou fazendo o mesmo com meus dois filhos", disse Hector enquanto rumávamos para o lar de seu pai no coração de Liberia, uma bela casa branca com uma varanda espaçosa que dava para a rua. Lá, fui apresentado ao distinto Don Jose Joaquin Munoz. Vestindo uma impecável camisa azul, calças brancas com um fino cinto preto de couro e botas pretas, ele abriu a porta para nós.

"Meu pai viajou para a Índia quando a maioria das pessoas nem sabia a localização daquele país. Ele trouxe gado Gir do Brasil, quando ninguém conhecia essa raça. Hoje, todos os produtores de laticínios na Costa Rica trabalham com o gado Gir", disse Hector, com o braço em volta dos ombros de seu pai e brilho nos olhos. Um verdadeiro pioneiro, Don Jose Joaquin havia vivido de aventuras e trabalho duro. Ele teve dois mandatos políticos e criou o melhor gado leiteiro da Costa Rica. Sua elegante casa era cheia de provas de sua vida afortunada. Fotos antigas em branco e preto e sépia de uma versão mais jovem de Don viajando por Índia, América do Sul e Brasil, no Congresso da Costa Rica e cavalgando por grandes pastagens contavam uma história cativante. Entretanto, eu nunca poderia imaginar a história que ele me contou durante o café da tarde em sua sala de estar.

"Conheci um homem que tinha dois cavalos Crioulos, Mancha e Gato eram seus nomes, há muitos anos, em uma viagem exatamente como a que você está fazendo agora", as palavras de Don Joaquin quase me fizeram cuspir o café. Por toda a viagem, sempre perguntei a meus anfitriões se seus avós ou bisavós se lembravam de um exporador que viajou durante a década de 1920. Eu estava, afinal, viajando quase exatamente pela mesma rota que meu herói, Aime Tschiffely, havia percorrido 88 anos antes. A única diferença é que ele rumou para o Norte, enquanto eu rumava para o Sul. Ainda assim, de todas as pessoas para quem perguntei, ninguém tinha informações sobre aquela odisseia – até aquele momento. "Eu não me lembro exatamente do homem, mas recordo que um amigo meu o hospedou em seu rancho perto de Liberia, e o levamos para almoçar um dia", ele disse, enquanto eu devorava suas palavras. O problema é que as datas não batiam. Don Jose Joaquin havia nascido dez anos depois da viagem de Tschiffely, que ocorreu entre 1925 e 1928. Fiquei extremamente intrigado sobre como ele sabia tantos detalhes a respeito da cavalgada de Tschiffely e sobre seus cavalos se ele não havia, de fato, os visto pessoalmente.

"Eram dois animais robustos, um deles era como uma pintura", ele disse, olhando para sua xícara de café como se estivesse se recordando do dia em que deu um tapinha no pescoço de Mancha. Hector e eu imaginamos que seu pai devia ter escutado aquela história de alguém mais velho, até mesmo de seu pai e, com a idade, estivesse erroneamente pensando que havia vivenciado aquilo. Qualquer que fosse o caso, era totalmente impressionante saber com certeza que eu estava cavalgando por um pedaço da trilha em que o legendário Aime e seus dois cavalos haviam passado há muitos anos. Eu estava em êxtase. Mas as histórias não pararam por aí. A casa de Don Joaquin havia sido um hotel nos anos 1950, e foi onde Ernesto "Che" Guevara descansou enquanto viajava pela América Central. "Che ficou hospedado bem aqui quando visitou Costa Rica, e disse que Liberia era uma cidade encantadora que poderia ter sido encontrada em sua própria Argentina!"

Enquanto retornávamos do *Tope*, Evan me fez uma oferta que eu não poderia recusar. "Ouça, Filipe, você ainda tem muito pela frente até chegar ao Brasil, por que você não deixa Dude aqui comigo? Cuidaremos dele para você e, quando você chegar à fronteira com o Panamá, eu o transportarei até lá", ele disse, olhando para mim pelo retrovisor. "Ele já está se recuperando bem, e eu tenho uma pessoa que pode dar feno e água para ele todos os dias. Ele já alimenta meus cavalos, o que seria um a mais?" Novamente, eu estava surpreso e grato com a generosidade alheia.

CAPÍTULO 42

A Bela Costa Rica

Lição do dia: *deixe as paisagens da vida te iluminar.*

★ COSTA RICA ★

Com Evan nos seguindo de perto em sua caminhonete, Frenchie, Bruiser e eu saímos de Liberia ainda no escuro. Logo após as quatro da madrugada, passamos por uma ponte estreita e, com um "boa-sorte" da janela, Evan fez o retorno e seguimos sozinhos. Fomos forçados a começar o dia antes de o Sol nascer por causa do calor. O caminho estava mais fresco, mais muito perigoso, pois os carros tinham dificuldade em nos enxergar no escuro. Os primeiros dias depois de Liberia foram pesados, pois os termômetros marcavam temperaturas mais altas e as estradas estreitavam. Terminávamos nossos longos dias exaustos e cobertos de suor. O nervosismo causado pelas estradas estreitas deixou minha nuca e minhas costas doloridas de tensão. Felizmente, o pensamento de chegar à costa e ver o Oceano Pacífico pela primeira vez a cavalo me manteve firme e forte. Com Emma fazendo o percurso de ônibus ou pegando caronas com nossos generosos anfitriões, pudemos transportar a tão necessária comida para os cavalos.

Os pastos da América Central eram cheios de fungos chamados de *micuim*. Comer aquele capim contaminado dava uma coceira incontrolável na cara dos cavalos. Eles procuravam desesperadamente por lugares em que pudessem esfregar a cabeça e se aliviar daquela sensação irritante. Quando eu os soltava no fim do dia, a primeira coisa que faziam era encontrar árvore, pedra, cerca de arame farpado, meu braço, qualquer coisa em que pudessem esfregar suas cabeças, fazendo que perdessem muita pelagem da cabeça, criando cortes profundos. Eu usava vinagre para matar os fungos, mas, como eles comiam o capim contaminado todos os dias, era impossível matá-los completamente.

Em uma escaldante tarde de terça-feira, nos arredores de Puntarenas, ouvimos pela primeira vez o som das ondas batendo na areia e o aroma fresco do oceano, que me fez erguer meus ombros caídos. Estávamos mais perto que nunca do mar. Após alguns minutos, à nossa direita, surgiu uma praia, a água azul do oceano brilhando ao sol da tarde. Virei Bruiser na direção da praia e Frenchie nos seguiu. Seus cascos afundavam na areia fofa, enquanto eles se moviam com dificuldade na beira do mar. Bruiser e Frenchie farejaram o líquido que fluía até seus cascos em uma pequena onda e bufaram com seu odor salgado. Eles nunca haviam visto, cheirado ou sentido o oceano antes, e não estavam gostando daquilo. Quando uma onda quebrou, Bruiser foi para o lado oposto e tentou correr enquanto eu o segurava. Frenchie, que àquela altura já estava à nossa frente, caminhando para a segurança da estrada, tentou puxar o cabo do cabresto da minha mão. Eu os acalmei, os virei e os levei até a água novamente. Assim como da primeira vez, com outra onda se aproximando de seus cascos, eles se viraram e tentaram correr na direção oposta. Estava claro: eles não eram cavalos marinhos.

Cruzamos uma ponte sobre trinta jacarés gigantes, com aparência pré-histórica, que tomavam banho de sol no rio lá embaixo. Uma família de turistas estava na beira da ponte jogando carne crua para os répteis famintos. Depois, descobri que havia muitos jacarés embaixo daquela ponte pois eles sabiam que os turistas faziam chover frangos inteiros ali. Também descobri que aqueles animais seguiam o curso do rio até o oceano e nadavam pela água salgada também. Houve alguns casos de jacarés que atacaram surfistas na costa do país.

No começo da tarde, cheguei a Jacó. Um explorador camarada, Orion Kraus, que cavalgou com diversos cavalos do sul do México até Jacó, havia me colocado em contato com um costa-riquenho chamado Ulises, dono de um pedaço de terra bem perto da praia, onde meus cavalos poderiam descansar. Orion terminou sua viagem naquela mesma pastagem, em que hoje seus cavalos estão aposentados. Eu havia acompanhado sua jornada, e conhecer seus cavalos foi um presente.

Depois de acomodar os meninos e alimentar os cavalos de Orion com grãos, como eu havia prometido a ele, segui para a avenida principal para encontrar Emma, que havia chegado de ônibus algumas horas antes. Ela estava esperando por mim em uma bela pousada que ficava a dois quarteirões do oceano. Rapidamente colocamos nossas roupas de banho e corremos para um mergulho na praia.

*

Na cidade de Uvita, Emma e eu encontramos um quarto em uma pousada chamada Flutterby, semelhante a uma casa na árvore, e descansamos por um dia enquanto os cavalos estavam abrigados em um rancho próximo dali. Em nosso dia de folga, enquanto tomávamos sol em uma linda praia, tentei surfar. Depois de uma hora no mar, peguei uma onda que me levou para o meio de várias outras. Soltei a prancha e, enquanto rolava com a onda, a corda escapou de meu pé esquerdo e a água levou a prancha até o raso. Quando finalmente consegui colocar a cabeça para fora da água para respirar, vi a prancha à distância. Desesperadamente, tentei nadar até ela, mas a corrente não permitia que eu me movesse um centímetro. Nadando com todo o meu coração, fui pego por outra onda, que quebrou sobre a minha cabeça e me levou para o fundo de novo, durante um tempo que pareceu uma eternidade. As coisas continuaram assim por alguns minutos, enquanto eu tentava, sem sucesso, nadar na direção de minha prancha. Eu me senti desesperado e estúpido. Depois de tudo que tinha passado para chegar até ali, todos os perigos e dificuldades, não podia acreditar que ia morrer no mar, numa hora que era para ser de descanso e diversão. No momento em que eu não conseguia nadar mais, sentindo uma exaustão e um pânico que estavam transformando tudo em um abismo escuro, vi um surfista indo até a minha prancha à distância. O homem idoso havia colocado minha corda entre os dentes e dava fortes braçadas em minha direção. No exato segundo em que eu seria atingido por mais uma onda, ele me deu a corda e mergulhou por baixo dela. Envolvi a corda em minha mão direita e agarrei a prancha com todas as forças que me restava. A onda quebrou em cima da minha cabeça e me empurrou até a areia. Eu estava salvo.

Quando finalmente alcancei a segurança da terra firme, fiquei deitado ali por alguns minutos, tossindo água salgada e tentando me acalmar. Tentei encontrar o surfista idoso durante toda a tarde para agradecê-lo por salvar minha vida, mas nunca mais o vi. Ele simplesmente desapareceu.

"Se não fosse por ele, acho que eu não teria conseguido", disse a Emma, olhando para o poderoso oceano a nossa frente. Decidi abandonar as ondas por um tempo e me focar nos cavalos. Eu já lidava com perigos o suficiente, todos os dias, para adicionar mais um deles à minha vida. Com apenas mais cem quilômetros até a fronteira panamenha e com o natal se aproximando rapidamente, eu queria entrar no último país da América Central antes que o bom velhinho chegasse.

CAPÍTULO 43
A fronteira Panamenha

Lição do dia: *como se chama a arte de converter o fácil em difícil por meio do inútil? Burocracia.*

 COSTA RICA

Levantei-me cedo e peguei a estrada no momento em que o sol despontava no horizonte. Mesmo assim, já estava nadando em suor dentro das roupas com todo o calor. A partir do sul de Uvita, fui forçado a parar e deixar os cavalos descansarem de meia em meia hora. Sob a sombra das plantações de palma africana, Frenchie e Bruiser ficavam parados, enquanto sugavam o ar como se estivessem se afogando na densa umidade. Ficava de pé sobre minhas pernas bambas e sentia o mesmo. Quando chegamos a Rio Claro, a apenas vinte quilômetros da fronteira panamenha, e nosso último local de descanso na Costa Rica, estávamos ensopados e sedentos, pois havíamos ficado sem água a cinco quilômetros da cidade.

"Filipe, você está bem?", Emma perguntou, enquanto corria em direção a nós com um isotônico na mão. Bebi com tanta intensidade que um quarto do líquido azul escorreu pelo meu queixo e por minha camisa molhada. A bebida congelou meu cérebro e me devolveu à vida.

Quando eu lia *Tschiffely's Ride*, o Panamá ficava de fora. Acho que isso aconteceu porque teve de colocar Mancha e Gato em um navio da América do Sul até o Panamá, pois não podiam cruzar a região de Darién. Depois de tudo que aqueles *criollos* já haviam visto e feito, imaginá-los a bordo de um navio me fez sorrir. Mas uma coisa é fato: enquanto planejava minha jornada e durante o ano que se passou até chegar até àquela fronteira, muitas vezes perdi o sono pensando em como entrar com os cavalos no Panamá e passar para a América do Sul.

Diferente de 1926, quando Tschiffely embarcou seus cavalos em um navio e partiu para a América Central, o século XXI não oferece mais essa opção. E, assim como Tschiffely, eu sabia que tentar cavalgar pela região de Darién, uma densa selva que se estende por centenas de quilômetros, significaria praticamente a morte certa para meus três cavalos.

Enquanto pesquisava minhas opções, logo ficou evidente que a única escolha possível seria transportar os cavalos de avião. Entretanto, a ideia de embarcá-los em uma aeronave de carga e obriga-los a voar a trinta mil pés, dentro de uma cabine de metal, me assustava demais. Além disso, havia outros problemas: como poderia pagar por aquele voo incrivelmente caro? Será que algum país sul-americano permitiria a entrada de meus cavalos em seu território?

Com essas questões flutuando pela minha cabeça esgotada, rumei até o rancho em que os cavalos descansariam, enquanto cuidava da papelada para entrar no Panamá. Ainda tinha muito trabalho a ser feito e, se a estrada tinha me ensinado algo até aquele ponto, é que é preciso focar em um dia de cada vez e não se preocupar com o futuro. Cruzaremos a ponte quando chegarmos a ela.

"Você chegou no dia perfeito, Filipe. Hoje você vai assistir ao *Tope* noturno de Rio Claro", disse Johnny Valverde, o dono do rancho, com seus grandes dentes brancos, brilhando em um amplo sorriso. Os pais de Johnny nos esperavam com uma mesa cheia de pratos costa-riquenhos típicos. *Gallo pinto*, *casado*, *arroz con pollo* e *ceviche* estavam servidos à mesa. O casal grisalho, cujo casamento já levava mais de cinquenta anos, empurrava todos os pratos em nossa direção, pedindo que Emma e eu comêssemos mais e mais e mais.

Junto ao banquete, bebemos um delicioso suco feito de arroz. Nunca havia provado algo como aquilo antes. A matriarca da família fervia três xícaras de água e uma de arroz por quinze minutos. Depois, passava a água por uma peneira e a colocava em uma jarra com canela e açúcar, e estava pronto. "Esse suco é muito bom para dores de estômago e diarreias", disse.

*

Em uma manhã ensolarada de domingo, Emma e eu pegamos o ônibus até a fronteira panamenha para lidar com a burocracia da importação dos cavalos. Com um coco verde na mão, tiramos fotos em frente à placa "*Welcome to Panama*", que ficava em cima do escritório da imigração, toda decorada com flores tropicais alaranjadas. Estar ali, tão perto da América do Sul e do Brasil, me deu vontade de pular de alegria. Infelizmente, a alegria não durou muito.

No prédio do Ministério da Agricultura, dentro do departamento encarregado do trânsito de animais, enfrentei uma bagunça extrema. Disse a dois homenzinhos gordos que trabalhavam no escritório lotado que precisava importar três cavalos para seu país. Eles me olharam com as sobrancelhas arqueadas, como se tivesse dito que levava elefantes comigo.

"Bem, você terá que falar sobre isso com o veterinário", disse um deles, passando a mão por seu colete marrom. "OK, onde fica a sala dele?" "Ah, é do outro lado da fronteira, mas não está lá agora", afirmou, virando para o amigo e perguntando: "A que horas ele volta?" "Não sei, ele não disse", respondeu o outro, dando de ombros. "Vocês têm uma ideia do possível horário de retorno dele?" "Tentem voltar às três da tarde."

Eram 9h30 da manhã. Emma e eu caminhamos até um restaurante próximo, pedimos um café forte e ficamos lá, bebendo, pensando se deveríamos esperar ali na fronteira ou voltar para Rio Claro e pegar o ônibus novamente à tarde. Decidimos esperar, passeando pelos shoppings que vendiam mercadorias não tarifadas do lado panamenho e almoçamos no McDonald's.

Depois de seis horas de espera, voltamos ao escritório só para descobrir que o veterinário não voltaria naquele dia. O homem me deu o número de telefone dele e me disse para voltar no dia seguinte. Tentei ligar para o veterinário na mesma hora, mas ele não atendeu. Deixei uma mensagem em sua caixa postal com meu número e e-mail, pedindo que entrasse em contato comigo o quanto antes.

Lembrei-me dos avisos de CuChullaine O'Reilly sobre o Panamá. O lendário explorador havia me avisado que a fronteira daquele país seria a mais difícil de atravessar, por conta da longa lista de pré-requisitos para equinos. Também contou como outros exploradores haviam sido barrados na fronteira, e um deles até sofreu ameaças de que seus cavalos seriam baleados no aeroporto do Panamá, se viessem da América do Sul.

"Preciso da ajuda de políticos para fazer isso aqui dar certo", disse a Emma quando retornamos para Rio Claro. Em um cybercafé, enviei e-mails para todos os homens influentes que conhecia no Brasil, para ver se algum deles tinha contatos no Panamá. Em poucos minutos, um amigo de meu pai, que havia me colocado em contato com Hector, em Liberia, me deu o número de um amigo panamenho – José Otávio Lemos – que havia sido Ministro da Agricultura alguns anos antes. Fiquei em êxtase. Liguei para o homem, que já sabia de minha viagem, e ele imediatamente disse que faria tudo em seu poder para me ajudar. Eu o agradeci e, no dia seguinte, voltei à fronteira para falar com o veterinário.

Cheguei às 8h da manhã, com todos os documentos necessários. Ele não estava lá. Esperei por horas e, finalmente, perto do meio-dia, ele chegou a tempo de comer seu almoço. Passou por mim e entrou em seu cubículo lotado de papéis de todas as cores e tamanhos. Após alguns minutos, convidou-me a entrar.

Sentei-me em uma cadeira branca de madeira, voltada para a mesa dele, enquanto terminava de almoçar seu arroz com salsicha. O cheiro nauseante das salsichas e barulho irritante de sua mastigação de boca aberta me deixaram enjoado. Enquanto catava os últimos grãos de arroz, expliquei minha jornada e como precisava passar pelo Panamá com meus cavalos, antes de embarcá-los em um voo para a América do Sul. "Vou te falar, Sr. Leite, aqui no Panamá temos regras muito estritas para a importação de equinos, para prevenir a transmissão de doenças e vírus... Vou te dar uma folha com os pré-requisitos que precisa cumprir para entrar no país com seus cavalos", disse, cuspindo arroz a cada três palavras.

Depois de meia hora tentando localizar os arquivos no confuso website de seu país e imprimi-los, entregou-me os papéis e falou sobre os muitos pontos do documento como se fosse a primeira vez na vida que estava olhando para aquele papel também. O custo seria de nove mil dólares para que os cavalos ficassem em quarentena e passassem por todos os exames necessários. Eu não poderia ter contato com eles durante a quarentena e, se qualquer um dos exames tivesse um resultado indesejável, os cavalos seriam sacrificados imediatamente. Além disso, os animais teriam que ter ficado pelo menos seis meses no país anterior.

Meu coração parou. Meus cavalos haviam ficado apenas um mês na Costa Rica. Quando eu disse isso, ele me encarou por cima do papel e, com a expressão neutra de um robô, disse: "Sim, esse é um grande problema, Sr. Leite. Vou falar com meus superiores, mas é provável que não possam fazer nada". Era como se as regras e regulamentos em questão tivessem sido criados para não permitir que cavalos pudessem entrar no país. A quantidade de dinheiro cobrada pela quarentena, o fato de que eu não poderia ver os cavalos durante o período, era tudo um grande papo furado.

"Vocês criam todos esses pré-requisitos impossíveis para que os cavalos entrem no país legalmente, e isso leva todo o mundo a importá-los ilegalmente. Isso aumenta muito a chance de trazer vírus para seu país." "Se você trouxer seus cavalos ilegalmente para o Panamá, Sr. Leite, nós os encontraremos e eles serão executados imediatamente. Você está me entendendo?", disse o homem magro, apontando seu dedo indicador em meu rosto. "Nunca disse que os traria ilegalmente. Você acha que viria até aqui se essa fosse a minha intenção? Estou simplesmente relatando um fato para você. Todas as pessoas com quem conversei na Costa Rica me aconselharam a trazer os cavalos ilegalmente para o Panamá. Todo mundo faz isso", disse a ele, antes de sair de seu escritório.

Andando pelas ruas lotadas do Panamá, enquanto voltava para a Costa Rica, me sentia exausto e desesperançoso. Tinha medo do pior – ter que deixar Frenchie, Bruiser e Dude para trás. Liguei para o ex-Ministro da Agricultura, e ele reiterou tudo que o veterinário havia dito. "Filipe, dei muitos telefonemas tentando ajudá-lo, mas me sinto de mãos atadas. Os pré-requisitos devem ser cumpridos, ou não vão permitir que seus cavalos entrem no país. Os tempos agora estão diferentes de quando eu estava no gabinete. Sinto muito."

Pelas semanas que se seguiram, continuei a tentar diferentes táticas, voltei ao veterinário algumas vezes e liguei para mais três políticos panamenhos – foi inútil. O Panamá havia batido sua porta burocrática na cara de meus cavalos. Estávamos a mais de dez mil quilômetros do Canadá, havíamos ultrapassado tantos obstáculos, enfrentado tantos perigos e, mesmo assim, naquele momento, estávamos incapacitados de continuar. Não devido a uma montanha muito alta ou a um rio muito profundo, mas sim a uma maldita fronteira imaginária desenhada por homens gananciosos muito tempo atrás. Os pontos pretos em meu mapa amassado e manchado haviam chegado a um fim na fronteira panamenha. Faltando uma semana para o Natal, fomos deixados sem planos e com poucas esperanças no futuro.

Frenchie se aproximou para ver se eu tinha algum petisco para ele, e cocei seu pescoço suavemente. "Como vamos chegar em casa agora, filho?", sussurrei em seu ouvido.

CAPÍTULO 44
San José

Lição do dia: *coragem é estar assustado, mas encarar os problemas e buscar soluções mesmo assim.*

★ COLÓN ★

Dia 542. Embarcamos os cavalos em um caminhão de gado e, depois de me despedir da família Valverde, dirigimos em direção à capital da Costa Rica. Foi uma longa e tortuosa viagem até Colón, pequena cidade a meia hora de San José. Os dias que se seguiram à descoberta de que não poderíamos entrar no Panamá foram emocionalmente difíceis, mas Emma e eu começamos a trabalhar em um novo plano de ação. Depois de muita reflexão e pesquisa, nossa última opção foi levar os cavalos de trailer até o aeroporto internacional e encontrar uma companhia aérea que os transportasse até a América do Sul. Ainda era preciso encontrar um país que nos permitisse entrar, descobrir seus pré-requisitos, um veterinário que nos ajudasse a preparar a papelada necessária e o dinheiro para pagar por todo aquele pesadelo logístico. Sabíamos que todo aquele trabalho seria de arrancar os cabelos, mas não havia modo de deixar aqueles cavalos na América Central, depois de tudo o que haviam – eles eram meus filhos e iam chegar ao Brasil comigo.

Em Colón, Chumin, o tio de Emanuel Arias, nos recebeu em seu pequeno rancho, localizado nos arredores da cidade. Era um pedaço de terra impressionante, em frente ao Monte Colón, que dava nome à cidade. A pastagem dos cavalos tinha vista para as montanhas e descia para um pequeno vale, onde passava um riacho, ainda dentro da propriedade. Composta de alguns acres, a pastagem era perfeita para os cavalos descansarem, enquanto Emma e eu trabalhávamos no projeto América do Sul. "Você pode deixar os cavalos aqui pelo tempo que precisar", disse Chumin, um homem carismático com uma vasta cabeleira branca como a neve, mas a energia de um rapaz de 18 anos.

Na tarde seguinte, véspera de Natal, Emma e eu nos encontramos com o Dr. Solorzano, veterinário que Hector e Evan haviam indicado quando trouxeram

Dude, que havia se recuperado completamente, até Rio Claro. O bondoso e talentoso veterinário, de 40 e poucos anos, nunca havia enviado um cavalo para a América do Sul, mas já havia voado para o México duas vezes com cavalos Passo Fino.

"Vou pegar amostras de sangue deles hoje e começar a fazer os exames que o México pede. Enquanto isso, vou entrar em contato com as embaixadas da Venezuela, da Colômbia e do Peru e perguntar seus pré-requisitos para importar cavalos da Costa Rica. Também vou pesquisar companhias aéreas que transportem cavalos de San José para a América do Sul", disse Dr. Solorzano enquanto colhia o sangue de Bruiser.

"Ótimo, doutor, muito obrigado por sua ajuda. Também vou pesquisar companhias aéreas", disse, aliviado com a sensação de que estávamos chegando a algum lugar.

"Também vamos ter de colocar microchips neles, com todas as informações. Isso vai permitir que o país de destino verifique que os animais são realmente aqueles que declaramos. O chip é do tamanho de um grão de arroz. Só leva um segundo para que sejam implantados", disse Dr. Solorzano, sorrindo ao ver minha expressão preocupada. Depois de colher o sangue e medir a temperatura, altura, peso e frequência cardíaca dos três cavalos, eu me despedi do Dr. Solorzano, que prometeu que me ligaria com novas informações dentro de alguns dias.

Com os cavalos a salvo no rancho de Chumin, Emma e eu pegamos um ônibus para San José para passar o Natal e filmar o maior *tope* do país. No centro da cidade, milhares de cavaleiros desfilavam por largas avenidas em cavalos de todos os tamanhos, raças e cores. *Ticos* de todas as partes do país vinham participar. Sentamos no balcão de um bar que dava vista para toda a ação e nos lembramos da força da cultura dos cavalos na Costa Rica.

Mais tarde, bebendo uma garrafa de vinho tinto e comendo um delicioso *gnocchi*, Emma e eu celebramos o Natal em um pitoresco restaurante italiano no centro de San José. Toalhas de mesa em xadrez vermelho e branco, fotos de Vespas cobrindo as paredes e uma música de Pavarotti nos transportaram a Veneza. "Não sei o que faria se você não estivesse aqui comigo", declarei a Emma, segurando suas mãos e olhando em seus olhos. "Eu te amo tanto." "Também te amo, meu bem", disse, se inclinando para um beijo que fez sua taça de vinho tinto tombar. Gargalhamos nervosamente. A verdade é que estava extremamente grato por Emma estar do meu lado. Sua generosidade, seu amor, sua devoção a um sonho que não era dela eram simplesmente extraordinários. Ela me deu tanto poder com suas palavras, seu abraço e sua paciência.

Retornamos a Colón energizados para a batalha que estava a nossa frente. Encontramos refúgio em um pequeno apartamento que ficava em cima de um salão de cabeleireiros e começamos a trabalhar no Projeto América do Sul com o Dr. Solorzano. Não demorou muito até descobrirmos que, se os cavalos entrassem na Venezuela ou na Colômbia, não poderiam entrar no Brasil em seguida, por causa de uma gripe equina encontrada naqueles países. Sem voos para o Equador, o único lugar que parecia plausível era o Peru.

"Entrei em contato com o consulado peruano aqui em San José, e estão conversando com o Ministério da Agricultura para verificar exatamente o que precisamos fazer para transportar os cavalos para Lima. Vai ser a primeira vez que cavalos vindos da América Central entram no Peru", disse Dr. Solorzano no telefone.

Durante as semanas seguintes, Emma e eu nos encontramos com o cônsul peruano, uma empresa de logística, a Avianca e nossos veterinários diversas vezes. A cada passo que avançávamos, parecia que voltávamos cinco. A estimativa de orçamento que começou em seis mil dólares acabou aumentando para trinta mil, quando terminamos de somar tudo. Era quase o que eu tinha gastado no meu primeiro ano inteiro na estrada. Enviei um e-mail para a OutWildTV e perguntei se poderiam ajudar, mas a resposta foi um grande não.

Esforcei-me em busca de alternativas. Apelei desesperadamente para *Os Independentes*, que já eram meus patrocinadores e organizam a Festa de Peão de Barretos – em cuja arena entraríamos antes de chegar em casa – e concordaram em arcar com os custos. Foi um momento monumental, mas a novela estava longe de terminar. Ainda precisávamos, de algum modo, trazer todo aquele dinheiro do Brasil até a Costa Rica, e persuadir o Peru a permitir a entrada dos cavalos.

Alguns dias depois do agendamento do voo dos cavalos até Lima, o Ministério da Agricultura do Peru emitiu a permissão de trânsito pelo país. Isso ainda não permitia que viajássemos por seu território, mas permitia que os cavalos fossem transportados de caminhão do aeroporto até a fronteira com o Brasil. Foi outro golpe devastador, mas, pelo menos, seria possível pegar o voo até o Peru, algo que, um dia antes, parecia improvável.

Em uma manhã de sexta-feira, com nuvens tristes pairando sobre Colón, o dia pelo qual tanto lutamos finalmente chegou. Fomos até o rancho de Chumin bem cedo para dar banho nos cavalos, fazer os últimos preparativos para a viagem e enfaixar suas patas para o voo.

"Até logo, Chumin, muito obrigado por tudo que você fez por nós", eu disse, dando um forte abraço em nosso generoso anfitrião e em sua amável esposa. Com lágrimas nos olhos, Emma e eu sentamos na cabine do caminhão com o motorista, enquanto os cavalos sentiam o ar costa-riquenho em suas crinas pela última vez. Quando o caminhão estacionou na área de carga do aeroporto, e comecei a ver os enormes aviões estacionados ali, mal pude conter minha emoção. Estava extremamente animado e aliviado por finalmente resolver o problema que havia sugado toda a nossa energia nos últimos dois meses. Quando paramos no estacionamento principal, e vi o Dr. Solorzano, nosso agente logístico e o representante da Avianca, imediatamente percebi que havia algo de errado. Estavam com expressões melancólicas, como se tivessem ido ao funeral de alguém. "Filipe, a Avianca esqueceu de pedir uma autorização especial que permitiria aos cavalos pousar em Miami para uma escala de duas horas. Não podem embarcar esta noite", as palavras do Dr. Solórzano tiraram meu chão.

"Ouça, Filipe, tudo acontece por um motivo. Deus vai saber a hora certa de ir. Até lá, você tem um lar aqui", disse o santo senhor de idade quando voltamos ao seu rancho, me reconfortando como meu próprio avô teria feito. Então, por mais uma semana, ficamos roendo as unhas, esperando sexta-feira. Assegurando-nos de que tudo estava preparado, todas as autorizações, todos os exames, todos os mais de seicentos papéis que estavam envolvidos no Projeto América do Sul.

Então, finalmente, em uma fria noite de sexta-feira, Frenchie, Bruiser e Dude foram colocados dentro de um estábulo de metal fechado, e seu nome impresso em papéis brancos na frente de cada um. Com a ajuda de uma empilhadeira amarela, foram embarcados em um avião de carga da Avianca, lotado de flores. A companhia exigia que um veterinário voasse com os cavalos, e Dr. Solorzano foi com eles, enquanto assistia tudo nervosamente atrás de uma cerca de correntes. O barulho das turbinas de avião e das empilhadeiras atrapalhava os pensamentos.

"Filipe, os cavalos estão extremamente calmos. Não se preocupe, cuidarei deles como se fossem meus próprios filhos. Vejo vocês em Lima", disse o Dr. Solorzano, por celular, já dentro do avião. Ainda faltavam duas horas para a decolagem, então nosso agente de logística nos convidou a ir a um bar ali perto, para uma bebida de comemoração. Emma e eu estávamos tão tensos que decidimos que seria uma boa ideia. Entre uma cerveja e outra, brindamos ao fato de finalmente conseguir colocar os cavalos no avião de carga.

"Filipe, nunca mais vou trabalhar com cavalos", brincou Diego, o rechonchudo *Tico* de olhos brilhantes que havia ajudado o veterinário. "Mas estou feliz por termos feito isso, pois agora nos tornamos bons amigos!" Brindamos novamente. Ele tinha razão.

Com um telefonema de um dos agentes da Avianca, notificando Diego de que o avião de carga decolaria em dez minutos, corremos até seu Jeep e dirigimos até o fim da pista do aeroporto internacional. "Lá está ele, é aquele avião ali, parado perto da pista", disse, apontando para a aeronave escura, visível apenas por seus poderosos faróis. Diego pediu que eu subisse no jipe para conseguir filmar e, no momento em que liguei a câmera, o enorme pássaro veio gritando em nossa direção. Ao se aproximar do final da pista, a aeronave de carga da Avianca ergueu seu nariz e começou uma subida estável, passando bem por cima de nossa cabeça. Gritamos o mais alto que conseguimos, com imenso alívio.

"Amo vocês", gritei em direção à barriga do avião, na esperança de que meus meninos, de algum modo, escutassem minhas palavras.

CAPÍTULO 45

São Robin

Lição do dia: *somos a peça de um quebra-cabeça: só há sentido quando estamos acompanhados.*

Dia 620. O doce alívio de finalmente ver o avião de carga levando Frenchie, Bruiser e Dude se tornou uma ansiedade de virar o estômago. Retornamos a nosso apartamento em Colón e dormimos das três da tarde até as 7h da noite, quando acordamos com ressacas terríveis. A preocupação estava tomando conta de mim.

Depois de deixar San José, o voo os levaria à Cidade da Guatemala, Miami, Barranquilla, na Colômbia, Bogotá e, finalmente, Lima, no Peru. Em um período de 24 horas, teriam que aterrissar e decolar dez vezes. Frenchie era quem mais me preocupava. Era sempre ele quem mais tinha medo de barulhos e objetos estranhos, pois ainda devia ter a imagem daquele horrível acidente ocorrido no México. A minha preocupação era que entrasse em pânico com todo o barulho e o metal à sua volta, e possivelmente se machucasse.

Para piorar as coisas, naquela manhã quente e grudenta, não havia água no apartamento para tomar um banho. Por algum motivo, ela tinha sido cortada durante a noite. Então, enjoados do estômago de tanta preocupação, cheios de ressaca e sem cheirar muito bem, Emma e eu embarcamos em nosso próprio voo para Lima. Não consegui dormir. Toda vez que o avião passava por turbulência ou fazia algum barulho alto, era transportado para aquele estábulo de metal, com os cavalos tremendo de nervoso.

Pouco depois da uma da manhã, pousamos em Lima. Meu coração parecia estar na garganta, enquanto procurávamos nossas bagagens na esteira. Se tudo tivesse ocorrido como o planejado, o avião de carga deveria ter pousado duas horas antes de nossa chegada. Eu tinha contratado Don Robin Ponse, um membro da Associação do Paso Peruano e o melhor agente de logística equina do Peru, para cuidar da chegada de meus cavalos. Era um pré-requisito que o governo peruano havia exigido, junto a muitos outros, e eu esperava que tivesse chegado a tempo de liberar os meninos.

Emma e eu passamos pela alfândega e encontramos uma pequena cabine que vendia chips de celular. Comprei um chip e liguei para Don Robin. "Alô, aqui é o Filipe. Acabamos de desembarcar em Lima. Você está com os meus cavalos?", minha voz tremia. "Estou, sim, estão ótimos", disse sua voz grave. Foi como se meus pés encontrassem o chão novamente. "Esperem aí, vou buscar vocês para que possam vê-los. Estou em uma caminhonete branca", disse Don Robin antes de desligarmos.

Esperávamos na noite úmida, e uma brisa fria nos impedia de saber a temperatura exata. Roía as unhas enquanto procurava a caminhonete branca. Emma batia o pé no chão, tentando pegar um sinal de celular para avisar nossos pais que havíamos chegado ao Peru em segurança.

"Filipe, Emma, é um prazer conhecê-los", disse Don Robin, um homem baixo e moreno, com olhos intensos e uma risada contagiante. "Bem-vindos ao Peru. Como vocês se sentem, finalmente chegando aqui?" "Bem, muito bem", disse.

Em 2010, eu havia desembarcado naquele mesmo aeroporto para filmar um documentário sobre o Vale Sagrado peruano. Acabei me apaixonando. Ali estava eu novamente, com o mesmo amor, no mesmo aeroporto em que o sorriso de Emma havia capturado meu coração pela primeira vez, como um gancho na boca de um peixe. Ganhar o coração dela não havia sido fácil. Tinha trabalhado duro para impressioná-la durante a viagem e, quando voltamos a Toronto, escrevi uma música para ela, convidando-a para sair comigo. Funcionou. Acabamos tendo um primeiro encontro, um segundo, um terceiro, e o resto é história. Era aquela conexão com o Peru que havia me deixado tão animado para cavalgar por aquela terra tão bela, tanto estética quanto culturalmente.

Quantas vezes havia sonhado em ver Macchu Picchu pela primeira vez, cavalgar por Cuzco, seguir a trilha Inca? Agora, ali estávamos nós, em Lima. O governo peruano não queria que cavalgasse por suas terras. Segundo eles, os "cascos dos cavalos não podiam tocar o solo peruano". Deveriam pousar em Lima e imediatamente entrar em um caminhão que os transportaria até a fronteira com o Brasil. Entretanto, eu tinha esperanças de que, de algum modo, poderia cavalgar por aquele impressionante país.

"Não se preocupe, você poderá cavalgar por alguns dias no Peru, o dinheiro compra tudo em meu país", disse Don Robin, antes de explodir em uma gargalhada que vinha do coração e que aprendi a amar. Dirigiu até um grande portal e, depois de mostrar seus documentos ao guarda, entramos em Lima Cargo City. Um grande pavimento lotado de caminhões de transporte, caixas e caixotes de madeira ficava em frente a um enorme armazém com cerca de vinte cais de carga. Em frente a uma das portas, estava um caminhão vermelho com meus cavalos dentro. Quando estacionamos, pulei da caminhonete, corri até o estábulo de metal em que haviam voado e subi uma rampa que dava para a traseira do caminhão. Correndo pela plataforma, vi o corpo cor de canela de Bruiser brilhando lá dentro. Enquanto comia alfafa, ele se virou em minha direção e me encarou. Fui até ele, passei por baixo de uma barra de madeira que batia na minha cintura e joguei meus braços em volta de seu pescoço. Abraçando-o, permiti que seu aroma familiar confortasse minha alma. Não podia acreditar. Estava abraçando meus cavalos em Lima, Peru. Meus belos animais, que haviam deixado o Canadá há mais de um ano, acabavam de chegar ao continente em que se aposentariam.

"Filipe, acabei de falar com um funcionário do Senasa (Ministério da Agricultura do Peru) e creio que seus cavalos terão que permanecer aqui por um dia ou dois, até completarmos toda a documentação necessária para liberá-los", disse Don Robin, depois que desci do caminhão.

A euforia de ver os cavalos sãos e salvos em Lima voou pela janela, sendo substituída por medo e ansiedade. Meus cavalos seriam forçados a ficar dentro daquele caminhão, sem poder se mover por Deus sabe quanto tempo, até que o governo peruano decidisse que já tinha visto papéis o suficiente.

"Você também vai ter que deixar um depósito no Senasa, que só será reembolsado depois que os cavalos deixarem o país, e no intervalo de tempo que nos concederem. Eu disse que não seria fácil, mas vamos fazer acontecer", declarou Don Robin, arqueando suas densas sobrancelhas negras.

Era verdade, Don Robin havia me alertado sobre a burocracia peruana antes que meus cavalos entrassem no avião. De fato, o agente de logística também estava preocupado com a complicação de entrar naquele país com os animais. Em um primeiro momento, nem queria assumir o trabalho. Depois, disse que apenas decidiu me ajudar por conta do espírito da Jornada e porque eu havia prometido que um dos capítulos de meu livro teria o nome de "São Robin", caso conseguisse.

Era a primeira vez que cavalos chegavam ao Peru vindos da Costa Rica e, para piorar tudo, eu não era peruano. "Nunca lidei com um caso assim, Filipe, então teremos que viver um dia de cada vez e ter paciência, meu amigo", disse Don Robin, antes de levar Emma a um hotel para tomar um banho e descansar.

Verifiquei se Dr. Solorzano havia chegado em segurança a seu hotel e, assim que a atendente me disse que havia feito o *check-in* duas horas antes, deitei e capotei.

Na manhã seguinte, acordei cedo para encontrar o veterinário durante o café da manhã, antes que pegasse seu voo de volta a San José. Com olhos cansados, entrei na sala cheia de mesas redondas e encontrei Dr. Solorzano bebendo uma xícara de café forte. Quando me viu, abriu um largo sorriso e disse "Meu irmão, conseguimos". Fiquei surpreso em ver lágrimas correndo pelos olhos do corpulento homem. "Não tenho como agradecer o suficiente, doutor, por tudo o que fez por nós."

"Você está fazendo uma boa coisa pela humanidade, e eu agradeço a Deus todos os dias por ter conhecido você e por poder ajudá-lo a chegar em casa com seus meninos", disse. Dr. Solorzano me contou que os cavalos ficaram bastante calmos durante o voo e que Dude, que estava no meio, comeu todo o seu feno e depois roubou a parte de Frenchie e Bruiser, e também falou de como os pilotos da Avianca ficaram empolgados em saber que estavam transportando cavalos tão importantes.

"Contei a eles toda a história. O urso pardo nos Estados Unidos, os cartéis no México, a cavalgada por Honduras. Amaram cada segundo", disse, com os olhos arregalados de uma criança empolgada. Antes que partisse para o aeroporto, agradeci novamente por todo seu trabalho duro e por todo o tempo que dedicou àquela tarefa quase impossível. Abraçamo-nos novamente e nos despedimos. "Você sabe que sempre terá um irmão na Costa Rica."

Pelos três dias seguintes, meus cavalos permaneceram amarrados no caminhão vermelho, enquanto eu corria de um lado para o outro tirando cópias de documentos, pagando taxas e esperando em filas que pareciam eternas. Eu me preocupava com a saúde de meus cavalos. Suas patas começaram a inchar pela falta de movimentação, e temi que eles tivessem cólica por comer tantos dias sem poder andar. Don Robin comprou lama medicinal para que diminuísse o inchaço, além de alguns litros de soro para hidratá-los, mas a verdade é que precisavam andar.

Finalmente, ao final do terceiro dia, meus cavalos receberam permissão para deixar Lima Cargo City. Entretanto, havia uma condição: deveriam ser imediatamente transportados para fora do país. O veterinário do Senasa, que assinou o documento permitindo o trânsito pelo país, sabia que estavam confinados em um caminhão por três dias seguidos, e agora queria que fossem transportados por uma semana até a fronteira. Aquele homem sem coração estava basicamente assinando a sentença de morte de meus cavalos.

"Você vai ter pagar 3.500 dólares com o Senasa, como uma garantia de que você deixará o país em cinco dias", disse Don Robin em frente ao veterinário do órgão. Queria pular na garganta daquele homem baixinho, enquanto ele tirava fotos de meus cavalos, mas eu sabia que isso só pioraria as coisas. Depois que ele saiu, Don Robin me disse baixinho: "Não se preocupe, pagaremos para ganhar mais tempo, só precisava te dizer isso enquanto ele estava ouvindo. Lembre-se, aqui é o Peru", disse, com um sorriso malicioso.

Exatamente como Don Robin havia prometido, antes de sairmos, entregou uma nota de cem dólares ao funcionário encarregado de por um lacre na porta do caminhão para assegurar que os cavalos não sairiam. Com o dinheiro no bolso, ele deixou o recinto aberto. Levamos os cavalos até um rancho nos arredores de Lima e, finalmente, deixamos que descessem dentro de um curral de areia. Nunca vi aqueles animais rolarem tanto quanto fizeram no momento em que desceram do veículo. Rolavam pra esquerda, pra direita, depois pra esquerda novamente. Foi muito gratificante assisti-los grunhindo de prazer a cada movimento.

O rancho ficava no deserto em torno de Lima. Uma montanha marrom, recortada, erguia-se a grande altura atrás do curral dos cavalos, enquanto a poeira se levantava a cada rajada de vento. A cena me lembrou dos dias que passamos no deserto de Chihuahua. Enquanto observava os cavalos comendo alfafa e perseguindo uns aos outros no curral, eu me senti agradecido por estar livre das garras da burocracia latino-americana, mesmo que temporariamente.

CAPÍTULO 46

Peru

Lição do dia: *mesmo quando tudo parece conspirar contra nossos planos, a fé nos mantém no caminho certo.*

No final das contas, o que deveria ter sido uma estadia de cinco dias no Peru acabou se tornando um período de 25, graças a algumas verdinhas americanas. Estava triste por não poder cavalgar pelo país inteiro como havia planejado, mas estava feliz por vivenciar os dias que me foram concedidos. A Longa Jornada me mostrava, repetidamente, que, assim como na vida, nela também aconteciam muitas coisas fora de nosso alcance. Em vez de tentar remar contra a corrente, devemos ir com o fluxo.

Don Robin nos levou para um *tour* nas terras do *Paso Horse*. A propriedade era admirável, com duas grandes arenas, uma pista de corrida e um elegante edifício de pedra, no qual a associação sediava eventos e alguns membros realizavam casamentos. Em um dos muitos ranchos da propriedade, conhecemos um criador, que pediu que seu funcionário selasse o melhor garanhão para que eu desse uma volta nele. O conforto daquela montaria era inacreditável, enquanto cavalgava pela pista. Eu poderia segurar um copo cheio de cerveja na mão, e o líquido não seria derrubado, de tão suave o passo do animal.

"Eu disse que o Paso Peruano era o cavalo mais confortável do mundo", declarou Don Robin com orgulho, quando apeei. Eles movem as patas como Michael Phelps nada. Em sua próxima Longa Jornada, você tem que levar cavalos Paso." "Se você me conseguisse duas dessas belezas, daria a volta ao mundo", disse, apertando sua mão.

Na manhã seguinte, Emma e eu preparamos os cavalos e começamos nossa pequena jornada pelo Peru. Deixamos o rancho em que os cavalos estavam descansando e seguimos em direção ao deserto ao sul de Lima. Uma brisa fresca aplacava o calor. Depois de algumas horas, passamos por uma caminhonete quebrada, que parecia estar parada no mesmo lugar há décadas. Uma camada de poeira a cobria inteiramente, como cinzas de um vulcão.

Seguimos em frente até o fim da tarde, quando encontramos refúgio em um rancho de um amigo de Don Robin. "Muito obrigado por nos hospedar", disse ao funcionário que abriu os grandes portões de madeira da propriedade. No Peru, ficamos em vários ranchos incríveis, construídos no estilo das *haciendas* espanholas que tinha visto no México. Mal chegamos a conhecer os proprietários do local. Eles viviam em Lima e só visitavam a propriedade aos finais de semana.

Em um desses ranchos, a esposa do caseiro passou muito tempo conversando com a gente. Uma mulher baixinha, com aparência de nativa, cujos olhos brilhavam quando contávamos das aventuras que havíamos vivido, estava impressionada com Emma, uma jovem mulher, fazendo algo assim."É tão corajosa", repetia, com o olhar voltado para os pés manchados e rachados. Depois de um tempo, ficou em silêncio, olhando para um belo passarinho amarelo em uma pequena gaiola de metal. O pássaro cantava lindamente, olhando para a natureza abundante a seu redor. Depois de alguns segundos escutando o canto, disse: "Sabe, às vezes eu queria poder viver aventuras também, mas com os salários que ganhamos aqui, somos como aquele pássaro, trancados em uma gaiola".

Na manhã seguinte, passando por uma trilha pedregosa na subida de uma pequena montanha, encontramos um homem pastoreando cerca de trinta lhamas. Os cavalos mal podiam esperar para sair de perto daqueles animais peludos de aparência estranha. Com o pescoço esticado, viravam seus olhares curiosos para nós, enquanto corriam sobre as pedras soltas.

Finalmente, em uma ensolarada tarde de sábado, avistamos o caminhão vermelho de Don Robin se aproximando para nossa viagem até a fronteira. Nossa cavalgada por aquele fascinante país tinha, infelizmente, chegado ao fim. Embarcamos os cavalos, dez fardos de alfafa e nossa bagagem e começamos uma jornada de dois dias até Desaguadero, fronteira com a Bolívia. Nosso plano original era entrar no Brasil direto do Peru, pelo estado do Acre. Entretanto, essa ideia foi descartada por conta das fortes chuvas no Brasil, que estavam alagando enormes áreas daquele estado. Mais uma vez, tivemos que nos adaptar e aceitar aquilo que o Universo estava nos oferecendo.

Sabia que, na fronteira da Bolívia, depararíamos com mais burocracia, mas não havia nada que pudéssemos fazer. Emma e eu fizemos uma cama com os baixeiros em cima da alfafa e dormimos lá mesmo. Com o barulho dos cavalos mascando, o cheiro de estrume no ar e o vento sacudindo a lona sobre nossas cabeças, dormimos enquanto rumávamos a oitenta quilômetros por hora pela costa desértica do Peru.

CAPÍTULO 47

Bolívia

Lição do dia: o mundo tem a dimensão que damos a ele.

Dia 650. Acordamos às 5h da manhã com um belo sol espiando pela abertura na lona sobre nossa cabeça e sobre as portas traseiras da carroceria. À direita, apareciam enormes dunas desérticas, enquanto ondas quebravam nas praias rochosas à esquerda. Entre as duas paisagens, estendia-se a solitária estrada negra.

"Fiquei acordada a noite toda preocupada que o caminhão pudesse bater", disse Emma, esfregando os olhos sonolentos. Sentimos que o veículo virava à esquerda, depois à direita, depois à esquerda novamente, serpenteando pela noite escura como uma cobra sobre o capim. Eu também havia tido um sono conturbado, acordando mais de uma vez, convencido de que um dos cavalos cairia em cima de mim.

Sob a luz do dia, com a cabeça pra fora do caminhão, percebemos que estávamos andando sobre penhascos a mais de mil metros das ondas que quebravam lá embaixo, e que os pneus do veículo passavam a cerca de um metro da queda. A cada oitenta quilômetros, mergulhávamos em algum vale, onde geralmente passava um rio, com viçosos campos amarelos entre casas de tijolos ao pé das montanhas.

Como muitas das construções que havíamos visto em Lima, os moradores economizavam deixando de construir telhados – algo desnecessário ali, por conta da escassez de chuva. Aquelas áreas recebiam apenas de um a seis centímetros cúbicos de chuvas por ano. Os mais de mil quilômetros que viajamos na caçamba daquele caminhão sacolejante nos forneceram algumas das mais rústicas e incomuns paisagens que pude ver durante toda a viagem. Estava triste por não estar cavalgando por elas, mas as cruzes que enchiam as laterais das estreitas estradas me fizeram pensar que toda aquela frustração pode ter acontecido por um bom motivo.

Chegamos a Desaguadero em uma congelante tarde de domingo. Localizada a quatro mil metros do nível do mar, as baixas temperaturas nos forçaram a comprar grossos agasalhos de frio de mulheres indígenas bolivianas, na ponte que cruzava o Titicaca – o lago mais alto do mundo.

"Uau, é tão lindo quanto eu imaginava que seria", eu disse a Emma, enquanto olhava para a brilhante água azul e para a monumental cordilheira dos Andes, ao fundo. A primeira vez que li sobre o maior lago da América do Sul foi no livro de Che, *Diários de Motocicleta*. O poeta e revolucionário descrevera o lago de modo eloquente, chegando mesmo a confessar que se sentira impelido a fazer moradia em suas margens, devido à sua imensa beleza. Desde então, tinha o sonho de vê-lo com meus próprios olhos.

Enquanto esperávamos por nosso agente de logística, demos uma volta pela caótica fronteira. Gordas mulheres bolivianas estavam sentadas em uma fileira de carteiras escolares infantis, trocando dinheiro, que mantinham escondido em suas longas saias. Seus chapéus de lã, pretos ou marrons, ficavam inclinados sobre seus longos cabelos negros, que sempre caíam em duas tranças até a lombar. Pessoas vendiam vegetais, roupas, celulares e tudo o que se possa imaginar, na área que cercava a pequena ponte entre os dois países.

Cachorros de rua andavam em matilhas e, às vezes, entravam em combates mortais. Eram tão subnutridos, tão doentes e magros, que era difícil saber de onde tiravam energia para lutar. As ruas eram sujas, cheias de lixo, e o cheiro de fezes de cachorro misturado a urina humana empesteava o ar, congelante do nascer até o pôr do sol. Era o lugar mais feio que já tinha visto e, ainda assim, estava ao lado de uma das maiores maravilhas naturais de nosso planeta.

Encontramos nosso agente logístico boliviano, que já havia trabalhado com Don Robin antes, e tinha dado a ele toda a documentação necessária para iniciar o trânsito dos cavalos no dia seguinte, bem cedo. O que imaginamos que levaria um ou dois dias acabou se estendendo por uma semana inteira de mais papelada, carimbos e assinaturas. Mais uma vez os cavalos ficaram confinados no caminhão, impedidos de se movimentar, enquanto Emma e eu corríamos de um lado para o outro para cumprir todos os pedidos absurdos feitos pelo Ministério da Agricultura Boliviano.

Os guias de turismo recomendam que os turistas passem o mínimo de tempo necessário em Desaguadero. O lugar é perigoso por causa da grande quantidade de droga que vem da Bolívia – que divide o posto de maior produtora de cocaína com o Peru – e é transportada dali para o norte.

Passamos diversos dias naquele lugar horrível, comendo sopas que tinham até as unhas dos pés das galinhas. Os bolivianos comem arroz com frango de café da manhã, almoço e jantar. Todos os dias, tentávamos encontrar outra coisa para comer na pequena cidade, mas aquele era o cardápio de todos os restaurantes. Certa ocasião, Emma e eu passamos a noite toda expelindo um jantar repugnante pelas duas vias.

Finalmente, em uma noite congelante, me vi na ponte, tremendo e esperando pelo último carimbo necessário para entrar na Bolívia. Estava exausto, faminto e com frio, minha mente entorpecida por toda a burocracia da semana e cheia de preocupação com meus cavalos, que ainda estavam parados dentro daquele caminhão. Esperando na frente de um contêiner, que fazia as vezes de escritório de aduana, minha visão começou a ficar turva. Sem aviso, o chão sob meus pés começou a se mover como ondas sob um barco, e estendi os braços procurando me equilibrar. Merda, vou desmaiar, pensei, preparando meu corpo para o impacto com o chão duro. Não tinha me alimentado bem ao longo da semana, porém havia trabalhado sem descanso da manhã até à noite e enfrentado uma intoxicação alimentar – fazia sentido que meu corpo me deixasse na mão. Sem conseguir focar os olhos em nada e ainda balançando, ouvi os homens da aduana gritando.

Confuso, olhei para o container e vi que a porta se abriu em um estrondo, e alguns homens saíram de lá correndo, em pânico. "Terremoto, terremoto!", gritavam, apontando para os postes de luz da rua. Aliviado por saber que o balanço que sentia não era interno, vi as luzes balançando de um lado para o outro, enquanto sofríamos com um forte terremoto, que depois descobri que havia deixado muitos mortos e feridos no vizinho Chile.

Com o fim do terremoto e ainda esperando meus papéis, um funcionário me chamou pela pequena janela. "Você só pode passar pela Bolívia em seu percurso até o Brasil. Você terá sete dias para sair do país", grunhiu o homem. Sacudi a cabeça e lhe entreguei um papel branco, com uma nota de cinquenta dólares embaixo dele. "Você não entende, senhor, acho que deixei de lhe entregar um dos documentos. Preciso de mais tempo para que meus cavalos descansem", disse, enquanto o observava olhando sorrateiramente para a nota, sem que nenhum dos seus colegas percebesse. "Sinto muito, senhor, eu não havia visto o último papel. Três semanas é o máximo que posso lhe dar", disse, com um sorriso pernicioso no rosto.

Não era o que eu tinha em mente, porém, mais uma vez, teria que fazer aquilo dar certo, principalmente porque o dinheiro que eu tinha depositado no

Peru era agora do órgão boliviano. Eu perderia os 3.500 dólares se não deixasse o país a tempo e, pra completar, teria um mandado de busca em meu nome. Ser preso e ter meus cavalos sacrificados não era um bom modo de terminar essa Longa Jornada. Mais uma vez, não tivemos escolha, a não ser jogar com as cartas que nos deram.

*

A estrada de Desaguadero a La Paz seguia por altiplanos cercados pelos picos brancos dos Andes e por longos campos de batata e quinoa. As mulheres trabalhavam a terra, com tecidos coloridos amarrados às costas, que levavam desde bebês até ferramentas. Os homens pastoreavam lhamas, cabras e burros. Nunca havia visto burros tão peludos em toda a minha vida. Os animaizinhos tinham até *dreadlocks* em sua longa pelagem.

A maioria das casas era feita de adobe, exceto pelas mais novas, de alvenaria. Em uma pequena vila, um homenzinho indígena, que vestia um desgastado chapéu de lã marrom, cozinhou carne de lhama para nós em um forno a lenha. Acompanhada de arroz, a carne tinha um sabor forte e pungente. Tinha ouvido falar que aquela carne era deliciosa, mas acho que comemos um animal velho, pois estava dura e difícil de mastigar. O sabor me lembrou muito da carne de urso, que provei durante a passagem por Montana.

Tentei explicar para a esposa e os filhos dele que estávamos vindo do Canadá, mas apenas nos olharam com uma expressão neutra no rosto. "Na América do Sul?", perguntou o homem, confuso. "Não, estamos na América do Sul agora. Vim da América do Norte", disse, usando meu iPhone para mostrar o mapa das Américas e traçar a rota que fiz. Olharam para o mapa com olhos arregalados, fizeram perguntas sobre o tempo no Canadá, o que as pessoas plantavam e que tipo de animais criavam.

Por todo o Peru e Bolívia, quando ficávamos em vilarejos pequenos, tivemos dificuldade ao explicar onde ficava o local em que havíamos começado a jornada. O mundo daquelas pessoas se limitava a um raio de cinquenta quilômetros, e era isso. Eles se preocupavam com a ordenha das vacas, com a chegada da estação chuvosa para uma boa colheita e com a segurança de sua família. Para eles, não importava que o Estado Islâmico estivesse ficando mais poderoso a cada dia que passava; que o preço do petróleo houvesse aumentado ou diminuído naquele mês; quanto o dólar estava valendo naquele dia. Invejei aquelas pessoas simples, que não tinham conhecimento sobre o mundo lá fora, mas tinham um abundante conhecimento próprio. Sabiam o que realmente importava, e estavam felizes assim.

Em La Paz, os cavalos descansaram em um lindíssimo rancho com vista para a cidade. Ivan Duenas, um caubói que tinha uma escola de equitação e um empreendimento de cavalgadas por trilhas, parou sua vida para cavalgar conosco e nos mostrar um pouco de seu admirável país. "Filipe, estou tão feliz por conhecer você e seus belos cavalos. É um prazer hospedá-lo aqui", disse o rústico caubói, enquanto admirávamos Frenchie, Bruiser e Dude rolando em sua arena, que ficava em frente a uma montanha rochosa em tons de rosa, roxo e bege.

La Paz, uma das cidades mais altas do mundo, foi um dos lugares mais interessantes que já visitei. As íngremes ruas do centro da cidade estão repletas de mulheres vestidas com roupas tradicionais, vendendo bolsas de couro e mantas de lã tecidas em padrões que contavam histórias. Na rua das feiticeiras, fiquei impressionado com as barracas em que mulheres vendiam flores nativas, mel e fetos secos de lhama. Os bolivianos os enterram na fundação de suas casas, como uma oferenda aos deuses, para que as casas permaneçam íntegras durante os fortes terremotos do país.

Ao lado de Ivan, cavalgamos por belos vales, por alguns dos picos mais altos da viagem, chegando a seis mil metros do nível do mar, e atravessamos rios bravos, que quase arrastavam os cavalos. A beleza rústica dos Andes causou um grande impacto em mim. Aquelas montanhas eram tão difíceis de subir que meus cavalos e meus pulmões, ainda não adaptados à altitude, sofreram a cada passo.

Durante essas cavalgadas, masquei folhas de coca para prevenir o enjoo causado pela altitude. Os locais diziam que as pequenas folhas secas também ajudavam a vencer a fadiga, a fome e a sede, mas não desfrutei desse efeito. As folhas deixavam um gosto amargo na boca, e até fiquei com aftas por causa das pontas afiadas que tinham. Certa tarde, dei algumas folhas a Dude, que crispou os lábios e ergueu a cabeça, desaprovando o gosto amargo, o que me fez gargalhar.

Ainda que minha passagem pela Bolívia tenha sido curta, tive tempo o suficiente para me apaixonar pela estonteante paisagem e pela rica cultura do país. Como no Peru, os nativos eram muito tímidos e se afastavam, fingindo não escutar, quando eu pedia abrigo. Entretanto, devo admitir que ficava aliviado em deixar aquela estranha comida pra trás. Emma e eu frequentemente víamos carne exposta, com moscas por cima, em mercados a céu aberto. Depois, a mesma carne era cozida e servida em nossos pratos. Nunca comi algo na Bolívia que me desse vontade de repetir.

Os bolivianos misturam refrigerante na cerveja. Em toda a minha estadia no país, nunca vi alguém bebendo cerveja sem antes misturar algum refrigerante no copo. Provei e achei horrível. Uma cerveja que apreciei foi a *chicha*. Era feita de *maize* amarelo, que, tradicionalmente, era moído na boca de quem produzia a *chicha*. Enzimas naturais encontradas na saliva catalisavam a quebra do amido do *maize* em maltose. Era desconfortável saber que o líquido que eu estava bebendo tinha estado na boca de outra pessoa e estava cheio de sua saliva. Entretanto, a bebida era saborosa e vinha sendo consumida nos Andes por um milênio.

CAPÍTULO 48
Uma desolada volta para casa

Lição do dia: *lar é onde a família está.*

Seis pares de botas, 240 ferraduras, um avião de carga e setecentos dias. Foi o que precisamos para viajar os mais de quatorze mil quilômetros que separavam Calgary, no Canadá, de Corumbá, no Brasil. Cheguei à pequena e suja cidade fronteiriça de Puerto Quijarro, na Bolívia, totalmente esgotado. Meus jeans estavam cheios de buracos, as solas das botas tinham se desgastado completamente e eu não tomava banho há dias, meu rosto marrom com uma mistura de suor e poeira boliviana.

Exalando a suor de cavalo, entrei no decadente escritório da alfândega, com grandes fotos de Evo Morales e Jesus Cristo, lado a lado. Mais uma vez, éramos barrados na fronteira, do lado boliviano, lutando para entrar em nosso décimo e último país. Depois de uma disputa de gritos, suborno e o pagamento de quinhentos dólares para que um caminhão transportasse meus cavalos por menos de um quilômetro sobre a ponte que liga os dos países, os cascos de meus cavalos finalmente tocaram o solo brasileiro.

"Bem-vindo ao Brasil, bem-vindo ao seu lar", disse um magro funcionário do Ministério da Agricultura, apertando minha mão, bem depois das nove da noite. Eu mal conseguia agradecê-lo, pois as lágrimas começaram a escorrer pelo meu rosto. Estava esgotado e tomado pela emoção. Tinha imaginado aquele momento por toda a minha vida e acreditado nele nos últimos quatro anos. Mesmo com todos os problemas burocráticos que encontramos na América Central e na América do Sul, nunca deixei de acreditar que conseguiríamos. Bruiser, Frenchie e Dude começaram a dar pinotes quando os soltei no curral onde ficariam em quarentena. Era como se estivessem comemorando sua tremenda vitória.

"Filipe, essa quarentena será muito complicada. Estou preocupado, nunca fizemos algo assim. Há muitas coisas que você e sua equipe de apoio precisam fazer", disse o funcionário brasileiro, enquanto nos encaminhávamos para seu escritório. "Minha equipe de apoio?" "Sim, as pessoas que estão viajando com você e te ajudando a fazer tudo. Não me diga que você veio do Canadá até o Brasil fazendo tudo sozinho?", ele me encarou, sem expressão no rosto. "Você está olhando para a minha equipe, senhor, dois palominos e um alazão." "Rapaz, você vai ter muito trabalho."

Ele me passou toda a orientação do que deveria fazer para cumprir os pré-requisitos que o Brasil exigia para a importação de cavalos. Teria que limpar as baias próximas ao curral, colocar uma rede de proteção em volta delas, contratar um veterinário para checar a temperatura e a frequência cardíaca dos cavalos todos os dias e realizar uma bateria de exames. Toda a minha animação foi por água abaixo. "Você provavelmente vai ficar por aqui uns 25 dias, no mínimo", disse, antes que eu deixasse o escritório.

Corumbá, a primeira cidade brasileira, fica a oito quilômetros da fronteira. Emma e eu levamos nossa bagagem até Puerto Quijarro e reservamos um quarto em uma pousada de caminhoneiros chamada Vinny. Em nosso quarto azul-escuro, de doze dólares a diária, com um grande coração de madeira na cabeceira da cama, surtamos com as novidades. Como vou pagar por todos esses custos? E se algum dos cavalos tiver resultado positivo em algo e tivermos que sacrificá-lo? E se? E se?

Às seis da manhã, começamos a trabalhar. Encontramos uma veterinária que poderia acompanhar a quarentena, compramos os materiais necessários para limpar e telar as baias, compramos feno e contratamos um cara para ajudar em tudo. Os currais e as baias não eram usados há anos e estavam em péssimas condições. Havia lixo por todo o lado, entulho e cerca de quarenta ninhos de marimbondos, com centenas dos mortais insetos pairando por todo lado.

"Merda, isso aqui está péssimo", disse, examinando as dependências do governo pela primeira vez à luz do dia. Começamos a queimar os ninhos com um pedaço de pano embebido em gasolina e amarrado a um longo bambu, o que deixou os marimbondos zunindo de raiva ao nosso redor. Fui picado dentro do nariz, o que encheu meus olhos de água com a dor intensa. Em poucos minutos, meu nariz havia crescido como o de Pinóquio, latejando de dor.

Passamos três dias nas temperaturas acima de quarenta graus, deixando o local limpo e de acordo com as demandas do Ministério da Agricultura. Com os estábulos cobertos por uma tela verde, os cavalos tinham que permanecer confinados das quatro da tarde às oito da manhã, e podiam ficar soltos das oito da manhã às quatro da tarde. Havia uma base militar brasileira próxima ao complexo do Ministério, e permitiram que os meninos pastassem ali durante o dia. Infelizmente, bem ao modo brasileiro, o curral e as baias construídos para os animais não contavam com água encanada. Assim, durante a quarentena, tive que carregar água por quinhentos metros todos os dias, três vezes ao dia.

O diretor do Ministério em Brasília foi quem tinha me instruído a passar por aquela fronteira, e não pela fronteira do Peru, pois as chuvas tornariam a quarentena dos cavalos impossível. Ainda assim, foi a pior acolhida que poderia imaginar em meu próprio país. Depois de pagar um rim à veterinária por seu trabalho, comprar feno e pagar pela quantidade insana de testes que exigiram, eu estava quebrado. Totalmente quebrado. Minha conta bancária havia entrado no negativo, meu cartão de crédito estava estourado e não tinha mais de onde tirar dinheiro. Chorei nos braços de Emma em nosso fedorento quarto de hotel, sem saber como alimentaria meus cavalos. Foi o ponto mais baixo da Jornada, quando acreditei que seria o mais alto.

No desespero, tentei o Facebook e postei um texto explicando minha situação. Em algumas horas, um brasileiro criador de Quartos de Milha doou um caminhão de feno, e outro se ofereceu para fazer a viagem de sete horas para transportar a carga. Mais pessoas ajudaram a pagar pela gasolina e doaram sacas de alimento. Mais uma vez, éramos salvos pela bondade das pessoas.

Para ajudar a levantar meu moral, minha família fez a viagem de dois mil quilômetros até a fronteira para passar a semana conosco. Não via meu pai desde o México, minha mãe desde a Nicarágua e minhas duas irmãs desde o Natal de três anos antes. Em uma sexta-feira quente e úmida, esperei por eles ao lado da rodovia. Cada carro que se aproximava fazia meu coração bater um pouco mais forte. Depois de meia hora no sol quente, vi a caminhonete prata de meu pai aparecer à distância. Buzinando e piscando os faróis, estacionou bem ao nosso lado e, antes mesmo que parasse o carro, minha irmã caçula, Izabella, pulou no meu colo, chorando. Foi tão bom sentir seu corpo derretendo em meus braços e suas lágrimas correndo por meus ombros, enquanto ela enterrava o rosto na minha pele.

"Como você está? Senti tantas saudades!", disse minha irmã mais velha, Paolla, enquanto nos abraçávamos, e Izabella ficava de recheio de sanduíche entre nós. Depois que abracei todos, Izabella, que ainda estava em meus braços, olhou profundamente em meus olhos, enquanto tocava meu rosto de leve com seus dedinhos. Era como se estivesse checando se eu era real. Da última vez que nos vimos, tinha apenas cinco anos. Três anos se passaram e, ainda que tivesse visto fotos da viagem, deve ter sido estranho para ela me ver novamente depois de tanto tempo.

Depois que meu pai teve uma chance de ver os cavalos e tagarelar a respeito de Frenchie, seu favorito, passamos o feriado de Páscoa em Corumbá, a porta de entrada para o Pantanal, a maior área alagada tropical do mundo. Comemos deliciosos peixes frescos, compartilhamos histórias e gargalhamos. Era surreal estar cercado do amor de minha família novamente. O belo sorriso de minha mãe, a risada contagiante de minhas irmãs e a sabedoria de meu pai me deram grande força e energia para o último pedaço de nossa jornada.

CAPÍTULO 49

Entramos no Brasil

Lição do dia: a sensação de estar no seu lugar de origem é como uma benção divina.

Dia 736. Em uma manhã cinzenta e chuvosa, depois de 36 dias vivendo em Puerto Quijarro, Bolívia, enquanto lidávamos com a exaustiva quarentena exigida pelo Brasil, finalmente estávamos livres. Ao passar pela placa verde fluorescente que dizia "Bem-vindo ao Brasil", levantei minhas mãos para os céus, como havia feito ao deixar Calgary dois anos antes, e agradeci ao Universo. Bruiser liderou a tropa, enquanto Frenchie e Dude vinham ao nosso lado. Uma bandeira brasileira atada a minhas costas, como uma capa, tremulava com a brisa da manhã.

"Filipe, qual é a sensação de percorrer o último pedaço de sua jornada até seu país natal?", perguntou um jornalista. "Depois de tudo que enfrentamos nessa viagem, a sensação é extraordinária, um sonho que se tornou realidade", eu disse, rumando com os cavalos para minha cerimônia de boas-vindas. Perto de uma bandeira do Brasil estavam meus pais, o prefeito de Espírito Santo do Pinhal – minha cidade natal, o presidente d'Os Independentes, Jerônimo Muzzeti, e o prefeito de Corumbá. Apeei de Bruiser e abracei a todos, antes do início de uma sessão de fotos. Frenchie, Bruiser e Dude chegaram ao Brasil como heróis. Com a chuva apertando, lavando minha alma cansada, cavalguei ao lado de tradicionais caubóis brasileiros, do Pantanal, até a cidade de Corumbá.

"É uma honra cavalgar os primeiros quilômetros no Brasil com você", disse um homem forte e moreno depois de tocar seu berrante. Enquanto os homens montavam seus cavalos pantaneiros, uma raça tradicional bem acostumada a viver na água a maior parte do tempo, sentavam em arreios, cobertos por uma grossa pele de carneiro, tingida de laranja. Cavalgamos até a primeira cidade brasileira, onde meus anfitriões d'Os Independentes estavam nos aguardando no porto com um tradicional almoço boiadeiro, "Queima do Alho".

"É isso que os boiadeiros comem aqui no Brasil quando viajam longas distâncias com gado. É uma tradição que começou há centenas de anos, e você vai ver em primeira mão enquanto viajar pelo Pantanal", disse Chico, o *chef*, enquanto assava a carne em fogo aberto. A refeição era composta de arroz, feijão, paçoca de carne e carne, o prato perfeito de boas-vindas. Cebola, alho, sal, carne, feijão, paçoca, estava tudo muito bom. Ao lado de meus amigos e de minha família, comendo aquele prato de dar água na boca, percebi o quanto eu havia sentido saudades de minha terra.

Depois do almoço, cavalgamos até a arena da cidade, em que nos despedimos de todos e passamos algum tempo ensinando a Emma como dirigir um carro manual. Os Independentes trouxeram uma van com fotos de toda a jornada, para ajudar em nossa cavalgada pelo Pantanal. Eles encheram a van com feno e ração para que os cavalos se alimentassem à noite durante os quinze dias que passaríamos cavalgando pelas pastagens inundadas. Ela deixou o veículo morrer algumas vezes e teve dificuldade para se adaptar à embreagem, mas logo saiu dirigindo como um piloto profissional. Ela ia treinar bastante.

Na manhã seguinte, nos levantamos com o Sol novamente. Eu estava eufórico por voltar à estrada, livre da burocracia sufocante que nos perseguiu por tanto tempo. No final do dia, cavalgamos até o maior rio e a maior ponte que enfrentamos em toda a viagem: três quilômetros de aço e concreto estendidos sobre o Rio Paraguai. Enquanto Emma segurava os cavalos, conversei com alguns funcionários que faziam a manutenção da ponte. Por sorte, eles haviam assistido a um programa de televisão famoso do domingo à noite, e haviam visto os seis episódios que eu tinha gravado para o programa durante minha viagem.

"Meu Deus, não acredito que estamos conhecendo você. Estou acompanhando a sua viagem desde que você saiu de Calgary", disse um homem rechonchudo com o boné para trás. Depois de fazermos algumas *selfies*, ele me disse que fecharia a ponte para passarmos. Senti um grande alívio, pois vi o quanto a estrutura balançava quando os grandes caminhões passavam voando por suas pistas estreitas. Meu novo amigo mandou dois funcionários pararem o trânsito na ponte de ambos os lados. Então subiu em sua caminhonete branca e nos guiou. Juntos, vencemos a ponte de três quilômetros. A vista lá de cima era espetacular. O rio se estendia por no mínimo dois quilômetros e meio dos dois lados da ponte, com um cortejo de árvores da exuberante floresta tropical balançando com os ventos da tarde nas duas margens. O sol estava se pondo atrás de nós, lançando longas sombras nossas no asfalto escuro. Quando cheguei ao centro da ponte e comecei a descer, consegui ver uma longa fila de carros e caminhões esperando atrás de cones alaranjados. Pensei que seria linchado mas, para minha surpresa, as pessoas esperavam, em sua maioria, fora dos carros e, àquela altura, assistiam ao sol que se punha atrás de mim e de meus três cavalos. Quando nos aproximamos, elas nos acolheram com palmas e comemoração. Levamos 45 minutos para cruzar a ponte sobre o Rio Paraguai.

Embaixo da ponte, um pequeno rancho, usado para abrigar o gado que era transportado de barco pelo rio, serviu como local de acampamento para nós. Armamos nossa barraca ao lado do curral em que os cavalos comeram feno, enquanto dois búfalos de uma pastagem alagada nos encaravam com olhos curiosos. A enorme quantidade de mosquitos nos fez dormir logo depois das sete da noite. Era impossível ficar lá fora. Em certa altura, meu braço ficou completamente preto com uma manga de pequenas asas transparentes.

O dia seguinte nos trouxe a cavalgada mais longa que encaramos no Pantanal: incríveis e dolorosos 55 quilômetros. Deixamos o rancho às seis e meia da manhã, viajando por uma parte elevada da rodovia, com água dos dois lados. Não havia onde acampar ou parar. As pastagens de ambos os lados ficavam secas por seis meses e alagadas pelos outros seis. Olhando para as lagoas que nos cercavam, era impossível imaginar que, por metade do ano, o gado pastava naquelas terras. As únicas provas daquilo eram os mourões de cerca que emergiam da água.

Em uma clara e ensolarada tarde, tive a grande oportunidade de me hospedar em uma das mais importantes fazendas do Pantanal, a Fazenda Bodoquena. Construída na virada do século XX, ela possui uma pista de pouso, emprega o equivalente à população de uma pequena cidade e cria 40.000 cabeças de gado em 80.000 hectares de terra. Um dos veterinários da fazenda, um homem baixinho do norte do Brasil, nos hospedou em sua casa, uma das diversas construções em estilo americano que ficava no impecável pasto que parecia um campo de golfe, ao lado de um lago artificial. O veterinário tinha duas filhas pequenas, e tivemos um dia de brincadeiras no campo com elas, antes que fosse servido o jantar. Depois de comer, o veterinário me contou sobre a batalha do ano anterior para retirar todo o gado das terras baixas antes que a água, que subia rapidamente, os matasse. "Foi intenso. As chuvas vieram mais cedo e a água dos rios começou a transbordar e inundar as pastagens muito antes do que imaginávamos", ele disse, enquanto folheava um belíssimo livro organizado por um fotógrafo profissional que havia seguido as comitivas. "Graças a Deus, perdemos apenas três vacas. Poderia ter sido muito pior, mas os boiadeiros trabalharam noite e dia por uma semana seguida."

Na manhã seguinte, fomos escoltados para fora do rancho pelas comitivas. Montados sobre as tradicionais peles alaranjadas de carneiro, usando grandes chapéus de palha e segurando cordas de couro, aqueles homens, em cujas mãos estava a sabedoria do coração, cavalgaram ao meu lado pelos cinco quilômetros seguintes, enquanto compartilhamos histórias. Eles nunca julgaram a mim ou a meu chapéu de caubói americano. Eles me fizeram muitas perguntas sobre a viagem, sobre minhas selas e sobre os cavalos, e nem uma vez disseram que eu deveria ter feito algo assim ou assado.

"Às vezes, viajamos por mais de um mês, levando mil cabeças de gado para os pastos secos. Um rebanho de mulas viaja junto, assim conseguimos trocar de montaria todos os dias, e um cozinheiro vai na frente com um cordão de animais para fazer o almoço, o jantar e montar o acampamento", disse um boiadeiro mais velho, cavalgando a meu lado, sua mão direita segurando a parte de trás de minha sela. Antes que eles voltassem ao trabalho, cada um deles me ofereceu sua calejada mão e um honesto olhar de estima pelo que eu havia feito.

*

Em nossa quinta noite na estrada, nos vimos sem lugar para soltar os cavalos. Cavalgamos em marcha mais rápida, procurando um curral ou uma casa de fazenda com pasto, mas não havia nada. No momento em que eu estava quase desistindo, o sol se pondo no horizonte, avistei uma grande fazenda com dois enormes silos de metal. Os funcionários disseram que não havia pastagem cercada, mas que poderíamos amarrar os cavalos a alguma cerca velha e acampar na propriedade.

Lá pelas quatro da manhã, acordei com doloridos soquinhos de Emma. "Filipe, ouça, o que é esse barulho?" ela perguntou, petrificada. Lutando para acordar, tentei focar no profundo silêncio que nos rodeava. Depois de alguns segundos, escutei o barulho. "Merda, merda, merda", sussurrei, cerrando os dentes. Era um barulho semelhante a um rosnado, e parecia ficar mais alto e depois sumir, aumentar e sumir novamente. Quase como um gato ronronando. E vinha do local onde os cavalos estavam amarrados. Engoli o medo e fui para a entrada da barraca. Seria uma onça pronta para atacar meus filhos? Lentamente, abaixei o zíper da entrada tentando fazer o mínimo de barulho possível e cuidadosamente coloquei a cabeça para fora, tremendo como o menininho do filme *O Sexto Sentido*. Conforme meus olhos lentamente se acostumaram com a escuridão, o rosnado aumentava de intensidade. Então, vi a cena mais engraçada da viagem inteira. Frenchie estava atirado no capim, roncando como um homem gordo depois de uma noite no bar Emma e eu gargalhamos. Depois de mais algumas horas de sono, desmontamos o acampamento e preparamos os cavalos. Estávamos extremamente cansados, mas não podíamos parar de rir toda vez que lembrávamos de Frenchie deitado roncando. Foi bom demais.

Cavalgamos mais dois dias antes de finalmente chegar à primeira cidade depois de Corumbá. Após mais de duzentos quilômetros no meio do Pantanal, a sensação de estar em uma cidade novamente era ótima. A recepção que tivemos também foi incrível.

"Miranda, por favor, dê as boas-vindas a Filipe Leite, o Cavaleiro das Américas, a nossa cidade", disse um carro de som quando chegamos. A prefeita estava lá para nos receber e tirar fotos, enquanto cavaleiros e amazonas da comunidade vieram para a cavalgada pela cidade. "Filipe, eu te sigo no Instagram, parabéns", gritavam as pessoas das calçadas enquanto percorríamos o centro da cidade. Era uma tarde escaldante e estávamos todos mortos. "Filipe, você e sua namorada vão ficar no Hotel Pantanal durante sua estadia aqui, eles vão patrocinar seu quarto", disse a prefeita antes de nos desejar boa viagem de volta para casa. Pelos dois dias seguintes, Emma e eu desfrutamos do amplo quarto, chuveiro e, o mais importante, ar-condicionado.

No dia seguinte, fomos convidados para visitar a Fazenda San Francisco, com sua criação de gado, plantação de arroz e hotel de ecoturismo. Situada em uma faixa de quinze mil hectares no coração do Pantanal e a apenas vinte quilômetros de Miranda, a fazenda recebe turistas do mundo todo para participar de seu renomado safari noturno, um passeio de duas horas que dá aos visitantes a chance de ver os belíssimos animais selvagens que moram naquele rico habitat, incluindo a onça-pintada.

Quando chegou a manhã em que continuaríamos nossa rota para o sul, ficamos tristes por deixar o conforto do Hotel Pantanal e os amigos que fizemos em Miranda. Porém, com mais de mil quilômetros pela frente, precisávamos continuar.

Um pouco depois das nove da manhã, com o Sol escaldante cozinhando meus miolos como se fossem ovos mexidos, segui por um trecho de grama. Eu montava Frenchie, Dude carregava o cargueiro e Bruiser seguia sem sela à minha direita, abaixando a cabeça para pegar algumas folhas de grama a cada três passos. Durante a viagem, sempre que passávamos por superfícies gramadas, eu permitia que os cavalos comessem, contanto que continuassem andando. Eles se tornaram especialistas naquela arte, uma vez que perceberam que, se continuassem se movendo, eu deixaria que eles se empanturrassem. Porém, naquela ocasião, o fast food era tão mortal para os cavalos quanto é para nós, humanos. Enquanto Bruiser abaixava a cabeça para pegar um grande maço de capim, percebi, em minha visão periférica, alguma coisa preta se movendo. Olhando novamente, percebi que era uma cobra a centímetros da cabeça de Bruiser. Por instinto, puxei o cabo do seu cabresto, e ele olhou para mim como se dissesse "pra que isso". A cobra se esgueirou mato adentro enquanto eu fiquei ali tremendo.

CAPÍTULO 50

Bem-vindo ao Estado de São Paulo

Lição do dia: viva cada momento com paciência, sem ansiedade e com sabedoria.

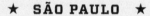

SÃO PAULO

Em uma melancólica manhã de quarta-feira, preparei os cavalos para nossa última cavalgada no estado do Mato Grosso do Sul. Cercado por meus pais, Os Independentes e os amigos que havia feito na cidade de Três Lagoas, cuidei dos preparativos finais. Um drone zumbia em cima da minha cabeça enquanto eu apertava barrigueiras e preparava as selas. Um pouco depois das nove da manhã, estávamos prontos para partir.

Como muitos dos feitos que os cavalos e eu conseguimos cumprir durante a viagem, esse também tinha um preço. Para entrar no estado em que eu e meus pais nascemos, teríamos que cruzar uma ponte de dez quilômetros sobre uma gigante represa. "Nunca deixamos cavalos passarem por aqui, não é permitido", disse um funcionário da represa, alguns dias antes, quando fui pedir permissão para cruzar a ponte. Ainda que eu tivesse descoberto que era ilegal cruzá-la a cavalo devido ao tráfego pesado, a empresa encarregada abriu uma exceção e permitiu que cavalgássemos por ali, com um de seus carros de apoio nos escoltando.

Com um estranho vento soprando e as crinas de Frenchie, Bruiser e Dude voando para todo lado, começamos a travessia. Eu conseguia ver, dos dois lados, a água azul encrespar-se em pequenas ondas. Conseguia escutar o drone branco lutando para nos seguir lá de cima, para conseguirmos uma boa filmagem da travessia, do ponto de vista de um pássaro. Após uma hora de jornada, havíamos chegado apenas ao meio da ponte. Atrás de nós se estendia uma longa fila de cinco quilômetros formada por carros e caminhões. Entretanto, os cavalos deslizavam como seda pela estrutura de concreto.

"Bom trabalho, meninos, chegamos a São Paulo", disse, dando um tapinha no pescoço de cada um deles quando vi uma grande placa azul-escuro que dizia "Bem-vindo ao Estado de São Paulo". Os Independentes haviam organizado uma festa de boas vindas ao estado em um posto de gasolina ali perto. Depois do almoço, seguimos até uma fazenda, onde desarreamos os cavalos bem a tempo de escapar de uma chuva torrencial. No meio de uma terrível seca, a pior em um século, o estado de São Paulo finalmente recebia chuva, depois de três meses sem precipitações. Parecíamos ter trazido sorte conosco. Choveu por três dias seguidos enquanto rumávamos para Andradina. A chuva caía em gotas pesadas e o vento soprava em meu rosto e sob minha capa de chuva azul de plástico. Foi uma cavalgada ruim, mas, depois de tudo o que havíamos suportado, foi como um passeio no parque.

Todo vilarejo e cidade nos recebia com festa, cerveja, carne para os humanos e grão, feno e baias confortáveis para os cavalos. O amor que recebemos das pessoas foi algo fora do comum. A cada dia que terminava na estrada, eu sabia que nossa Longa Jornada estava mais perto do fim. Depois de dois anos vivendo uma vida livre, um verdadeiro vagabundo das selas, trabalhando com meus cavalos como se fôssemos uma manada, o pensamento de pendurar meu chapéu de caubói me incomodava. Era verdade: eu estava pronto para finalizar a jornada. Porém, no fundo do meu coração, eu sabia que nunca mais sentiria o sangue correndo pelas minhas veias com tanta intensidade como durante minha vida como um explorador.

Quanto mais eu me aproximava de Barretos, mais loucas as coisas ficavam. Mais e mais caubóis começaram a cavalgar comigo. Eu era entrevistado todos os dias. As festas ficavam cada vez maiores. Parte de mim queria que fôssemos só Emma, Nevada (uma cachorrinha border collie que ganhei de presente em Campo Grande), Frenchie, Bruiser, Dude e eu, porém, conforme eu via a animação no rosto das pessoas, percebia que as coisas tinham que ser do modo como foram. A partir de Rio Preto, cavalguei os noventa quilômetros finais até Barretos por uma velha estrada boiadeira que levava ao primeiro abatedouro do país. Desde o início do século XX, boiadeiros de todo o Brasil traziam gado de fazendas distantes por aquela estrada que agora levava ao maior rodeio da América Latina. Hoje, a trilha é ladeada por plantações de cana, com enormes caminhões levantando tanta poeira que era difícil enxergar. Seguido pela comitiva Água do Peão, percorri aquele caminho embaixo do sol quente, com a poeira grudando em meu corpo suado, por cinco dias seguidos. Foi mais uma jornada extenuante, mas as pessoas que esperavam pela minha chegada me mantiveram firme.

Em minha vida anterior, na qual eu não era um explorador, estaria perdendo o sono de ansiedade pela chegada. Contando os dias. Os minutos. Os segundos. Porém, depois de 26 meses avançando apenas trinta quilômetros por dia, em uma jornada de dezesseis mil quilômetros, aprendi a ter paciência. A viver o momento e a não me preocupar com o que viria pela frente. E a só cruzar uma ponte quando chegasse a ela.

A seca que enfrentei no fim da Longa Jornada foi algo que me acompanhou pela viagem toda. A Cantareira, o reservatório responsável por fornecer água à cidade de São Paulo, estava com apenas sete por cento de seu nível normal de água naquele período. Muitas cidades do estado estavam trazendo água em caminhões-pipa. Minha fazenda, no estado de São Paulo, que tinha uma fonte natural cheia de água desde os anos 1980, ficou completamente seca. Nos Estados Unidos, cavalguei pela pior seca de toda uma geração. No Texas, os campos de petróleo haviam deixado muitas fontes de água poluídas. No México, passei por cidades que estavam cavando poços cada vez mais fundos em busca de água. No Torreón, ouvi dizer que a água estava vindo de uma profundidade tão grande que já não era mais potável, no entanto, os agricultores a usavam em suas plantações. A que custo, não sabemos. Na América Central, passei por riachos e rios que estavam negros como petróleo ou azul-escuros, com acúmulo de espuma na superfície. O forte odor que subia das águas poluídas era, por vezes, insuportável. Na Bolívia, presenciei rios brancos como leite, e os locais me alertaram para não deixar meus cavalos beberem aquela água, pois bois e outros animais já haviam morrido devido ao líquido contaminado. Eu vi pessoalmente o quanto nosso planeta azul está em péssimas condições quando se trata de água potável.

CAPÍTULO 51

Barretos

Lição do dia: nada supera sua vontade de fazer seus sonhos se tornarem realidade.

★ BARRETOS ★

Chegamos a um rancho a cinco quilômetros de Barretos, dois dias antes do início do rodeio. Os Independentes alugaram uma casa perto da arena para todos os nossos amigos e família. Depois de alimentar os meninos e encontrar um bom lugar para eles, Marcelo Murta nos buscou e nos levou até a casa. "Filipe, estamos tão orgulhosos de você, você conseguiu, meu amigo", disse o carismático publicitário, poeta e amigo, antes de me dar um grande abraço. "Quando entrar naquela arena, você vai chorar muito, rapaz." "Já estou chorando!" Sorrimos.

Era verdade. Na última semana, eu havia cavalgado com um nó na garganta e, muitas vezes, tive que enxugar minhas lágrimas com a emoção de chegar ao fim de uma jornada tão extenuante. Ver minha família e amigos do mundo todo. Me despedir do vínculo que havia construído com meus cavalos. Todas aquelas coisas criaram uma tempestade de emoções dentro de mim. Quando chegamos à casa alugada, a tempestade caiu. Com Emma, vi meus pais e minhas irmãs, os pais dela, Jane e Kevin, meu tio Lobinho, o veterinário de cavalos que havia nascido no mesmo dia que eu, sua esposa Juliana, a filha deles, Ana Luiza, minha tia Sidelma e seu filho Neto, Barbara Nettleton e seu marido Frank, um casal canadense que me ajudou tremendamente antes da partida, e Karen Hardy e sua filha Olivia, que haviam se tornado minha família do Novo México nos meses anteriores. Abraçando cada um deles com muitas lágrimas, tive a maior catarse de minha vida. Aquela noite foi especial. O pequeno grupo de pessoas que tinha sido essencial para o sucesso da jornada estava todo reunido ali, bebendo e celebrando aquele extraordinário feito.

"Quando o deixei na fronteira mexicana, ele estava muito assustado", Karen contou à multidão, enquanto compartilhávamos histórias. "Frank achou que ele seria assassinado no México. Como você pôde conquistar os cartéis?", perguntou Barbara, antes de tirar uma foto minha sorrindo de seu comentário. "Sempre soube que ele conseguiria", disse minha mãe. "Eu também", concordou Jane. Ficamos acordados até tarde e festejamos como uma grande família. As comemorações continuaram no dia seguinte, pois mais membros da família haviam chegado – e mandamos ver na carne e na cerveja. Bem ao lado da churrasqueira, havia uma grande piscina que nos refrescava no intenso calor de Barretos. Foi um ótimo detox dos dias empoeirados que passei na estrada. Amei cada segundo daqueles dias.

Durante a sexta-feira, um dia antes de entrar no rodeio, consegui acessar a internet pela primeira vez em uma semana. Com a aproximação de minha grande festa, todos os veículos de mídia do Brasil cobriam a jornada e a noticiavam. Os artigos e vídeos eram ótima publicidade e estavam muito bem produzidos, e os comentários que li foram como uma faca em meu coração. Em algumas matérias, havia quase cinco mil comentários, e, enquanto eu descia a tela, vi que a maioria deles era negativo. "Seu idiota, como você ousa fazer isso com um cavalo...? É isso que eu chamo de ser milionário e não ter nada para fazer da vida... Os cavalos é que deveriam ter montado nele... Quantos cavalos esse idiota matou para realizar seu sonho...?" Era ruim.

Os comentários eram muito agressivos e ignorantes. Depois dos dois anos que passei comendo só depois de conseguir comida para meus cavalos, cuidando deles como se fossem meus filhos, fazendo o possível e o impossível para não deixá-los para trás, era assim que eu seria recebido por meus próprios compatriotas? Conversando com minha família sobre a grande tristeza que senti, discutimos sobre como a maioria das pessoas não entende os cavalos. Elas nunca tiveram um cavalo. Nunca levantaram às seis da manhã para alimentá-lo. Nunca ficaram de pé a noite toda ao lado deles, salvando sua vida de uma cólica. Nunca montaram um cavalo para sentir a conexão com aqueles majestosos animais. Ao longo de minha jornada, eu vi o sofrimento real de cavalos nas Américas. Equinos nos Estados Unidos sendo transportados por milhares de quilômetros, apertados na carroceria de um caminhão, sem água e sem comida, apenas para serem abatidos no México. Cavalos na América Central que não tinham donos, abandonados, procurando comida em lixões e em campos, até morrerem lentamente de fome. Meus cavalos estavam gordos, fortes e felizes. Se as pessoas olhassem por apenas alguns segundos para eles, veriam rapidamente que aqueles animais não estavam sofrendo nem um pouco. Os milhares de comentários negativos foram feitos por pessoas que não sabiam o básico sobre cavalos.

Na manhã de sábado, 23 de agosto, acordei tremendo de nervoso. Eu tinha borboletas em meu estômago vazio, que não me deixavam comer nada. Me senti como no primeiro dia de apresentação de uma peça na escola. Só que, desta vez, em vez de mil adolescentes canadenses me assistindo, seriam quarenta mil brasileiros gritando. Meus cavalos nunca haviam entrado em uma arena de rodeio e, naquela noite, eles fariam sua estreia na maior arena da América Latina. Com música alta, fogos de artifício e a população de uma pequena cidade gritando e aplaudindo nas arquibancadas, temi que aquele estímulo fosse demais para os cavalos, e que eles poderiam começar a corcovear como loucos me jogando da sela no meio da arena. O cara que veio cavalgando do Canadá até o Brasil é jogado ao chão em sua enorme festa de boas-vindas. Um final digno de uma comédia ou tragédia grega.

Fui preparar os cavalos. Dei três banhos em cada um, os escovei, penteei suas crinas e limpei seus cascos. Eles ficaram prontos para o baile. Quando terminei, no fim da tarde, com o pôr do sol à nossa frente, eles brilhavam. Depois de tomar um rápido banho e de vestir as roupas que usaria naquela noite, uma equipe de televisão chegou para documentar minha entrada em Barretos.

"Filipe, como você se sente sabendo que está tão perto do fim de sua jornada?", perguntou a jornalista. Com seu microfone apontado para mim e a câmera dando um *zoom* no meu rosto, fiquei em silêncio por um segundo, tentando segurar a tempestade dentro de mim, mas ela foi mais forte que eu. Mordi o lábio inferior e as lágrimas começaram a correr. Eu não conseguia falar. Pedi desculpas e respirei fundo, me recompus e tentei novamente. Nada. Não havia voz, apenas emoção. Tive que tentar quatro vezes até conseguir começar a entrevista, e o pranto se moveu como nossa cavalgada nas montanhas hondurenhas: lenta e dolorosamente. Quando finalmente terminamos, já estava na hora de selar os meninos e cavalgar o trecho final até a mais extravagante festa de boas-vindas da história das longas jornadas.

Como eu havia feito milhares de vezes antes, escovei os cavalos, joguei os baixeiros em Bruiser, depois a sela, apertei a barrigueira, coloquei as rédeas no pito da sela, joguei os baixeiros em Frenchie, e então o cargueiro por cima, apertei as barrigueiras, coloquei as caixas alaranjadas dos dois lados, joguei a bolsa azul à prova d'água e em forma de salsicha na parte de cima, fiz o nó em diamante duplo e, como um toque especial, fixei a bandeira brasileira por cima de tudo. Estávamos prontos. Beijei Emma, conduzi os cavalos até a parte de fora do curral, segurando os cabos dos cabrestos de Frenchie e Dude com minha mão esquerda, as rédeas de Bruiser com minha mão direita. Coloquei minha bota esquerda no estribo de couro, segurei o pito e joguei meu corpo sobre a sela. Senti-me em casa. Apertei suavemente as pernas, Bruiser andou, e partimos.

Saímos do rancho para encontrar uma maravilhosa surpresa. Peter Hawkins e Arnon Melo, dois amigos próximos de Toronto, donos da MELLOHAWK Logistics, uma das empresas que havia nos patrocinado e nos ajudado no Panamá, vieram ver minha entrada em Barretos. "Filipe, estamos tão orgulhosos de você", disse Peter, enquanto eu me inclinava para abraçá-lo da sela. Peter e Arnon foram os primeiros a me patrocinar e, durante a jornada, me ajudaram tremendamente. Encontrá-los na reta de chegada significou muito para mim. Mais uma vez, eu estava chorando. Acenando, peguei um atalho por um grande canavial e rumei para a enorme arena de rodeio que brilhava no horizonte. Mesmo a cinco quilômetros de distância, eu podia ouvir a música. Foi uma cavalgada extraordinária, que levou uma hora, enquanto eu seguia sozinho com os cavalos em direção ao momento com que sonhei tantas vezes enquanto estava na estrada, suando e chorando de desespero.

Quando cheguei à pista em frente à arena, a polícia esperava por mim, com motocicletas e viaturas. Eles me escoltaram, com suas sirenes, até a entrada da arena, em que as pessoas aplaudiam e gritavam meu nome. Na entrada, Jerominho – presidente d'Os Independentes – e Marcelo Murta me receberam com abraços. "Parabéns, Filipe, você conseguiu!", disse Jerominho.

Continuei por uma estrada escura em direção à arena que brilhava com todas as suas luzes a distância. A música estava alta e eu conseguia ouvir vagamente o locutor. Um helicóptero voou sobre nossas cabeças, com uma luz brilhante em sua barriga, iluminando nosso caminho. Dei um OK para o câmera, que se pendurava no helicóptero e, depois de alguns segundos, ouvi a arena inteira explodir em aplausos e gritos. Estávamos ao vivo no telão da arena. Meu coração batia mais rápido que as pás do helicóptero, enquanto as crinas dos cavalos voavam descontroladamente.

Quando cheguei à parte de trás da arena, meu pai, Karen Hardy e minha prima Ana Lu estavam montados para entrar comigo. Os rapazes da comitiva Água de Peão, que haviam me acompanhado até Barretos e tinham se tornado irmãos para mim, também estavam lá, esperando em suas mulas. Todos eles aplaudiram e gritaram enquanto percorríamos uma rampa íngreme que levava a um corredor escuro, embaixo do palco e atrás dos bretes. Esperamos por alguns minutos pelo fim do rodeio. Fiquei parado, olhando para as luzes brilhantes que vinham da arena, ouvindo todos os barulhos e sentindo o cheiro da comida misturado ao dos animais. Parecia que minhas células iam explodir dentro do meu corpo pela emoção que eu sentia no momento. Foi como se eu estivesse esperando para nascer novamente. O túnel escuro embaixo daquele palco era a porta de entrada para minha nova vida.

Com o fim do rodeio, a arena ficou em silêncio, enquanto 40.000 brasileiros de todas as partes do país esperavam ansiosamente por nossa chegada. A comitiva entrou na arena primeiro, e nos deixou no túnel escuro. Inclinando-me sobre Bruiser para não bater a cabeça no teto baixo, eu conseguia ver as arquibancadas lotadas, mas eles não podiam me ver. Frenchie e Dude dançavam nervosamente, enquanto eu os acalmava com as mãos e com palavras suaves. Enquanto esperávamos, os caubóis do rodeio vieram apertar minha mão e me parabenizar. Vieram Adriano Moraes e Guilherme Marchi, dois dos melhores peões de montaria em touros de todos os tempos. Silvano Alves, o tricampeão da PBR, estava com eles. "Filipe, parabéns, sou um grande fã, tenho te seguido no Instagram e não consigo nem imaginar as coisas que você viu nessa viagem", disse Guilherme Marchi enquanto apertávamos as mãos. "Caramba, Guilherme, obrigado, cara, sou um grande fã seu", eu disse ao campeão mundial, embasbacado.

Depois de um vídeo de cinco minutos que mostrava algumas das filmagens de nossa Longa Jornada, durante o qual o silêncio foi tão grande que seria possível ouvir uma agulha caindo no chão, a multidão explodiu com uma queima de fogos de artifício. O céu noturno ficou aceso com luzes vermelhas, verdes, brancas e amarelas, enquanto as explosões deixaram meus cavalos pulando de medo. O cheiro de enxofre permeava o ar e levava minha adrenalina ao topo. Com o relógio batendo dez horas, o locutor Cuiabano Lima gritou no microfone "Senhoras e senhores, vamos receber um herói nacional aqui nesta arena: Filipe! Filipe Leite!"

A porteira branca à minha frente se abriu e entramos. As lágrimas corriam de meu rosto enquanto a arena inteira ficou de pé, segurando seus chapéus de caubói em saudação. Tirei meu chapéu manchado e suado e dei uma volta pela arena, agradecendo a todos pelo amor. Enquanto eu cavalgava, a música tema de Ayrton Senna, a mesma que eu cresci ouvindo enquanto assistia meu herói da Fórmula 1 cruzando a linha de chegada, explodia nos alto-falantes. Lancei o olhar para o céu e agradeci ao Universo por me ajudar a alcançar aquela meta impossível, enquanto eu recebia a ovação de 40.000 fãs. Agradeci a todas as pessoas que cruzaram meu caminho. Agradeci a Aime Tschiffely por ter inspirado uma criança a sonhar e cavalgar em direção ao desconhecido. Agradeci tantos exploradores que concederam seu tempo para conversar comigo e me ensinar a virar um viajante a cavalo. Agradeci a meus patrocinadores, que acreditaram em meu sonho e me ajudaram a torná-lo uma realidade. Agradeci a Naomi Lisker, cujas cinzas carreguei até o Brasil, e que senti que virou meu anjo da guarda durante nossa batalha em direção ao Sul.

Depois de uma cerimônia oficial, com os hinos nacionais do Canadá e do Brasil, e shows de artistas sertanejos, pediram que eu apeasse e subisse ao palco. Apeei de Bruiser, andei alguns passos e caí de joelhos enquanto encarava meus cavalos. Com os dois braços levantados para o limpo céu noturno, agradeci a cada um deles por seu trabalho duro, antes de me curvar ao chão em sinal de reverência. Segurando a terra vermelha da arena fortemente em minhas mãos, fiz uma prece de agradecimento a seus espíritos guerreiros.

Quando subi ao palco, minha família toda estava lá, aplaudindo, com muitos amigos. Abracei meus pais, minhas irmãs e minha doce avó de 86 anos, que estava em prantos, como o resto da família, e procurei por Emma na multidão. Ao lado de seus pais, com lágrimas nos olhos verdes, eu a abracei forte e a agradeci. Nunca vou esquecer de seu desprendimento e terno amor. Nos beijamos antes de o locutor me chamar para a frente do palco. "Filipe, diga algumas palavras de inspiração para todos os brasileiros que estão aqui hoje, assistindo a este momento histórico", ele disse, me passando o microfone. Eu mal conseguia falar. Minha mente estava longe, no topo daquela montanha hondurenha, no meio do deserto mexicano, e nas fazendas de gado do Wyoming.

"Estou aqui hoje para provar que, quando você quer algo com o coração, com a mente, com a alma, com todo o seu ser, qualquer coisa é possível... os sonhos podem se tornar realidade", disse, antes de ser interrompido pelas lágrimas. A arena explodiu em aplausos. Fui presenteado com uma fivela personalizada com meu nome, a data em que deixei Calgary Stampede e a data em que cheguei a Barretos, e uma imagem minha e dos três cavalos gravada nela. Ela era tão trabalhada como a fivela que o campeão do rodeio receberia, e me fez gritar de alegria. Amor era tudo que eu sentia.

Eu não conseguia acreditar no quanto os meus cavalos permaneceram calmos durante a celebração. Frenchie começou a se desesperar algumas vezes, mas tudo que eu tive que fazer foi tocar sua cabeça e dizer algumas palavras, e ele parava e ficava calmo de novo. Isso realmente me mostrou o quanto havíamos construído um vínculo de confiança. Uma mudança completa do cavalo que quase me matou em Olds, Alberta, dias antes de nossa partida.

Da arena, fomos conduzidos ao parque até nosso próprio estande, onde passaríamos a semana seguinte dando autógrafos e tirando fotos com os fãs.

O enorme espaço tinha três painéis gigantes com fotos da viagem e nossa história servindo de plano de fundo para um curral de madeira construído especialmente para meus cavalos. Porém, não havia nada comparado ao que estava na frente do estande. Com cinco metros de altura, uma estátua minha e dos cavalos, feita por Juvenal Irene, um dos maiores artistas do Brasil, brilhava em tons de bronze, com holofotes apontados para ela. Eu não estava preparado para seu tamanho e beleza. Era tão realista, tão perfeita. Ela personificou o espírito da jornada de um modo que eu não acreditava que seria possível. Lá estava eu, montado em Bruiser, congelado em um gracioso passo, enquanto Dude carregava o cargueiro à minha direita e Frenchie exibia seu corpo musculoso à minha esquerda. Os cavalos eram tão realistas que parecia que se moveriam a qualquer segundo. Me estiquei para tocar seus focinhos e passei as mãos pelas ondulações musculares de seus corpos.

"Nunca havia trabalhado em um projeto tão humano quanto este, Filipe. Obrigado por me permitir fazer parte deste sonho", disse Juvenal, um homem gentil com os óculos redondos no estilo John Lennon, antes de nos abraçarmos. Financiada por Os Independentes, a estátua vai ficar no parque para sempre, próxima ao local onde Frenchie, Bruiser e Dude serão enterrados quando deixarem este mundo em direção a pastos mais verdes. "Você gostou?", perguntou Jerominho, o presidente pequenino com espírito de gigante, antes de nos abraçarmos. "Amei! Muito obrigado por tudo. Se não fossem Os Independentes, eu ainda estaria na América Central," disse, enquanto nos abraçávamos longamente. Depois de passar um tempo no estande, seguimos para uma área VIP em que minha família, meus amigos e eu dançamos até o nascer do sol. Mesmo que eu viva por mais cem anos, jamais me esquecerei daquela noite. Ela foi tão épica quanto minha jornada, criada com a mesma mágica da qual os sonhos são feitos.

CAPÍTULO 52

Em casa

Lição do dia: *só se vive uma vez, então não desperdice essa chance de aprender, crescer, e experimentar.*

★ **ESPÍRITO SANTO DO PINHAL** ★

Dia 790: Por sete dias, a Longa Jornada foi celebrada em Barretos.

Quanto mais próximo de Pinhal, mais e mais cavaleiros se juntavam a nós, e mais eu reconhecia os rostos presentes. Amigos da família, tios e primos seguiam ao meu lado enquanto percorríamos aquela última centena de quilômetros. A paisagem lentamente ia transacionando para as montanhas e vales que cresci cavalgando. Era mágico andar a cavalo em meu próprio quintal depois de cruzar tantos lugares estrangeiros.

Um dia antes de entrar na minha cidade natal, paramos na Fazenda Morro do Cobre, meu último pouso e, para manter a tradição dos últimos dois anos, dormi sobre os baixeiros, em uma pequena cabana, perto dos cavalos. No dia seguinte, preparei os meninos junto a todos os outros cavaleiros que tinham vindo para se unir a nós, e, logo após as nove da manhã, pegamos a estrada. Sob um claro céu azul, cavalgamos os quilômetros finais até o local onde nasci. A cada quilômetro, mais e mais cavaleiros se juntavam ao grupo e, quando chegamos à entrada de Pinhal, havia mais de quinhentos caubóis e cowgirls montados a cavalo.

O prefeito inaugurou uma placa com uma bela foto minha junto aos cavalos, com nossa história, na entrada da cidade, e me presenteou com uma estátua em miniatura idêntica à de Barretos. Enquanto ficávamos em um pequeno palco, olhando para a multidão, vi minha avó e sua irmã, meus tios e tias que eu não encontrava há anos, amigos de infância. Foi o momento em que tudo se tornou real e eu percebi que havíamos terminado.

Minha mãe, devota de Nossa Senhora da Rosa Mística, fez uma promessa para ela: se eu chegasse a salvo, eu carregaria sua imagem até a igreja da cidade. Não só eu cheguei são e salvo, mas entrei em Pinhal no dia 13, o dia de sua missa. O padre local passou-me a imagem da santa, e eu a carreguei, montado em Bruiser, até a igreja.

Saindo de lá, me despedi de muitos cavaleiros que me acompanharam até minha cidade natal, e segui até a fazenda de minha família. Cavalgando pelas colinas arredondadas, cobertas de pés de café, que ladeiam a bela estrada até nossa casa, deixei que cada passo tivesse um profundo impacto em minha memória. Aqueles eram nossos momentos finais juntos como um bando, e eu queria me lembrar deles para sempre. Aqueles cavalos tinham se tornado uma parte de minha alma. Uma extensão de meu corpo. Uma ponte para meus sonhos.

Meu Frenchie, com seus 9 anos de idade, era um cavalo de caubói. Livre para sempre. Ninguém jamais conseguiria quebrar completamente seu espírito selvagem. Ele havia aprendido a me tolerar, mas sempre me mantinha alerta. Às vezes, ele dava um pinote ou dois quando eu o montava e, enquanto cavalgávamos, ele sempre deixava uma das orelhas viradas para mim, como se quisesse me alertar que ele poderia explodir a qualquer momento. Seu espírito indomável me deu muito poder e energia positiva. Às vezes, batíamos de frente, mas acho que isso acontecia por sermos tão parecidos. Frenchie e eu estávamos ambos em uma eterna busca por liberdade, detestando a ideia de sermos controlados, trancados, estagnados.

Dude era um cavalinho gentil, cuidadoso e amoroso. Assisti esse mustangue rolar montanha abaixo, no México, três vezes seguidas e, por três vezes, levantar, sacodir a poeira e começar a pastar como se nada tivesse acontecido. Porém, eu também passei horas acariciando sua crina densa e ondulada, enquanto ele me olhava com olhos de cãozinho, pedindo mais. Ele é o cavalo mais cheio de coração que já conheci. No calor, na neve, na mais alta das cordilheiras e no mais fundo dos rios, ele sempre me deu 110 por cento. Ele não sabia o que era desistir. Dude não é nada menos que um grande guerreiro.

Bruiser era o líder. O gigante gentil. Quando eu montava Bruiser, o que aconteceu na maior parte da viagem, montar e apear de seu lombo altíssimo era uma tarefa hercúlea. Com 1,60 m, meu alazão exigia que eu me dobrasse, me erguesse e pulasse toda vez que eu tinha que montar na sela ou apear. Uma vez, deixei cair um saco de amendoins que eu tinha acabado de pegar do meu alforge surrado. Estava tão cansado da cavalgada do dia que considerei pegar o saco por apenas alguns segundos, e, logo depois, abaixei a cabeça de vergonha e continuei o percurso com a barriga roncando. Porém, tudo isso ficou no passado. Deixei as rédeas soltas e permiti que eles galopassem nos metros finais que restavam até a chegada, meu coração batendo ao ritmo de seus cascos retumbantes. A brisa morna na tarde beijava meu rosto, ao mesmo tempo que o sol se punha.

Em casa, minha mãe, meu pai e minhas irmãs me deram abraços apertados e me deram as boas-vindas ao lar como as centenas de famílias que eu havia conhecido pela estrada: de braços abertos.

"Meu filho, você viveu esse sonho por nós dois. Estou muito orgulhoso de você. Você era um garoto e se tornou um homem nessa Longa Jornada. Hoje, vejo isso em seus olhos", disse meu pai, enquanto me abraçava. "Obrigado por me ensinar a sonhar, pai. Obrigado por me ensinar que dinheiro, casas, carros e coisas materiais podem ser roubados, perdidos, queimados, mas os momentos que realmente vivemos, as lembranças, essa jornada, ninguém, jamais, pode tirar de mim."

Pela última vez, amarrei Frenchie, Bruiser e Dude em frente às baias de madeira construídos especialmente para eles, com seus nomes escritos em letras brancas em cada portão. Os conduzi até a pastagem alta, verde, atrás das baias e, antes de tirar os cabrestos de cada um, os agradeci por sua coragem, amizade e trabalho duro. Éramos uma família.

Enquanto eles pastavam pela primeira vez no capim em que passariam o resto da vida, espalhei as cinzas de Naomi na palma da minha mão direita e sussurrei uma prece no vento. O sol poente fez tudo em volta brilhar, enquanto a paz que eu sentia no coração me deixou mais perto de Naomi. Agradeci por sua proteção e desejei que descansasse em paz. Segurando as cinzas, a abracei pela última vez, antes de jogá-las para os céus e assistir a nuvem branca que voou pela pastagem, movida pelo vento leve, antes de finalmente desaparecer.

Olhando para o límpido céu, vi os sorrisos de todos que me ajudaram na minha jornada para casa. Os rostos passaram pelos olhos de minha mente, até que pararam em uma mulher: aquela que cantou para Bruiser no Novo México. Seu rosto comprido e sua pele escura, uma pena de águia que pendia de seu cabelo longo. Em cima de um alto pico, ela brilhava de felicidade e levitava em liberdade. Ela desceu de seu cavalo e acendeu uma fogueira na beira de um imenso penhasco. Sentada perto das chamas, que dançavam em sua face em tons de vermelho escuro, ela tensionou o maxilar e, com o punho cerrado disse: "Você vai ficar bem. Nada dura para sempre. Nem a liberdade, nem a felicidade, nem a vida. Mantenha o foco. Aprenda a ouvir e a ver os sinais do Universo. Livre-se do que não for essencial. Quanto mais você acumula, menos você tem. Retorne à natureza. Água. Fogo. Terra. Vento. Os elementos que criaram a humanidade são os mesmos que irão destruí-la. Aprenda a viver em harmonia com eles.

Ame aqueles a sua volta e sempre ofereça ajuda. Não desperdice a oportunidade de respirar e de aprender". Então, ela ficou de pé, descalça, e, com um punhado de terra vermelha, apagou o fogo. Ela ofereceu água de um riacho para seu cavalo, antes de montá-lo, girando-o e galopando com ele montanha acima. Selvagem e livre.

Depois de 803 dias na sela e de toda uma vida de sonhos, nossa Longa Jornada havia chegado ao fim. Nada seria como antes. Finalmente, estávamos em casa.

AGRADECIMENTOS

Peter Hawkins; sua sabedoria, orientação e ajuda foram essenciais para alcançar esse sonho e editar esse livro. Serei eternamente grato a você, senhor.

Marcelo Murta, Mariana Britto, John Honderich, Barbara Nettleton, Andre Monteiro, Eric Forsyth, Alex Schultz, CuChullaine & Basha O'Reilly, Marcos Silva, OutWildTV, Christian Gonzalez Santana, equipe da HarperCollins, e meus pais Luis e Claudia Leite e minhas irmãs Paolla e Izabella: obrigado por sua contribuição extraordinária a essa obra.

NC2 Media, Associação dos cavaleiros de longa distância (*Long Riders Guild*), Os Independentes, A Festa do Peão de Barretos, The Calgary Stampede, MELLOHAWK Logistics, Thomson Equine, Copper Spring Ranch, Weaver Quarter Horses, Circulo R Selas, Oriana Financial, Spot GPS, Goyazes, Radade, Pralana, ABQM e Guabi Nutrição: meus patrocinadores, obrigado por acreditar em mim antes do primeiro passo!

Daredevil, Clyde, Texas, General Cuencame e Nevada: animais maravilhosos que me ajudaram durante a jornada ao lado dos heróis Frenchie, Bruiser e Dude.

Também gostaria de agradecer Amauri Soares, Brad Kelley, Daniel Houghton, Jason Thomson, Brian e Lisa Anderson, Michael Rosenblum, Lisa Lambden, Karen Hardy e família, The Fellowship, Arnon Melo, Marcelo Iguma, Cuiabano Lima, Jeronimo Luiz Muzetti, Hussein Gemha, Beto Bampa, Hugo Resende Filho, Marcos Murta, Emilio Carlos do Santos, todos os membros de Os Independentes, Fazenda Gruta Azul, Haras Nevada, a cidade de Espirito Santo do Pinhal, cidade de Barretos, Henrique Prata, Hospital de Câncer de Barretos, Lincoln Arruda e família, Jose Benedito de Oliveira, Guilherme Avila, Milton Liso e família, Flavio Ferrari e família, Pedro Radade e família, Mary Maw e família, família Brazier, Familia Hisbek, Rodrigo Lima, Julio Cezar (Nhonha), Robin Pierro, Odecio Bazea e família, Fiduma e Jeca, Luis Fernando Pinto, Jacque Brazil, Rodrigo DeMollay, Sorocaba, Guilherme Marchi, Tuf

Cooper, Christian Barbosa, Pyong Lee, Bruno e Barreto, Kurt Kardatz, Wynne Chisholm, Adrian Neufeld, família Morales, família Reyes, Robin Ponce, Karen Kuehn, Ivan Duenas, Eduardo Braga, Ricardo Luiz Ribeiro, Valdomiro Polizeli Jr, Maguie F Ribeiro (*in memorian*) e família, Guilherme Moraes Ribeiro Jr, os veterinários Tio Lobinho, Zé Dú Lobo e Ana Lú Lobo, Tito Vergueiro e família, Fernando Vergueiro Filho, Sarah Haney, Ricardo Rocha Bodinho e todas as outras pessoas que me ajudaram a realizar esse sonho. Precisaria de um livro inteiro para agradecer todos que me ofereceram uma mão nesses últimos cinco anos. Sem vocês eu não teria conseguido!

E, finalmente, muito obrigado a você por ter usado seu valioso tempo para ler essa obra. Espero que tenha gostado!

Siga seus sonhos e nunca desista. A vida é só uma – então viva!

Um grande abraço!

CAVALEIRO DAS AMÉRICAS

Na direita, eu imito a foto clássica de Aime Tschiffely. (Créditos: (1) Photo courtesy of the Tschiffely Literary Estate, Basha O'Reilly, Executrix, / (2) Karen Kuehn, no Novo Mexico.)

Na sela com meu pai em um desfile em Espírito Santo do Pinhal, antes mesmo de aprender a andar.

Coçando a cabeça do Frenchie no lugar mágico que ele ama tanto.

Minha vista favorita, as orelhas dos meus cavalos. Cavalgando na Colúmbia Britânica, no Canadá.

Em cima das Montanhas Rochosas, no Canadá, enquanto participava da Wilderness Riding School do Stan Walchuk.

Atravessando um riacho após cavalgar pela estrada *Million Dollar Highway*, no Colorado.

Chegando à comunidade de Babb, Montana, com Frenchie e Bruiser.

Completando os últimos 100 km para o México com Emma e amigos dos EUA. A foto foi tirada na saída da cidade de Marfa, Texas.

Fazendo um carinho na cabeça de Frenchie no sul do Texas.

Ao sul de Durango, no Colorado, com um novo amigo.

Montando um touro pela primeira vez no Novo México. Quase quebrei a perna descendo dele!

No meio de uma nevasca no sul do Texas alguns dias antes de entrar no México.

No meio de uma nevasca no sul do Texas alguns dias antes de entrar no México.

Atravessando a *Million Dollar Highway*, uma das mais belas (e perigosas!) estra-das dos EUA, com Daredevil, Texas e Clyde.

Cavalgando com meu pai da cidade de Camargo, em Chihuahua, a Jimenez.

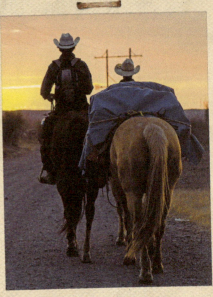

Cavalgando ao pôr do sol rumo a Jiménez, Chihuahua, com meu pai.

Chegando ao acampamento no pé do Million Dollar Highway, no Colorado.

Com Julio Mercado e sua família em uma escaramuza em Córdoba, no México.

Depois de longos dias na sela eu e meu pai chegamos ao *Lienzo Charro* de Jiménez. Os dois muito cansados, mas felizes por ter uma cama e um banheiro!

Nosso acampamento no meio do deserto de Chihuahua, entre Ojinaga e Camargo.

Na cidade de Tepotzotlán, o prefeito contratou uma banda para tocar em uma caminhonete enquanto eu cavalgava. Frenchie não gostou muito.

Em Fresnillo, segurando a metralhadora de um dos policiais que nos acompanharam.

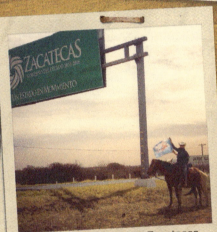

Entrando ao estado de Zacatecas com a bandeira da Associação de Exploradores.

Duas noites antes de chegar a Granada, na Nicarágua, essa família me recebeu em sua chácara. As formigas me acordaram no meio da noite!

Em Honduras, fui acompanhado por alguns narcotraficantes. Todos, mesmo os mais novos, carregavam armas o tempo todo.

Entrando em Granada, Nicarágua, em frente a um hospital muito antigo.

Frenchie descansou rolando na grama em Granada.

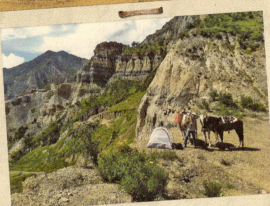

Acampando na Cordilheira dos Andes, na Bolívia, antes de chegar a La Paz

Cruzando a montanha Muela del Diablo na Bolívia.

Emma e eu cavalgando nas montanhas ao redor de La Paz.

Cavalgando pela antiga Estrada Boiadeira, de São José do Rio Preto a Barretos, acompanhado por peões da região. Essa foto foi tirada um dia antes da minha chegada a Barretos.

Entrando no Haras Nevada, em Campo Grande (MS).

Eu e meus cavalos, Dude, Bruiser e Frenchie, somos recepcionados na Festa do Peão de Barretos.

A realização de um sonho: nesse momento em Barretos parecia que minha alma tinha saído do corpo. Estava em paz total.

Na arena da Festa do Peão de Barretos, chorei como uma criança, com 40 mil pessoas ao redor.

CAVALEIRO DAS AMÉRICAS

"Cavaleiro das Américas e seus Cavalos", monumento construído em Barretos pelo artista plástico Juvenal Irene.

Celebrando minha chegada à Festa do Peão de Barretos no primeiro sábado do evento, em 2014.

Chegada à minha cidade natal, Espírito Santo do Pinhal, em 13 de setembro de 2014.

★ FILIPE MASETTI LEITE ★